gelesen

KNAUR

Über die Autorin:
Jane Costello arbeitete als Journalistin für Zeitungen wie *Liverpool Echo, Daily Mail* und *Liverpool Daily Post,* bevor sie mit dem Romaneschreiben begann. *Traumtyp to go* war in England ein großer Erfolg. Nachdem Costello über sechs Jahre lang im ländlichen Lancashire gelebt hat, zog es sie kürzlich wieder zurück in ihre Geburtsstadt Liverpool. Dort lebt sie mit ihren drei jungen Söhnen und ihrem Freund Mark.

Jane Costello

TRAUMTYP TO GO

Roman

Aus dem Englischen von
Christiane Meyer

KNAUR

Die englische Originalausgabe erschien 2011 unter dem Titel
»Girl on the Run« bei Simon & Schuster.

Besuchen Sie uns im Internet:
www.knaur.de

FSC
www.fsc.org
MIX
Papier aus verantwortungsvollen Quellen
FSC® C083411

Deutsche Erstausgabe Januar 2015
Knaur Taschenbuch

Redaktion: Antonia Zauner
Umschlaggestaltung: ZERO Werbeagentur, München
Umschlagabbildung: Susie Adams / Gettyimages / Kollektion Moment
Satz: Adobe InDesign im Verlag
Druck und Bindung: CPI books GmbH, Leck
ISBN 978-3-426-51066-7

2 4 5 3 1

Dieses Buch ist meiner Freundin
Debbie Johnson gewidmet.

Danke für alles, Debbie …
Ich bin mir sicher, Du weißt, warum.

1.

Ich lebe in Angst vor einem kleinen Wort. Eines, das mir ständig im Kopf herumgeistert, sich über mich lustig macht und mich quält. Denn eines ist sicher: Früher oder später wird es mir ein Bein stellen.

Wie das Wort lautet? *Spät.* Wie in: Ich werde zu spät kommen. Oft katastrophal zu spät.

Gut, die Folgen davon waren bis jetzt noch nicht katastrophal, aber es ist unausweichlich, dass es so weit kommen wird, da das Zuspätkommen und ich in letzter Zeit empörend oft miteinander flirten.

Bis es so weit ist, stolpere ich in letzter Sekunde zu Präsentationen – verschwitzt, mich entschuldigend und mit einem Gesicht in der Farbe einer gut abgehangenen Salami, weil mir genau in diesem Moment einfällt, dass ich etwas Wichtiges vergessen habe. Etwas wie einen Speicherstick oder die Handouts oder … meinen *Schlüpfer.*

O Gott, mein Schlüpfer. Zum Glück fiel mir mein Fehler heute Morgen auf halber Strecke auf, und ich jagte nach Hause zurück, um noch einmal von vorn zu beginnen.

Doch an Tagen wie diesem, wenn unmögliche Terminplanungen es erfordern, dass ich zu meinem nächsten Meeting rase, als wäre ich auf der Flucht vor der Polizei, kann ich nicht anders, als zu verzweifeln.

Die hektische zwanzigminütige Fahrt spiegelt meinen Tag wider – eine Multitasking-Hölle, in der ich beim Fahren noch unzählige andere Dinge erledigen muss: den Akku meines Handys mit sieben Telefonaten in die Knie zwingen, mit Abdeckstift die dunklen Schatten unter meinen Augen verbergen und nebenbei zu Mittag essen. Wobei der Begriff »Mittagessen« angesichts der Tatsache, dass die Fritten ziemlich blass aussehen und der lappige Burger kaum genießbar ist, sehr großzügig gefasst ist.

Ich nehme einen letzten Bissen und werfe die Reste des Burgers auf den Beifahrersitz. Ein Blick auf die Uhr sagt mir, dass es Viertel vor vier ist. Um mich abzulenken und mein hämmerndes Herz zu beruhigen, konzentriere ich mich auf meine Präsentation. Ich habe die ersten drei Sätze auswendig gelernt, wie man es mir in meinem Rhetorikseminar im vergangenen Jahr beigebracht hat.

»Meine Damen und HERREN.« Ich umklammere das Steuer und lächle dämonisch – der Kursleiter hat darauf beharrt, dass alles, was mit weniger Enthusiasmus vorgetragen wird, die falschen Schwingungen aussenden würde. »Einen WUNDERSCHÖNEN guten Morgen, Ihnen ALLEN.«

Es ist Nachmittag.

Brillanter Anfang, Abby. Was für eine verflucht überzeugende Unternehmerin du doch bist.

Bei diesem Wort zucke ich noch immer unwillkürlich zusammen. Als ob ich – eine 28-jährige Frau, die sich auch nach eineinhalb Jahren noch immer so durch die Geschäftswelt wurstelt – mich in einer Kategorie mit Richard Branson sehen würde.

Ich mag vielleicht meine eigene Firma haben, ich mag Visitenkarten mit dem Wort »Geschäftsführerin« besitzen, aber ich bezweifle, dass ich damit jemanden täuschen kann. Ich könnte als Managerin nicht weniger überzeugend sein, wenn mein Name Miss Piggy wäre.

»ICH bin Abigail Rogers, und HEUTE werde ich IHNEN erzählen, was *River Web Design* für SIE tun kann.«

Das sind bestimmt zu viele Betonungen. Der Kursleiter hat uns zwar geraten, drei Wörter pro Absatz zu betonen, aber ich klinge fast wie in »Braveheart«.

Ich frage mich oft, ob ich mich mit dem Gedanken, Chefin zu sein, jemals wohl fühlen werde. Als ich direkt nach dem College bei einem großen Unternehmen anfing, war eine eigene Firma nichts, was ich angestrebt hätte. Mein letzter Job hat mir gut gefallen, also kann ich auch nicht behaupten, dass ich durch ein Schwein von einem Geschäftsführer oder gemeine Kunden, die mich nicht zu schätzen gewusst hätten, dazu getrieben worden wäre.

Im Gegenteil – jeder hat mir gesagt, wie gut ich sei. Aber genau das hat schließlich die Idee in mir reifen lassen. Und dann habe ich einfach den Sprung gewagt. Ob es die richtige Entscheidung war, werde ich wohl erst in einem Jahr sagen können. Oder in zehn.

»*River Web Design* ist ein kleines, aber HOCHPROFESSIONELLES Team, bestehend aus vier Mitarbeitern. Wir sind stolz auf unsere KREATIVITÄT« (strategisch plazierte Pause), »unseren FLEISS« (dito) »und unsere Fähigkeit, zu verstehen, was unsere Kunden und die Verbraucher WIRKLICH WOLLEN.«

Stichwort für ein weiteres geisteskrankes Grinsen.

Momentan verbringe ich unglaublich viel Zeit in meinem Auto; eine Tatsache, die den horrenden Betrag, den ich gestern einer Versicherungsgesellschaft in den Rachen geworfen habe, um meinen Versicherungsschutz zu erneuern, nur wenig rechtfertigt.

Im vergangenen Jahr hatte ich fahrtechnisch ein bisschen Pech. Ein Kratzer an einem BMW auf einem Supermarktparkplatz und ein weiterer an einem Sattelschlepper in einem winzigen Kreisverkehr haben dazu geführt, dass ich mittler-

weile eine Prämie bezahlen muss, mit der für gewöhnlich ein Learjet versichert wird.
Die Ampel springt auf Grün, und ich werfe einen schnellen Blick auf die Straßenkarte. Zu allem Überfluss habe ich mein Navi im Büro vergessen. Ich werde langsamer und sehe auf ein Schild zu meiner Linken. Mein Herz setzt vor Schreck einen Schlag lang aus, als hinter mir jemand hupt.
»Mist!« Ich bin falsch abgebogen.
Ich trete auf das Gaspedal und suche die Umgebung nach einer Möglichkeit zum Wenden ab. Mit einer langen Schlange von ungeduldigen Fahrern hinter mir rase ich eine schmale Straße zwischen zwei Gebäuden entlang und finde mich schließlich auf einem kleinen, vollkommen überfüllten Parkplatz wieder. Ich reiße das Steuer herum, um in drei Zügen zu wenden.
Mit einem Blick auf die Uhr halte ich kurz an, um eine Handvoll Pommes frites in meinen Mund zu stopfen und sie mit einem Schluck Cola herunterzuspülen. Ich stelle den Becher zurück in den Getränkehalter, lege den Rückwärtsgang ein und trete aufs Gaspedal. Dabei schlucke ich mein Essen herunter und beginne noch mal von vorn.
»Guten TAG, meine Damen und Herren, und WILLK…«
Der Aufprall lässt mein Auto erzittern, und es kommt abrupt zum Stehen. Ich werde mit einer Wucht nach vorn in den Gurt geworfen, bei der man Angst haben muss, ein Schleudertrauma davonzutragen. Panik schießt durch meinen Körper, ich senke den Blick und sehe, dass sich die Cola über meine Handbremse ergossen hat. Atemlos und zitternd drehe ich den Kopf, um aus der Heckscheibe zu schauen.
Doch ich kann nichts sehen außer der Betonmauer des Bürogebäudes in mindestens drei Metern Entfernung. Ich muss

einen Poller getroffen haben. Oh, Gott sei Dank – ich habe nur einen Poller gerammt!
Ich zittere, als ich die Wagentür aufdrücke. Dann sehe ich es. Es dauert einen Moment, bis ich die reglose Hand neben meinem Reifen bewusst wahrnehme. Ich keuche auf und habe plötzlich das Gefühl, nicht mehr atmen zu können.
Ich kann es nicht glauben. Habe ich jemanden umgebracht? Habe ich tatsächlich jemanden umgebracht?

2.

Oh. Mein. Gott.

Ich springe aus dem Auto und renne nach hinten. Mein Herz, mein Magen und andere lebenswichtige Organe scheinen derweil kurz vor dem Kollaps zu stehen. Mein Opfer liegt ausgestreckt auf dem Rücken, sein Helm einige Meter entfernt. Die muskulösen Schenkel des Mannes sind unter einem Motorrad begraben, dessen dunkelblauer Lack in der Julisonne glitzert.

Ich gehe in die Hocke, um seine Hand zu berühren, und bemerke, dass sie noch immer warm ist. Es ist eine schöne Hand, groß und stark, mit sonnengebräunter Haut, die an den Knöcheln abgeschürft ist. Mir wird bewusst, dass es die Hand eines jungen Menschen ist. Und dass diese Hand durch meine Schuld niemals die Chance bekommen wird, alt und arthritisch zu werden, wie sie es sollte.

»Es tut mir leid«, wimmere ich. »So wahnsinnig leid.« Tränen schießen mir in die Augen, während ich versuche, einen klaren Gedanken zu fassen. Ich richte mich auf und suche hektisch den Parkplatz ab. Aber ich kann niemanden entdecken. Ich höre nur den Verkehrslärm von der angrenzenden Straße. Hastig renne ich zur offenen Fahrertür und packe meine Handtasche, um darin fieberhaft nach meinem Handy zu kramen. Ich wähle gerade den Notruf ... als der Akku den Geist aufgibt.

»Verfluchter *Mist!*« Ich versuche, kontrolliert zu hecheln, wie meine Freundin Jess es in ihrem Geburtsvorbereitungskurs gelernt hat. Aber das hilft mir in etwa so gut, meine Panik in den Griff zu bekommen, wie ein Starkstrom-Defibrillator.

Ich renne zurück zum Heck des Wagens und hoffe wider besseres Wissen, dass der Mann, den ich mit den Hinterreifen erwischt habe, sich mittlerweile aufgesetzt hat, lebendig ist und dass es ihm gutgeht.
Er liegt immer noch reglos auf dem Boden.
Ich ergreife sein Handgelenk und suche verzweifelt nach dem Puls, doch ich kann ihn nicht finden. Da ist nichts.
»HIIIILLLLFFEE!«, brülle ich. Meine Stimme hallt auf dem Parkplatz wider, ehe mir klarwird, dass mir niemand zu Hilfe kommen wird.
Ich raffe meinen Rock ein Stück und falle auf die Knie, um den Mann zu untersuchen: Er ist athletisch und durchtrainiert und hat den Körper eines Sportlers.
Komm schon, Abby. Es gibt nur eine Möglichkeit. Du musst eine Herz-Lungen-Wiederbelebung machen.
JA!
Leider weiß ich nicht genau, wie eine Herz-Lungen-Wiederbelebung funktioniert.
Ich beschließe, es trotzdem zu probieren, und bemühe mich, mir jedes Fitzelchen Wissen, das ich über Erste Hilfe habe, ins Gedächtnis zu rufen. Meine Kenntnisse stammen allerdings aus einem Pfadfinderinnenkurs von 1989 und der letzten Folge irgendeiner Arztserie.
Denk nach!
Mache ich zuerst die Mund-zu-Mund-Beatmung oder diese Druckmassage mit den Handballen? Ich glaube, erst kommt die Mund-zu-Mund-Beatmung. Aber ich muss ihn für die Druckmassage vorbereiten. Mit fliegenden Fingern öffne ich seine Jacke und entblöße seine breite Brust.
Dann prüfe ich, ob er Fremdkörper im Mund hat. Ich bin mir sicher, das irgendwo gelesen zu haben, auch wenn ich keinen blassen Schimmer habe, wonach genau ich dabei suchen soll.

Nach etwas Wechselgeld vielleicht? Oder nach einer einzelnen Socke? Vielleicht auch nach einer von diesen Massenvernichtungswaffen, die man nie gefunden hat …
Warum kommen mir solche Gedanken?!
Ich lege seinen Kopf in den Nacken und atme tief durch. Okay. Jetzt geht's los. Mein Mund nähert sich seinen Lippen, und mein Herz klopft wie verrückt. Schließlich hole ich tief Luft, schließe die Augen … und senke meine Lippen auf seine.
Genau in dem Moment, als mir bewusst wird, dass ich einen Fehler gemacht habe – ich hätte seine Nase zuhalten müssen –, wird mir noch etwas anderes bewusst. Seine Lippen fühlen sich nicht wie die von einem Menschen an, der bewusstlos ist. Und ganz sicher nicht wie die eines Toten.
Es dauert einen Augenblick, ehe ich herausfinde, warum. Als ich es dann begreife, bekomme ich den Schreck meines Lebens. Seine Lippen bewegen sich. Seine Lippen sind … oh, mein Gott, wir küssen uns!
Ich weiche zurück und starre ihn mit großen Augen an.
Er ist Anfang 30 und mit der gebräunten Haut, dem kantigen Kinn und den üppigen Lippen unglaublich gutaussehend. Sein Haar ist dunkel, ein Ton heller als Schwarz, und kurzgeschnitten, um die leichten Locken zu verbergen.
Er beißt sich leicht auf die Lippen, als wollte er mich schmecken, und seine Lider flattern. Als er die Augen aufschlägt, bemerke ich, dass sie grün sind. Oder braun. Nein, beides – wie die Farbe des Waldes. Doch, was noch wichtiger ist: Es sind die Augen eines Menschen, der sehr lebendig ist.
Erstaunt beobachte ich, wie er blinzelt und seinen Unterkiefer hin- und herbewegt, als würde er aus einem langen, tiefen Schlaf erwachen. Dann sieht er mich an. Und ich lache. Ich

lache unkontrollierbar darüber, dass ich auf meine heutige Liste der erledigten Aufgaben nicht »fahrlässige Tötung« setzen muss.

»Oh, danke, lieber Gott! Danke!« Ich kann mich nicht zurückhalten. »Und nochmals: danke!«

Dann senke ich den Blick und bemerke die Miene des Fremden – und mir wird klar, dass ich etwas erklären muss.

»Rasen Sie immer mit sechzig Sachen rückwärts über den Parkplatz?«

Die Muskeln an seinen kräftigen Oberschenkeln treten deutlich sichtbar hervor, als er sich vor sein Motorrad hockt und es genauer betrachtet. Es gibt nur eines, das ich mit Sicherheit über Motorräder weiß: Ich kann sie nicht ausstehen. Dieses hier sieht teuer aus. Zumindest sah es sicher mal so aus. Jetzt macht es eher den Eindruck, als wäre eine Horde Nashörner darübergetrampelt.

»Hören Sie, es tut mir leid«, sage ich und versuche, die Ruhe zu bewahren. »Aber ich bin ganz sicher nicht sechzig gefahren.«

Er dreht sich um und blickt mich finster an. Er ist körperlich beeindruckend. Seine Armmuskeln spannen sich an, als er ein Teil der Karosserie abreißt.

»Es war jedenfalls schnell genug, um mich fast umzubringen«, entgegnet er.

»Ach, lassen Sie uns nicht übertreiben.« Ich lächle nervös und bemühe mich, die Stimmung ein wenig aufzulockern.

»Übertreiben?«, wiederholt er. Sein Tonfall lässt keinen Zweifel daran, dass mein Versuch fehlgeschlagen ist. »Ich muss gar nicht übertreiben. Sie haben mich so heftig getroffen, dass ich das Bewusstsein verloren habe.«

Trotz der Umstände ist die Art, wie er es sagt, faszinierend –

er hat eine Stimme, die durch einen Raum weht und einen umhüllt. Aus dieser Stimme und seinem Aussehen schließe ich, dass der Typ bestimmt fürchterlich eingebildet ist.
»Die Reparatur wird nicht billig«, sagt er als Nächstes. »Ich hoffe, Sie sind versichert.«
Als er die Versicherung erwähnt, zieht sich mein Herz schmerzhaft zusammen, und mir fallen weitere Dinge ein wie die gewaltigen Beiträge und nicht vorhandene Schadensfreiheitsrabatte.
»Natürlich«, erwidere ich so unverbindlich wie möglich – diesen Tonfall habe ich jahrelang geübt. »Obwohl …« Ich spiele mit dem Gedanken, einfach zu bezahlen und meine Versicherung nicht damit zu belästigen. Doch dann halte ich inne und schimpfe mich selbst dafür aus, beinahe in eine so offensichtliche Falle getappt zu sein.
Erst kürzlich habe ich einen Artikel gelesen, der noch einmal bekräftigte, wie wichtig es ist, sich im Eifer des Gefechts niemals dazu hinreißen zu lassen, die eigene Schuld zuzugeben. Egal, wie versucht man ist, sich zu entschuldigen. Als ich das las, kam mir in den Sinn, dass genau das vielleicht immer mein Fehler war – gut, abgesehen davon, dass ich die Unfälle verursacht hatte, doch lassen wir das.
»Haben Sie etwas gesagt?«, fragt er und fummelt an einem anderen Teil seines Motorrades herum. Er hebt den Kopf und sieht mich nachdenklich an.
Ich lächle süß. »Nein.«
»Gut.« Er steht auf und wischt sich die staubigen Hände an seiner Hose ab. »Tja, wenn wir dann die Kontaktdaten austauschen könnten, kann ich so schnell wie möglich mit meiner Versicherung sprechen.«
»Okay«, entgegne ich verhalten. »Sie wollen damit also sagen, dass ich schuld bin?«

Seine Miene verfinstert sich wieder. »Selbstverständlich sind Sie schuld.«

»Na ja«, erwidere ich, »ich glaube, es ist Sache der Versicherungen, das zu entscheiden.«

Diese Bemerkung kommt nicht so gut an.

»Lassen Sie mich das noch einmal zusammenfassen: Ich kümmere mich um meine Angelegenheiten, schiebe mein Motorrad über einen Parkplatz, und plötzlich rast das Heck eines Citroën C4 auf mich zu …«

»Wenn ich das erklären dürfte …«

»Sie haben nicht einen Gedanken daran verschwendet, dass etwas oder jemand hinter Ihnen sein könnte. Wenn ich es richtig gesehen habe, waren Sie zu sehr damit beschäftigt, Selbstgespräche zu führen, um sich Gedanken über Ihre Umwelt zu machen.«

»Ich habe keine *Selbstgespräche* geführt, ich habe …«

»Sie haben einfach den Rückwärtsgang eingelegt und sind losgefahren. Mit sechzig Sachen.«

Wir starren einander an.

»Ich bin *nicht* sechzig gefahren«, presse ich zwischen zusammengebissenen Zähnen hervor. »Und was die Selbstgespräche betrifft … gut.« Ich verschränke die Arme vor der Brust. »Ich *habe* mit mir selbst geredet. Na und? Es war eine weitaus nettere Unterhaltung als diese hier.«

Eine Sekunde vergeht, und ich bin mir sicher, dass ein winziges Lächeln seine Lippen umspielt.

»Hören Sie«, sage ich und breche den Blickkontakt bewusst ab. »Ich habe doch schon gesagt, dass es mir leidtut.«

»Haben Sie? Daran kann ich mich nicht erinnern.«

»Wenn ich mich recht entsinne«, erkläre ich geduldig, »lauteten meine genauen Worte: ›Es tut mir leid. So wahnsinnig leid.‹« Er sieht ehrlich verblüfft aus. Und in dem Moment

wird es mir klar: Er war bewusstlos, als ich das gesagt habe.
»Vielleicht könnten wir uns ein bisschen beeilen?«, sage ich. »Ich muss wirklich weiter.«
»Womit beeilen?«
»Wir könnten schnell die Telefonnummern austauschen.«
»Danke für Ihr Angebot, aber an den kommenden Wochenenden bin ich schon verplant. Und außerdem habe ich eine Freundin.«
»Ich meine wegen der Versicherung! Nicht, weil ...« Ich verstumme, als mir klarwird, dass er mich aufziehen will. »Haben Sie einen Stift?«
»Nicht dabei.« Er tastet seine Taschen ab. »Und Sie?«
»Warten Sie hier.« Ich gehe zum Auto und suche in meiner Handtasche nach einem Kugelschreiber. Schließlich muss mein neuer *Bobbi Brown* Lipliner herhalten. Als ich mich aufrichte, habe ich das Gefühl, seinen Blick auf meinen Beinen zu spüren, und drehe mich um. Doch er hat die Augen abgewandt, und ich kann nicht sagen, ob ich mir das Gefühl nur eingebildet habe. Ich setze an, um meine Kontaktdaten aufzuschreiben, halte jedoch abrupt inne.
»Was ist los?«, fragt er.
»Ich kann mich nicht an den Namen meiner Versicherungsgesellschaft erinnern«, antworte ich wahrheitsgemäß und wie vor den Kopf geschlagen. Im letzten Jahr hatte ich wegen drei Vorfällen mit ihnen zu tun; ich kenne die Namen von mindestens sechs Mitarbeitern des Callcenters – und deren Kindern. Einer hat mich sogar zu seiner Silberhochzeit eingeladen.
»Das ist nicht Ihr Ernst!«, entgegnet er.
»Hier ist meine Adresse. Und ich gebe Ihnen noch meine E-Mail-Adresse. Schreiben Sie mir, und ich schicke Ihnen die Daten zu.« Ich drücke ihm eine Visitenkarte mit meiner Privatadresse auf der Rückseite in die Hand. Als er mir die Karte

abnimmt, berührt meine Haut die seine. Ich werde rot und verfluche mich innerlich schon wieder. Der Gedanke, das Ego von jemandem zu stärken, der sich (a) keine Mühe geben muss, um beim anderen Geschlecht zu punkten, und der mich (b) wie eine Weihnachtsgans ausnehmen und meine Versicherung schröpfen wird, ist fast schon schmerzhaft.

»Danke«, sagt er knapp, nimmt sich eine weitere meiner Visitenkarten und schreibt seine eigene E-Mail-Adresse auf die Rückseite. Mein Lipliner sieht inzwischen so aus, als gehörte er in den Malkasten einer Vierjährigen. »Ich werde mich melden.«

»Großartig«, murmle ich sarkastisch.

Das ist anscheinend nicht die richtige Erwiderung.

»Ich habe nicht darum gebeten, von jemandem angefahren zu werden, der mein Motorrad zerstört und mich beinahe umbringt«, informierte er mich kühl.

Wut kocht in mir hoch. »Ich habe Sie *nicht* beinahe umgebracht.«

»Was ist schon eine kleine Gehirnerschütterung unter Freunden?«

»Wir sind keine Freunde«, erwidere ich.

Er richtet sein Motorrad auf und betrachtet die zerknautschten Überreste. »Nein«, entgegnet er. »Das sind wir nicht.«

3.

Eineinhalb Minuten vor meinem Termin betrete ich die Büros von *Max Crane Law.* Das wäre in Ordnung, wenn ich halbwegs anständig aussehen würde. Aber besonders meine Haare sind in einem fürchterlichen Zustand. Sie waren schon vorher viel zu lang, hingen mir kraftlos über die Schultern und waren nicht mehr blond genug, weil ich keine Zeit hatte, zum Friseur zu gehen. Durch die Strapazen auf dem Weg hierher sieht meine Frisur nun aus, als hätte ich sie mit einem Laubsauger gestylt.

Und abgesehen von der würstchenrosa Farbe, die mein Gesicht dank der Aufregung angenommen hat, legt der Anblick meiner Knie die Vermutung nahe, dass ich versucht hätte, sie mit einem rostigen Skalpell zu rasieren.

Ich prüfe auf der Damentoilette, ob ich allein bin, hebe dann meinen Rock und schwinge ein Bein in eines der Waschbecken aus Milchglas. Fieberhaft wasche ich mit der nach Lavendel duftenden Handseife Blut und Rollsplitt von meinen Knien. Just in dem Moment geht die Tür auf. Vor mir steht Letitia Hooper, Chefin der Abteilung Entwicklung und Marketing. Auch bekannt als Ms. Big. Zumindest, was den heutigen Pitch betrifft.

Letitia, die ich einige Male auf Veranstaltungen getroffen habe, auf denen ich Kontakte knüpfen wollte, ist erst 37, doch sie kleidet sich wie die Direktorin eines Mädcheninternats. Dieser Eindruck ist so stark, dass ich bei jeder Begegnung mit ihr Angst habe, dass sie mich zum Nachsitzen verdonnert.

»Oh, Letitia!« Ich hebe mein Bein aus dem Waschbecken und

drehe mich mit so viel Schwung um, dass ihr das Wasser ins Gesicht spritzt.
Sie blinzelt zweimal, wischt sich ein paar Tropfen der Handseife von den Wimpern und mustert mich dann von oben bis unten.
»Tut mir leid«, murmle ich und hüpfe barfuß zum Handtuchspender. »Wie geht es Ihnen?« Ich rupfe einige Papiertücher aus dem Spender und fange an, mir die Beine trocken zu tupfen.
»Gut, danke, Abby«, erwidert sie. »Ich habe letzte Woche bei einem Arbeitsessen eine Ihrer Mitarbeiterinnen getroffen. Heidi Hughes.«
»Oh, Heidi.« Ich lächle und freue mich über diese Wendung der Dinge – ich weiß, dass Heidi mich bestimmt nicht enttäuscht hat. »Sie ist praktisch von Anfang an in der Firma.«
»Eine beeindruckende junge Frau. Sie hat gute Arbeit geleistet und sehr überzeugend für Ihre Dienste geworben.«
Ich merke mir, dass ich mich unbedingt bei Heidi bedanken muss, wenn ich sie sehe, auch wenn es für sie ganz selbstverständlich ist, für die Firma zu werben. Das ist auch einer der Gründe, warum ich sie vor ein paar Wochen zur Chefdesignerin befördert habe.

Heidis erster Arbeitstag vor mehr als einem Jahr hätte wahrscheinlich keinen Personalchef der Welt überzeugt.
Aber nicht Heidi war das Problem. Heidi war nie das Problem. Es war ihre Chefin, die karrieremäßig eine Berg- und Talfahrt durchmachte, die so bald wie möglich ein Ende finden musste.
Als ich an jenem Tag die Tür zu unserem Büro im vierten Stock öffnete, fielen mir sofort Heidis erwartungsvolles Lächeln und ihr offener, freundlicher Gesichtsausdruck auf. Sie

war eine hübsche 25-jährige Frau mit rotblondem Haar, einem engelhaften Mund und Sommersprossen auf der Nase. Sie war zu früh dran. Das hastige Geplapper, mit dem sie während unseres Aufstiegs in den vierten Stock auf meinen Smalltalk reagierte, verriet ihre Nervosität. Damals dachte ich, sie hätte sich mit ihrem rauchgrauen Kostüm besonders viel Mühe gegeben, weil es ihr erster Tag war. Aber inzwischen weiß ich, dass sie sich fürs Büro immer so kleidet.

»Das ist nett«, sagte sie strahlend. Sie blickte sich im Büro um, einer günstig gelegenen Besenkammer im Geschäftsviertel von Liverpool. Ihr Vorstellungsgespräch hatte im Coffeeshop gegenüber stattgefunden, also war es das erste Mal, dass sie ihren Arbeitsplatz sah. »Wo werde ich sitzen?«

Ich hatte gehofft, dass das Thema nicht aufkommen würde.

»Irgendwann … da.«

Ich deutete auf eine leere Stelle. Heidi runzelte die Stirn.

»Das ist mir ein bisschen peinlich«, entschuldigte ich mich, »aber dein Schreibtisch und dein Computer werden erst morgen geliefert. Es ist meine Schuld – ich habe die Sachen zu spät bestellt. Ich hatte so viel zu tun, und weil ich bis jetzt ganz allein hier war … Hör zu, ich will dich nicht mit Einzelheiten langweilen. Ich muss sowieso bald los, also kannst du an meinem Schreibtisch sitzen.«

Ich schob den Haufen Papiere und Tütchen mit Schokoladenlinsen zur Seite und murmelte weitere Entschuldigungen. Sie ließ sich nicht anmerken, was sie dachte.

Heidis Lebenslauf war beeindruckend. Sie hatte einen ordentlichen Abschluss gemacht und anschließend für eine große Marketingagentur gearbeitet – genau wie ich. Doch es war nicht ihr Lebenslauf, der ihr den Job verschaffte. Sie war begeisterungsfähig, bescheiden, sympathisch und, wie ich hoffte, voller Ideen und Entschlossenheit, diese Ideen auch umzusetzen.

Als ich später ins Büro zurückkam, hatte sie sich über unsere aktuellen Kunden informiert, eine Liste mit möglichen Neukunden aufgestellt, Vorschläge für eine neue Büroausstattung aufgeschrieben und den Büroschrank aufgeräumt, der ausgesehen hatte, als hätte eine Bombe eingeschlagen. Dabei war ich nur vier Stunden weg gewesen.

Ich muss zugeben, dass es mir zu dem Zeitpunkt so vorkam, als wäre Heidi zu gut, um wahr zu sein. Wir waren zu zweit im Büro, und ich wollte nicht unbedingt eine charakterlose und überperfekte Angestellte neben mir sitzen haben. Ich wünschte mir jemanden, mit dem ich auch lachen konnte.

Am Ende des Tages musste ich sie sogar daran erinnern, dass Feierabend war.

»Danke für diesen wundervollen ersten Tag«, sagte sie lächelnd und zog sich die Jacke an. »Es hat mir echt Spaß gemacht.«

»Nein, ich danke *dir.* Morgen, wenn wir uns nicht mehr an einen Schreibtisch quetschen müssen, wird es sicher leichter. Hey, wie wäre es mit einem kleinen Drink?«, schlug ich vor.

Ihre Miene wirkte mit einem Mal ernst. »Gibt es in der Firma keine Richtlinien, was Alkohol betrifft?«

Ich lachte, obwohl ich ein bisschen Angst hatte, dass sie es ernst meinen könnte. »Bis jetzt noch nicht. Warum? Wie sollten die Richtlinien der Firma, was Alkohol betrifft, denn deiner Meinung nach aussehen?«

»Alkohol sollte verpflichtend sein.«

Den Rest des Abends verbrachten wir damit, unglaublich viel zu lachen, uns über ehemalige Jobs zu unterhalten und unser Liebesleben zu vergleichen (mit ähnlich fürchterlichen Erfahrungen).

Und das macht Heidi aus. Sie steckte schon immer voller Überraschungen.

4.

Ich habe keine Ahnung, wie viel Heidis Vorarbeit mit dem Erfolg der Präsentation vor Letitia und zweien ihrer Firmenpartner zu tun hat. Aber es läuft traumhaft.

»Gut gemacht, Miss Rogers«, sagt der Partner, der Boris Keppelhammer heißt. Sein ausgefallener Name passt allerdings nicht zu seinem doch sehr durchschnittlichen Äußeren. »Meine Kollegen und ich müssen Ihr Angebot noch besprechen, aber Sie sind der letzte Anwärter, den wir sehen und … tja, ich kann schon mal sagen, dass wir beeindruckt sind.«

Ich lächle und bemühe mich, es nicht zu übertreiben – auch wenn ich eigentlich auf meine armen, geschundenen Knie fallen und seine Füße küssen möchte.

»Das ist sehr nett von Ihnen, Mr. Keppelhammer«, erwidere ich und schüttle ihm die Hand, als er mich zur Tür begleitet. »Ich freue mich, von Ihnen zu hören.«

Ich bin kaum zurück in meinem Büro, als ich den Anruf erhalte, dass der Auftrag uns gehört.

So wird's gemacht.

Obwohl die Tatsache, dass ich es *kann,* mich immer wieder erstaunt. Egal, wie gestört andere Bereiche meines Lebens sind, im Job scheine ich die Fähigkeit zu besitzen, in eine andere Persönlichkeit zu schlüpfen: Dann bin ich die coole, selbstsichere und kompetente Abby. Die Abby, mit der die Leute gern Geschäfte machen.

Ich muss mir ständig selbst ins Bewusstsein rufen, wie viele Kunden ich gewinnen konnte, seit ich die Firma gegründet habe. Denn wenn ich das nicht tue, bekomme ich wieder einen dieser »Momente« – die, in denen ich mich frage, wie ich auf die Idee komme, die Verantwortung für all diese Kunden, drei Mitarbeiter und einen Umsatz von ungefähr 170 000 Pfund im Jahr zu übernehmen.

Ich weiß, dass mich das nicht zu einer Großunternehmerin macht, aber mir wurde von Menschen, die es wissen müssen, versichert, dass das für eine Firma im ersten Jahr ein guter Umsatz ist. Natürlich erwirtschafte ich bislang kaum Gewinne, aber das Potenzial ist da – das sagt man mir jedenfalls. Vor allem, weil ein oder zwei der Kunden, die ich gewinnen konnte, ziemlich beeindruckend sind. Meine Crème de la Crème beinhaltet ein landesweit tätiges Unternehmen: eine Kette von Gartencentern namens *Diggles.*

Gott, ich liebe *Diggles.* Als wir den Auftrag bekamen, bin ich nach Hause gehüpft und habe gegrinst wie eine Frau, die nicht nur ein Schuhgeschäft geerbt, sondern am gleichen Tag die Hauptrolle in einer romantischen Komödie mit Ashton Kutcher ergattert hat.

»Hi, Abby«, sagt Priya, meine Juniordesignerin, als ich ins Büro komme.

»Du bist immer noch da? Es ist schon nach halb sieben.«

»Wir wollen gleich ins *Cross Keys*«, erwidert sie.

»Triffst du dich da mit … Wie war sein Name noch gleich? Karl?«

»Wie war sein Name noch gleich hat mich sitzenlassen.«

»O nein. Tut mir leid, Priya«, entgegne ich unsicher. Obwohl ich zugeben muss, dass solche Situationen mittlerweile nicht mehr so unangenehm sind wie am Anfang, denn Priya wird ungefähr einmal im Monat sitzengelassen. Manchmal sogar zweimal. Also ist Mitgefühl zu zeigen etwas, das ihre Kollegen und ich sehr oft üben können.

Dass sie ständig verlassen wird, verblüfft mich genauso wie

alle anderen. Denn Priya, meine jüngste Mitarbeiterin, ist reizend. Sie ist begeisterungsfähig, hat eine unglaubliche Persönlichkeit und ist sehr attraktiv, wenn auch auf eine ungewöhnliche Weise.

Ihre Haare haben im Laufe der Jahre für einige eigenwillige Experimente herhalten müssen. Aktuell sind sie in einem Neonpink gefärbt, das, wie wir während eines Stromausfalls feststellten, sogar im Dunkeln leuchtet. Wahrscheinlich wird diese Frisur niemals das Cover der *Vogue* zieren, doch sie hat uns sehr dabei geholfen, den Notausgang zu finden. Und Priya trägt ihre Haare auf eine Art, die ich mir bei keinem anderen Menschen vorstellen könnte.

Andere sind nicht so tolerant – wegen der ungewöhnlichen Haarpracht und dem Nasenring ist sie schon bei sechs Arbeitsstellen abgelehnt worden, ehe ich sie eingestellt habe. Die Leute wissen nicht, was ihnen entgeht. Sie ist erst 20 und eine der besten Graphikdesignerinnen, die ich je kennengelernt habe: schnell, übersprudelnd vor Kreativität und extrem originell. Gut, ihr Liebesleben ist nicht gerade unkompliziert oder überschaubar – aber das ist eine andere Geschichte.

»Wie lief der Pitch?«, fragt der »stattliche Matt«, mein anderer Juniordesigner. Seinen Beinamen hat er von Brenda, einer Bedienung in der Stammkneipe des Büros, die jede Gelegenheit nutzt, um über seinen strammen Hintern zu reden. Der Name ist geblieben. Dafür hat Priya gesorgt.

Genau genommen ist Matt nicht im eigentlichen Sinn »stattlich«; sein Bizeps spannt sich nicht, und er fällt eher durch seine Brille als durch seine ausgeprägte Brustmuskulatur auf. Doch auf seine Art ist er umwerfend: groß und ruhig, mit einer Vorliebe für enganliegende Jeans und coole T-Shirts und mit einem modernen Pony, auf den er besteht, auch wenn er ihm beim Arbeiten am Computer immer in die Augen hängt.

»Es lief gut«, erwidere ich cool und checke meine Mails. »Richtig gut.«
»Wann sagen sie Bescheid?«, fragt Priya.
Meine Mundwinkel zucken. Ich wäre eine miserable Geheimagentin geworden. »Ich habe schon Nachricht bekommen.«
»Und?«
»Und wir haben den Auftrag!«
»Hurra!« Priya springt auf, um mich zu umarmen. »Bedeutet das, dass die Drinks heute Abend auf dich gehen?«
»Das lässt du dir nicht entgehen, oder?«, spöttele ich. »Ich schätze schon. Gott weiß, was mein Steuerberater dazu sagt. Jedes Mal, wenn wir einen Pitch gewinnen, endet es damit, dass ich die Hälfte der ersten Bezahlung in Drinks investiere.«
Ich öffne meinen Posteingang, der wie so häufig unter der Last ungelesener E-Mails fast zu bersten droht. Ich nutze die einzigen freien fünf Minuten des Tages, um sie zu lesen, auch wenn das schmale Zeitfenster bedeutet, dass ich sie noch oberflächlicher überfliege als sonst.
Die Tür geht auf, und Heidi kommt herein. In ihrem Jackie-O-Zweiteiler und den umwerfenden taubenblauen Schuhen sieht sie ausgesprochen schick aus.
»Heidi, ich schulde dir einen Drink«, verkünde ich. »Ich weiß nicht, was du den Leuten bei *Max Crane* erzählt hast, aber es hat funktioniert.«
»Oh – du hast den Pitch für dich entschieden? Gut gemacht.« Sie lächelt leicht, und mir fällt wie so oft in den letzten Wochen auf, dass es eine gedämpftere Reaktion ist, als ich sie von ihr erwartet hätte. Sie war nie so überschwenglich wie Priya, wenn wir einen Pitch gewonnen haben, doch das ist ja niemand, es sei denn, er hat gerade eine Überdosis Aufputschmittel intus.

Trotzdem habe ich bislang nie bezweifelt, dass Heidi der stärkste Fürsprecher dieser Firma ist.
Ihre zurückhaltende Reaktion ist eigentlich auch nichts, was mich beschäftigen müsste – wäre da nicht die Tatsache, dass viele unserer Konkurrenten Heidi schon morgen abwerben würden. Ich frage mich oft, ob das Gehalt und die Karrierechancen, die eine große Firma ihr bieten könnten, sie eines Tages in Versuchung führen werden.
»Ist alles in Ordnung?«, frage ich sie.
Sie schüttelt kurz den Kopf, als würde sie gerade in die Wirklichkeit zurückkehren. »Tut mir leid, Abby. Ja, alles in Ordnung. Hast du eine Pressemitteilung über deinen Erfolg rausgegeben? Ich werde eine verfassen, wenn du möchtest.«
»Es war nicht *mein* Erfolg, Heidi. Es war unser Erfolg.«
Sie lächelt. »Wenn du das sagst. Ich werde dich trotzdem in der Pressemitteilung zitieren. Ach, und hast du irgendwann fünf Minuten, damit ich mit dir über einen möglichen Neukunden sprechen kann? Es ist eine trendige neue Botox-Klinik. Ich habe mich kurz mit der Besitzerin unterhalten und denke, du könntest sie überzeugen, mit uns zusammenzuarbeiten.«
Das ist die Heidi, die ich kenne. Aktiv, voller Begeisterung und immer einen Schritt voraus – jedem.
»Um vier habe ich Zeit«, entgegne ich und lösche einige E-Mails. »Kommst du später mit, wenn wir einen trinken gehen?«
Sie zieht die Nase kraus. »Ach, ich glaube nicht. Ich muss mal früher ins Bett. Ich bin total geschafft. Trinkt aber gern einen für mich mit.« Sie zwinkert mir zu. »Und sorg dafür, dass Brenda die Hände von Matts Hinterteil lässt, ja?«

5.

Es gibt nur eine Sache, die es für mich erträglich macht, von fitten, sportlichen Menschen umgeben zu sein, und das ist ein *KitKat Chunky.*

Ich komme mit meiner Schokolade und einer Diätcola aus dem Foyer des Sportcenters zurück und beobachte, wie meine Freundin Jess versucht, neben dem Indoor-Fußballfeld nicht die Selbstbeherrschung zu verlieren.

»Komm schon, Jamie!«, flüstert sie, als ihr vierjähriger Sohn sich darauf vorbereitet, ein Tor zu schießen. »Jaaaa!«, brüllt sie und klatscht, als er es schließlich schafft.

Während das Spiel weiterläuft, reicht sie ihrer neun Monate alten Tochter Lola eine Rassel. Die Kleine gurgelt zufrieden.

»Lass nicht zu, dass ich eine dieser penetranten, ewig wettstreitenden Mütter werde«, sagt sie.

»Du bist verdammt nah dran«, ziehe ich sie auf und beiße von meinem Schokoriegel ab.

Seit ich denken kann, sind Jess und ich Freundinnen. Wir haben viele gemeinsame Interessen – vom Lesen bis zu einer Schwäche für italienische Männer. Nur in einem sind wir, wie schon die Wahl unserer Snacks beweist, Lichtjahre voneinander entfernt.

Jess ist das, was meine Grandma als »Sportfanatikerin« bezeichnet hätte. Sie ist unfassbar fit. Schon in der Schule war sie Kapitän der Korbball- und Schlagball-Mannschaft, machte Gelände- und Hürdenlauf und hatte beim Volleyball einen Schmetterball, mit dem man Zuschauer hätte enthaupten können.

Während andere Menschen um die 30 sich von der Arbeit und dem gesellschaftlichen Leben ablenken ließen, machte sie weiterhin Marathonläufe und Triathlon. Wenn man das und ihre zierliche Figur, ihre azurblauen Augen und ihren umwerfenden Charme betrachtet, müsste ich sie eigentlich hassen. Zum Glück ist sie eine wundervolle Freundin und bringt mich mehr zum Lachen als jeder andere, den ich kenne – also vergebe ich ihr alles andere.

Ich halte mich selbst nicht für vollkommen unsportlich. Ich bin nicht fettleibig und leide auch nicht unter von schlechter Ernährung verursachter Akne oder etwas ähnlich Offensichtlichem. Tatsächlich schwanke ich zwischen der Kleidergröße 40 und 42, obwohl ich nicht auf meine Ernährung achte. Ich trinke zu viel und kann einem oder auch drei Gläsern Wein nach einem anstrengenden Tag nicht widerstehen.

Ich war nicht immer so. In der Schule war ich Mitglied des Schlagball-Teams (auch wenn ich viel Zeit an der vierten Base verbrachte und hoffte, dass der Ball niemals zu mir kommen würde). Ich habe letztes Jahr auch einen Kurs in Step-Aerobic besucht und bin Fahrrad gefahren, wenn mir danach war – obwohl mir zugegebenermaßen nicht oft danach war.

Seit ich die Firma gegründet habe, spielt meine Gesundheit allerdings nur noch eine untergeordnete Rolle. Wenn ich jetzt ins Fitnessstudio gehen würde, würden meine Bauchmuskeln in den Streik treten.

»Läufst du heute?«, frage ich.

»Natürlich«, erwidert Jess und grinst, weil sie weiß, wie verstörend ich den Gedanken finde, dass sie Mitglied in einem Laufklub ist.

»Hast du denn nie einen Tag Pause?«, frage ich, obwohl ich die Antwort schon kenne.

»Ach, der Klub trifft sich nicht jeden Tag – nur ein paarmal die Woche.«
»Aber du läufst jeden Tag.«
»Nicht an Weihnachten. Auch wenn ich letztes Jahr einen Fünf-Kilometer-Lauf einschieben konnte, als Adam sich um den Rosenkohl gekümmert hat.« Sie zwinkert mir zu. »Wie bist du letzte Woche mit dem Motorrad-Mann verblieben?«
»Ach, mit dem.« Ich rolle mit den Augen. »Er hat meine E-Mail-Adresse. Ich warte auf eine Nachricht von ihm, damit ich ihm die Daten der Versicherung schicken kann. Eigentlich bin ich ziemlich überrascht, dass er sich noch nicht gemeldet hat. Wenn ich bedenke, wie sauer er war, hätte ich damit gerechnet, die Rechnung direkt präsentiert zu bekommen.«
»Oje.«
»Ich habe Angst davor. Es wird ein Vermögen kosten. Und damit habe ich mich selbst unversicherbar gemacht.«
»War es denn ganz sicher deine Schuld?«
»Ich fürchte, ja. Auch wenn ich mir wünschen würde, dass er mitverantwortlich wäre, dieser schlechtgelaunte Kerl.«
»Hast du nicht gesagt, er wäre umwerfend?«
»Das schließt sich ja gegenseitig nicht aus«, lasse ich sie wissen.
»Du hättest ihn beinahe umgebracht, oder?«
Ich zucke zusammen. »Das stimmt nicht.«
»*Du* hast das gesagt.«
»Habe ich das? Oh. Tja, das ist nicht meine offizielle Version.«
Sie lacht, nimmt ein Feuchttuch und versucht, Lola die Nase zu putzen.
»Wie geht es dir, wenn du daran denkst, nächste Woche wieder mit der Arbeit anzufangen?«, frage ich sie und denke darüber nach, ob ich noch genug Kleingeld für eine Tüte Chips habe.

»Gut«, entgegnet sie, als wäre es auch für sie selbst eine Überraschung. Jess nimmt nach dem Mutterschutz ihren Job als Seniormanager in einer Telekommunikationsfirma wieder auf. »Ich muss mich erst noch mit einigen Neuerungen auseinandersetzen, aber dann geht's los.«

»Ich wette, es ist eine Riesenumstellung, die Kinder nicht mehr vierundzwanzig Stunden am Tag um dich zu haben.«

»Ich bin bereit«, erklärt sie. »Diese Woche habe ich mich dabei erwischt, wie ich zu einem Supermarkt am anderen Ende der Stadt gefahren bin – nur um mal etwas anderes zu sehen. Es wird also Zeit für eine Veränderung.«

Lola verliert ihre Rassel und fängt an zu wimmern. Ich reiche ihr das Spielzeug und ernte ein strahlendes Lächeln. Ich kann nicht widerstehen, sie auf den Arm zu nehmen und mit ihr zu kuscheln.

»Wer ist eine Süße?« Grinsend vergrabe ich mein Gesicht in ihrem Bäuchlein, und sie quietscht vor Vergnügen.

»Bekommst du auch langsam den Wunsch nach einem Kind?«, fragt Jess und hebt die Augenbrauen.

»Gib mir noch vier oder fünf Jahre«, antworte ich. »Ich weiß, dass du Mann und Kinder hattest, bevor du dreißig warst – aber einige von uns gehen es eben langsamer an. Im Übrigen schaffe ich es nicht mal, Arbeit und Privatleben unter einen Hut zu bringen, wenn ich mich nur um mich allein kümmern muss.«

»Sobald du den Richtigen getroffen hast, wird dich nichts mehr aufhalten können.«

»Tja ... das ist auch so eine Sache.«

Jess wirft mir einen wissenden Blick zu. »Deine Durststrecke ist vorüber, meine Liebe. Heute Abend klappt's. Ich kann es spüren.«

Ich bin nicht überzeugt. »Du hast es bei allen drei Blind Dates

›gespürt‹, die du arrangiert hast – und trotzdem bin ich noch Single.«
Jess ist fest entschlossen, mir einen Mann zu beschaffen. Deshalb habe ich mich mit einigen alleinstehenden Arbeitskollegen von Adam getroffen. Keiner von ihnen war wirklich übel, aber bei mir hat es einfach nicht gefunkt. Jess hält mich deshalb für extrem wählerisch.
Heute Abend treffe ich allerdings keinen von Adams Kumpeln: Ich werde mit ihr, Adam und einem Typ aus dem Laufklub essen. Jess ist überzeugt davon, dass das der Startschuss für eine romantische Liebesbeziehung sein wird, die in einer Ehe, Kindern und unzähligen Pärchenabenden endet.
»Tja, vielleicht«, räumt sie ein. »Aber Oliver ist Italiener. Zumindest war sein Großvater Italiener. Oder zu einem Viertel. Oder so.«
»Da bin *ich* ja italienischer«, gebe ich zurück.
»Er ist erst seit ein paar Monaten dabei, also kenne ich ihn noch nicht besonders gut«, fährt sie fort, ohne auf meine Bemerkung einzugehen. »Aber du wirst ihn mögen. Da bin ich mir sicher. Er sieht sehr gut aus und ist einer der nettesten Menschen, denen ich je begegnet bin.«
»Wenn das so ist, warum hast du mich dann erst mit drei anderen Männern verkuppeln wollen?«
»Er ist erst seit kurzem Single. Er hat gerade erst mit seiner Freundin Schluss gemacht.«
»Also trägt er emotionalen Ballast mit sich herum?«
Sie lächelt. »Du nicht?«
Darauf gibt es keine Antwort. Nachdem ich mein *KitKat* aufgegessen und die Diätcola getrunken habe, suche ich in meiner Tasche nach fünfzig Pence. Jetzt brauche ich auf jeden Fall Chips.

6.

Um eines klarzustellen: Ich trage keinen emotionalen Ballast mit mir herum. Also, eigentlich nicht. Verglichen mit anderen Leuten ist mein Liebesleben relativ überschaubar. Oder vielleicht habe ich auch nur zu viele Talkshows gesehen.
Als jemand, der seit sechs Jahren glücklich verheiratet ist, hat Jess eine unangemessene Meinung darüber, was ein normales Liebesleben für eine Frau Ende 20 ausmacht.
Ich kann nicht abstreiten, dass ich meine Höhen und Tiefen habe, aber wer hat das nicht? Ich hatte längere Beziehungen (zwei), und mir wurde das Herz gebrochen (ein Mal). Ich hatte eine lange Phase der Enthaltsamkeit (die noch andauert). Und einen Urlaubsflirt (den ich sehr genossen habe – bis ich herausfand, dass er verheiratet war). Bisher habe ich mich nie mit einem dieser Männer alt werden sehen, und im verrückten letzten Jahr stand die Suche nach Mr. Right nicht gerade an erster Stelle. Deshalb hatte ich auch seit über einem Jahr keine romantische Beziehung mehr. Wie es so weit hat kommen können, weiß ich nicht, doch es ist so.
An Abenden wie diesem, wenn die Arbeit hinter mir liegt und ich die Probleme aus meinem Haar gespült und sie mit Tonnen von Haarspray ersetzt habe, werde ich daran erinnert, dass es im Leben noch mehr gibt, als nur Kunden zu gewinnen. Wie Flirts und Spaß, spontanes Ausgehen und gewagten Augenkontakt.
Vielleicht ist es der Verlauf des Abends, der in mir wieder den Wunsch nach einem Sozialleben weckt. Ich weiß nicht, was ich von Oliver-dessen-Großvater-zu-einem-Viertel-Italiener-

ist erwartet habe, aber sicher nicht das: einen bodenständigen, bescheidenen und unglaublich süßen Typ mit einem Lächeln, das so strahlend ist, dass man damit eine Hochspannungsleitung speisen könnte.
»Warum hast du mir nicht gesagt, wie attraktiv er ist?«, zische ich, als Jess einen Topf Kartoffeln in ein Sieb leert.
»Habe ich das nicht getan?«, erwidert sie unschuldig. »Ich war mir sicher, ich hätte es erwähnt. Ich habe aber gesagt, dass er ein netter Kerl ist.« Sie gibt die Kartoffeln in eine Schüssel und salzt sie.
»Das ist, als würde man behaupten, Barack Obama hätte einen ›netten Job‹. Jess, er ist entzückend. Er ist perfekt … Er …«
»… ist da draußen mit meinem Mann und nicht mit dir«, unterbricht sie mich. »Geh jetzt wieder ins Esszimmer.«
»Ja, ja«, entgegne ich und versuche, mich zu sammeln. »Ich bin noch nie mit einem Arzt ausgegangen«, überlege ich laut und nehme einen Schluck Wein.
Ach ja. Habe ich das erwähnt? Oliver ist Kardiologe. Kann es noch besser werden?
Er kam vor eineinhalb Stunden mit einer Flasche Valpolicella und Blumen für Jess hier an. Und er hat offenbar Schwierigkeiten, seinen Blick von meinem Dekolleté zu wenden – auch wenn er jedes Mal, wenn ich ihn dabei ertappe, beschämt die Augen niederschlägt. Ich finde es großartig.
»Ja, ›Doktor Charming‹ könnte der erste sein«, erwidert sie. »Allerdings wird nichts passieren, wenn du weiter hier herumstehst.«
Sie hat natürlich recht. Außerdem sollte ich schon deshalb zu ihm gehen, um ihn vor Adam zu retten. Bisher hat Oliver sich mannhaft dagegen gewehrt, sich von Adam mit seiner Vorliebe für politische Themen in einen katatonischen Zustand

quatschen zu lassen. Doch wie lange er das noch durchhält, weiß nur Gott allein.
»Ich wünschte, ich hätte mich besser auf diesen Abend vorbereitet«, sage ich zu Jess. »Schau mich an. Mein Nagellack ist abgesplittert, und ich habe mir nicht einmal die Beine rasiert.«
»Na und? Du trägst doch eine Hose.« Sie reicht mir die Schüssel mit den dampfenden Kartoffeln.
»Darum geht es nicht.«
»Worum denn dann? Hast du vor, die Hose auszuziehen?«
»Habe ich dir etwa nicht gesagt, dass ich heute noch gern eine Partie Strip-Poker spielen würde?«, entgegne ich grinsend.
Von der Tür her erklingt ein Räuspern. Ich wende den Kopf und erblicke Oliver, der mit einem erstaunten Gesichtsausdruck in der Tür steht. Ich werde rot. »Das war ... Ich wollte nicht ...«
»Wie kommt ihr zurecht, Oliver?«, ergreift Jess das Wort.
»Äh ... gut«, antwortet er, sieht mich an und schlägt scheu die Augen nieder. »Ich wollte schauen, ob ich helfen kann.«
»Wir haben alles unter Kontrolle«, sagt Jess.
Ich spüre seinen Blick auf mir, aber ich kann ihn nicht ansehen, bis er irgendwann zur Pinnwand geht.
»Du hast hübsche Kinder«, sagt er zu Jess und betrachtet die Fotos. »Schlafen sie?«
Ich drehe mich zu Jess um und bemerke, dass sie hektisch auf ihre Augen deutet und mit den Fingern vor ihrem Gesicht herumfuchtelt.
»Hm?«, sagt sie schließlich. »O ja, sie gehen um sieben Uhr ins Bett. Das klappt mittlerweile ganz gut.«
»Ich *liebe* Kinder«, fährt er fort. »Ich kann es kaum erwarten, eigene zu haben. Vor kurzem bin ich Onkel geworden.«
»Ach, tatsächlich?«, sagt Jess und hört nur mit halbem Ohr zu, während sie weiterhin auf ihr Gesicht zeigt. Verwirrt

schüttle ich den Kopf und frage mich, warum sie ausgerechnet jetzt Scharade spielen will.

»Ja, meine Schwester hat einen Sohn bekommen – Jonah. Süß.«

»Wie alt ist er?«, frage ich.

Als er sich umwenden will, um mir zu antworten, packt Jess mich am Ellbogen und dreht mich um, als wollte sie mit mir tanzen.

»Vier Monate, glaube ich«, sagt er. »Er kann schon krabbeln.«

»Das ist aber sehr früh«, entgegnet Jess und hustet. »Normalerweise krabbeln sie erst mit acht Monaten.« Ich will mich umdrehen, als sie mich wieder festhält und mir die Schüssel aus den Händen nimmt. »Oliver, kannst du die bitte ins Esszimmer bringen, ehe sie kalt werden?«

»Sehr gern«, erwidert er grinsend, als Jess mich so fest packt, dass ich Angst habe, sie macht als Nächstes Brennnessel bei mir.

»Was soll das?«, frage ich, als Oliver verschwunden ist. Sie öffnet den Küchenschrank, nimmt ihren Taschenspiegel heraus und hält ihn mir vor die Nase. Der Dampf der Kartoffeln hat meine Wimperntusche dazu bewogen, mir die Wangen herunterzulaufen.

»Oh, toll.«

»Keine Sorge – er hat nichts bemerkt. Nimm dir ein Papiertaschentuch. Und dann geh da raus und flirte mit ihm, als würde dein Leben davon abhängen.«

Adam bleibt unbeirrt. Egal, wie oft Jess versucht, das Thema zu wechseln, er will nichts davon wissen.

»In diesem Land ist die Gleichgültigkeit gegenüber Europa unglaublich«, sagt er und schluckt einen Bissen Gemüse herunter. »In der EU gibt es dreihundertfünfundsiebzig Millionen Einwohner, und kaum einer weiß den Einfluss des Europäischen Parlaments auf unser Leben zu schätzen. Das Budget, das sie verwalten, ist phänomenal und trotzdem ...«

Das Babyphon springt an, als Lola aufwacht und weint. Alle halten inne und lauschen, ob sie sich wieder beruhigt. Nach ein paar Sekunden wird klar, dass sie sich nicht beruhigen wird.

»Ich werde gehen.« Adam steht auf und geht zur Tür. Ich muss mich zusammenreißen, um nicht erleichtert aufzuseufzen.

»Was denkst du über den Halbmarathon nächste Woche, Oliver?«, fragt Jess und schenkt mir Wein nach. »Wirst du deine persönliche Bestzeit unterbieten?«

»Tja, ich werde es versuchen«, erwidert er. »Obwohl ich für gewöhnlich zwei Wochen vor einem Lauf keinen Alkohol mehr trinke. Heute Abend habe ich gegen die Regel verstoßen.« Er grinst und sieht mich an, und mir fällt das kleine Grübchen in seinem Kinn auf. Es ist ungeheuer sexy, und er scheint sich dessen überhaupt nicht bewusst zu sein.

»Falls ich je einen weiteren Grund brauche, um nicht mit dem Laufen anzufangen, ist er das«, entgegne ich lächelnd.

Jess lacht, doch als ich Oliver anblicke, kommt es mir so vor, als wäre Selbstironie in diesem Fall nicht angebracht. So werde ich ihn nicht von mir überzeugen können.

»Läufst du nicht gern, Abby?« Er lächelt mich mit großen, freundlichen Augen an. Irgendetwas hindert mich daran, mein Brötchen weiter mit Butter zu bestreichen. Plötzlich sind mir der lockere Teig und die üppige Schicht weicher Butter zuwider – und die Auswirkungen, die beides auf mein Hüftgold hat.

»Ich habe früher viel Sport getrieben«, erzähle ich ihm. Jess beißt sich auf die Unterlippe und wendet den Blick ab.

»Ach?«, erwidert er, während ich seine Unterarme betrachte.

Sie sind, wie der Rest von Oliver, schlank und muskulös. Er hat kein Gramm Fett zu viel.
»Hm. Vor allem Fahrrad fahren. Viel schwimmen. Das habe ich immer gemacht.«
»Okay.« Er nickt. »Das ist beides sehr gut für dich.«
»Abby ist wegen der Firma allerdings so beschäftigt, dass ihr kaum noch Zeit dafür bleibt«, wirft Jess ein.
»Ich weiß, dass das jeder behauptet, aber in meinem Fall stimmt es«, füge ich hinzu, reiche ihm die Kartoffeln und nehme mir von den ballaststoffreichen grünen Bohnen.
»Ach, komm schon.« Oliver lacht leise, und seine Wangengrübchen kommen wieder zum Vorschein. »Ich glaube nicht, dass jemand zu viel zu tun hat, um zu trainieren. Jeder kann ein paarmal in der Woche eine Stunde einplanen, um Sport zu treiben. Selbst du, Abby.« Er sagt das mit einem Funkeln in den Augen, doch es gibt keinen Zweifel daran, dass er davon überzeugt ist.
Es gelingt mir, seinen Blick länger zu erwidern, als ich es ohne drei Gläser Wein geschafft hätte. Aber als mir die Hitze den Nacken hinaufkriecht, muss ich den Blick abwenden.
»Na ja, du hast offensichtlich noch nie jemanden kennengelernt, der gerade seine eigene Firma eröffnet hat«, bringe ich hervor.
»Da kannst du recht haben«, gibt er zu. Gott, er ist so süß. »Um welche Branche handelt es sich? Jess hat erwähnt, dass es irgendetwas mit Websites zu tun hat?«
»Wir sind eine Agentur für Webdesign.«
»Abby wurde schon mit einem Preis ausgezeichnet und hat ein paar richtig große Kunden«, fügt Jess hinzu. »Und dabei ist sie erst seit achtzehn Monaten dabei.«
»Sehr gut.« Er lächelt. Zum ersten Mal an diesem Abend habe ich das Gefühl, dass er mich mag. Und doch ist es offensicht-

lich, dass ein Flirt für ihn nicht selbstverständlich ist – er wirkt zu ungekünstelt, zu sehr wie der Junge von nebenan. Aus irgendeinem Grund macht ihn das noch begehrenswerter.

Jess steht mit einem zufriedenen Lächeln auf. »Ich räume den Tisch ab«, sagt sie. »Oliver, bleib sitzen.« Sie legt ihm unmissverständlich die Hand auf die Schulter. »Du bleibst hier und unterhältst dich mit Abby.«

Als sie durch die Tür verschwindet, sehen Oliver und ich uns im Zimmer um und suchen peinlich berührt nach einem Gesprächsthema.

»Nettes Armband«, sagt er irgendwann. Es kommt mir vor, als würde er versuchen, das Richtige zu tun, weil er mich mag, als wäre er jedoch unsicher, weil er ungeübt ist. »Sieht exotisch aus.«

Claire's Accessories, um genau zu sein. 4 Pfund 99. Das muss er aber nicht wissen.

»Danke«, murmle ich schüchtern. Er nimmt sein Weinglas, und als sein Arm dabei meinen berührt, habe ich das Gefühl zu explodieren.

Wir blicken einander wieder in die Augen, und mit einem Mal fühle ich mich schwach. »Weißt du«, überlegt er, »nachdem deine Firma jetzt schon achtzehn Monate lang läuft, solltest du dir ein bisschen mehr Zeit für dich nehmen.«

Mein Herz schlägt plötzlich doppelt so schnell. »Vielleicht hast du recht. An was hast du da gedacht?«

Lächelnd lehnt er sich zurück und sieht mutiger aus als bisher. »Werde Mitglied im Laufklub.«

Mein Lächeln erstirbt. »Ich glaube nicht, dass das etwas für mich ist.«

»Wirklich nicht? Wenn du viel geschwommen bist, wirst du

nicht lange brauchen, um die nötige Kondition zu erreichen.« Ich kann ihm ansehen, dass er glaubt, was er sagt.

»Ach, ich weiß nicht. Ich denke darüber nach«, schwindle ich.

»Du musst es nicht machen«, sagt er und sieht unglaublich süß und zugleich sexy aus. »Doch es wäre toll, wenn du es tun würdest.«

Mir fällt auf, dass ich aufgehört habe zu atmen, als die Tür aufspringt und Adam zurückkommt. »Sie ist erkältet«, sagt er. »Ich habe ihr etwas gegeben. Oh … Wo ist Jess?«

»In der Küche, den nächsten Gang vorbereiten«, entgegne ich und hoffe, dass er losgeht, um ihr zu helfen.

»Gut. Tja, sie hasst es, wenn ich mich einmische. Wo waren wir stehen geblieben, Oliver? Ach ja, das Referendum.«

Ich sinke auf meinem Stuhl zusammen.

»Eigentlich haben Abby und ich uns über den Laufklub unterhalten«, sagt Oliver. »Sie will vielleicht mitmachen.«

»Tatsächlich?«, stößt Jess hervor, die hereingekommen ist und mir nachschenkt. »Das ist ja phantastisch! Du wirst es lieben.«

»Ich glaube nicht, dass ich das gesagt habe«, winde ich mich.

»Ernsthaft, Abby, wenn du es langsam angehen lässt, baust du in null Komma nichts Kondition auf«, fährt Jess fort. Sie scheint sich nicht im Klaren darüber zu sein, dass es nie so weit kommen wird. Ich nippe an meinem Wein.

»Wir treffen uns fast jeden Tag. Aber für den Anfang sollten drei Tage die Woche für dich reichen«, erklärt Oliver, während ich mich bemühe, mich nicht an meinem Chardonnay zu verschlucken.

7.

Der wöchentliche Einkauf ist selbst für meine Verhältnisse maßlos. Ein Viererpack Magnum, eine riesige Tüte Tortilla-Chips, zwei Flaschen Pinot Grigio und ein paar »unwiderstehliche Stückchen Käsekuchen«, die so unwiderstehlich sind, dass ich es nicht einmal bis nach Hause schaffe, ohne die Packung aufzureißen. Ich betrachte meine Ausbeute und verspüre ein schlechtes Gewissen. Meine Arterien werden mir den Genuss all der Sachen nicht gerade danken.

Na ja. Ich klemme mir den Telefonhörer zwischen Schulter und Kinn und öffne eine Packung Marshmallows. Während Jess mir einen Vortrag hält, stopfe ich mir voller Genuss einen davon in den Mund und antworte erst, als sie eine Pause macht, um Luft zu holen. »Jess, das ist im Prinzip eine tolle Idee. Nicht zuletzt, weil ›Doktor Charming‹ da ist.«

»Du magst ihn noch immer?«

»Er ist umwerfend.«

»Dann mach im Laufklub mit.«

Ich seufze. »Es gibt einen guten Grund, warum ich nicht Mitglied werden kann.«

»Ach ja? Und der wäre?«

Ich hole noch einen Marshmallow aus der Tüte und betrachte ihn. »Ich könnte sterben.«

Sie prustet los.

»Das ist mein Ernst«, sage ich unschuldig. »Ich kenne meine Grenzen.«

Tatsächlich habe ich über Olivers Vorschlag nachgedacht. Doch wenn ich Jess jetzt Hoffnungen mache, wird sie sich darauf stürzen und nicht mehr lockerlassen, also halte ich mich lieber bedeckt.

»Okay. Du hast vielleicht recht«, seufzt sie. Es ist ein offensichtlicher und fruchtloser Versuch der umgekehrten Psychologie. »Wie wäre das: Trainiere ein paar Wochen im Fitnessstudio, um dich in Form zu bringen, und werde *dann* Mitglied im Laufklub. Auf die Weise ist es nicht so beängstigend, denn du fängst nicht bei null an.«

»Hm«, brumme ich, nicht halb so begeistert wie sie.

»Abby.« Sie spricht mit mir, als wollte sie einem Hündchen den Befehl »Sitz!« beibringen. »All deine Argumente, es *nicht* zu tun, sprechen nur dafür.«

»Hä?«

»Ich meine, du bist nicht in Form. Wenn du in Form kommen möchtest, komm in den Laufklub.«

»Tja, wenn es nur so einfach wäre …«

»Es ist so einfach! Oliver will nur, dass du teilnimmst, weil er dich mag. Trotzdem ist es eine gute Idee. Wie gesagt, du solltest vorher ein bisschen trainieren, um den Übergang etwas leichter zu machen. Aber es gibt sogar eine Gruppe für Anfänger. Du kommst bestimmt zurecht. Vergiss deine Vorurteile – vor allem die Vorstellung, dass wir ein Haufen Fitnessfanatiker wären, die sonst nichts anderes machen.«

»Aber das stimmt doch.«

»Falsch! Wir sind Menschen, die ihr Leben ausgewogen gestalten und gern laufen.«

»Daran ist nichts ›ausgewogen‹«, gebe ich zurück.

»Abby«, sagt sie wieder in diesem Tonfall. »Viele Leute fangen an wie du.«

»Wie, mit einem kugelrunden Bauch und einer Mitgliedskarte im Fitnessstudio, die in dem Jahr abgelaufen ist, als die Spice Girls gegründet wurden?«

»Ich merke, dass ich auf verlorenem Posten kämpfe. Du hast gewonnen – mach nicht mit. Selbst wenn es den Beginn einer wundervollen Beziehung mit ›Doktor Charming‹ bedeuten könnte. Es soll eben nicht sein.«

»Das ist unfair, Jess.«

»Ich weiß. Hat es funktioniert?«

Ich denke eine Sekunde darüber nach. »Wenn er mich mag, warum besorgt er sich nicht meine Telefonnummer und bittet mich um ein Date?«

»Weil er möchte, dass du dem Laufklub beitrittst«, erwidert sie, ohne zu zögern.

»Oooh«, stöhne ich. »Das ist nicht fair. Hör zu, ich lasse es mir durch den Kopf gehen. Und jetzt geh und kümmere dich um deine Kinder und hör auf, mich zu bedrängen.«

Ich lege auf und betrachte meinen Bauch. Wenn mein Hosenbund noch tiefer einschneidet, werde ich zerteilt. Ich schiebe mir noch einen Marshmallow in den Mund und räume die restlichen Einkäufe in meine kleine, aber feine Küche.

Danach nehme ich mir die Post von Freitag vor, für die ich erst jetzt, am Sonntagnachmittag, die Zeit finde, sie zu öffnen.

Die ersten beiden Briefe sind Müll. In einem steht, dass ich nur einen Schritt davon entfernt bin, 5000 Pfund zu gewinnen, wenn ich einen Katalog bestelle, der eine unglaublich große Auswahl an orthopädischen Strümpfen bietet. Der andere ist die Postwurfsendung einer Flugzeug-Firma. Sie müssen die schlechteste Datenbank der Welt haben, wenn sie mich für eine potenzielle Kundin halten.

Der dritte Umschlag ist braun und fällt deshalb in die Kategorie von Briefen, die ich nur ungern öffne. Braune Briefe sind immer wichtig. Ich reiße den Umschlag auf und finde darin den ersten handgeschriebenen Brief, seit meine 80 Jahre alte Grandma mir eine Fünfpfundnote geschickt und mich ermuntert hat, mir davon etwas Neues zum Anziehen zu kaufen.

Ms. Rogers,
der Optimist in mir hat versucht, berechtigte Gründe dafür zu finden, warum Sie nicht auf meine drei E-Mails geantwortet haben. Vielleicht war unser Kuss auf dem Parkplatz ein so überwältigendes Erlebnis, dass Sie mir die falschen Kontaktdaten gegeben haben. Doch die E-Mails kamen nicht zurück. Also versuche ich, den Pessimisten in mir zu unterdrücken, der befürchtet, dass Sie das Thema »Unfall« möglicherweise meiden. Leider befürchte ich ebenso, dass sich das Thema angesichts der Rechnung von über 1000 Pfund für die Reparatur des Motorrades nicht einfach von selbst erledigt. Also, auch auf die Gefahr hin, dass ich mich wiederhole: Wären Sie so freundlich, mir die Versicherungsdaten zu schicken? Falls es nicht zu viele Umstände macht. Danke.
Tom Bronte

Was für eine Frechheit. Er hat überhaupt keinen Kontakt mit mir aufgenommen! Und *1000* Pfund? Für ein verdammtes Motorrad?! Dafür bekommt man ein ganzes Auto. Gut, zugegebenermaßen ein mieses Auto, aber immerhin.
Was soll überhaupt die Sache mit dem Kuss? Ihm muss doch klar sein, dass er derjenige ist, der angefangen hat. Es ist offensichtlich, dass er sich über mich lustig macht, aber das tut nichts zur Sache. Genau genommen macht es alles nur noch schlimmer.
Im Übrigen weigere ich mich, mir für etwas die Schuld geben zu lassen, was ich nicht getan habe – wie zum Beispiel seine

E-Mails zu ignorieren. Zumindest … glaube ich, dass ich das nicht getan habe.
Ich bin verunsichert.
Ich gehe in mein Arbeitszimmer und starte meinen Laptop. Ungeduldig trommle ich mit den Fingerspitzen auf den Schreibtisch, bis der Rechner endlich hochgefahren und bereit ist. Dann werfe ich einen Blick in meinen Posteingang und stelle zufrieden fest, dass ich sämtliche Mails gelesen habe. Lediglich drei oder vier Nachrichten, die Freitag nach Feierabend angekommen sind, konnte ich noch nicht lesen.
»Da«, sage ich laut und verschränke die Arme vor der Brust. »Keine einzige ungelesene E-Mail. Was sagst du nun, Mr. Tom ›1000 Pfund für eine popelige Delle in meinem Motorrad‹ Bronte?«
Plötzlich kommt mir ein Gedanke. Er hat nur Tom auf die Karte geschrieben, die er mir nach dem Unfall in die Hand gedrückt hat. Also, warum sagt mir sein Nachname irgendetwas?
Ich klicke den Papierkorb an und prüfe die ungelesenen E-Mails, als mein Blick an drei Nachrichten von der Adresse *tbronte@caroandco.com* hängenbleibt.
»Mist.« Ich habe sie gestern zusammen mit einigen anderen gelöscht und kaum wahrgenommen. Aus irgendeinem Grund hielt ich *Caro & Co.* für eine Glaserei, die mir ein Angebot für ein Gewächshaus machen wollte.
Ich schnappe mir noch einen Marshmallow und fange an zu lesen. Mir fällt auf, wie der freundliche Ton der ersten Nachricht von Mail zu Mail abnimmt. Gut, ein Teil von mir kann seine Sorge verstehen, nachdem er nichts von mir gehört hat. Trotzdem gefällt mir der Ton nicht, den er in seinem Brief anschlägt. Oder die Erwähnung der 1000 Pfund, die die

Reparatur angeblich gekostet hat. Wie kann die Reparatur von etwas mit nur zwei Reifen so viel kosten?
Ich setze eine E-Mail auf.

Sehr geehrter Mr. Bronte,
vielen Dank für die Korrespondenz. Ich habe Ihren letzten Brief gelesen und kann Ihnen versichern, dass »überwältigend« nicht der Ausdruck ist, der mir zu unserem »Kuss« einfällt.
Darf ich Sie daran erinnern, dass es Sache unserer Versicherungen ist, zu entscheiden, wer schuld an dem Zusammenstoß ist? Also werde ich dieser Entscheidung nicht vorgreifen, indem ich zustimme, die Kosten für die ehrlich gesagt erstaunlich hohe Rechnung zu übernehmen.
Ich gebe offen zu, dass Motorrad-Technik nicht zu meinen Stärken gehört. Trotzdem frage ich mich, ob der Kostenvoranschlag, den Sie bekommen haben, vielleicht eine Vergoldung der Seitenverkleidung beinhaltet?

Ich muss lächeln. Es ist wirklich verlockend.
Aber vielleicht sollte ich es ein wenig abschwächen und stattdessen eine kurze Nachricht mit den Kontaktdaten und einem knappen *Ich hoffe, wir können diese Angelegenheit so schnell wie möglich klären!* schicken.
Ich speichere die E-Mail als Entwurf und zwinge mich, an etwas Schönes zu denken. Ich beschwöre ein wundervolles Bild herauf und erlaube ihm, in mein Bewusstsein zu dringen und dort zu bleiben: Es ist das Bild von »Doktor Charming«, der meinen Bauchnabel küsst.
Es ist ein perfekter Traummoment. An einem Sommertag halten wir uns in einer staubigen Scheune leidenschaftlich umschlungen, und samtige Sonnenstrahlen tauchen seine

Züge in warmes Licht. Gerade als ich beginne, es zu genießen, blickt er auf … und hat sich in Tom Bronte verwandelt.

Um Himmels willen.

Ich schließe die Augen und verbanne ihn aus meinen Gedanken.

Aber es funktioniert nicht: Er taucht erneut auf. Ich wende mich wieder dem Computer zu, rufe den gespeicherten Entwurf auf und schicke ihn los.

Dann mache ich die Augen wieder zu und lege mich im Heu zurück. Dass ich in Wirklichkeit niesen würde wie eine Wahnsinnige, blende ich aus. Ich träume mir »Doktor Charming« herbei.

Jetzt ist er es. Ich werde in einen Strudel der Lust gerissen, als er mich küsst und streichelt, kitzelt und reizt. Die Berührung seiner Zunge auf meinem festen, durchtrainierten Bauch ist …

Einen Moment mal.

Von der Wirklichkeit aus meinem Tagtraum gerissen, schlage ich die Augen auf und betrachte schuldbewusst meinen Bauch.

Flacher, durchtrainierter Bauch? Mein Bauch ist ungefähr so flach wie das Matterhorn.

Deprimiert nehme ich mir noch einen Marshmallow und stecke ihn in den Mund. Doch als ich meine Zähne diesmal in die zuckrige, weiche Masse versenke, kann ich es nicht genießen. Entschlossen ergreife ich die Packung, durchquere die Küche und werfe sie in den Mülleimer. Dann schnappe ich mir den Telefonhörer und wähle Jess' Nummer.

»Setz dich lieber«, sage ich, ehe ich meine Meinung ändern kann. »Ich werde diese Laufsache ausprobieren.«

8.

Ich verbringe zwei Tage damit, mich psychisch auf den Beitritt zum Laufklub vorzubereiten. Etwas ärgerlich ist, dass Jess, deren Idee meine Teilnahme war, mich immer wieder darauf hinweist, dass ich erst fitter werden muss, ehe ich mich anmelde.

Aber es gibt, wie sie selbst erwähnt hat, eine Gruppe für Anfänger. Und offen gesagt möchte ich, nachdem ich nun die Entscheidung getroffen habe, endlich anfangen. Was hat es für einen Sinn, mein Wiedersehen mit »Doktor Charming« noch länger hinauszuzögern? Wenn ich erst zwei Monate lang ins Fitnessstudio renne, hat er wahrscheinlich schon eine neue Freundin gefunden – keine schöne Aussicht.

Außerdem ist Sport, wie es immer in diesen Magazinen steht, die sie einem beim Friseur aufdrängen, das beste Mittel, um Stress abzubauen, und deshalb genau das, was ich in meinem Job brauche. Vor allem nach der letzten Antwort von meinem »Freund« Tom Bronte, die gestern angekommen ist. *Abigail* stand dort, was mich direkt wütend gemacht hat; wer hat ihm grünes Licht für solche Vertraulichkeiten gegeben?

> *Danke für die Kontaktdaten der Versicherung. Sie haben recht – es liegt bei ihr, die Schuldfrage zu klären. Falls diejenigen, die sich mit dieser Frage beschäftigen, genauso viele Schrauben locker haben wie mein Motorrad im Moment, werden sie möglicherweise zu dem Schluss kommen, dass Sie nicht schuld sind.*

Beste Grüße
Tom
PS: Tut mir leid, dass der Kuss für Sie keine große Sache war. Ich persönlich habe ihn ziemlich genossen.

Unglaublich! Und dann diese Nachbemerkung! Was *will* der eigentlich?
Ich schüttle den Kopf und denke an den heutigen Abend, auf den ich mich richtig freue.
»Doktor Charming« ist offensichtlich der Hauptgrund dafür. Abgesehen davon habe ich jedoch auch darüber nachgedacht, was Jess über das Thema Fitness gesagt hat. Vielleicht kann ich einer der Menschen werden, denen Sport Spaß macht – wenn ich mich darauf konzentriere. Außerdem sollte ich mir selbst ruhig etwas vertrauen. *So* unfit kann ich gar nicht sein. Während der Arbeit bin ich ständig unterwegs, und selbst wenn das streng genommen nicht dasselbe ist, wie ins Fitnessstudio zu gehen, bin ich mir sicher, dass ein Schrittzähler (wenn ich einen hätte) beim Versuch, mitzuhalten, in Flammen aufgehen würde.
Ich habe auch Jess' Ratschläge befolgt und viel Wasser getrunken. Mit dem Erfolg, dass ich heute ständig zum Klo musste. Was ich bedauere, ist, dass ich erst jetzt dazu komme, meine Sportsachen hervorzukramen. Nach einem höllischen Tag in der Arbeit bin ich nach Hause gerast und muss in 20 Minuten bei Jess sein.
Die einzigen Sportschuhe, die ich finden kann, liegen seit eineinhalb Jahren unter der Treppe verstaut. In ihnen nisten zwei Spinnen und ein Käfer. Die Kleidersituation ist nicht viel besser. Ich habe die Wahl zwischen einer grauen, mit Farbe bespritzten Jogginghose und roten Leggings aus Elasthan, die nicht einmal besonders schmeichelhaft saßen, als ich noch

zwei Kleidergrößen weniger hatte. Zuversichtlich ziehe ich sie an, bevor ich zu dem Schluss komme, dass meine Beine darin wie zwei überdimensionale Würstchen aussehen, die in Kondome mit Erdbeergeschmack gestopft wurden.
Ich entscheide mich für die Jogginghose. Es ist nur weiße Farbe, und niemandem wird es auffallen – es sei denn, derjenige sieht ganz genau hin. Wenn ich in funkelnagelneuen Klamotten auftauche, sehe ich nicht nur wie eine Idiotin aus, sondern oute mich noch als jemand, der seit einer gefühlten Ewigkeit keine körperlichen Aktivitäten mehr unternommen hat. Die Jogginghose ist nicht perfekt, aber sie sieht zumindest aus, als wäre sie schon oft benutzt worden.

»Abby, keine Panik jetzt«, sagt Jess, als wir zu der Sportanlage fahren, wo sich der Laufklub trifft. Es ist ein erbärmlich heißer Abend – meiner Meinung nach viel zu heiß, um Sport zu machen, aber dadurch lässt sich Jess auch nicht davon überzeugen, wieder umzukehren.
»Ich bin nicht panisch.« Ich hole tief Luft.
»Gut. Denn wen kümmert es, was du anhast?«
»Tja, *mich* zum Beispiel. Ich hatte keine Ahnung, dass du so … schick aussiehst. Wie schaffst du das in Sportklamotten? Das ist nicht gerecht.«
»Dieses Top habe ich schon seit Jahren«, erwidert sie.
Das ist kein Trost. Ob sie sich dessen bewusst ist oder nicht – Jess sieht aus wie eine Frau aus einem *Nike*-Werbespot. Bisher dachte ich immer, die Fotos wären am Computer nachbearbeitet. Aber offensichtlich ist es möglich, Shorts und ein trendiges pinkfarbenes Oberteil zu tragen, ohne dass unerwünschte Dellen und Beulen zu sehen sind.
»Ich habe die ganze Ausrüstung, weil Laufen mein Hobby ist und weil ich viel Zeit damit verbringe. Die Leute schenken

mir seit Weihnachten 1991 jedes Jahr solche Tops. Falls du das Laufen für dich entdeckst, kannst du dir auch ein paar schöne Klamotten zulegen. Glaub mir, Abby, du siehst nicht so schlecht aus, wie du denkst.«

Entschuldige, Jess, aber das glaube ich dir nicht.

Wenn ich mir meine Hose ansehe, die meiner Rückansicht nicht gerade schmeichelt, und das weite T-Shirt, in das ein Daunenbett passen würde, kann ich dir *nicht* glauben.

Ich versuche, mich zu beruhigen. Wenn »Doktor Charming« so oberflächlich ist, dass er hinter dem Lauf-Outfit nicht meine Persönlichkeit erkennt, dann ist er die Mühe nicht wert.

Ach, wem mache ich was vor?

»Wie waren die ersten beiden Tage bei der Arbeit?«, frage ich Jess, als sie geparkt hat und wir zum Sportcenter gehen.

»Anstrengend, einschüchternd – und absolut großartig«, entgegnet sie grinsend.

»Also wirst du es genießen, eine berufstätige Mutter zu sein?«

»Ich habe ja gerade erst angefangen«, erwidert sie schulterzuckend. »Aber die Gesellschaft Erwachsener war eine Offenbarung. Natürlich ist das halbe Team neu, seit ich in den Mutterschutz gegangen bin, aber die Leute scheinen echt nett zu sein. Ich liebe es. – Da wären wir.«

Sie stößt die Tür zu einem belebten Foyer auf und geht an der Schlange vor dem Empfangstresen vorbei, um zur Umkleidekabine zu gelangen. Als ich meine Tasche in einen Spind stopfe und mich umsehe, bemerke ich, dass Frauen jeder Größe, Statur und Altersgruppe hier sind – und ich fühle mich ein bisschen sicherer.

»Hier entlang«, sagt Jess. Wir gehen zu einem Versammlungsraum am anderen Ende der Squashplätze.

Der Gedanke dahinter ist, dass alle drei Gruppen, die nach Trainingsstand unterteilt sind, zu Beginn zu einer Gesprächsrunde über den Verlauf und die Ziele des Abends zusammenkommen. Jess gehört zu der Gruppe mit den schnellsten Läufern. Sie ist eine der drei einzigen Frauen, aber sie versichert mir, dass sie zwischen dieser und der mittleren Gruppe wechselt.

»Wow! Du hast es geschafft!« Unwillkürlich halte ich die Luft an, als ich Oliver und sein unglaublich süßes Lächeln erblicke. »Ich freue mich so, dass wir dich überzeugen konnten.«

Sein rotes T-Shirt steht ihm ausgezeichnet. Und es zeigt seinen schlanken Körper.

Er beugt sich vor, um mir einen Kuss auf die Wange zu geben. Es kommt mir vor, als wäre er mutiger als bei unserer ersten Begegnung. Trotzdem wirkt er noch jungenhaft und sexy genug, um mein Herz Purzelbäume schlagen zu lassen.

»In welcher Gruppe möchtest du mitlaufen – langsam oder mittel?«

Die Antwort ist eindeutig »langsam«. Was auch sonst?

Doch als »Doktor Charming« fragt, missfällt mir das Wort »langsam« mit dem Beigeschmack von Dilettantismus und schwacher Leistung. Zugeben zu müssen, dass ich in diese Gruppe gehöre – zu den schwachen Teilzeitsportlern –, kommt überhaupt nicht in Frage.

»Tja, wie ich schon sagte … ich bin früher viel geschwommen«, murmle ich.

Jess sieht mich entgeistert an.

»Also«, fahre ich fort. »Vielleicht … die mittlere Gruppe.«

»Bist du dir sicher?«, stößt Jess hervor. Ich werfe ihr einen vernichtenden Blick zu.

»Das ist ziemlich ehrgeizig, Abby«, entgegnet Oliver freundlich. »Selbst wenn du viel geschwommen und superfit bist, ist das eine andere Disziplin. Es sei denn, du bist auch gelaufen?«

»Ein bisschen.« Ich lächle zuversichtlich. Jess sieht mich an, als müsste ich direkt eingewiesen werden.
»Das nenne ich Sportsgeist.« Er lächelt leicht, und ich werde von Verlangen erfüllt. »Mal schauen, wie du zurechtkommst. Wir können es beim nächsten Treffen notfalls ändern.«
Er tritt vor die Gruppe und versucht, die Aufmerksamkeit der Leute auf sich zu lenken. Es dauert eine geschlagene Minute, bis die Läufer bemerken, dass er etwas sagen möchte – was ich nicht nachvollziehen kann, denn *ich* hänge bereits an seinen Lippen, seit er den Mund aufgemacht hat.
»In der letzten Woche sind wir auf hügeligem Terrain gelaufen«, sagt er. »Also wird es heute ein ruhiger Lauf.«
Ruhig. Das klingt doch gut, oder? Nichts, was zu mühselig wäre. Ich drehe mich zur Seite und merke, dass Jess mich noch immer anstarrt und offenbar den Mund nicht zubekommt.
»Doktor Charming« erklärt gerade, warum es so wichtig ist, verschiedene Laufstile zu mischen – hügeliges Gelände, ruhige Läufe und die abscheulich klingenden Tempoeinheiten –, um die Fitness zu steigern. Zumindest glaube ich, dass er das sagt: Ich bin nämlich zu beschäftigt damit, mich in seinen Augen zu verlieren, um genau zuzuhören.
Schließlich begeben wir uns zu einer überraschend anstrengenden Übungseinheit auf die Laufbahn. Es stellt sich heraus, dass das nur die Aufwärmrunde ist. Wir machen Kniebeugen, dehnen und bücken uns und machen Sprints – und von allem so viel, dass mein Gesicht am Ende viel verschwitzter und röter ist, als ich es mir zu diesem frühen Zeitpunkt gewünscht hätte.
Jess packt meinen Arm. »Was zum Teufel machst du in der mittleren Gruppe?«
Ich löse mich aus ihrem Griff. »Willst du mich blamieren?«

»Natürlich nicht«, entgegnet sie wütend. »Es ist noch nicht zu spät, in die langsame Gruppe zu wechseln. Dort sind Leute, die schon seit Jahren laufen.«
»Ich komme schon klar«, presse ich zwischen zusammengebissenen Zähnen hervor.
Sie seufzt, nicht überzeugt, sondern resigniert. »Gut. Maureen wird sich um dich kümmern, stimmt's, Mau?«
Ich habe alles über Mau gehört. Ihr tatsächliches Alter ist ein ebenso großes Geheimnis wie die Herkunft schwarzer Materie, aber man kann sagen, dass sie ein paar Jahre mehr auf dem Buckel hat als die anderen Läufer. Was sie an Normalität vermissen lässt, macht sie durch Glamour wieder wett. Mit einem Körper, um den ich sie jetzt schon beneide, kann sie es sich leisten, einen grünen Gymnastikanzug aus Elasthan zu tragen. Ihr Haar ist top gestylt, und sie trägt so viel Schmuck, dass sie wie ein Weihnachtsbaum glitzert.
»Normalerweise bin ich in der langsamen Gruppe, meine Liebe«, sagt sie zu mir. »Doch ich habe den Fehler gemacht, in den letzten Wochen ein bisschen zu schnell zu laufen. Deshalb hat der reizende Oliver darauf bestanden, dass ich in die mittlere Gruppe wechsle. Ich lasse ihm seit einer Woche seinen Willen, aber um ehrlich zu sein versuche ich, in meinem Alter zu großes Gekeuche zu vermeiden – zumindest, wenn es ums Laufen geht«, sagt sie mit einem Zwinkern.
Als die Gruppen sich aufteilen und startklar machen, mustere ich die anderen Mitglieder der mittleren Gruppe. Es sind zwölf Läufer: acht Frauen und vier Männer, und ich bin mit mehr Unterhautfettgewebe gesegnet als die restlichen Läufer zusammen.
Ich halte mich im Hintergrund und bereite mich vor, als plötzlich ein ohrenbetäubendes Dröhnen die Luft erfüllt. Ich blicke auf und entdecke ein Fahrzeug, dessen blaue Karos-

serie mir sehr bekannt vorkommt. Mein Herz zieht sich zusammen und stockt. Das Gefühl verschlimmert sich noch, als der Besitzer des Motorrades den Helm abnimmt und auf das Sportcenter zukommt. Er beginnt zu rennen, während er sich seine Tasche über die muskulöse Schulter wirft.
Abrupt wende ich den Blick ab, konzentriere mich auf die Frau vor mir und versuche, ruhig zu atmen. Ich wusste, dass der heutige Abend eine Herausforderung werden würde. Allerdings hätte ich nicht damit gerechnet, dass Tom Bronte ein Teil dieser Herausforderung sein würde.

9.

»Ihr habt den Mann gehört – heute wird es ein ruhiger Lauf«, sagt Mau zum Rest der Gruppe. »Also kein Vorpreschen, um mich vorzuführen. Vergesst nicht, dass ich eine alte Frau bin.«

»Ja, die fitter ist als die meisten Zwanzigjährigen, Mau«, sagt meine Nachbarin, eine brünette Mittvierzigerin mit kurzen Haaren und den knappsten Laufshorts, die ich je gesehen habe, grinsend. Trotzdem wirkt sie sympathisch, und ich nutze die Gelegenheit, um etwas klarzustellen.

»Äh, der Typ mit dem Motorrad«, beginne ich beiläufig. »Ist er auch Mitglied in diesem Klub?«

»Tom? Ja. Er ist reizend, nicht wahr?«, flüstert sie hinter vorgehaltener Hand und schmunzelt. »Ach, dieses Lächeln!«

»Bedauerlicherweise ist er schon vergeben«, fügt Mau hinzu, die zugehört hat. »Leider Gottes. Ich habe allerdings immer noch die Hoffnung, dass er eines Tages feststellt, dass er auf glamouröse Großmütter steht.«

Die schnelle Gruppe läuft den Hügel hinauf. Oliver führt die Gruppe an, Jess bildet das Schlusslicht. Ihre schlanken Schenkel sehen auch von hinten makellos aus. Aus den Augenwinkeln erblicke ich Tom Bronte, der scheinbar mühelos losrennt, um die anderen einzuholen.

Dann ist meine Gruppe an der Reihe.

Zuerst sind meine Glieder noch steif und ungelenkig, als wären meine Beine gerade aus einem langen Winterschlaf erwacht. Zu meiner Überraschung dauert es jedoch nicht lange, bis ich mein Tempo finde. Zögerlich komme ich zu dem

Schluss, dass das Laufen vielleicht doch nicht so schlimm ist. Gut, wir sind erst seit drei Minuten auf der Strecke, und die besten Läufer haben sich bereits abgesetzt, aber ein Großteil der Gruppe ist in einem viel gemäßigteren Tempo unterwegs, als ich gedacht hätte.

Ich lasse den Gedanken zu, dass ich möglicherweise eine von ihnen bin. Dass Jess und ich aus demselben Holz geschnitzt sind. Ich liebe Sport – es hat nur bis zum heutigen Tag gedauert, das herauszufinden.

Ich atme die frische Luft ein und spüre das Blut durch meine Adern fließen, während ich von einer Welle positiver Gefühle mitgerissen werde. Gott, es ist so schön, lebendig zu sein!

Fünfzehn Minuten später bemühe ich mich, nicht zu keuchen, als stünde ich kurz vor dem Exitus, auch wenn meine Lunge sich anfühlt, als wäre sie in Benzin getaucht und angezündet worden.

Was noch schlimmer ist: Die anderen sind nicht, wie man erwarten würde, Kilometer vor mir. Fürsorglich kommen sie immer wieder zu mir gelaufen, ehe sie kehrtmachen und wieder in die andere Richtung rennen. Dann wiederholen sie die Übung – wieder und wieder.

Ich würde ihnen gern sagen, dass sie das nicht tun müssen, dass ich es lieber hätte, wenn sie mich einfach zurücklassen würden. Leider habe ich die Fähigkeit zu sprechen eingebüßt.

Das Ergebnis erinnert an eine Szene aus einem abgedroschenen Kriegsfilm: Ein paar Mutige stellen ihre eigenen Interessen hintan und kümmern sich um den armen Kerl, der beide Beine verloren hat. Ein Zustand, den ich im Augenblick tatsächlich nachvollziehen kann.

»Geht es Ihnen gut, meine Liebe?«, fragt Mau bei einer dieser Gelegenheiten. Obwohl sie schon einige Kilometer ohne

Pause gelaufen ist, wirkt sie so locker, dass man denken könnte, sie läge mit einem Glas Champagner in der einen und einer Praline in der anderen Hand auf einer Chaiselongue.
»Argsss«, bringe ich hervor – was so viel heißen soll wie: »Mir geht es gut, lassen Sie mich in Ruhe.«
Sie sieht mich besorgt an.
»Hören Sie«, schlägt sie vor und joggt neben mir her. »Warum laufen wir nicht langsamer, meine Liebe?«
»Sie … müssen … ni… nicht … müssen …« Ich gebe es auf.
»Wenn Sie anhalten wollen, können Sie das machen«, versichert sie mir. »Sie müssen nicht die ganze Stunde mitlaufen.«
Als ich das höre, knicken meine Knie endgültig ein. Ich beuge mich vor, stütze die Hände auf den Oberschenkeln ab, lasse meinen Kopf nach unten hängen und ringe nach Luft.
»Eine *Stunde?*«, frage ich irgendwann. »Ihr lauft eine Stunde lang? Wie ist das … möglich?«
Mau unterdrückt ein Lächeln. »Eigentlich laufen wir nur fünfundvierzig Minuten. Der Rest geht für das Aufwärmen und die Abkühlphase am Ende drauf. Also müssen Sie nur noch eine halbe Stunde durchhalten. Sie haben das toll gemacht.«
»Tatsächlich?«, wimmere ich.
Voller Mitgefühl sieht sie mich an. »Warum nehmen wir beide nicht eine kleine Abkürzung?«
»Nein, ich will Sie nicht aufhalten«, entgegne ich. »Laufen Sie weiter.«
»Mir macht das nichts aus«, sagt sie schulterzuckend. »Ich komme morgen sowieso wieder. Kommen Sie schon. Hören Sie auf, solange Sie noch gut dabei sind.«
»Wie kommen Sie darauf, dass ich gut dabei bin?«, murmle ich. Meine Beine zittern, als wir langsam die »Abkürzung« entlang zum Sportcenter joggen. Zumindest ist Mau der Mei-

nung, dass es langsam ist – mir kommt es halsbrecherisch schnell vor. Und als wir gemeinsam mit den anderen Gruppen um Punkt 19:50 Uhr ankommen, bin ich mir plötzlich sicher, dass 19:53 Uhr die letzte Minute sein wird, die ich erleben werde.

Jess kommt zu mir geeilt. »Oh, mein Gott. Geht's dir gut, Abby?«

»Hhhhmpf«, erwidere ich.

»Musst du dich setzen?«

Ich schüttle den Kopf, während ich mit einem dumpfen Aufprall mit dem Hintern auf die Tartanbahn krache.

»Trink etwas.« Sie hält mir eine Flasche Wasser an die Lippen, und zwischen einigen gierigen Luftzügen nehme ich ein paar große Schlucke.

»Verdammt«, brummt sie. »Ich habe gleich gesagt, dass du noch nicht so weit bist, um in dieser Gruppe mitzuhalten. Ich bin nach Lolas Geburt gerade erst wieder in die schnelle Gruppe gewechselt, und ich laufe seit Jahren. Du bist wahnsinnig.«

»Hhhhmpf«, mache ich.

»Komm schon, steh auf«, befiehlt sie.

»Hhhhmpf?« Ich sehe sie an, als wäre sie verrückt geworden.

»Deine Muskeln verkrampfen sich, wenn du dich nicht dehnst.«

»Die Chancen, dass meine Muskeln sich … nicht verkrampfen … stehen bei null«, bringe ich hervor, doch sie zieht mich trotzdem hoch. Ich humple zu den drei Gruppen, die alle zusammen ein paar Übungen machen, um sich abzukühlen.

Als ich mich unauffällig umsehe, bemerke ich, dass die anderen Frauen zart gerötete Wangen und einen Hauch von Schweiß auf der Stirn haben. Sie wirken belebt und glücklich, erfüllt vom Adrenalin.

Ich sehe ganz anders aus. Mein nasses Haar klebt in meinem Gesicht. Ich brauche keinen Spiegel, um zu wissen, dass meine Wangen die Farbe einer verdorbenen Rote-Bete-Knolle haben. Und obwohl mein T-Shirt so weit ist, habe ich Schweißflecken wie Halbmonde unter den Armen.

»Lass mich nach hinten«, zische ich.

»Gut.« Sie zuckt mit den Achseln.

Ich mache die Dehnübungen zur Abkühlung nur mit, um nicht noch mehr Aufmerksamkeit auf mich zu lenken, aber es ist eine Qual. Allein der Gedanke an meinen Muskelkater morgen treibt mir die Tränen in die Augen.

Schlimmer als das ist allerdings die Übelkeit, die in mir hochsteigt, seit ich aufgehört habe zu laufen. Es ist, als würde mein Körper, den ich gerade durch die Hölle geschickt habe, sich rächen wollen.

»Das war's, ihr Lieben!«, ruft Oliver. Die Gruppe löst sich auf, und mein Magen zieht sich krampfartig zusammen. Ich muss hier weg.

»Lass uns verschwinden«, flüstere ich. Ich mache mir Sorgen wegen des Aufruhrs in meinem Innern. Ich packe Jess' Arm, doch Oliver ist schon auf dem Weg zu uns.

»Abby, wie ist es gelaufen? Hast du …« Er verstummt abrupt und sieht mich an, als würde er eine überfahrene Katze betrachten.

»Toll!«, erwidere ich, während die Übelkeit mir die Kehle hinaufkriecht. »Äh … ganz super!«

»Gut.« Er nickt und wirkt besorgt. Oder angewidert. Oder beides. »Also kommst du wieder?«

Jess hebt die Augenbrauen. Zum Glück klingelt ihr Handy, und sie geht ran, ehe sie die Chance hat, meine Antwort zu hören.

»Oh … Ich bin mir nicht sicher.« Mein Magen brennt und

zieht sich unbarmherzig immer wieder zusammen. »Ich muss … äh … Ich habe diese Woche viel zu tun.«

»Okay«, entgegnet Oliver und zieht eine Braue hoch. »Tja, dann vielleicht ein andermal.«

Ich halte die Luft an. Für einen Moment fühlt es sich an, als würde der Sauerstoffmangel die Übelkeit unterdrücken. Der einzige Haken an der Sache ist, dass mein Körper nicht ohne Sauerstoff auskommt. Jedenfalls nicht lange. Als ich durch die Nase einatme, stellt sich die Erleichterung, die ich verspürt habe, als vorübergehend heraus. Stattdessen spüre ich etwas anderes.

Und das lässt sich nicht ignorieren. Ich kann die Kombination von Donuts, Käsechips und den drei Schokoladenpralinen, die ich mir von Priya stibitzt habe, auf der Zunge schmecken und weiß, dass ich mir gleich alles noch einmal durch den Kopf gehen lassen werde.

»Ich …« Ich schlage die Hand vor den Mund, während Oliver mich beunruhigt ansieht. Ich tue das Einzige, was mir einfällt: Ich drehe mich um und renne. So schnell habe ich mich während des gesamten Trainings nicht bewegt.

Da Jess noch telefoniert und keine Ahnung hat, was los ist, renne ich hinter das Sportcenter. Ehe ich einen klaren Gedanken fassen kann, übergebe ich mich in den nächsten Gully.

Anschließend richte ich mich auf, einen säuerlichen Geschmack im Mund und Tränen in den Augen. Ich spüre, dass jemand hinter mir steht. Jess. Langsam drehe ich mich um, wische mir den Mund ab und danke Gott, dass nur meine beste Freundin mich so sieht.

Nur leider ist es nicht Jess.

Es ist der verdammte Tom Bronte.

10.

Kann es eigentlich noch schlimmer kommen?

Mit glasigen Augen stehe ich in der Gosse eines Parkplatzes, in die ich mich gerade übergeben habe, und sehe mich einem der körperlich makellosesten Menschen gegenüber, denen ich je begegnet bin. Dass er sich in seinen E-Mails als Vollidiot herausgestellt hat, ist nur ein schwacher Trost.

Ich hatte schon immer dieses Problem mit gutaussehenden Männern. Ob sie mir nun gefallen oder nicht – in ihrer Nähe fühle ich mich klein, eingeschüchtert durch ihre bloße Schönheit. Auch bei Tom Bronte hat mich dieses Phänomen fest im Griff. Sein Aussehen ist so angenehm, so überwältigend, dass ich ihn kaum ansehen kann, ohne mich peinlich berührt zu fühlen. Und das alles noch, bevor wir auf die fürchterliche Situation zu sprechen kommen.

»Geht es Ihnen gut?«, fragt er. Ich sehe ihn nicht lange genug an, um seine Miene deuten zu können, aber er klingt besorgt. Stück für Stück bewege ich mich weg von dem Gully, in den ich gekotzt habe.

»Hm«, nuschle ich. »Ich muss etwas Falsches gegessen haben.« Ich hebe kurz den Blick und bemerke, dass er mein Gesicht betrachtet. In dem Moment wird mir klar, dass er mich noch nicht erkannt hat. Bis jetzt. Vor Scham steigt mir die Röte in die Wangen.

»Gott, *Sie* sind das.« Er hebt die Brauen. »Sie sehen anders aus.«

»So glamourös, dass Sie mich nicht wiedererkannt haben?«, frage ich.

Trotz der Umstände kann ich nur staunen, wie perfekt Tom Bronte ist. Seine beeindruckenden, muskulösen Arme glänzen im Sonnenlicht, das kurze Haar ist verschwitzt. Und doch sieht er kaum angestrengt aus; wie ein Soldat, der zehn Kilometer gelaufen ist, um sich für einen Doppelmarathon warm zu machen. Jetzt ärgere ich mich noch mehr über ihn.

»Brauchen Sie etwas zu trinken?« Seine Miene wirkt etwas weicher, als er mir Wasser anbietet. Ich brauche unbedingt etwas zu trinken, aber der Gedanke an den schlechten Geschmack in meinem Mund, der auf die Flasche übertragen werden könnte, hält mich davon ab, sein Angebot anzunehmen.

»Nein danke.«

»Handtuch?«

»Nein danke«, wiederhole ich und bemerke, dass wir viel zu nah am Gully stehen. Eilig lasse ich Tom stehen und mache mich auf den Weg zur Sporthalle. Er holt mich jedoch locker mit zwei Schritten ein.

»Warum sind Sie so nett zu mir?«, frage ich. »Haben Sie ein schlechtes Gewissen, weil Sie mir einen Versicherungsbeitrag einbrocken, den selbst Bill Gates nicht so einfach zahlen könnte?«

»Überhaupt nicht«, antwortet er. »Haben Sie ein schlechtes Gewissen, weil Sie mein Motorrad geschrottet haben, das ich erst seit knapp vier Monaten besitze?«

»Es ist immer noch nicht geklärt, dass ich schuld war«, erwidere ich.

»Wenn Sie das sagen«, entgegnet er offensichtlich amüsiert.

»Das tue ich.« Ich mache eine Pause. »Motorräder sind offenkundig gefährlich.«

»Genau wie schlechte Autofahrer.« Stichwort für einen tödlichen Blick. Den er ignoriert. Stattdessen sagt er: »Was haben Sie gegen Motorräder?«

»Ich mag sie nicht, das ist alles.«
»Warum?«
»Ich weiß es nicht«, erwidere ich, um dieser philosophischen Diskussion zu entgehen. »Eine Fahrt damit ist *unnötig* gefährlich.« Sein empörter Gesichtsausdruck verführt mich dazu, weiterzureden. »Ich frage mich, was für Menschen so etwas fahren, wenn sie stattdessen auch das Auto nehmen könnten.«
»Haben Sie je auf einem Motorrad gesessen?«, fragt er.
»Nein. Und ich möchte es auch nicht, danke.«
»Dann können Sie sich doch gar kein Urteil bilden.«
»Quatsch.«
»Wie können Sie solche Aussagen treffen, wenn Sie nie auf einem Motorrad gefahren sind? Wenn Sie es getan hätten, würden Sie den Reiz nachvollziehen können.«
»Ich muss niemanden töten, um zu wissen, dass ich keine Serienmörderin sein will«, entgegne ich.
»Das kann man wohl kaum vergleichen.«
Ich verenge die Augen ein wenig. »Wollen Sie bestreiten, dass Motorräder statistisch gesehen gefährlicher sind als alles andere auf unseren Straßen?«
»Ich möchte Sie etwas fragen«, antwortet er. »Wie oft haben Sie in den vergangenen fünf Jahren einen Unfall mit Ihrem Auto gehabt?«
Ich erstarre. »Nicht öfter … als andere.«
»Tja«, sagt er mit einem selbstzufriedenen Schulterzucken. »Ich hatte noch nie – ich wiederhole: noch nie – einen Unfall mit einem Motorrad, seit ich mit neunzehn meinen Führerschein gemacht habe. Natürlich nur, bis Sie mich beinahe umgebracht haben.«
»Ich habe Sie *nicht* beinahe umgebracht.«
Als ich den Kopf hebe, erblicke ich Jess, die mit besorgter

Miene zu uns kommt. Ich wende mich wieder Tom zu, der immer noch dieses selbstgefällige Grinsen im Gesicht hat.

»Also gut, ich bin weg. Auf Wiedersehen«, sage ich knapp und gehe los.

»Wir sehen uns beim nächsten Training«, ruft er mir mit geheuchelter Fröhlichkeit hinterher.

»Es wird kein nächstes Mal geben«, knurre ich und werfe einen Blick über die Schulter. »Jedenfalls nicht für mich.«

»Tatsächlich? Was für ein Jammer«, erwidert er laut. »Wir hatten noch nie jemanden, der sich übergeben musste. Seit Jahren war es nicht mehr so aufregend.«

11.

Seit dem Lauftraining sind drei Tage vergangen, und es scheint nicht besser zu werden. Ich zucke vor Schmerz zusammen, als ich nach einem Keks greife. Meine Oberschenkel fühlen sich an, als hätte sie jemand mit dem Fleischklopfer bearbeitet.

»Es sieht ziemlich gut aus, Abby«, sagt Egor, mein Steuerberater, und schiebt seine Brille ein Stück die Nase hinauf. Wir befinden uns in einem kleinen, zusätzlich angemieteten Konferenzzimmer im obersten Stockwerk des Bürogebäudes. »Es gab am Anfang eine Menge Auslagen, die du zurückgewinnen musstest, und inzwischen hast du vier Mitarbeiter, die du bezahlen musst. Aber dein Kundenstamm und der Umsatz entwickeln sich gut.«

»Danke, Egor.«

»Der Businessplan, den wir zu Beginn des Jahres aufgestellt haben, scheint aufzugehen. Wenn du in dem Umfang weitermachst, den wir vorausberechnet haben, wirst du einen Jahresumsatz von zweihunderttausend Pfund haben *und* du wirst siebentausend Pfund Gewinn machen.«

»Siebentausend Pfund Gewinn«, wiederhole ich verträumt. »Wann kann ich mich auf den Bahamas zur Ruhe setzen?«

Es ist nur ein Hauch von Sarkasmus, denn ehrlich gesagt klingen 7000 Pfund zwar nicht nach einem besonders hohen Gewinn, doch es ist trotzdem toll, weil es eben ein *Gewinn* ist. Was bedeutet, dass es mein Geld ist – gut, abgesehen von den Steuern, die noch abgehen, aber das tut jetzt nichts zur Sache.

»Es dürfte noch eine Weile dauern, bis du die Koffer packen kannst«, sagt Egor lachend. »Doch wenn du schon so kurz nach Gründung der Firma einen Gewinn verbuchen kannst, ist das gut, Abby. Wir sollten natürlich trotzdem den Tag nicht vor dem Abend loben.«

Egor ist super. Wirklich. Und das denke ich nicht nur, weil er sich um die Zahlen und alles andere kümmert – von der Rückerstattung der Umsatzsteuer bis hin zu meinen Quartalsabrechnungen.

Ich habe zu Beginn beschlossen, einen freiberuflichen Steuerberater und eine Firma zu engagieren, die sich um die monatlichen Gehaltsabrechnungen kümmert. Sonst hätte niemand pünktlich seinen Lohn bekommen. Inklusive mir selbst.

»Tja, freut mich, das zu hören«, sage ich. »Denn offen gesagt macht mir der Überziehungskredit, den diese Firma ausschöpft, ein bisschen Angst.«

»Zehntausend Pfund ist für eine Firma dieser Größe vollkommen normal«, versichert er mir. »Neugegründete Firmen funktionieren nicht ohne Dispo. Und die meiste Zeit über bist du in den schwarzen Zahlen; wir nutzen den Dispo nur am Ende des Monats, um die Gehälter zu bezahlen, während wir auf die Rechnungseingänge der Kunden warten. Das ist völlig normal.«

Mein Handy klingelt. Ich bitte Egor um etwas Geduld, während ich es aus meiner Tasche ziehe und aufs Display schaue.

»O nein«, stöhne ich, ehe ich den Anruf wegdrücke.

Ich habe die Nummer sofort erkannt, denn ich habe in den letzten 24 Stunden bereits drei Anrufe und zwei Nachrichten erhalten: Es ist meine Versicherung. Ich hatte noch keine Zeit zurückzurufen.

»Wenn man bedenkt, wie sehr ich diesen Teil des Geschäfts

hasse, dann war unser Gespräch heute erstaunlich angenehm. Danke, Egor«, sage ich und erhebe mich, um zu gehen.

»Äh, einen Moment noch, Abby«, entgegnet er.

Ich halte inne, setze mich wieder und sehe ihn an – seine Miene hat sich mit einem Mal verändert.

»Also«, beginnt er in einem Ton, der möglichst taktvoll klingt. »Ich weiß, dass du den Verwaltungskram nicht besonders magst, aber es gibt ein paar Aufgaben, denen du nicht entgehen kannst.« Er sieht mich ernst an. »Du musst den Überblick über deine Rechnungen behalten, Abby.«

»Ich schicke sie rechtzeitig los«, erwidere ich schwach.

»Das Problem ist, dass nicht jeder pünktlich *bezahlt*, oder?«, erwidert er. »Nehmen wir zum Beispiel diese Feinwerktechnikfirma – *Preciseco*. Sie zahlen immer erst sechzig Tage nach Rechnungsstellung.«

»Das hat mich auch schon gestört«, murmle ich.

»Ich will ja gar nicht schimpfen. Jedenfalls nicht wirklich. Aber verspätete Zahlungen sind die Geißel kleiner Unternehmen. Du musst jede Rechnung, die du einem Kunden schickst, im Auge behalten. Wenn sie auch nur einen Tag zu spät zahlen, musst du sie freundlich, aber bestimmt erinnern. Das hilft oft schon. Und falls nicht, musst du sie weiter ermahnen – bis sie bezahlen.«

»Okay, das werde ich in Zukunft machen. Obwohl ich darauf hinweisen muss, dass nicht alle Kunden zu spät zahlen. *Diggles* ist mein größter Kunde, und die Zahlung erfolgt immer innerhalb von sieben Tagen.«

»Ach ja, die Gartencenter-Kette. Die sind richtig gut, nicht wahr? Wenn du Geschäfte mit weiteren sieben oder acht Gartencenter-Ketten machen kannst, die *vor* Ablauf der Frist zahlen, bist du nächstes Jahr Millionärin. Ansonsten probiere es bitte auf meine Weise.«

»Du kannst manchmal echt fies sein, Egor«, lasse ich ihn wissen. »Und ich dachte, du wärst nicht wie die anderen Steuerberater.«

»Ich bin genau wie die anderen, Abby. Das kann ich dir versichern.« Er nimmt sich den letzten Keks und beißt hinein. »Leckere Kekse. Ich hoffe, sie waren nicht zu teuer.«

12.

Wenn ich mich momentan nicht wie eine überarbeitete Pornodarstellerin bewegen würde, wäre ich ins Büro gehüpft. Egor hat mir nicht viel Neues erzählt, doch es tut gut zu hören, dass meine Firma in gutem Zustand ist.

»Guten Morgen, Abby«, sagt Priya lächelnd. »Wie läuft es?«

»Gut, danke, und bei dir? Wie geht es mit ... wie hieß er noch?«

»Karl«, erwidert sie. »Sehr gut. Ich habe jemand anders kennengelernt.«

»Wenn das nicht schnell ist«, murmelt der »stattliche Matt«. Als Antwort wirft Priya ihm einen Block Post-its an den Kopf.

»Er heißt Richard und ist sehr nett«, erzählt Priya stolz. »Er ist Handelsvertreter.«

»Er verkauft Zahnbürsten«, wirft Matt ein.

Priya kneift ganz leicht die Augen zusammen. »Was ist denn verkehrt an Zahnbürsten?«

»Nichts«, entgegnet Matt. »Jeder braucht sie. Na ja, jeder, der im Besitz von Zähnen ist.«

»Genau!«, erwidert sie.

Ich seufze. »Okay. Was habt ihr beide heute Nachmittag gemacht?«

»Ich habe an der neuen Website für *Spring* gearbeitet«, sagt Matt. *Spring* ist unser neuester Kunde, eine Kette trendiger Feinkostgeschäfte. »Was hältst du davon?«

Ich gehe um den Schreibtisch herum und werfe einen Blick über Matts Schulter. »Das ist toll – gefällt mir. Obwohl du vielleicht über eine andere Schriftart nachdenken könntest.

Wie wäre es damit …« Ich beuge mich vor und klicke ein paarmal auf die Maus, ehe mir etwas auffällt. »Wo ist Heidi?«

»Oh, sie hat angerufen und sich krankgemeldet«, sagt Priya. »Anscheinend hat sie dir auch eine E-Mail geschickt. Ich dachte, du hättest sie schon von deinem Handy aus abgerufen.«

»Ich bekomme einfach zu viele E-Mails. Deshalb bleibt mir nichts anderes übrig, als sie zu ignorieren, wenn ich in Meetings bin«, erwidere ich. »Ich weiß, dass das nicht der Sinn der Sache ist, aber ich wäre sonst den ganzen Tag nur mit den Mails beschäftigt.«

Ich setze mich und prüfe meinen Posteingang. Schließlich finde ich die Mail von Heidi.

> *Hi, Abby!*
> *Ich weiß, dass es ziemlich kurzfristig ist, aber könnten wir uns heute zum Kaffee treffen? Priya hat in deinen Terminkalender geschaut und gemeint, du hättest gegen drei ein bisschen Zeit. Besteht die Chance, dass wir uns im* Delifonseca *treffen?*
> *Heidi*
> *:-x*

Ich stöhne, doch da die anderen das von mir gewohnt sind, sobald ich mich um meine E-Mails kümmere – weil mir dabei noch tausend weitere Dinge klarwerden, die auf meine To-do-Liste müssen –, reagieren sie kaum noch.

Das einzige Zeitfenster ist heute um drei, und ich hatte nach meinem Gespräch mit Egor eigentlich vor, es gleich dazu zu nutzen, säumige Zahler zu ermahnen. Und abgesehen davon habe ich ein ungutes Gefühl, weil Heidi mich so dringend sprechen möchte. Ich vermute, dass eine andere Agentur versucht, sie abzuwerben.

Ich will mich gerade erheben, um zu gehen, als mir eine andere E-Mail auffällt. Sie ist von *tbronte@caroandco.com.* Mein Magen zieht sich zusammen.
Die Mail beginnt mit *Abby,* und ich schüttle den Kopf über diese Dreistigkeit.

Ein Nachtrag zu unserem Unfall: Ich habe eine Vollkaskoversicherung, die die Reparatur übernehmen würde. Ich habe mit einer sehr netten, aber auch sehr abgespannten Dame namens Joan gesprochen. Joan wird in einem Monat in den Ruhestand gehen, um sich um ihre Enkelin Lexi zu kümmern. Ich habe das Kind nie getroffen oder gesehen, doch inzwischen weiß ich alles über die Kleine – vom letzten Fläschchen bis hin zu der Methode, die ihre Mutter während der Geburt angewandt hat, um die Schmerzen besser zu ertragen.

Ich unterdrücke ein Lächeln.

Joan hat 40 Jahre für meine Versicherung gearbeitet und wünscht sich ein positives Ende. Leider vereitelt meine Forderung ihren Wunsch. Wenn jemand anders als der Versicherte den Schaden verursacht hat, holen sie sich das Geld offenbar von der Versicherung desjenigen wieder, der schuld ist.
Das Problem ist, dass Ihre Versicherung sagt, dass ihr kein Unfall gemeldet wurde und dass sie gerade selbst versucht, Sie zu erreichen. Infolgedessen steht Joan kurz vor einem Nervenzusammenbruch – und ich gleich mit, wenn sie nicht aufhört, mich ständig anzurufen. Sie und ich wären beide dankbar, wenn Sie sich endlich bei Ihrer Versicherung melden könnten.

In der Zwischenzeit hoffe ich, dass Sie sich Ihre Rückkehr zum Laufklub noch einmal überlegen. Wegen des Kotzens habe ich nur einen Scherz gemacht. Das passiert dauernd.
Tom

Ich werde blass. Die Versicherung hat unzählige Nachrichten hinterlassen, und ich hatte noch nicht die Zeit, mich darum zu kümmern. Schnell werfe ich einen Blick auf die Uhr und antworte auf die Mail.

Lieber Tom!
Ich werde mich selbstverständlich sofort mit der Versicherung in Verbindung setzen, damit Sie Joan sagen können, dass sie den Fall zu einem guten Ende bringen kann, ehe sie den Rest ihres Lebens der kleinen Lucy, oder wie auch immer sie heißt, widmen kann.
Obwohl ich noch einmal unterstreichen möchte, dass das nicht bedeutet, dass ich die Verantwortung für den Unfall übernehme. Wie gesagt, darüber entscheiden die Versicherungen – und falls Joan aufgrund dessen in die Klinik muss, tut mir das sehr leid, aber es ist nicht zu ändern.
Und nein, ich habe meine Meinung über den Laufklub nicht geändert. Einige Menschen sind für derlei körperliche Anstrengungen einfach nicht gemacht, und ich bin einer dieser Menschen. Sie alle sind ohne mich besser dran. Und außerdem weiß ich, dass Sie wegen des Kotzens lügen.
Abby

Als ich mich mit Heidi treffe, bin ich vollkommen erschöpft. Den ganzen Tag über bin ich von einem Meeting zum nächsten gerannt, ohne Zeit zu haben, anständig durchzuatmen oder Anrufe zu beantworten (inklusive eines weiteren Anrufs meiner Versicherung – arrgs!).

Ich muss zugeben, dass ich den Begriff »rennen« hier etwas weit fasse. Meine Bewegungen gleichen eher einem hektischen Humpeln – einem hastigen Hinken, wenn man so will. Nach meinem Ausflug in die Welt des Laufens wird es vermutlich noch drei Wochen dauern, bis ich mir wieder die Socken anziehen kann, ohne zusammenzuzucken.

Als ich im Café ankomme, sitzt Heidi in einer Ecke und trinkt einen Kräutertee. In ihrer E-Mail hat sie nicht geschrieben, dass sie krank sei, wie Priya mir erzählt hat, doch mir fällt sofort auf, wie blass sie aussieht. Krankheit ist zumindest eine bessere Alternative als die Kündigung, weil sie für jemand anders arbeiten möchte.

»Hey, Heidi«, grüße ich sie und stelle mein Handy auf lautlos. »Geht es dir gut?«

Heidi sieht auf, nickt und hält dann inne, als wollte sie mir etwas sagen … aber sie schweigt.

»Also«, sage ich unsicher. »Bist du auch in den Regen geraten? Priya sah aus wie ein begossener Pudel, als sie ins Büro kam. Dieses Wetter sollte im Juli eigentlich verboten sein.«

»Äh … nein«, bringt sie hervor.

Ich warte ab und gebe ihr die Möglichkeit, mir zu sagen, was sie mir sagen will. Es wäre spannend, wenn mir nicht gerade tausend andere Dinge durch den Kopf gehen würden: der Abgabetermin für ein Angebot für den Staatlichen Gesundheitsdienst; die neue Website für *Spring;* die vier ausstehenden Rechnungen, an die ich mich nach meinem Gespräch mit Egor erinnert habe.

»Was willst du mit mir besprechen, Heidi?«

Mir fällt die Rötung um ihre Augen auf, und plötzlich glaube ich, es zu wissen. Sie *will* kündigen. Verdammt, ich werde meine erste Mitarbeiterin verlieren!

In der Sekunde, bevor sie anfängt zu sprechen, verspüre ich einen Anflug von Widerstand – warum will sie nicht mehr für mich arbeiten? – und Trotz – na, wenn schon!

»Ich bin krank«, sagt sie schlicht.

»Oh. Na ja … Priya hat gesagt, dass du dich krankgemeldet hättest. Was hast du denn?« Ich denke kurz darüber nach, ob es ein europäisches Gesetz gibt, das es mir als ihrer Arbeitgeberin verbietet, sie so etwas zu fragen. »Nur, wenn du es mir sagen möchtest …«

»Weißt du was, Abby? Ich hasse es, auch nur erkältet zu sein«, sagt sie mit einem seltsam ernsten Lachen. »Ich muss nur niesen, und das ärgert mich schon. Ich habe Besseres zu tun, als krank zu sein, Abs – weißt du, was ich meine?«

»Absolut.« Ich stimme Heidi vollkommen zu, und es ist keine Überraschung, dass ein so ehrgeiziger Mensch wie sie so empfindet. Die Art, wie sie es sagt, ist allerdings komisch.

»Tja«, bringt sie hervor. »Ich habe mehr als nur eine Erkältung.«

Ein Schauer läuft mir über den Rücken. Ich habe keine Ahnung, was sie mir sagen wird, doch der Ausdruck in ihren Augen lässt keinen Zweifel daran, dass es nichts Positives ist.

»Gestern ist es bestätigt worden«, fährt sie wie betäubt fort. »Obwohl wir – zumindest mein Arzt und ich – schon seit längerem einen Verdacht haben, was das Problem ist.«

»Was ist es?«, flüstere ich.

»Tut mir leid«, entgegnet sie. »Ich rede um den heißen Brei herum, oder?«

»Heidi«, dränge ich sie – aber nicht, weil ich in Eile bin.

Sie sieht mir in die Augen und schluckt schwer. »Ich habe multiple Sklerose.«

13.

Wir leben in einer Zeit, in der es schwer ist, jemanden zu schockieren. In einer Zeit, in der Enthüllungen an Zeitungsständen keine Schlagzeilen mehr sind, und in der wir bei Wörtern, bei denen unsere Großmütter ohnmächtig zusammengebrochen wären, nicht einmal mehr mit der Wimper zucken.

Während ich hier vor Heidi sitze und versuche zu begreifen, was sie mir gerade erzählt hat, scheint die Welt um mich herum ausgeblendet zu sein. Ich sehe nur noch ihr hübsches Gesicht. Und ich bin geschockt.

»Multiple Sklerose?«, wiederhole ich lahm.

Sie nimmt einen Schluck von ihrem Tee. »Damit hast du nicht gerechnet, oder?«

Stumm schüttle ich den Kopf.

»Keine Sorge. Alle anderen auch nicht. Wenn man dreiundzwanzig ist und den Leuten sagt, man sei krank, gehen die meisten davon aus, dass es nur eine Grippe ist.« Sie lächelt beinahe. »Eine Grippe hätte mir vollkommen gereicht.« Eine Kellnerin kommt und nimmt Heidis leere Tasse mit. »Ich habe ja gar keinen Kaffee für dich bestellt. Tut mir leid«, sagt Heidi. »Hättest du gern einen Cappuccino?«

Sie will aufstehen und am Tresen bestellen, doch ich lege meine Hand auf ihren Arm und halte sie zurück. »Sprich mit mir, Heidi.«

Sie nickt, starrt auf ihre Hände und spielt mit einer leeren Süßstoffverpackung. »Weißt du, was MS ist, Abby?«

Ich räuspere mich. »Ich … Nicht genau.«

»MS ist eine Autoimmunerkrankung, die das zentrale Nervensystem angreift.« Sie sagt das mit einer ruhigen Klarheit – so wie ich sie immer bei wichtigen Präsentationen erlebt habe, wenn sie als Unterstützung dabei war. »Besonders Frauen in den Zwanzigern und Dreißigern bekommen diese Krankheit. So wie ich.«
»Wie ernst ist es?«
»Es ist nicht tödlich. Jedenfalls in den meisten Fällen nicht«, erklärt sie. »Und in den Jahren nach der Diagnose können die meisten Patienten ein relativ normales Leben führen. Sie können zum Beispiel arbeiten gehen. Zumindest am Anfang.«
»Gut«, entgegne ich fest. »Denn ich kann es mir nicht leisten, eine so talentierte Mitarbeiterin wie dich zu verlieren.«
Sie beißt sich auf die Unterlippe. »Aber es gibt eine Reihe von Symptomen, die sich entwickeln können und die … na ja, sie sind nicht schön. Um es mal nett zu formulieren. Sehstörungen, spastische Lähmungen, Schmerzen, kognitive Störungen, Ermüdung – und das sind nur ein paar mögliche Einschränkungen.«
»Die Betroffenen entwickeln aber nicht alles, oder?«, frage ich.
»Jede MS verläuft anders«, erwidert sie. »Es ist unmöglich, vorherzusagen, welche Symptome man bekommt – und ja, es ist ungewöhnlich, alles zu bekommen. Was man weiß, ist, dass es im Laufe der Zeit meistens schlimmer wird.«
»Kann man es behandeln?«
»Es gibt Medikamente, die das Fortschreiten verlangsamen und die Symptome eindämmen. Aber der eigentliche Alptraum ist …« Sie blickt auf. »Es gibt keine Heilung.«
Der Raum beginnt, sich zu drehen, als ich ihre Worte höre. Gott weiß, wie es für sie gewesen sein muss, als die Ärzte es ihr gesagt haben.

»Einige Menschen entwickeln nur die leichte Form. Also versuche ich, es positiv zu sehen. Ich bemühe mich wirklich. Aber für die Ärzte ist es unmöglich, eine Prognose abzugeben. Ich habe keine Ahnung, ob ich mit schlimmen Komplikationen im Rollstuhl ende oder ob ich nur eine geringfügige Behinderung im linken Fuß bekomme.«

Ich betrachte ihre Hände, mit denen sie bedächtig das Päckchen Süßstoff dreht und wendet.

»Du wirkst sehr gefasst, Heidi.«

Sie holt tief Luft. »Auch wenn sich die Diagnose gerade erst bestätigt hat, zieht sich das alles schon eine Weile hin. Ich hatte Zeit, mich an den Gedanken zu gewöhnen.«

»Wann hat es angefangen?«

»Vor ein paar Jahren wurde mein Fuß taub«, erklärt sie. »Nach einiger Zeit verschwand die Taubheit wieder. Doch irgendwann kam sie zurück, und ich bekam dazu ein Kribbeln im Bein. Danach hatte ich Beschwerden mit den Augen. Seit dem letzten Jahr wurden Tests durchgeführt. Aber MS lässt sich nicht leicht diagnostizieren.«

»Es muss furchtbar gewesen sein.«

»Das Seltsame ist, dass ein Teil von mir erleichtert ist zu wissen, dass es sich bei dem, was ich habe, definitiv um diese Krankheit handelt. Das klingt albern, oder? Ich habe eine unheilbare Krankheit und ich bin erleichtert. Doch zum ersten Mal seit Gott weiß wie lange weiß ich, was mit mir los ist und was ich tun muss.«

Es berührt mich, wie ruhig und undramatisch Heidi ist.

Dann fällt mir auf, dass ihre Unterlippe zittert und dass Tränen in ihren Augen schimmern. »Was soll ich bloß tun, Abby?«, sagt sie leise. »Ich bin nicht bereit dafür. Ich bin noch zu jung. Was, um alles in der Welt, soll ich bloß tun?«

»Oh, Heidi. Es tut mir so leid«, flüstere ich und merke, wie mir selbst Tränen in die Augen steigen. »Du hast Menschen um dich herum, die dir helfen werden.«

Es fühlt sich so schwach, so unzureichend an, das zu sagen. Was zum Teufel weiß ich denn schon? Abby Rogers, die bis auf ein bisschen Stress ab und an keine ernsthaften Probleme hat.

Heidi blickt auf, und ihr Gesicht ist so bleich, dass es beinahe geisterhaft wirkt. »Ich habe Angst, Abby.«

Ich drücke ihre Hand und suche nach einer Antwort. Aber nichts scheint mir passend zu sein. Gar nichts.

14.

Die Probleme mit dem Auto verblassen im Vergleich zu Heidis Neuigkeiten. Alles verblasst im Vergleich zu Heidis Neuigkeiten.

Als ich am Samstagvormittag mit der Versicherung spreche, um Tom, Joan und die kleine Lydia, oder wie auch immer sie heißt, von ihrem Elend zu befreien, kann ich mir nicht helfen: Mir kommt die ganze Angelegenheit ziemlich unwichtig vor. Dann verkündet die Versicherung das Urteil – oder besser: Jimmy, ein fröhlicher Callcenteragent, verkündet es. Er ist freundlich und höflich, doch der Schlag trifft mich deswegen nicht weniger hart. Falls Toms Versicherung die Ansprüche geltend machen kann, wird mein Versicherungsbeitrag so hoch, dass ich demnächst aufs Fahrrad umsteigen muss. Was natürlich umweltfreundlich wäre, aber auch ungefähr so praktisch wie hochhackige Skistiefel.

Ich trotte über ein aufgeweichtes Feld zu Jess und den Kindern – gerade rechtzeitig, um mitzuerleben, wie ein Pferd seine Gedärme entleert.

Wir sind auf der *Windy Animal Farm,* einem Ort, der für Menschen, die nicht älter als vier Jahre sind, offenbar unglaublich unterhaltsam ist. Neben dem Geruch der Pferdehinterlassenschaften hängt noch das strenge Aroma von Ziegen in der Luft. Seit eineinhalb Stunden nieselt es.

»Was genau ist MS?«, fragt Jess, während sie versucht, Lolas Kinderwagen durch den Schlamm zu schieben. »Ich weiß so gut wie nichts darüber.«

Seit Heidi mir vor drei Tagen davon erzählt hat, habe ich mich mit keinem anderen Thema beschäftigt. Frauen im Alter von 23 Jahren sollten keine unheilbaren Krankheiten bekommen. Und doch passiert es.

»Eine Schädigung der schützenden Schicht um die Nervenbahnen«, erkläre ich Jess. In diesen 36 Stunden habe ich so viel darüber gelesen, dass ich Chefredakteurin der *Wochenschrift Neurologie* werden könnte. »Das stört den Nachrichtenaustausch zwischen dem Gehirn und anderen Teilen deines Körpers. Bei den meisten Menschen tritt die Krankheit in Schüben auf: Die Symptome sind plötzlich da, klingen dann ab, und der Patient kann wieder normal leben. Dann treten die Symptome wieder auf. Es wird schlimmer, je älter man wird, aber wie viel schlimmer, ist reine Glückssache. Die Krankheit ist vollkommen unvorhersehbar.«

Die Kuh neben uns stößt ein wildes Muhen aus, und Lolas Unterlippe beginnt zu beben. »Ach, mein Liebling«, beruhigt Jess sie, holt einen Schnuller hervor und steckt ihn dem Baby in den Mund. »Also gibt es gar keine Möglichkeit vorauszusagen, ob Heidi die ernste oder die milde Form hat?«

»Noch nicht. Es gibt allerdings ein gutes Zeichen: Patienten mit wenigen Läsionen im Gehirn geht es meist besser. Heidi hat nur eine erkennbare Läsion. Bis jetzt. Allerdings ist nichts je sicher.«

Wir machen uns auf den Weg ins Café, um Lola zu füttern. Wenn Jess der Kleinen nicht um Punkt zwölf das Mittagessen gibt, bekommt Lola einen Wutanfall, der sich gewaschen hat – dagegen wirkt Mariah Carey wie Mutter Teresa. Jamie bekommt ein Sandwich, und ich kann nicht widerstehen, uns allen Schokoladenküchlein mit einer Verzierung aus *Smarties* zu kaufen.

»Die sind eigentlich für Kinder gedacht«, sagt Jess grinsend, als wir uns an einen Tisch setzen.

»Dann erlebe ich eben meine Kindheit noch einmal. Wie geht es Adam?« Im Laufe der Jahre habe ich gelernt, dass es den Eindruck vermittelt, ich könnte Adam leiden, wenn ich Jess nach ihm frage.

»Ach, dem geht es gut«, erwidert sie und wirkt ein bisschen seltsam, als sie Lola in den Hochsitz hebt. »Wie immer.«

Ich runzle die Stirn, weil ich spüre, dass noch mehr dahintersteckt. »Was soll das heißen?«

»Nichts«, entgegnet sie viel zu unschuldig. »Überhaupt nichts. Ich meine … ihm geht es gut. So einfach ist das.«

Wir nehmen Platz, und Jess beginnt, Lola mit Ravioli zu füttern. Ich lasse nicht locker. »Warum bist du so komisch?«

»Bin ich das?« Jess wischt Lola den Mund ab. »Das wollte ich nicht. Es ist nichts. Echt nicht.«

Ich mustere sie durchdringend. Sie sieht mich an und gibt dann klein bei.

»Gut«, seufzt sie. »Tja … kann ich dich was fragen?«

»Schieß los«, sage ich und stecke mir ein Stückchen Kuchen in den Mund.

»Meinst du, dass Adam und ich gut zusammenpassen?«

Ich bekomme einen spontanen Hustenanfall. Als ich mich ein wenig beruhigt habe, sage ich: »Selbstverständlich.«

»Das kam nicht sehr überzeugend rüber«, erwidert sie beleidigt.

»Ehrlich. Ich glaube es«, protestiere ich. Jess ist immer Adams größte Fürsprecherin gewesen – vollkommen überzeugt davon, dass er der intelligenteste, lustigste und netteste Mensch ist, den sie je kennengelernt hat. Ich persönlich kann das nicht nachvollziehen, doch es gibt Dinge, die man nicht einmal der besten Freundin sagen kann.

Trotz ihres Beharrens auf seinen Qualitäten gibt es einen Teil von Jess, der sich nicht voll auf ihn einlässt. Ich bin mir ziemlich sicher, dass das mit ihrer emotional gestörten Erziehung zu tun hat.

Sie und ihre jüngere Schwester Sarah wurden von einer strengen Mutter erzogen, die ihren Kindern nie Liebe gezeigt hat. Ihr Vater, der mit dem Zeigen von Zuneigung keine Schwierigkeiten hatte, verschwand, um seinem großen Hobby nachzugehen: Frauen verführen.

Ungeachtet seiner Affären hat ein Teil von Jess ihren Vater immer geliebt. Und ein Teil von ihr ist *genau* wie er.

Bevor sie Adam kennenlernte, hatte Jess Probleme damit, sich hinzugeben und zu binden. Die Vorstellung gefiel ihr, aber sie konnte es nicht umsetzen. Und das hieß, dass jede ihrer Beziehungen mit einem Seitensprung endete – mit *ihrem* Seitensprung.

Als ihre Mutter an Brustkrebs starb, traf Jess eine Entscheidung. Eine Entscheidung, an die sie sich halten will. Sosehr sie ihren Vater auch geliebt hat, sie wollte nie so werden wie er: Sie wünschte sich Stabilität, Monogamie und eine Familie. Ohne Zweifel hat Adam ihr all das geboten.

Und doch habe ich die Vermutung, dass sie ihn sich in erster Linie deshalb ausgesucht hat, weil er ihr all das bieten konnte, und nicht unbedingt, weil sie Hals über Kopf in ihn verliebt war. Mein Verdacht wurde vor ein paar Jahren bestätigt, als sie mir nach einer durchzechten Nacht gestand, dass sie ihm noch nie gesagt habe, dass sie ihn liebe.

Sie verengt die Augen zu schmalen Schlitzen, als könnte sie meine Gedanken lesen. »Du glaubst es nicht, oder?«

»Es kommt darauf an, was du unter ›gut zusammenpassen‹ verstehst«, sage ich so diplomatisch wie möglich. »In einigen Bereichen seid ihr sehr unterschiedlich, aber viele Leute meinen, dass unterschiedlich zu sein auch gut ist. Gegensätze ziehen sich ja bekanntlich an.«

»Sind wir denn so gegensätzlich?« Sie sagt das, als wäre es neu für sie.

»Tja, du bist intelligent und kontaktfreudig und lustig und …«

»Und Adam?«

»Er ist intelligent und …« Ich beiße von meinem Kuchen ab.

Jess entschließt sich, das Thema zu wechseln. »Hast du dir die Sache mit dem Laufklub noch mal überlegt?«

Ich verschlucke mich beinahe. »Jess, wenn du glaubst, dass ich je wieder in den Klub zurückkehren werde, musst du von allen guten Geistern verlassen sein. Ich bin dort aufgetaucht, gekleidet wie jemand, dem man sein Kleingeld schenkt, bin hoffnungslos hinterhergehumpelt und habe zu guter Letzt meinen Mageninhalt vor jemandem entleert, mit dem ich zu allem Überfluss auch noch in einem laufenden Versicherungsstreit stecke …«

Sie lacht. »Bei dir klingen solche Sachen immer viel schlimmer, als sie eigentlich sind. Wenigstens musstest du dich nicht vor ›Doktor Charming‹ übergeben.«

»Wenn dir zu diesem Thema nichts Besseres einfällt, dann Prost Mahlzeit. Hat er etwas über mich gesagt?«

»Äh … ja.«

»Lügnerin.«

»Bin ich nicht«, entgegnet sie. »Er hat gefragt, ob du wiederkommst. Ich habe ihm gesagt, dass das unwahrscheinlich ist.«

»Warum hast du das getan?«

Ungläubig sieht sie mich an. »Weil du mir das seit fünf Tagen sagst.«

Ich beiße mir auf die Unterlippe. »Na gut. Ich wünschte, es gäbe einen Weg, ihn wiederzusehen – ohne das Laufen. Kannst du uns nicht noch mal zu einem Abendessen einladen?«

»Tut mir leid. In den nächsten Monaten sind unsere Wochenenden ausgebucht«, erklärt sie. »Reiß mir nicht den Kopf ab, aber warum machst du es nicht so, wie ich es vorgeschlagen habe? Werde ein bisschen fitter, und komm dann in den Klub. Ich weiß, dass dir Montag wie eine Katastrophe vorkam, aber das lag nur daran, dass du mit Leuten gelaufen bist, die viel besser im Training sind als du. Und das ist im Übrigen keine Schande. Sie laufen schon seit Jahren.«

»Schön für sie. Ich bin nach Hause gekommen und habe mit dem Gedanken gespielt, mir einen Treppenlift einbauen zu lassen.«

»Ach, komm schon. Fang noch mal von vorn an. Du kannst in die langsame Gruppe gehen.« Sie stupst mich an. »Und wenn du nett fragst, wird ›Doktor Charming‹ dir sicher bei den Aufwärmübungen helfen.«

Es besteht kein Zweifel daran, dass Jess weiß, welche Knöpfe sie bei mir drücken muss. Denn als ich zu Hause ankomme, habe ich den ganzen Weg über an nichts anderes gedacht als an »Doktor Charming« und seinen geschmeidigen Körper in den engen Laufklamotten. Ich dränge den Gedanken beiseite, als ich mich an meinen Computer setze und zögerlich folgende E-Mail verfasse:

Lieber Tom,
auch auf die Gefahr hin, Joan vollends in den Wahnsinn zu treiben – ich habe mich gefragt, ob ich Ihnen ein Angebot machen kann. Das soll nicht heißen, dass ich zugebe, dass unser kleiner Zusammenstoß allein meine Schuld war. Doch ich habe keinen Zweifel daran, dass es sehr unschön wird, wenn die Versicherungen erst einmal anfangen, sich zu streiten.
Ich würde deshalb so freundlich sein, für den Schaden zu bezahlen – falls es dafür nicht schon zu spät ist. Wäre es

möglich, Joan anzurufen und ihr zu sagen, dass Ihr Schadensersatzanspruch an die Versicherung hinfällig ist? Wenn Sie mir Ihre Adresse geben, schicke ich Ihnen den Scheck. Danke.
Abby

Ich drücke auf »Senden« und spüre einen Kloß im Hals. 1000 Pfund. Ich logge mich ins Onlinebanking ein und sehe nach, wie viel Geld ich auf dem Konto habe. Mein Sparkonto, das ich auch meinen »Australien-Fonds« nenne.
Seit Jahren zahle ich Geld auf dieses Konto ein, um eines Tages meine Tante Steph in Sydney besuchen zu können. Ich habe Tante Steph – die jüngere Schwester meiner Mutter – viele Jahre nicht gesehen, aber sie hat mir immer wieder E-Mails geschickt und mich darum gebeten, sie endlich einmal besuchen zu kommen.
Mum und sie standen sich noch nie besonders nahe. Sie hat keine eigene Familie, war nie verheiratet und ist seit ihrem Umzug nach Down Under scheinbar in Vergessenheit geraten.
Ich empfand das schon immer als falsch und will sie deshalb seit einer Ewigkeit besuchen.
Ich klicke den Finanzstatus an und sehe den Kontostand. 1036 Pfund.
»Toll«, murmle ich. Bleiben also genau 36 Pfund.
Wenn es so weitergeht, wird sich mein Besuch in Australien noch um einige Jährchen verschieben.

15.

Ich weiß nicht, was ich erwartet habe, als Heidi eine Woche, nachdem sie mir von der MS erzählt hat, in die Firma zurückkehrt. Aber sicher nicht, dass sie sich verhält, als wäre nichts passiert. Es gibt keine Tränen, kein Drama. Heidi ist immer noch dieselbe Heidi.

»Ich fühle mich total normal«, sagt sie Priya und mir am Freitag in der Mittagspause auf der Damentoilette. »Ehrlich. Ich habe im Augenblick keine Symptome. Und ich bin erleichtert, dass ich es erzählt habe. Ihr alle seid eine viel größere Unterstützung für mich, als ich gedacht hätte.«

»Dann hast du offenbar nicht viel von uns gehalten«, entgegne ich, und sie lacht.

Natürlich können weder Priya noch ich wissen, ob das alles nur Fassade ist und ob Heidi in Wirklichkeit Schmerzen hat und nur so tut, als wäre alles in Ordnung. Im Augenblick scheinen alle um sie herum mehr zu leiden als sie selbst – denn alle beobachten sie genau, um sicherzugehen, dass es ihr gutgeht, und alle achten darauf, nur ja nicht das Falsche zu sagen.

Obwohl in dieser Woche nichts passiert ist – überhaupt nichts –, habe ich das Bedürfnis, meinem Team einen Drink zu spendieren. Um Punkt fünf Uhr eise ich sie von ihren Computern los und weise sie an, schon mal in das schicke neue Hotel zu gehen, das in der Nähe unseres Büros eröffnet hat.

Ich verbringe noch eine halbe Stunde damit, zum Ende zu kommen und mich um ungelesene E-Mails zu kümmern. Währenddessen verschlinge ich die Chips und das Käsesandwich, die ich zum Mittagessen nicht gegessen habe. Als ich die

Verpackung des Sandwiches wegwerfe, fällt mir der deprimierende Inhalt des Mülleimers auf: Chipstüten, Bonbonpapier und genügend dreieckige Sandwich-Verpackungen, um damit die Glaspyramide vor dem Louvre nachzubauen.
Seufzend widme ich mich wieder den E-Mails und entdecke eine Nachricht von Tom, die heute Morgen gekommen ist.

Liebe Abby,
tut mir leid, dass ich mich erst jetzt melde, doch ich war in der letzten Woche beruflich unterwegs. Das wollte ich zuerst einmal loswerden.
Zweitens wollte ich Folgendes sagen: Herzlichen Glückwunsch. Sie haben etwas getan, das ich nicht für möglich gehalten hätte: Ihnen habe ich zu verdanken, dass ich mich wegen des Motorrades schuldig fühle. Ich weiß nicht, wie Sie das geschafft haben – wenn man die Umstände bedenkt. Aber wenn Sie statt Ihrer Versicherung die Rechnung bezahlen wollen, habe ich natürlich nichts dagegen. Ich werde Joan anrufen und ihr die guten Neuigkeiten mitteilen. Zweifelsohne wird sie die Flasche mit dem guten, günstigen Birnenlikör öffnen, die sie eigentlich zu ihrer Abschiedsfeier spendieren wollte.
Beste Grüße
Tom

Ich fahre den Rechner herunter und gehe auf die Damentoilette, um mich meinem Äußeren zu widmen. Doch der Spiegel dort ist von drei Mädchen aus der Kanzlei im obersten Stockwerk mit Beschlag belegt worden. Mit all dem Make-up und den Unmengen von Produkten für Haar und Gesicht, die sie über die Waschbecken verteilt haben, hat sich dieser kühle, graue Ort in den reinsten Beautysalon verwandelt.

Ich zwänge mich in die freie Lücke neben dem Handtrockner, den ich bei dieser Gelegenheit gleich unbeabsichtigt in Gang setze. Er macht einen Lärm wie bei einem Raketenstart in Cape Canaveral und bläst kalte Luft auf meine Schulter.
Kritisch betrachte ich erst mich im Spiegel und dann die aufgedonnerten Mädchen mit ihren Zangen und Pinseln, dem makellosen Make-up und den endlos langen Wimpern.
Was mein Aussehen angeht, war es keine gute Woche für mich. Wenn ich ehrlich bin, war es nicht einmal ein gutes Jahr. Meinen Haaren habe ich, seit ich die Firma gegründet habe, genauso viel Aufmerksamkeit geschenkt wie meiner Taille. Mein Ansatz ist seit einer Ewigkeit nicht mehr nachgefärbt worden.
Etwas verlegen hole ich meine Puderdose hervor und bekämpfe damit den Glanz auf meiner Nase. Aber als das Mädchen am anderen Ende des Spiegels damit beginnt, sich die Knie zu waxen, wird mir klar, dass meine kläglichen Bemühungen vollkommen unzureichend sind. Also renne ich zurück zu meinem Schreibtisch und öffne meine »Zauberschublade«, wie Matt sie nennt.
»Die hier«, habe ich ihm einmal erzählt, »beinhaltet die wichtigste Ausrüstung im gesamten Büro.« Ich mache sie auf und nehme meine Klettlockenwickler, meinen Föhn und das Haarspray heraus, ehe ich mich an die Arbeit mache.
Eine halbe Stunde später überquere ich die Straße vor meinem Büro und höre plötzlich, wie jemand hinter mir meinen Namen ruft.
»Hey – warten Sie!«
Das kann nur jemand vom Gebäudeservice sein. Mit dem Gebäudeservice gibt es wegen irgendwelcher Kleinigkeiten wie nicht ordnungsgemäß angemeldeter Chipkarten für die Türen oder illegal betriebener Toaster im Büro ständig Ärger. Ich

hetze so schnell ich kann über die Straße, ohne zu offensichtlich in Galopp zu verfallen, und steuere mein Ziel an.

»Warten Sie!«

Vor dem Hotel beschleunige ich meine Schritte und passiere die Drehtür so eilig, dass einer der Flügel mich beim Rausgehen am Hintern trifft. Ich stolpere durch die Lobby, um in die Bar um die Ecke zu gelangen, ehe der Mann vom Gebäudeservice mich erwischt. Dank eines lustlosen Portiers, der eine Kleiderstange mit Mänteln durch die Gegend schiebt, und der gefährlich rutschigen Fliesen schaffe ich es, den Mann abzuhängen.

»Abby!«, schreit er noch, bevor ich um die Ecke verschwinde und zufrieden feststelle, dass ich ihm entkommen bin. Als ich sicher bin, dass die Luft rein ist, streiche ich meine Kleider glatt und straffe die Schultern. Cool will ich zur Bar schlendern, um meine Kollegen zu treffen, als ich plötzlich spüre, wie jemand sacht an meinem Haar zieht.

Ich drehe mich um und stehe ihm gegenüber – nicht einem Mitarbeiter vom Gebäudeservice, sondern Tom. Er trägt einen Anzug.

Es ist ein Anblick, der mir irgendwie falsch vorkommt und zugleich … unglaublich richtig. Bisher habe ich ihn nur in seiner Biker-Jacke oder dem Lauf-Outfit gesehen – wobei Letzteres seine Muskeln zur Schau stellte. Ein Anzug hätte an ihm steif und unbequem wirken können, aber das Gegenteil ist der Fall. Der graublaue Stoff lässt seine Augen tiefer und dunkler erscheinen, und der weiße Hemdkragen setzt sich klar von der sonnengebräunten Haut seines Halses ab.

»Oh. Sie sind das.« Ich werde rot. Er ist eigentlich überhaupt nicht mein Typ, trotzdem sieht er so gut aus, dass ich in seiner Nähe verunsichert bin.

»Was für eine Begrüßung«, sagt er lächelnd. »Ich weiß, dass

Sie mir tausend Pfund geben müssen, aber ich hätte nicht gedacht, dass ich so etwas verdiene.«
»Ich dachte, Sie wären jemand vom Gebäudeservice«, erkläre ich.
»Okay«, sagt er. Der Anflug eines Lächelns umspielt seine Mundwinkel. Es ist unangenehm, weil es so wirkt, als würde er sich ständig über mich amüsieren. »Ich wollte Sie nur auf das hier aufmerksam machen.«
Er streckt die Hand aus und präsentiert einen Lockenwickler, in dem so viele Haare hängen, dass man meinen könnte, er hätte im Fell eines Collies gesteckt.
Ich bemühe mich, nicht ohnmächtig zu werden. »Woher haben Sie den?«
»Er hing an Ihrem Rücken. Ich bin Ihnen die halbe Dale Street hinterhergelaufen, um es Ihnen zu sagen.«
Meine Wangen fühlen sich mit einem Mal so an, als wären sie mit einer Lötlampe bearbeitet worden.
»Oh! Das wäre doch nicht nötig gewesen«, keuche ich.
»Zufällig war ich auch gerade auf dem Weg hierher.«
Ich starre den Lockenwickler an. »Tja, was für ein Zufall«, sage ich so locker wie möglich. »Woher zum Teufel kommt das Ding? Ich benutze so etwas nicht einmal.«
Ich schnappe mir den Wickler und stopfe ihn so entschieden in meine Tasche, dass zwei weitere Lockenwickler – die ich mitgenommen habe, falls mein Pony platt herunterhängen sollte – herausfallen und auf den Boden hüpfen. »Was ich meine, ist … äh … normalerweise benutze ich sie nicht.«
Ich bücke mich, um sie aufzuheben. Ein Schmerz durchfährt meine Stirn, als Tom dasselbe macht und unsere Köpfe gegeneinanderprallen.
»Gott, tut mir leid«, murmle ich.
Mit finsterem Blick reibt er sich die Stirn. »Schon okay. Viel-

leicht ist es gar nicht so schlecht, dass wir diesen Zusammenstoß hatten. Ich habe vergessen, Ihnen meine Adresse zu geben.«
Mein Herz hämmert. »Warum wollen Sie mir Ihre Adresse geben?«
»Wegen des Schecks«, erwidert er.
»Ach. Ja. Natürlich.« Ich krame in meiner Tasche nach einer Visitenkarte und einem Stift. Tom nimmt mir beides ab und beginnt zu schreiben. Er will sie mir gerade zurückgeben, als er die Karte genauer betrachtet.
»Ach ja, ich habe vergessen, dass Sie im Bereich Webdesign arbeiten. Ich kenne eine Firma, die im Augenblick jemanden sucht, der ihre Website neu gestaltet.«
»Ihre Firma?«
»Nein, ein Geschäftspartner. Ein Steuerberater. Ich kann Ihnen die Details mailen.«
»Das wäre nett. Danke.« Ich sehe ihm kurz in die Augen und lächle, aber ich kann seinem Blick einfach nicht standhalten.
»*Da* bist du!«, erklingt eine Stimme. Ich hebe den Kopf, und mein Blick fällt auf ihre Besitzerin.
Sie sieht aus wie eine dieser französischen Schauspielerinnen mit den großen Augen, der zierlichen Figur und den vollen Lippen. Nein, eigentlich lässt diese Frau, die sich gerade bei Tom untergehakt hat, die Schönheit dieser Schauspielerinnen sogar noch verblassen.
»Tut mir leid zu stören«, sagt sie lächelnd und verstärkt ihren Griff um Toms Arm. »Ich bin Geraldine.«
»Das ist Abby«, erklärt Tom ihr. »Sie ist im Laufklub gewesen.«
»Tatsächlich?« Geraldines Lächeln wird breiter.
»Allerdings ist sie schon wieder ausgetreten«, fügt er hinzu. »Es sei denn, Sie haben Ihre Meinung geändert?«

Ich lache. »Äh … nein.«

»Ach, Sie sollten wieder eintreten«, sagt Geraldine begeistert. »Es wäre *toll,* noch ein Mädchen in der Mannschaft zu haben.«

O Gott. Sie ist eine von ihnen. Ich hätte es wissen müssen. »Es war nichts für mich …«

»Sie werden sich daran gewöhnen«, beharrt sie und scheint es wirklich zu glauben. »Überlegen Sie es sich noch mal – los. Wir suchen händeringend Teilnehmerinnen fürs Frauenteam für die Zehn-Kilometer-Läufe. Und außerdem steht bald ein Halbmarathon an, falls der Ehrgeiz Sie packen sollte.«

»Das glaube ich kaum«, versichere ich ihr freundlich. »Ich denke, ich bleibe bei meinen Aerobic-Kursen.« Den eingebildeten.

Sie zuckt lächelnd die Schultern. Es scheint der einzige Gesichtsausdruck zu sein, den sie beherrscht. »Ach, schon gut – ich merke, dass meine Überzeugungskünste hier nicht fruchten. Oh, Tom, der Tisch ist für halb acht reserviert. Nett, Sie kennengelernt zu haben, Abby«, sagt sie schließlich.

»Wir sehen uns, Abby«, fügt Tom hinzu, als sie zur Tür gehen.

»Ja, bis bald. Und … Der Scheck ist praktisch schon in der Post.«

Er sieht mich wieder mit diesem leicht belustigten Blick an. Ich ermahne mich, dass es nur ein Blick ist, sein Blick; es bedeutet nicht zwangsläufig, dass ich einen Fehler gemacht habe. Dann betrachte ich die drei bunten Lockenwickler in meiner Hand – und eile so schnell es geht in die andere Richtung davon.

16.

Um halb zehn hat der »stattliche Matt« eine Schar von Bewunderinnen um sich versammelt, die verzaubert sind von seinem selbstironischen Humor, seinem schüchternen Lächeln und seinem legendären Hintern. Nicht einmal seine schlechten Witze scheinen sie zu stören.

»Ich weiß nicht, wie er das anstellt«, murmelt Priya und sieht zur Bar hinüber, wo er sich gerade mit drei Frauen unterhält. »Das ist ungerecht – er bemüht sich nicht einmal. Ich habe den halben Abend damit verbracht, einem Kerl schöne Augen zu machen, der schließlich mit einer blonden Tussi mit Brüsten wie Wasserbällen abgezogen ist. Nichts gegen Blondinen«, fügt sie hinzu. »Oder Wasserbälle.«

»Ich dachte, es liefe gut mit … Wie hieß er noch?«

»Richard«, erwidert sie. »Es lief auch gut. Dann hat er mich sitzenlassen.«

»Oh«, sage ich. »Tut mir leid, Priya.«

»Glaubst du, dass es an den pinkfarbenen Haaren liegt?«, fragt sie und schlingt sich eine Strähne um den Finger.

Ich zucke mit den Achseln. »Ich mag das Pink. So bist du. Werde nur nicht zu konventionell – egal, was du tust.«

»Meiner Mutter würde es aber gefallen.« Dann denkt sie noch mal darüber nach. »Aber vermutlich würde der Schock sie umbringen.«

Priyas Eltern waren gezwungen zu akzeptieren, dass sie wahrscheinlich nie in die Fußstapfen ihres Bruders Adnan treten würde, der sich mit Feuereifer in die seit seiner Kindheit für ihn geplante Ehe gestürzt hat.

Priya weigerte sich nicht nur, über das Thema überhaupt zu sprechen, sie folgte auch ohne nachzudenken einem ehemaligen Klassenkameraden namens Simon den ganzen Weg nach Liverpool auf die *John Moores University.* Dort wurde sie prompt für die stellvertretende Geschäftsführerin des örtlichen Obst- und Gemüsehändlers sitzengelassen. Sie ging nicht mehr zu den Vorlesungen und hat seitdem keine Kiwi mehr gegessen.

»Die Runde geht auf mich. Hat sonst noch jemand Lust auf einen Tequila?« Heidi schwankt, als sie in ihre Tasche greift, um ihr Portemonnaie hervorzuholen. Erst in diesem Moment fällt mir auf, wie betrunken sie ist. Priya wirft mir einen vielsagenden Blick zu.

»Ich mach das schon, Heidi.« Ich lege meine Hand auf ihren Arm. »Wie wäre es erst einmal mit einem Softdrink? Dann halten wir länger durch.«

Sie sieht mich an, als hätte ich den Verstand verloren. »Ich trinke keine verfluchten Softdrinks, Abby Rogers!«, sagt sie grinsend.

Heidi flucht nie. Priya wirkt besorgt.

»Ach, wolltest du nicht Karaoke singen?«, schlage ich vor, um sie abzulenken. »Lass uns rübergehen. Ich spendiere euch dort eine Runde.«

Wir locken Matt von seinen Bewunderinnen weg und machen uns auf den Weg in die Karaoke-Bar. Ich habe keine Ahnung, wie sie heißt; sie könnte genauso gut keinen Namen haben. Und ich bin mir sicher, dass ich sie in nüchternem Zustand niemals wiederfinden würde. Sie befindet sich zwischen dem Büro eines Versicherungsmaklers und einem Zeitungsstand. Nachdem man eine Treppe bezwungen hat, die so steil ist wie die Stiege in einem U-Boot, betritt man ein Labyrinth von Räumen und wird von einer Gruppe wahnsinnig fröhlicher

Kellner empfangen, die das leicht ramponierte Mobiliar und die unbeständige Klangqualität der Musik vergessen machen. Matt und Priya tragen sich für »I Got You Babe« ein. Schon die letzten sechs Male habe ich die beiden dieses Duett performen sehen – mit überraschend geringen Fortschritten.

Wir finden eine Sitzecke und machen es uns gemütlich, während drei Männer in den Zwanzigern, die zerknitterte Businessanzüge tragen, eine ganz passable Version von »Sweet Caroline« zum Besten geben.

»Gehst du noch mal zum Laufklub?«, fragt Matt.

»Nicht du auch noch«, seufze ich und nehme einen Schluck Wein. »Ist das eine Art Verschwörung? Die Antwort ist: nein. Nicht zuletzt, weil ich es nicht überleben würde.«

»Du brauchst einen Anreiz«, fährt Priya fort, als hätte sie mich nicht gehört. »Meine Freundin hat im Jahr vor ihrer Hochzeit für einen Triathlon trainiert und ist echt fit geworden. Sonst hätte sie nie in ihr Kleid gepasst.«

»Leider stehen die Chancen für diese Art der Motivation in der allernächsten Zukunft gleich null«, erkläre ich. »Ich hatte seit einem Jahr kein Date mehr. Ich habe zu viel zu tun. Gott, das klingt nach einer kläglichen Ausrede.«

Traurigerweise ist es die Wahrheit. Und das ist so deprimierend, dass ich unbedingt etwas daran ändern will. Vielleicht ist auch die Begegnung mit »Doktor Charming« der Auslöser dafür. Wenn es doch nur einen Weg gäbe, ihn ohne den Schmerz und die Erniedrigung durch den Laufklub zu treffen.

»Das war nur ein Beispiel«, entgegnet Priya. »Es könnte alles Mögliche sein. Steht dir vielleicht ein runder Geburtstag bevor?«

»Ich werde Ende September neunundzwanzig.«

»Da hast du es!«, sagt Matt.

»Neunundzwanzig ist kein runder Geburtstag«, widerspreche ich. »Und ich fühle mich dadurch überhaupt nicht motiviert, Sport zu machen – und auch sonst durch nichts.«

»Wie wäre es, wenn du für den guten Zweck laufen würdest?«, fragt Priya. »Für eine Wohltätigkeitsorganisation oder so etwas.«

»Du könntest Spendengelder für die Multiple-Sklerose-Forschung sammeln«, wirft Heidi ein. Es ist das erste Mal seit fünf Minuten, dass sie etwas sagt. Die Gruppe schweigt. »Sie brauchen dringend Fördermittel«, fährt sie fort und saugt den Rest ihres Wodka Tonics durch einen Strohhalm. Dann hält sie inne und sieht mich an. »Tut mir leid. Ich wollte dich nicht in Verlegenheit bringen.«

Ich will gerade antworten, als wir durch den Ansager unterbrochen werden, der Matts und Priyas Song ankündigt. »Wenn sonst niemand ›I Got You Babe‹ singen will, werde ich es gern selbst versuchen …«

Matt springt auf und packt Priyas Hand. Zusammen laufen die beiden zur Bühne. Die Musik erklingt, und Matt beginnt zu singen. Er ist zwar vollkommen unmusikalisch, aber verglichen mit Priya klingt er wie Justin Timberlake.

»Die Sache ist, Heidi, dass ich nicht der Typ fürs Laufen bin«, sage ich.

Sie senkt den Blick. »Klar. Mach dir keine Gedanken.« Sie lallt ein bisschen, und mir wird klar, dass sie sich morgen früh wahrscheinlich nicht mehr an diese Unterhaltung erinnern wird.

»Das erste Training hätte mich beinahe umgebracht«, füge ich hinzu.

»Ich weiß, Abs, schon gut.«

»Und ich habe so wenig Zeit«, fahre ich fort.

»Ich weiß, ich weiß. Du hast viel zu tun.«

»Es geht ja nicht nur um das Laufen, denn wenn ich wirklich

Spenden sammeln will, bedeutet das noch viel mehr Arbeit. Und im Augenblick muss ich der Firma meine gesamte Aufmerksamkeit widmen und …«

Heidi starrt wieder in ihr Glas. »Vergiss es einfach«, sagt sie verständnisvoll.

Ich betrachte meinen Drink, sehe dann Heidi an, diese hübsche, kluge junge Frau, und bin mit einem Mal beschämt. Hier sitze ich, noch nicht einmal 30, mit meinem gesunden Körper – einem Körper, den ich nicht verdiene. Nein. Ich habe einen Körper, der gesund sein *sollte* – im Gegensatz zu Heidi, die sechs Jahre jünger ist und nicht weiß, ob sie in zehn Jahren noch gehen kann, geschweige denn laufen.

»I GOT YOU … BAAABE!« Matt und Priya schmettern den Schlussakkord so voller Inbrunst, dass die Weingläser erzittern.

»Heidi«, sage ich. »Es tut mir *so* leid.«

Sie sieht mich überrascht an. »Was?«

»Dass ich so negativ bin. Dass ich so jämmerlich bin. Dass ich so ein Schwächling bin.«

»Ich halte dich für nichts davon«, widerspricht sie. »Eigentlich …«

»Sag nichts«, unterbreche ich sie.

»Okay«, erwidert sie und sieht noch überraschter aus. Dann runzelt sie die Stirn. »Warum nicht?«

»Weil ich denken muss. Ich werde wieder zum Lauftraining gehen.«

»Nicht meinetwegen! Ich habe den Vorschlag gemacht, ohne nachzudenken. Es war dumm und …«

»Es war nicht dumm«, entgegne ich. »Es war ein toller Vorschlag. Ja. Ich werde mit dem Training beginnen, Heidi. Für den Halbmarathon. Ich werde Spenden für die MS-Forschung sammeln und gleichzeitig auch noch fit werden.«

»Sag nichts, was du später vielleicht mal bereuen könntest«, warnt sie mich.

»Ich werde es nicht bereuen«, erwidere ich entschieden. »Ich werde es tun.«

Sie hickst. »Echt?«

»Echt«, entgegne ich und trinke meinen Wein aus.

Noch nie in meinem ganzen Leben war ich mir einer Sache so sicher.

17.

»Worauf zur Hölle habe ich mich da eingelassen?«

Ich spreche die Worte laut aus, erkenne meine eigene Stimme allerdings nicht wieder, denn sie klingt, als hätte ich den Morgen über Sägespäne geschluckt. Ich sitze in der Küche, den Kopf in die Hände gestützt, während gleißend helles Sonnenlicht ins Zimmer dringt. Müde nippe ich an einer Tasse Tee, der abwechselnd nach Ambrosia und nach Asbest schmeckt.

Jess hat mich vor einer halben Stunde geweckt, als sie mich anrief, um zu fragen, ob ich mit ihr und den Kindern shoppen gehen wolle. Ich habe ja gesagt, schon weil ich uns beiden beweisen wollte, dass ich es kann. Jetzt wünsche ich mir, ich hätte es nicht getan.

Ich schließe die Augen und versuche, mich zu entsinnen, wie ich heute Morgen nach Hause gekommen bin. Ich weiß, dass es so zwischen eins und … sechs gewesen sein muss. Es noch weiter einzugrenzen ist nicht ganz leicht.

Ich erinnere mich daran, Heidi versprochen zu haben, dass ich ein Paradebeispiel an gesunder Lebensführung und Fitness werden würde, um Spendengelder für die MS-Forschung zu sammeln. Und ich erinnere mich daran, dass ich mir daraufhin gesagt habe, dass ein letzter Flirt mit allem, was schädlich und sonst irgendwie verboten ist, eine fabelhafte Idee wäre.

Also habe ich mich hemmungslos betrunken und mit einem Kerl geknutscht, der vorher »I'm Too Sexy« von Right Said Fred gesungen hat (ich hielt ihn für unglaublich niveauvoll).

Und der Pappschachtel vom Lieferservice nach zu urteilen, über die ich heute Morgen gestolpert bin, als ich ins Wohnzimmer schlurfte, habe ich offenbar auch noch einen Hähnchenspieß und ein Fladenbrot in der Größe eines Schlafsackes gegessen. Zumindest habe ich das meiste davon gegessen. Der Rest endete zwischen meinen Zehen.

Ich stehe auf und schleppe mich ins Bad, wo ich die Dusche anstelle und mich bedächtig wasche, auch wenn es meine letzte Kraft kostet, den Deckel der Shampooflasche zu öffnen. Mit geschlossenen Augen stehe ich schließlich da und lasse das heiße Wasser über mich laufen, bis ich vor Dampf nicht mehr atmen kann. Dann klettere ich aus der Dusche, reibe eine Stelle des Spiegels trocken, erblicke mein Gesicht und zucke kurz zusammen. Da ich mich gestern nicht mehr abgeschminkt habe, sieht es aus, als wäre es einmal durch den Tuschkasten gezogen worden.

»Du, Abigail Rogers, bist eine Schande.«

Ich lasse den Spiegel wieder beschlagen, damit ich mich nicht mehr sehen muss, während ich mich abschminke. Anschließend ziehe ich eine saubere Jeans und mein gemütlichstes Oberteil an und gehe in die Küche, um mir ein Glas Wasser zu holen, damit ich die ausgedörrten Zellen meines Körpers wieder auffüllen kann. Es ist, als würde man versuchen, eine Wüste zu rehydrieren. Mir bleiben noch zehn Minuten, bis Jess kommt. Eigentlich möchte ich mich auf meinem Sofa zusammenrollen, doch ich gehe ins Arbeitszimmer.

Dort starte ich meinen Laptop, öffne Google und tippe zwei Wörter ein. *Multiple Sklerose.*

Jess kommt 20 Minuten zu spät und wirkt beunruhigt, als sie mich sieht.

»Du siehst furchtbar aus«, bemerkt sie, und ich weiß, dass es sehr schlimm sein muss, denn sonst versucht sie die meiste Zeit über, mich vom Gegenteil zu überzeugen. »Bist du fertig? Die Kinder sind im Wagen.«

Ich schalte den Computer aus, schnappe mir meine Tasche und gehe zur Beifahrertür des Minivans.

»Hi, Kinder«, sage ich lächelnd und bemühe mich, fröhlich und lebendig zu klingen.

Jamie sieht mich entgeistert an. »Tante Abby, du siehst furchtbar aus.«

Ich werfe Jess einen Blick zu.

»Ich habe ihn nicht aufgefordert, das zu sagen!«, protestiert sie, und mir wird klar, dass sie – leider – die Wahrheit sagt.

Manchmal hat man einen Moment der Erkenntnis, der das Leben verändert. Eine Art Schalter im Innern wird umgelegt, und man weiß, dass nichts mehr so sein wird, wie es einmal war.

Ich erlebe diesen Moment am Samstag, den 31. Juli, um viertel nach eins in der Warteschlange bei *Costa Coffee.* Ich muss mich gleich zwischen einem Schokoladen-Muffin, einem Mandel-Kirsch-Muffin, einem Zitronen-Orangen-Muffin oder einem Stück Karottenkuchen entscheiden. Alles sieht köstlich aus, klebrig süß, unwiderstehlich … und es ist genau das, was ich an einem normalen Samstagnachmittag ohne zu zögern bestellen würde.

»Die Muffins sehen lecker aus, oder?«, sagt Jess.

»Hm«, erwidere ich, ehe ich verschwinde und kurz darauf wieder zurückkomme.

»Was nimmst du?«, fragt sie.

»Das hier«, entgegne ich und stelle einen frischen Obstsalat auf das Tablett. Sie sieht ihn an, als hätte ich ihr ein Stück Kryptonit hingelegt.

»Was ist das?«, will sie wissen.
»Obst«, antworte ich.
»Ich weiß, dass das Obst ist. Ich frage mich nur, warum du es auf das Tablett gelegt hast, als würdest du es kaufen und essen wollen.«
»Weil ich es kaufen und essen will.«
»Du?«
»Ja.«
»Bei *Costa Coffee?*«
»Ja.«
»Aber du kaufst nie Obst bei *Costa Coffee.*«
Für mich ist es genauso eine Überraschung wie für sie. Es ist nicht so, als würde ich kein Obst essen. Doch es passiert selten, dass ich die empfohlenen fünf Portionen pro Tag esse. Fünf Portionen pro Woche kommen da schon eher hin. Dazu kommt, dass für mich bei einem Besuch bei *Costa Coffee* der Kuchen das Wichtigste ist. Ich gehe nicht zu *Costa Coffee,* ohne Kuchen zu essen.
»Ich muss dir etwas erzählen«, sage ich, als wir bezahlen und uns auf den Weg zu einem Tisch machen. Jamie stürzt sich auf sein Sandwich und seinen Fruchtsaft, während Jess Lola in den Hochstuhl setzt.
»Ich bin ganz Ohr«, sagt sie.
»Gut«, beginne ich. »Tja, letzte Nacht habe ich mich auf etwas eingelassen, und es gibt keinen Weg, darum herumzukommen.«
Jess nimmt Platz. »Ach ja?«
»Ich werde Diät halten. Ich werde fit werden.«
»Ach ja?«, wiederholt sie etwas abwesend.
»Und dieses Mal ist es mir ernst.«
Sie trinkt einen Schluck Kaffee.
»So ernst, dass ich für den Halbmarathon trainiere.«

Jess prustet los, und Kaffeetropfen spritzen auf mich, die Kinder und den älteren Herrn am Nebentisch.

»Ach, du meine Güte. Das tut mir leid«, sagt sie, springt auf und reicht dem Mann eine Serviette. »Ich weiß nicht, was in mich gefahren ist.«

Nachdem er ihr versichert hat, dass alles in Ordnung ist, setzt sie sich wieder mir gegenüber an den Tisch.

»Das kann nicht dein Ernst sein«, sagt sie.

Aber dieses Mal weiß ich, dass ich es absolut ernst meine.

Als Jess sich vom ersten Schock erholt hat, fängt sie an, sich mit der Idee anzufreunden. Das Ergebnis ist, dass sie versucht, mich davon zu überzeugen, an diesem Montag in den Laufklub zurückzukehren.

»Noch nicht«, entgegne ich entschieden, als wir durch die Innenstadt laufen. »Du hattest recht. Ich lasse mir erst mal einen Monat Zeit, um mich einigermaßen fit zu machen. Auf keinen Fall lasse ich mich wieder im Klub blicken, ehe ich nicht fünf Kilometer laufen kann, ohne ohnmächtig zusammenzubrechen.«

Sie runzelt die Stirn. »Was willst du machen?«

»Ich mache Diät. Ich lasse den Wein weg … Ich meine, ich trinke nicht mehr so viel Wein. Und ich fange an, allein zu laufen und Übungen zu machen. Morgen ist …« Ich sehe auf meinem Handy nach dem Datum. »… der erste August. Am ersten September kehre ich in den Laufklub zurück.«

»Wow.« Sie grinst. »Das klingt nach einem Plan.«

»Einen Fehler werde ich allerdings nicht mehr machen: Ich muss vorher meine Klamotten in Ordnung bringen.«

»Dann komm mal mit. Ich kenne das passende Geschäft.«

Jess ist eine so begeisterte Läuferin, dass sie mir nicht den Weg zu irgendeinem Sportgeschäft zeigt. Nein, sie bringt mich in ein *Laufsportgeschäft.* Offenbar gibt es da enorme Unterschiede.

Es ist ein großer Laden mit einem unglaublichen Angebot an Kleidung aus Elasthan. Und es ist überraschend viel los. Man sollte nicht meinen, wie viele Menschen den Drang haben, das hier zu tun. Also, laufen. Wenn ich Jess nicht kennengelernt hätte, wäre mir der Gedanke wohl niemals gekommen. Es kommt mir seltsam vor, wenn man doch an jeder Ecke ein Taxi bekommen kann.

»Gut, dann lass uns zuerst nach einer Hose schauen. Das hier ist die beste.« Sie hält blaue Leggings hoch, die so aussehen, als würde nicht einmal eine Siebenjährige hineinpassen.

»Die ist aus Elasthan«, bemerke ich.

»Das ist gut. Beim Laufen ist es besser, wenn dir nichts um die Beine flattert.«

»Ich habe schon Zellulitis, die mir um die Beine flattert, Jess. Da kommt es auf ein bisschen Stoff nicht mehr an.«

»Hör auf mich – das hier ist die Hose, die du nehmen solltest.«

»Aber Elasthan ist das Werk des Teufels. Ich würde diese Leggings nicht einmal anziehen, wenn ich Kleidergröße vierunddreißig hätte. Ich brauche etwas, das meine Dellen kaschiert.«

Am Ende entscheide ich mich für die einzige dreiviertellange Caprihose, die nicht jede Einbuchtung an der Rückseite meiner Schenkel unterstreicht. Sie sieht nicht toll aus, sondern nur etwas weniger grauenvoll als die anderen. Dieselbe Übung wird mit den Oberteilen wiederholt. Sie sind reizend – bis ich sie überstreife. Ich sehe einfach überhaupt nicht sportlich aus.

»Jetzt die Schuhe«, weist Jess mich an. Blauäugig mache ich mich auf den Weg zu den Laufschuhen, um zu sehen, ob mir einer von der Optik her gefällt.

»Moment, wir müssen erst eine Ganganalyse machen«, sagt sie.
»Eine was?«
»Eine Ganganalyse«, wiederholt sie, als sollte mir das etwas sagen. »Du musst auf das Laufband, damit einer der Mitarbeiter hier dieses Gerät benutzen kann, um deine Füße beim Laufen zu filmen.«
»Verrückt.«
Sie ignoriert mich. »Man kann dann anhand der Aufnahme sehen, mit welchem Teil des Fußes du zuerst auftrittst, wenn du läufst. Dann bekommst du einen Schuh, der die richtigen Stellen des Fußes stützt.«
Ich probiere ein Paar Schuhe an und kremple meine Hosenbeine hoch, um mich auf den Lauf vorzubereiten – etwas, das ich in meiner aktuellen, sehr empfindlichen Verfassung nicht gern tue.
»Laufen Sie in Ihrem eigenen Tempo«, sagt der Mitarbeiter.
Ich widerstehe dem Drang, ihn davon in Kenntnis zu setzen, dass mein »eigenes Tempo« wäre, mich überhaupt nicht zu bewegen.
Er bückt sich und betrachtet prüfend den Monitor, während meine Füße sich auf ihr Filmdebüt vorbereiten. Ich entschließe mich, langsam zu laufen, um nicht in Schweiß auszubrechen und mich als unsportlich zu entlarven. Die Geschwindigkeit des Laufbandes steigert sich, bis das Display 7,2 Kilometer pro Stunde anzeigt.
Ich weiß, dass das nicht schnell ist, doch für mich reicht es. Wenn sie beim Lauftraining bei dieser Geschwindigkeit geblieben wären, wäre ich zurechtgekommen. Zumindest für die ersten zehn Minuten. Fröhlich jogge ich vor mich hin, als ich aus den Augenwinkeln bemerke, dass ich Zuschauer habe. Ich drehe den Kopf und erblicke vier Kinder zwischen sieben

und elf Jahren, die aussehen wie die Trapp-Familie, kurz bevor sie anfängt zu singen.

»Sie ist nicht besonders schnell, oder?«, sagt ein Junge zu Jess' Sohn Jamie, der sich augenscheinlich wünscht, mich nicht zu kennen. »Meine Mum hat das letzte Woche gemacht, und sie ist *zwölf* Kilometer pro Stunde gelaufen.«

Ich werde wütend und ermahne mich, ihn zu ignorieren. Dann ändere ich meine Meinung. Ich drücke auf die Knöpfe vor mir, bis eine Geschwindigkeit von berauschenden 13 Kilometern pro Stunde erreicht ist – ich bin entschlossen, Jamie stolz zu machen.

Es fühlt sich für ungefähr eine halbe Sekunde auch okay an. Danach fühlt es sich, auch wenn meine Arme und Beine pumpen und mein Herz und meine Lunge auf Hochtouren arbeiten, alles andere als gut an.

Ich merke, dass ich unbedingt sofort anhalten muss. Aber ich bin in einem Zustand äußerster Kraftanstrengung und außerdem auf dem Laufband so weit nach hinten geraten, dass ich den roten Notschalter nicht mehr erreichen kann.

Ich beschließe, mich auf den Spiegel vor mir zu konzentrieren und zu versuchen, nahe genug zu kommen. Doch das Bild, das ich dort erblicke – eine asthmatische, rotgesichtige Hippopotamus-Frau, die vor einer Flutwelle flieht –, ist so peinlich, dass meine Entschlossenheit einer tiefen Verzweiflung weicht.

Dann fühlt sich der Schweiß auf meiner Stirn mit einem Mal eiskalt an, und eine Welle von Dunkelheit erfasst mich.

»Was ist passiert?«, frage ich, als mir klarwird, dass ich liege, mein Kopf schmerzt und meine Augen gegen das gleißend helle Licht ankämpfen.

»Abby! Oh, mein Gott, du bist wieder bei Bewusstsein.«

Ich erkenne Jess' Stimme sofort und weiß, wo ich bin. Im Krankenhaus.
»Jess«, bringe ich hervor. »Oh, meine liebe Jess.« Tränen schießen mir in die Augen, und mein Herz hämmert.
»Dir geht es bald wieder gut«, erwidert sie und drückt meine Hand. Ich muss an einen Film denken, den ich letztes Jahr gesehen habe. In dem Film ging es darum, dass eine Frau nach zwei Jahren aus dem Koma aufwachte und ihre beste Freundin an ihrem Bett saß.
Ich schließe kurz die Augen und wackle mit den Fingern meiner rechten Hand. Ich spüre, dass es eine Weile her ist, dass ich sie bewegt habe. Meine Muskeln fühlen sich steif und unbenutzt an.
»Wie lange bin ich schon so?«, murmle ich. »Bewusstlos, meine ich?« Ich bin mir sicher, dass ich Tage, wenn nicht gar Wochen verloren habe.
»Ungefähr seit vier Sekunden«, entgegnet Jess, packt meine Hand und zieht mich hoch. »Du bist knapp fünfhundert Meter weit gekommen und dann ohnmächtig geworden. Du musst dehydriert sein. Wo warst du gestern Abend?«
Ich setze mich auf und sehe, dass ich im Laufsportgeschäft bin. Mein Po tut weh. »Aua«, sage ich und reibe über die schmerzende Stelle.
»Du hast Glück gehabt, dass du auf dem Hintern gelandet bist«, sagt Jess.
»Ich meine es ernst: Das tut weh«, beharre ich.
Dann bemerke ich, dass die Trapps noch immer da sind.
»Ja?«, zische ich. »Kann ich euch helfen?«
Der Neunjährige ignoriert mich und wendet sich seinem älteren Bruder zu, der losgegangen ist, um seine Mum zu suchen.
»Sie ist doch nicht tot«, verkündet er laut und klingt ein wenig enttäuscht.

18.

Im August werde ich trainieren und mich körperlich in eine gute Form bringen.

Streng genommen ist das nicht ganz wahr. Im August werde ich mich in eine Form bringen, die sich am Rande von etwas bewegt, das vergleichbar mit der durchschnittlichen Fitness einer 28-Jährigen ist. Erst dann werde ich mich in der Lage fühlen, das Projekt »langsame Gruppe des Laufklubs« anzugehen.

In vielerlei Hinsicht ist es ein nicht sehr aufregender Monat. Bei der Arbeit gewinne ich einen neuen Kunden – eine Immobilienfirma, die schicke Apartments am Hafen baut – und treibe erfolgreich ein halbes Dutzend Rechnungen ein, womit ich nicht nur Egor erfreue, sondern auch unserem Cashflow einen dringend benötigten Schub gebe. Das Team ist gut beschäftigt, hat aber nicht zu viel zu tun, und Heidi scheint die Situation zu meistern, indem sie das Thema Krankheit einfach verdrängt. Was auch dem Rest von uns zeigt, wie wir uns verhalten sollen, denn schon bald ist es, als hätte sie nie offenbart, an multipler Sklerose zu leiden.

Sie und Priya haben ebenfalls eine Idee für eine Spendenaktion erarbeitet: Sie wollen einen Wohltätigkeitsball organisieren. Was ein toller Einfall ist, denn dabei kommt sicherlich ein stattliches Sümmchen zusammen. Außerdem lenkt es Heidi ab und macht sie glücklich. Doch damit wird eines endgültig untermauert: Ich werde den Halbmarathon laufen müssen – es gibt kein Zurück mehr.

Ich verbringe noch immer übermäßig viel Zeit damit, an

»Doktor Charming« zu denken und von unserem nächsten Treffen zu träumen. Diese Besessenheit wird durch die regelmäßigen Updates von Jess genährt, die sie für banal hält, die mein Leben allerdings unglaublich verschönern.
In der zweiten Augustwoche bekomme ich eine E-Mail von Tom. Durch die Mail werden meine Gefühle für ihn wieder ein bisschen wärmer, nachdem sie durch den Scheck über 1000 Pfund, den ich ihm schicken musste, ein wenig abgekühlt waren.

Liebe Abby,
zuerst einmal – wenn auch etwas verspätet: Vielen Dank für den Scheck. Ich habe seit beinahe zwei Wochen nichts mehr von Joan gehört, was ich als Zeichen dafür verstehe, dass sie gegangen ist, um ihren Lebensabend als liebende Großmutter zu genießen. Also gibt es für alle ein Happyend, denn mein Motorrad schnurrt wie ein Kätzchen (nicht, dass Sie das gutheißen würden).
Ich wollte Ihnen außerdem die Kontaktdaten für den Steuerberater schicken, der nach einem Webdesigner sucht. Die Firma heißt Gellings, *sitzt in der Victoria Street, und Sie müssen sich an Ian Bond wenden. Er erwartet Ihren Anruf.*
Beste Grüße
Tom

Ich rufe direkt bei Ian Bond an, aber nicht einmal ich ahne, wie schnell es sich auszahlen wird. Ich vereinbare mit ihm einen Termin gegen Ende der Woche. Das Gespräch dauert keine 20 Minuten, dann willigt er ein, einen Probevertrag mit uns abzuschließen. Ich schicke Tom sofort eine E-Mail.

Lieber Tom,
River Web Design *hat einen Probevertrag mit* Gellings *in der Tasche, also vielen Dank für die Empfehlung. Wenn wir den Vertrag endgültig bekommen, würde das die Tatsache, dass Sie Ihr Motorrad meinem Wagen so achtlos in den Weg gelenkt haben, fast wieder wettmachen. ;)*
Danke noch mal.
Abby

Dieser kleine Triumph kann mich allerdings nicht von der wohl schwierigsten Phase meines Lebens ablenken, in der ich mich derzeit befinde. Ich frage mich täglich – nein, stündlich –, warum ich dieser Laufgeschichte zugestimmt habe. Ich meine … ich. Ausgerechnet.
Meine letzte Diät ist so lange her, dass ich echt vergessen habe, wie langweilig und starr das Ganze ist. Ich beginne mit der *Fastslim*-Milchshake-Diät. Doch ich ertappe mich dabei, dass ich die beiden Shakes – fürs Frühstück und fürs Mittagessen – schon vor zehn Uhr morgens austrinke. Meine gesunden Snacks sind um 10:30 Uhr verputzt. Den Rest des Tages verbringe ich damit, vom Essen der anderen zu naschen.
Nach dieser ernüchternden Erfahrung melde ich mich bei den *Diät-Crashern* an. Dort Mitglied zu sein ist ein faszinierendes Erlebnis. Bernie, die Leiterin der Gruppe, ist eine kleine und – um mal ganz ehrlich zu sein – nicht besonders schlanke Frau Anfang 50. Sie trägt Blümchenkleider und pastellfarbene Strickjacken und scheint auf den ersten Blick unglaublich konservativ zu sein. Auf den zweiten Blick ist mir allerdings ein kleiner tätowierter Papagei an ihrem Knöchel aufgefallen, den ich seither immerzu ansehen muss.
Ebenfalls fesselnd an Bernie ist ihr seltenes und bemerkenswertes Talent zu reden.

Bernie kann sich eines Themas annehmen, von dem man denkt, dass man nicht länger als 30 Sekunden darüber sprechen kann, und es auf die Länge einer halben Gruppensitzung auswalzen.

Ich bin mir noch nicht ganz sicher, ob diese Fähigkeit Bernie zur großartigsten Rednerin seit Martin Luther King macht oder aber zur langweiligsten Frau, die ich je kennengelernt habe. Trotzdem funktioniert es. Ich beginne allmählich, Gewicht zu verlieren. Zugegebenermaßen erst ein paar Pfund. Doch es stellt sich heraus, dass der Alkohol, das Fett und der Zucker, die ich ständig zu mir genommen habe, mir nicht gutgetan haben. Mehr Gemüse und weniger Schrott zu essen zeigt Wirkung.

Mit dem Sport sieht es etwas anders aus.

Nach meinem Erlebnis auf dem Laufband habe ich beschlossen, mein Training etwas zu verändern, bevor ich zum Laufen übergehe.

Zuerst versuchte ich es mit Hula-Hoop.

Laut Bernies Übungsbuch für die *Diät-Crasher* ist Hula-Hoop die ideale Übung, weil man dadurch seinen Gleichgewichtssinn trainiert, seine Beweglichkeit steigert und die Schenkel, den Po und die Arme formt.

Das alles klang sehr gut in meinen Ohren.

Hinzu kommt, dass man 306 Kalorien in der Stunde verbraucht.

Als ich den Hula-Hoop bestellte und dann aufgeregt beobachtete, wie der Postbote ihn aus dem Wagen hob und meinen Gartenweg hinaufrollte, war ich vollkommen überzeugt von der Idee.

Natürlich gibt es einen Haken an der Sache: Man verliert die 306 Kalorien pro Stunde nur, wenn man es auch eine Stunde lang macht.

Ich schaffte es nicht einmal fünf Sekunden am Stück – und das bedeutete, dass ich pro Einheit weniger als eine halbe Kalorie verbrannte.
Nachdem ich entschieden hatte, dass Hula-Hoop doch nicht das Richtige für mich war, wollte ich es mit Schwimmen probieren.
Ich will ehrlich sein: Schwimmen war noch nie meine große Leidenschaft.
Im Urlaub hopsen die meisten Kinder von Sprungbrettern, tauchen nach Gegenständen, hüpfen mit Anlauf ins Wasser und haben dabei unendlich viel Spaß. Ich gehörte nie zu diesen Kindern. Schon als ich zwölf war, wirkte mein Schwimmstil wie der einer alten Dame: Mit hocherhobenem Kopf zog ich langsam meine Bahnen.
Nicht, damit meine Haare nicht nass wurden, was den meisten Schwimmern, die älter als 50 sind, sehr wichtig zu sein scheint. Nein, ich wollte nicht, dass mein Mund mit dem Wasser in Berührung kam. Ich war – und bin es noch immer – mehr als empfindlich, was öffentliche Schwimmbäder und die grausigen Dinge betrifft, die im Wasser treiben.
Während ich also angewidert ins tiefe Becken paddelte, konnte ich den Gedanken nicht beiseiteschieben, dass ich im Grunde genommen in einer Brühe aus benutzten Pflastern und dem Urin Neunjähriger schwamm.
Wie dem auch sei … Ich schließe andere Sportarten nicht grundsätzlich aus und bin offen für Vorschläge – selbst wenn sie von Bernie kommen –, aber ich gehe inzwischen wieder laufen. Denn das ist schließlich mein Ziel: Ich will einen Halbmarathon laufen, auch wenn über Zeit und Ort dafür noch entschieden werden muss.
Und so schlimm ist das Laufen nicht. Tatsächlich fange ich allmählich an, Spaß an den zugegebenermaßen recht kurzen

und langsamen Läufen zu haben, die ich jeden Morgen absolviere.
Als der Tag meiner Rückkehr in den Laufklub jedoch immer näher rückt, wird mir mulmig. Kurz spiele ich sogar mit dem Gedanken, einen Rückzieher zu machen, als ich am Wochenende vor dem großen Tag eine E-Mail bekomme.

Abby,
Jess hat mir erzählt, dass Sie am Montag in den Laufklub zurückkehren. Sehr gut! Sie können sich sicher sein, dass ich da sein werde – und notfalls ein paar Kotztüten für Sie bereithalte.
Tom

Ich beiße die Zähne zusammen und formuliere eine Antwort.

Tom,
danke für dieses Vertrauensbekenntnis. Ich kann Ihnen versichern, dass keine Kotztüten vonnöten sein werden. Dieses Mal bin ich in der langsamen Gruppe, in der – wie ich hoffe – auch jemand mit meinen sportlichen Fähigkeiten mithalten kann.
Abby

Ich schicke die Mail ab und beiße mir auf den Daumennagel. Das war's, Abby. Eine offene Absichtserklärung. Jetzt gibt es kein Zurück mehr.

19.

Als ich das erste Mal in den Laufklub ging, hatte ich gemischte Gefühle. Jetzt, am Tag meiner Rückkehr, sind sie eindeutiger.
Furcht und Aufregung halten sich nicht mehr die Waage; inzwischen macht ein Gefühl 90 Prozent meiner mentalen Verfassung aus, das andere magere 10 Prozent. Was was ist, kann man sich vielleicht denken.
Nachdem ich einen Monat lang jeden Morgen einmal um den Block gejoggt bin, bin ich noch immer nicht der Inbegriff von Sportlichkeit, wie ich eigentlich gehofft hatte. Ich fühle mich schlecht gerüstet – sowohl für den Klub als auch für ein Wiedersehen mit »Doktor Charming«, an den ich jede Sekunde denken musste.
Doch die Sache jetzt nicht durchzuziehen ist keine Option. Meine Entscheidung wird jedes Mal bekräftigt, wenn ich an Heidis unsichere Zukunft und die von unzähligen anderen Menschen denke, die sich in der gleichen Situation wie sie befinden.
»Bist du dir sicher, dass du diesen Halbmarathon schaffen kannst, Abby?«, fragt sie mich, als wir mittags gemeinsam zu einem Meeting am anderen Ende der Innenstadt gehen.
»Absolut sicher«, erwidere ich. »Ernsthaft – ich habe keinen Zweifel daran. Meistens jedenfalls.«
Sie lacht, hält inne und denkt offensichtlich über ihre nächsten Worte nach. »Na ja, ich kann nur sagen, dass mich das sehr berührt. Natürlich halte ich dich für vollkommen wahnsinnig, aber es berührt mich trotzdem.«

Ich lächle. »Danke.«
Als ich an dem Abend zum Sportcenter fahre, wird mir klar, dass es nicht nur der Wohltätigkeitsgedanke und Heidi sind, die mich anspornen. In mir ist der Wunsch gewachsen zu beweisen, dass ich kein totaler Versager bin: dass ich, auch wenn ich kein Naturtalent bin, auch gesund und motiviert sein kann, wenn ich es will.
»Abby. Was für eine Überraschung!« Olivers schüchternes Lächeln ist so umwerfend süß, wie ich es in Erinnerung habe. Seine Grübchen sind so verlockend, dass »Doktor Charming« mir plötzlich wie ein viel zu schwacher Spitzname für ihn vorkommt. »Eine sehr schöne, wenn ich das hinzufügen darf.«
Sein Mut kostet ihn offensichtlich viel Überwindung. Es ist eindeutig, dass er es nicht gewohnt ist zu flirten. Die Tatsache, dass er es trotzdem versucht – bei mir –, bleibt nicht wirkungslos.
»Danke, Oliver«, erwidere ich und werde knallrot. »Ich bin keine besonders sportliche Frau ...« Ich mache eine Pause und erinnere mich an meine Entschlossenheit, nicht das Bild eines bedauernswerten Faulpelzes zu vermitteln. »Hoffentlich werde ich besser.«
»Das ist die richtige Einstellung«, erwidert er und sieht mir in die Augen, woraufhin mein Herz einen Hüpfer macht.
Wir gehen nach draußen, um uns für das Tempotraining vorzubereiten. »Ich hoffe, du kommst zurecht«, sagt Jess.
»Warum?«
»Na ja«, sie zuckt mit den Achseln, »einige Leute mögen das Tempotraining nicht besonders. Selbst ich mag das Tempotraining nicht besonders.«
»Oh, großartig. Ich fange mit einem Training an, dem nicht einmal ›Wonder Woman‹ gewachsen ist.«

»Ich habe nie gesagt, dass ich dem nicht gewachsen bin. Das ist nur nicht meine Lieblingsübung. Ach, es wird schon klappen. Vergiss nur nicht, zu atmen.«

Ich werfe ihr einen Blick zu. »Ich hatte nicht vor, das zu vergessen.«

Pflichtbewusst bleibt Jess in meiner Nähe, als das Aufwärmen beginnt. Ich erblicke Tom in der Gruppe der Fortgeschrittenen. Er dreht sich um und winkt mir zu. Ich will gerade zurückwinken, als neben mir jemand auftaucht.

»Oh. Sie haben Ihre Meinung geändert.« Geraldine lächelt, während sie mit der Anmut einer Balletttänzerin auf der Stelle joggt. Wenn ich schon dachte, dass Jess in Elasthan gut aussieht, ist das nichts im Vergleich zu dieser Frau. Sie ist eine zierliche Göttin in Laufshorts, und ihre unfassbar schlanken Schenkel haben eine perfekte Sonnenbräune. »Ich dachte, Sie wären sich sicher, nicht mehr zurückzukommen«, fügt sie hinzu.

»Das war ich auch«, gebe ich zu.

Plötzlich strahlt sie. »Na ja, ich freue mich jedenfalls sehr, dass Sie Ihre Meinung geändert haben. Lassen Sie es ruhig angehen, ja?«

»Selbstverständlich«, entgegne ich.

»Sie werden gut zurechtkommen«, fährt sie fort und legt ihre Hand auf meinen Arm. »Sagen Sie es nicht weiter, aber ich habe mein erstes Training nur mit Mühe und Not überstanden. Es hat eine Woche gedauert, mich davon zu erholen.«

Das kommt mir nicht sehr glaubwürdig vor, doch ich bin ihr trotzdem dankbar für den Versuch.

»Übrigens hat Tom mir erzählt, dass Sie einen Probevertrag von *Gellings* bekommen haben. Herzlichen Glückwunsch. Es ist bestimmt eine große Herausforderung, eine eigene Firma zu haben.«

Ich bin überrascht, dass sie darüber Bescheid weiß; mir war nicht klar, dass ich für Tom bedeutend genug bin, dass er mich erwähnt.

»Das ist es. Aber ich liebe es«, entgegne ich. »Was machen Sie?«

»Ich bin Bauingenieurin«, sagt sie fröhlich.

»Wow.«

Sie lächelt. »Ja, es war toll, an der Stadterneuerung und -planung mitarbeiten zu können. Es war eine aufregende Zeit, und ich bin sehr froh, Teil davon gewesen zu sein. Ich will aber ehrlich sein: Jetzt bin ich bereit für eine neue Herausforderung.«

»Ach?«

Sie tut so, als würde sie sich umsehen, um sicherzugehen, dass niemand sie hört. »Babys!«, flüstert sie. Erst jetzt fällt mir auf, dass sie ein paar Jahre älter als ich zu sein scheint – sie mag vielleicht 32 oder 33 sein. »Sagen Sie Tom nichts davon. Er wird dann immer etwas nervös.«

»Natürlich.« Ich lächle unsicher.

»Es ist nicht so, als würden wir es auf Biegen und Brechen versuchen«, fährt sie fort. »Ein Teil von Tom ist noch nicht bereit für Hochzeit und Kinder. Aber irgendwann wird er einlenken. Wir sind schon seit drei Jahren zusammen, und er kümmert sich *wundervoll* um meine Neffen.«

Ich frage mich gerade, wie unglaublich hübsch die Kinder der beiden sein würden, als Jess meinen Arm packt und mich zur langsamen Gruppe führt.

Sofort wird mir klar, dass ich getäuscht worden bin. Wie zum Teufel kann das »langsam« sein, wenn alle acht so superfit aussehen? Ein gigantischer Betrug.

»Ooooh, Sie sind wieder da!«, erklingt eine Stimme. Ich drehe mich um und erblicke Mau, die mich angrinst. »Ich sehe, dass Sie sich dieses Mal für ein etwas gemäßigteres Tempo entschieden haben.«

»Ich hielt es für klüger«, erwidere ich.

»Tja, ich auch. Ich habe vor einiger Zeit beschlossen, dass die Anstrengungen in der mittleren Gruppe nichts für mich sind. Meine Haare sahen fürchterlich aus.«

»Also, wie funktioniert das Tempotraining?«, frage ich.

»Na ja, die Idee ist, dass wir zuerst in einem ruhigen, gleichmäßigen Tempo laufen. Dann gibt es einen Zwischensprint, und wir rennen über eine bestimmte Distanz so schnell, wie wir können … danach verlangsamen wir das Tempo wieder, um uns zu erholen.«

»Okay.« Ich nicke zögerlich.

»Dann geht es wieder von vorn los. Es soll eine der wirkungsvollsten Methoden sein, um die Fitness zu steigern. Aber keine Sorge – wenn es zu viel wird, betrügen wir beide einfach wieder«, sagt sie grinsend. »Da habe ich keine Skrupel, das kann ich Ihnen versichern.«

Ich starte am Ende der Gruppe und bin nervös – wegen des Laufs und wegen »Doktor Charming«. Ihn heute Abend zu sehen hat meine Schwärmerei für ihn noch mal verstärkt und mich darin bestätigt, dass es die richtige Entscheidung war, in den Laufklub zurückzukehren.

Trotzdem weiß ich, dass das alles seinen Preis hat: Es ist nur eine Frage der Zeit, bis ich wieder dieses säuerliche Brennen in meiner Lunge verspüren werde, das ich schon beim letzten Training erlebt habe. Plötzlich bin ich voller Zweifel. Nach ein paar Minuten jedoch kommt mir eine seltsame Erkenntnis: Ich fühle mich ganz gut.

Dieser positive Gedanke hält ungefähr drei Sekunden an. Dann macht die Gruppe einen unangekündigten Sprint, und mir wird klar, warum es »Tempotraining« heißt. Meine Arme und Beine pumpen, und ich bewege mich mit einer Geschwindigkeit, die ich nicht für möglich gehalten hätte – es sei denn, jemand wäre mit einem Fleischerbeil hinter mir her. Erst als ich kurz vor dem Zusammenbruch stehe, wird das Tempo wieder verlangsamt. Allmählich erhole ich mich, bis es mir wieder einigermaßen gutgeht.

Einigermaßen gut.

Manchen mag das nicht reichen. Manche würden sich nur mit »beschwingt«, »dynamisch« oder »berauscht vom Leben« zufriedengeben, doch mir reicht »einigermaßen gut«. »Einigermaßen gut« ist offen gesagt für mich schon ein Wunder.

Das heißt nicht, dass ich am Ende des Trainings nicht erschöpft bin. Denn das bin ich. Aber als Jess zu mir gerannt kommt und mich fragt, wie ich zurechtgekommen bin, bin ich erleichtert, ihr antworten zu können, ohne mich wieder mit allem, was ich zum Frühstück zu mir genommen habe, bekannt zu machen.

»Das hier ist gut und richtig, oder?«, bringe ich keuchend hervor.

Sie kann ihre Überraschung kaum verbergen. »Sonst würden wir es nicht machen!«

Als das Abkühlen beginnt, erlebe ich ein rätselhaftes Phänomen, von dem mir schon häufiger erzählt wurde: ein rauschhaftes Gefühl erfasst mich. Es ist unglaublich.

Ich spüre, wie mir jemand auf die Schulter tippt, als ich meine hintere Oberschenkelmuskulatur dehne. Ich drehe mich um und sehe mich einem ausgesprochen muskulösen Oberkörper in einem schlichten blauen T-Shirt gegenüber.

»Sie sehen sehr viel besser aus als beim letzten Mal«, sagt Tom. »Ich dachte, ich sage Ihnen das mal.«

Ich kann mir nicht helfen – ich muss lächeln. »Das heißt nicht viel.«

Er scheint in der letzten Stunde nicht einmal groß ins Schwitzen gekommen zu sein. Als er die Arme hebt, um sich zu strecken, weht mir kein unangenehmer Geruch entgegen, sondern nur der Duft eines würzigen Aftershaves. »Geraldine wird weiterhin versuchen, Sie in die Frauengruppe für die Zehn-Kilometer-Rennen zu locken«, sagt er.
»Das bezweifle ich«, erwidere ich. »Es sei denn, sie sucht jemanden, der ihr die Tasche trägt.«

20.

Sobald Jess den Motor anlässt, breche ich in einen Schwall mädchenhafter Superlative aus. »Oliver ist viel anziehender, als ich ihn in Erinnerung hatte. Er ist umwerfend! Ich hätte nie gedacht, dass es etwas geben könnte, das mich dazu bringt, herumzurennen, bis mir heiß wird und ich schwitze und mich unwohl fühle – doch er ist es wert.«

Wir sind auf dem Weg zu ihr nach Hause, um schnell zu duschen, bevor wir in den Pub gehen, um ein bisschen zu tratschen und etwas Antialkoholisches zu trinken. Ja, richtig. Pub. Etwas Antialkoholisches. Wörter, die ich seit meinem elften Lebensjahr nicht mehr in einem Atemzug genannt habe.

»Du stehst also immer noch auf ihn?«

»Woher weißt du das denn?«, frage ich ironisch. »Allmählich bekomme ich den Eindruck, dass er mich auch mag. Ich bin normalerweise die Letzte, der so etwas auffällt, aber ich spüre, dass er versucht, mit mir zu flirten – eigentlich bin ich mir sogar sicher. Und zugleich glaube ich, dass es für ihn eine Überwindung ist, weil er ein ungekünstelter, bescheidener Mensch ist, der so etwas Augenfälliges eigentlich nicht gern macht. Ergibt das irgendwie Sinn?«

»Hm«, entgegnet Jess und konzentriert sich auf die Straße.

Ich verenge die Augen zu schmalen Schlitzen. »Weißt du etwas? Trifft er sich mit einer anderen?«

»Nein! Jetzt werde bitte nicht komisch«, sagt sie. »Ich glaube nicht, dass er eine Freundin hat. Also, was hast du vor? Wirst du warten, bis er dich um ein Date bittet?«

Ich winde mich. »Heutzutage läuft das nicht mehr so.«
»Was meinst du mit ›heutzutage‹?« Sie schmollt. »So lange ist es noch nicht her, dass ich Dates hatte.«
»Tatsächlich? Ich dachte, es wäre in den 1930ern gewesen, als Adam dir den Hof gemacht hat«, ärgere ich sie. »Ich habe das Gefühl, dass Oliver nicht der Typ Mann ist, der mich einfach um ein Date bittet. Ich brauche eine Ausrede, um einmal mit ihm auszugehen, und dann sehen wir weiter. Hast du eine Idee?«
»Ich werde mal scharf nachdenken.«
Als wir bei Jess zu Hause ankommen, sind die Kinder im Bett, und Adam trägt Pantoffeln und blättert im *Economist.*
»Wie läuft's, Adam?«, frage ich und nehme am Frühstückstresen Platz.
»Gut, danke, Abby«, erwidert er und widmet sich wieder seiner Zeitschrift. Eine echte Plaudertasche.
»Wie war euer Abend?«, fragt Jess, als er ihr einen Kuss auf die Wange gibt.
»Nicht schlecht, Liebling. Jamie hat ein bisschen Ärger gemacht. Er meinte, er wolle erst ins Bett gehen, wenn du wieder zu Hause bist. Ich glaube aber, ich habe ihn inzwischen zum Schlafen gebracht. Lola ließ sich anstandslos ins Bett bringen. Und sie hat ein ganzes Fläschchen getrunken.«
»Gut. Macht es dir etwas aus, wenn ich gleich noch mit Abby ausgehe?«
»Natürlich nicht«, entgegnet er.
»Toll. Ich dusche schnell. Abby leistet dir so lange Gesellschaft.«
Bei dieser Aussicht wirkt er genauso begeistert wie ich. Doch als Jess nach oben verschwindet, fühle ich mich verpflichtet, zu ihm in die Küche zu gehen. Unbehaglich rutscht er auf seinem Stuhl herum, als ich ihm gegenüber Platz nehme.

»Ihr habt bald Hochzeitstag, oder?«, frage ich.
Er hustet und sieht von seinem Magazin auf. »Äh, ja. Warum fragst du?«
»Ach, aus keinem besonderen Grund. Habt ihr etwas geplant?«
Bevor er antworten kann, klingelt sein Handy. »Entschuldige mich«, sagt er, steht auf und nimmt ab. Adam ist Anlageverwalter – ein Job, der es offenbar erforderlich macht, dass er immer erreichbar ist. Er durchquert das Zimmer und vertieft sich in ein geschäftliches Gespräch, das andauert, bis Jess kurz darauf zurückkommt.
»Die Dusche ist frei, Abby«, sagt sie, während sie sich die Haare mit einem Handtuch trockenrubbelt. Adam beendet sein Gespräch.
»Ich bin in zehn Minuten wieder da.«
»Bedeutend schneller als meine Frau«, bemerkt Adam grinsend, und mir fällt auf, dass er doch locker sein kann, wenn er will.

21.

Überzeugt davon, dass mein erfolgreiches zweites Training mit dem Laufklub ein Zufallstreffer war, hat ein Teil von mir Angst vor dem dritten. Und vor dem vierten. Und dem fünften und sechsten. Aber nach ein paar Wochen beginnt eine unwahrscheinliche Verwandlung, und ich erlebe, wie allmählich etwas aufkommt wie … *Leidenschaft.*

Ich wäre die Erste, die zugibt, dass das nicht nur der neuentdeckten Begeisterung für den Sport zugeschrieben werden kann. Die sexuelle Spannung zwischen »Doktor Charming« und mir wächst von Tag zu Tag. Und der Mangel an Gelegenheiten, die Dinge voranzutreiben, kombiniert mit seiner unwiderstehlich süßen, bescheidenen Art macht mich wahnsinnig vor Lust.

Abgesehen davon fällt mir das Laufen immer leichter. Ich fühle mich fitter, schlanker und habe so viel Energie wie zuletzt als Siebenjährige. Und ob ich nun eine gute Läuferin werde oder nicht – eines kann ich mit Sicherheit sagen: Im Laufen bin ich besser als im Hula-Hoop.

Darum habe ich auf Bernies Rat hin noch einen zusätzlichen Lauf pro Woche eingeschoben. Laut Ernährungsplan der *Diät-Crasher* darf ich mehr essen, wenn ich 30 Minuten pro Woche etwas mache, bei dem ich mehr als 250 Kalorien pro Stunde verbrenne: Das entspricht übrigens einem halben *Mars*-Riegel. Ich fühle mich, als hätte ich einen Container voller *Mars*-Riegel verdient, doch bei den *Diät-Crashern* nimmt man, was man kriegen kann.

Also gehe ich an einem milden Spätsommerabend allein im

Sefton Park laufen – und fühle mich wunderbar gammelig ohne mein sorgfältig aufgetragenes, aber selbstverständlich trotzdem ganz natürlich wirkendes Make-up, das »Doktor Charmings« Anwesenheit sonst erfordert.

Ich tue so, als wäre ich eine von »ihnen«. Von denjenigen, die Spaß an dieser Sache haben. Und während meine Füße über den Gehweg fliegen, die Straßen in Kupferrot getaucht, sehe ich mich selbst als Model für Sportbekleidung: nicht nur schlank und attraktiv, sondern auch noch in der Lage, so schnell wie ein Panther zu laufen, während der wundervoll geschmeidige Körper einen in den Sonnenuntergang trägt – für gewöhnlich zu den Klängen einer Soft-Trance-Hymne.

Da ich keine Soft-Trance-Hymnen besitze, habe ich bei iTunes ein Album mit dem Titel »Das nenne ich die besten 100 Songs zum Joggen!« aufgestöbert. Oder so etwas Ähnliches.

Es ist toll. Ich spiele mit dem Gedanken, die Lieder direkt ins Büro weiterzuleiten, weil es schlicht unmöglich ist, das eigene Tempo nicht um einige hundert Beats pro Minute zu steigern, wenn man »Lust for Life« von Iggy Pop, »I Gotta Feeling« von den Black Eyed Peas oder »Toca's Miracle« von Fragma hört.

Ich laufe fast eine halbe Stunde lang, doch die Zeit verfliegt nur so, und ich bin beinahe in einer Art Trancezustand. Dann, als ich nur noch einen halben Kilometer vor mir habe, dringt »Footloose« von Kenny Loggins in meine Ohren. Der Song ist so blöd, so albern, so … verdammt fabelhaft!

Eigentlich habe ich keine Luft mehr, aber irgendetwas in mir bringt mich dazu, die Worte »Kick off yo' Sunday shoes …« zu singen.

Ich laufe auf meine imaginäre Ziellinie zu und schnipse mit den Fingern zur Musik, während eine nicht minder imaginäre

Menge mir zujubelt. Heidi – oder besser: die imaginäre Heidi – steht an der Seitenlinie und schreit, als brächte jeder Schritt unsere Sache ein Stück weiter voran. Neben ihr entdecke ich Jess und die Kinder, meine Mum und meinen Dad und – ach, schweig still, ungeduldiges Höschen – »Doktor Charming«. Er sieht mich voller Verlangen an, bereit, mich zu packen und mit Küssen zu bedecken.

Adrenalin schießt durch meine Adern, als das Lied schneller wird und sich dem Höhepunkt nähert. Gerade als Kenny so klingt, als hätten seine Stimmbänder Bekanntschaft mit einem Feuerwerkskörper gemacht, überquere ich meine imaginäre Ziellinie.

Die letzten Takte reißen mich in all ihrer Achtziger-Jahre-Pracht mit, und ich springe mit hocherhobenen Armen in die Luft und kann mir ein triumphierendes »JA!« nicht verkneifen.

Ich schließe die Augen und versuche, wieder zu Atem zu kommen. Mit einem Mal weiß ich, wie sportlicher Erfolg sich anfühlen muss. Ich fühle es genau: den Ruhm, den Schmerz, den …

»Ob es ihr gutgeht?«

Ich schlage die Augen auf und erblicke das Gesicht eines Mannes, das so braun und so runzlig ist wie eine Walnuss. Er lächelt, wirkt dabei jedoch so überrascht, als hätte er von »Essen auf Rädern« gerade kurzgebratenes Zebra serviert bekommen.

Ich will ihm versichern, dass es mir absolut großartig geht, als mir jemand zuvorkommt.

»Ich bin mir sicher, dass es ihr gutgeht, Grandad.«

Und nicht zum ersten Mal, seit ich Tom Bronte kennengelernt habe, wünschte ich mir, ich wäre woanders.

22.

Sie hatten offensichtlich einen tollen Lauf«, bemerkt Tom. Er hat wieder diesen Ausdruck auf dem Gesicht – irgendetwas zwischen »nichtssagend« und »amüsiert«. Es ist aufwühlend, aber nicht so aufwühlend wie die Vorstellung, dass er mich hat herumhüpfen sehen wie einen Hofnarren auf LSD.

»Äh … ja. Ich könnte meine persönliche Bestzeit unterboten haben«, sage ich und bin gleich wieder peinlich berührt. Ich klinge, als würde ich mich für Linford Christie halten.

»Schön für Sie. Sie haben so ausgesehen, als würden Sie sich allmählich fürs Laufen begeistern können.«

»Tatsächlich?«, erwidere ich so beiläufig wie möglich.

»Lassen Sie mich raten«, sagt er. »Sie haben ›Das nenne ich die 100 besten Songs zum Joggen!‹ auf Ihrem iPod.«

»Woher wissen Sie das?«

»Ich würde die unvermeidliche in die Luft gereckte Faust überall erkennen. Hören Sie bloß nicht ›Eye of the Tiger‹, wenn irgendjemand Sie sehen kann, denn sonst könnte es passieren, dass Sie eingesperrt werden.«

»Sie erinnern mich an jemanden«, erklärt der alte Herr unvermittelt. Seine Stimme klingt warm und weich, als wäre er der Sprecher der Werbespots für *Werther's Original.*

»Und an wen, Grandad?«, fragt Tom.

»Deine Tante Reeny.«

Ein Lächeln umspielt Toms Mundwinkel. »Das hast du gestern auch schon über die Kassiererin im Supermarkt gesagt. Und die Frau, die sich letzten Donnerstag um deine Füße gekümmert hat. Und das Mädchen, das …«

»Ja, ja, viele Leute sehen so aus«, brummt der alte Mann, ehe seine Augen wieder größer werden. »Womit ich nicht sagen will, dass es ein gewöhnliches Aussehen ist. Überhaupt nicht gewöhnlich. Es ist ein *hübsches* Äußeres. Unsere Reeny hatte immer viele Verehrer«, versichert er mir. Offenbar macht er sich Sorgen, dass ich nach seiner Bemerkung eine Psychotherapie benötigen könnte.

»Grandad«, sagt Tom und unterdrückt ein Lächeln. »Ich möchte dir Abby vorstellen. Sie ist eine Bekannte aus dem Laufklub.«

Ich reiche ihm die Hand und stelle überrascht fest, dass er einen Griff hat, der mir beinahe die Finger bricht. »Es freut mich, Sie kennenzulernen«, sage ich.

»Mich auch.«

»Grandad wohnt da drüben«, sagt Tom und weist mit einem Kopfnicken auf die andere Straßenseite hinüber, wo einige kleine, adrette Reihenhäuser stehen.

»Hübsch«, sage ich. Mit einem Mal fühle ich mich unbehaglich, denn ich könnte selbst in einem Strahlenschutzanzug nicht unglamouröser aussehen. »Tja, ich muss dann mal los«, nuschle ich. »Nett, Sie getroffen zu haben, Tom. Und Sie auch … es tut mir leid, ich habe Ihren Namen nicht verstanden.«

Der alte Mann lächelt. »Grandad.«

23.

Jess war noch nie ein guter Esser. Verglichen mit mir hat sie den Appetit einer diätbesessenen Zwergmaus. Bislang hat mich das nie gestört. Ich habe akzeptiert, dass ich eben ein Vielfraß bin, während sie zu den Verrückten gehört, die auch mal eine Mahlzeit weglassen und behaupten, sie hätten »vergessen«, etwas zu essen. Mir war nie klar, wie so etwas möglich sein kann. Mein Erinnerungsvermögen wird jeden Tag dadurch wachgerüttelt, dass ich mich in den »unglaublichen Hulk« verwandle, wenn ich nicht rechtzeitig esse.

Heute Abend allerdings, als Jess und ich essen gehen, nachdem Adam die Kinder zum Übernachten zu ihren Großeltern gebracht hat, isst Jess *überhaupt nichts.* In der letzten halben Stunde hat sie den Spargel auf ihrem Teller herumgeschoben, als wollte sie ihm Synchronschwimmen beibringen. Es macht mich verrückt.

»Jess. Iss endlich den Spargel, sonst esse ich ihn für dich.«

Erstaunt blickt sie auf. »Tut mir leid. Ich war mit den Gedanken woanders«, erwidert sie und sticht die Gabel in eine der Spargelstangen.

Das Essen auf meinem Teller ist schon längst vernichtet.

»Stimmt was nicht?« Sie hat wieder diesen undefinierbaren Gesichtsausdruck.

»Was soll nicht stimmen?« Sie nimmt einen Schluck von ihrem Wein.

»Du bist so abwesend.«

Sie legt Messer und Gabel beiseite. »Tatsächlich? Ach, es ist nichts. Die Arbeit. Du glaubst nicht, wie verrückt es ist.

Manchmal frage ich mich, was ich mir mit meiner Rückkehr eingebrockt habe.«

Ein Kellner räumt unsere Teller ab und bietet uns ein Dessert an. Wir lehnen beide ab – ich mit bedeutend mehr Unmut als Jess.

»Und das ist alles?«, frage ich.

»Ja. Warum? Wirklich, es ist nichts.« Sie nimmt ihre Serviette und schüttelt sie aus.

Ich nicke, bin allerdings nicht überzeugt. »Wo warst du übrigens gestern Abend? Ich habe versucht, dich anzurufen.«

»Arbeit«, entgegnet sie. »Ein Treffen mit Kunden. Wie auch immer … Lass uns über deinen Geburtstag reden. Hast du noch immer vor, nichts zu machen?«

Ach … einen Moment mal. Nur einen Augenblick! Wie konnte ich nur so dumm sein? Jess lässt sich etwas für meinen Geburtstag einfallen, der in ein paar Wochen ist – so muss es sein.

Ich weiß, dass der 29. Geburtstag eigentlich nichts Besonderes ist. Doch was Geburtstage betrifft, ist Jess nicht ganz normal: Sie veranstaltet immer ein Riesentheater. Wenn ich so darüber nachdenke, hat sie die ganze Woche über Andeutungen gemacht. Ich habe allen erzählt, dass ich nichts machen würde, außer vielleicht nach der Arbeit einen Drink zu spendieren. Aber es gibt keinen Zweifel daran, dass meine Freundin andere Pläne hat – auch wenn sie nicht besonders gut darin ist, das zu verbergen.

»Es wird ein ruhiger Abend«, antworte ich und bemühe mich, ein Lächeln zu unterdrücken.

»Ach ja. Ein paar Drinks nach der Arbeit. Das hast du gesagt«, entgegnet sie mit unschuldiger Miene.

Sie ist eine erbärmliche Lügnerin. Sobald sie die Worte ausgesprochen hat, denke ich darüber nach, was sie geplant haben könnte. Ein kleines Treffen? Ein Essen mit Freunden? Oooh! … Vielleicht mit Oliver?

Der Gedanke jagt mir einen Schauer über den Rücken.

Wenn »Doktor Charming« dabei ist, dann *muss* ich mich vorbereiten. Ich muss Bräunungsspray benutzen. Ich muss mir die Haare machen lassen. Vielleicht bin ich auch ganz verrückt und gehe vorher zur Pediküre – obwohl meine Füße nicht die Körperteile sind, von denen ich mir wünsche, dass er ihnen seine Aufmerksamkeit schenkt.

»Das ist doch okay für dich, oder?«, fahre ich fort und achte auf ihre Reaktion. »Ich meine, dass ich an meinem Geburtstag nichts machen will.«

Sie sieht mir in die Augen und bemüht sich um eine oscarreife Vorstellung. »Für mich? Ja, klar … Oh.«

Ich runzle die Stirn. »Was meinst du mit ›oh‹?«

»Abby, soll ich irgendetwas für deinen Geburtstag vorbereiten?«

Damit würde sie nicht einmal eine Rolle in einer Schulaufführung ergattern.

»Nein, nein«, widerspreche ich und spiele mit. »Selbstverständlich nicht. Du hast genug zu tun. Und ich bin sowieso beschäftigt.«

»Das habe ich mir gedacht.« Sie nippt an ihrem Wein. »Hast du schon mit der Spendenaktion für die MS-Forschung begonnen?«

»Nein. Ich muss aber bald damit anfangen. Und eine Entscheidung wegen des Rennens treffen.«

»Willst du den Halbmarathon laufen?«

»Ich frage mich, ob ich vielleicht auch mit einem Zehn-Kilometer-Rennen davonkomme«, überlege ich laut.

Ungeduldig trommelt sie mit den Fingerspitzen auf den Tisch, als hätte ich sie damit abspeisen wollen, statt des Halbmarathons zwei Treppen zu Fuß zu gehen. »Du brauchst eine Herausforderung. Ich bin mir sicher, gehört zu haben, dass gerade ein Halbmarathon organisiert wird, der Ende Januar in Liverpool stattfinden soll. Bis dahin sind es noch viereinhalb Monate. Als durchschnittlich fitter Mensch braucht man für gewöhnlich etwa vier Monate Vorbereitungszeit für einen Halbmarathon. Also solltest du es schaffen.«

»Wie kommst du auf die Idee, dass ich ein durchschnittlich fitter Mensch bin?«, frage ich mit großen Augen.

Sie grinst. »Niemand verlangt von dir, dass du *schnell* läufst. Du musst es nur zu Ende bringen. Stell dir die Frage: Würde ich es schaffen, die Strecke zu gehen? Wenn du das kannst, wirst du das Rennen auch irgendwie bewältigen.«

»Soll das ermutigend sein? Ich habe keine Ahnung, ob ich die Strecke zu Fuß bewältigen kann. Ich vermute, ich brauche dafür viereinhalb Tage. Was die Spendenaktion betrifft, hast du recht. Morgen sieht es in meinem Terminkalender ganz gut aus, also kann ich dann anfangen.«

Sie nimmt ihre Tasche und will zur Toilette gehen, als sie plötzlich stehen bleibt. »Stehst du immer noch auf Oliver?«

»Er ist der Mann meiner Träume«, seufze ich. »Meiner schmutzigen Träume jedenfalls. Wieso fragst du?«

Sie sieht mich an. »Nur so.«

Und falls ich je Zweifel hatte, dass Oliver Teil meiner Geburtstagsüberraschung wird, sind sie jetzt ausgeräumt.

Es ist spät, als ich nach Hause komme, doch ich schalte meinen Laptop ein und checke meine Mails. Und dann rufe ich Google auf und tippe Liverpool und Halbmarathon ein.

Ich sehe mir die Bilder aus diesem Jahr an, die muskulösen Beine der Teilnehmer, und stelle fest, dass keiner von ihnen so aussieht, als stünde er kurz vor dem Zusammenbruch. Kann ich innerhalb von viereinhalb Monaten tatsächlich eine solche Form entwickeln? Ich bewege den Mauszeiger auf das Feld für die Anmeldung und klicke.

Tja, Abby, sieht so aus, als hättest du jetzt keine Wahl mehr.

24.

Die Dame am Empfang ist hübsch, stylish und hat tolle Haut. In puncto Persönlichkeit hat sie leider einige Defizite: Sie ist so warm wie der Hintern eines Eisbären.

»Es ist absolut ausgeschlossen, dass Sie heute einen Termin bei Miss Garrison bekommen.«

Obwohl sie in meinem Alter zu sein scheint, sieht sie mich an, als wäre ich ein aufmüpfiger Teenager. Wie konnte ich nur denken, einen Termin bei der Geschäftsführerin von *Calice* bekommen zu können – und dann auch noch wegen etwas so Bedeutungslosem wie einer Spende für wohltätige Zwecke.

»Gut«, sage ich geduldig. »Wann hat sie denn den nächsten freien Termin?«

Die Firma importiert italienisches Glas und Keramik. Die Büros sind in Liverpool, weil die Gründerin Gill Garrison hier geboren wurde. Der Wirkungsbereich des Unternehmens umfasst allerdings die ganze Welt. *Calice* beliefert nicht nur exklusive Geschäfte in Großbritannien, sondern auch im Ausland. Obwohl die Firma den Luxussektor bedient, dem in letzter Zeit eigentlich ein bisschen die Luft ausgegangen ist, ist sie in den vergangenen fünf Jahren immer erfolgreicher geworden – vorangetrieben, wie die Finanzmedien berichten, durch den Schwung ihrer beeindruckenden Chefin.

Das ist nur einer der Gründe, warum sie der Liebling der Presse ist. Der andere ist ihre persönliche Geschichte: aus der Gosse an die Spitze. Dass das ein bisschen übertrieben ist (seit wann gilt eine Doppelhaushälfte mit drei Schlafzimmern,

Kieselrauhputz und einer Einbauküche als »Gosse«?), scheint niemanden sonderlich zu stören.
Sie begann ihre Karriere als Verkäuferin in einem großen, aufstrebenden Discounter. Nach einem schnellen Aufstieg wurde sie Abteilungsleiterin in einem Kaufhaus in Manchester.
Wie es ihr gelungen ist, ihren Job zu kündigen, ihr eigenes kleines Importgeschäft im Gästezimmer des Hauses aufzubauen, in dem sie mit ihrem Mann und ihrer Tochter lebte, und es zu dem riesigen Unternehmen zu machen, das es heute ist, weiß nur sie allein. Nur so viel sei gesagt: Sie verdient Unmengen an Geld – und ist deshalb genau die Richtige, um unsere Sache zu unterstützen.
»Ich bin mir nicht sicher, ob Miss Garrison die Zeit erübrigen kann, um so etwas zu besprechen«, bringt die Empfangsdame schmallippig hervor. Sie greift nach einem erlesenen türkisfarbenen Glas – ein Stück aus *Calice'* neuem Angebot – und nimmt einen Schluck Wasser.
»Wenn sie wüsste, für welchen Grund ich Spenden sammle, wäre sie bestimmt begeistert. Da bin ich mir sicher«, beharre ich höflich. »Es dauert auch nicht länger als zwanzig Minuten.«
Die Empfangsdame stellt ihr Glas ab und funkelt mich an.
»Zehn?«, schlage ich vor.
Sie funkelt mich noch immer an.
»Es macht mir nichts aus zu warten. Wenn sie nächste Woche einen Termin frei hat, nehme ich den«, sage ich.
»Hat sie nicht«, versetzt sie knapp. »Im Übrigen ist das auch nicht der Punkt. Ich kann nicht ungefragt einen Termin eintragen. Ich schlage vor, dass Sie eine E-Mail schicken, in der Sie kurz darlegen, was Sie wollen. Ich werde sie dann weiterleiten. Wenn der wohltätige Zweck ihr Interesse weckt, wird

sie sich mit Ihnen in Verbindung setzen. Ich sollte Sie allerdings warnen: Miss Garrison tut schon eine Menge für andere Wohltätigkeitsorganisationen.«

»Für welche?«

»Na ja«, beginnt sie fröhlich. »Sie engagiert sich stark in der Kunstwelt. Sie ist der Überzeugung, dass Kunst uns allen zugänglich gemacht werden sollte.«

»Sind Sie sicher?«

»Ja«, entgegnet sie steif. »Und jetzt muss ich Sie bitten zu gehen. Mehr kann ich nicht für Sie tun. Wie gesagt, wenn Sie eine E-Mail schicken …«

Die riesige Tür aus Kirschbaumholz neben ihr geht auf, und eine Gruppe von Führungskräften strömt heraus.

»Bill, wir haben einen Deal.«

Die Frau zu der Stimme hat eine Ausstrahlung, die größer ist als ihre zierliche Statur. Von Kopf bis Fuß steckt sie in *Armani* und trägt mörderisch hohe High Heels, mit denen man sicher jemanden umbringen könnte. Sie wirkt jünger als die 54 Jahre, die sie alt ist. Ihr kastanienbraunes Haar glänzt, und sie hat ein umwerfendes Lächeln. Bill, wer auch immer er sein mag, ist so verzückt, dass man annehmen könnte, sie hätte ihm etwas in sein Getränk getan.

»Schicken Sie mir auf jeden Fall die Zahlen, und dann bringen wir alles unter Dach und Fach«, sagt sie bestimmt, während er ihr einen Kuss auf die Wange gibt.

»Gill, das werde ich umgehend erledigen.« Er ist Amerikaner. Vermutlich von der Ostküste. »Wie immer ist es mir ein Vergnügen, Geschäfte mit Ihnen zu machen.«

Sie lächelt schüchtern, als die Lifttüren sich schließen. Die Lobby ist nun leer – bis auf mich, Gill Garrison und ihre Empfangsdame.

»Äh … diese Dame wollte gerade gehen«, sagt die junge Frau

an der Rezeption, ergreift ihr Glas und nimmt nervös einen Schluck.
»Abby!« Ihre Chefin kommt mit ausgestreckten Armen auf mich zu.
»Hi, Mum«, sage ich, und die Empfangsdame verschluckt sich beinahe an ihrem Mineralwasser.

Jeder, der meine Mutter im Umgang mit Bill Soundso miterleben konnte, ist zwangsläufig von ihrer Geschäftstüchtigkeit, ihrer Sicherheit und ihrer Raffinesse beeindruckt.
Dann schließt Gill Garrison – das ist ihr Mädchenname – die Tür zu ihrem riesigen Büro, kickt ihre Schuhe von den Füßen und öffnet eine Schreibtischschublade. »Keks?«, fragt sie und hält eine Packung in die Höhe. »Ich hätte auch noch Brausepulver, fliegende Untertassen, Colafläschchen und Erdbeerschnüre. Wonach ist dir gerade?«
»Nichts, danke. Ich nehme an, dass du Bill aus New York deinen geheimen Vorrat nicht angeboten hast?«
»Gott, nein«, erwidert sie. »Ich habe in der vergangenen halben Stunde an Kräutertee genippt und so getan, als würde ich es mögen. Da wir gerade davon sprechen …« Sie nimmt den Telefonhörer in die Hand. »Isabella? Haben wir noch was von den Smoothies da? Schwarze Johannisbeere, wenn es Ihnen nichts ausmacht. Möchtest du etwas?«, fragt sie mich. Ich schüttle den Kopf. »Das wäre dann alles. Danke.«
»Deine Empfangsdame braucht etwas Nachhilfe in Charme«, sage ich.
»Tatsächlich?« Mum nimmt sich eine Brause-Fontäne und lässt die Flüssigkeit in ihren Mund laufen. »Sie hat erst letzte Woche hier angefangen. Ich dachte, sie wäre gut. Verdammt effektiv.«
»Ich bin mir sicher, dass sie gut wird«, entgegne ich, weil ich

niemanden in Schwierigkeiten bringen will. »Es war ein bisschen gemein von mir, nicht zu erwähnen, dass ich deine Tochter bin. Aber ich wollte testen, wie ich behandelt werde, wenn ich einfach von der Straße hereinkomme. Ich wollte sehen, ob ich sie überreden kann, mir einen Termin zu geben.«

Mum hebt eine Augenbraue.

»Ich habe kläglich versagt.«

Sie lacht. »Dann hat sie mich überzeugt. Das Letzte, was ich will, sind Leute, die hier hereinplatzen. Vor allem, wenn sie etwas wollen.«

»Wie kommst du darauf, dass ich etwas will?«, frage ich entrüstet.

Sie taucht ihren Strohhalm in ein bisschen Brausepulver und lutscht ihn ab. »Natürlich willst du etwas. Du bist in den viereinhalb Jahren, die ich in diesem Büro bin, erst ein Mal da gewesen – und bist fünfzehn Minuten geblieben. Gut, dass ich nicht sensibel bin.«

Ich zucke mit den Achseln. »Ich ziehe es bloß vor, meine Mutter zu Hause zu besuchen – ob bei dir oder bei mir ist mir egal. Wie normale Menschen. Ohne einen Termin vereinbaren zu müssen.«

»Du hast heute bewiesen, dass du keinen Termin brauchst.«

»Ich stand *kurz* davor, rausgeschmissen zu werden«, erinnere ich sie. »Im Übrigen weißt du, warum ich mit der Tatsache, dass du meine Mutter bist, nicht hausieren gehe. Nicht, weil ich nicht stolz auf dich wäre. Sondern weil ich nicht will, dass jemand meint, ich hätte Hilfe bekommen, als ich meine Firma gegründet habe. Ich will nicht, dass *ich* glaube, du hättest mir auf die Sprünge geholfen. Ich will es allein schaffen.«

»Ich weiß«, erwidert sie gereizt.

Das ist ein ständiger Streitpunkt zwischen meiner Mum und mir. Sie ist fest davon überzeugt, dass sie Aufsichtsratsmitglied bei *River Web Design* sein müsste, dass sie ihre Weisheit teilen und, wie ich es sehe, unzählige Möglichkeiten finden sollte, mir reinzureden.

Bisher konnte ich mich widersetzen. Und das werde ich auch weiterhin tun. Der Grund ist nicht, dass ich sie nicht für gut halten würde, denn das stimmt nicht. Der Grund ist, dass sie einzubeziehen Betrug wäre. Sie hat ihre Firma ohne die Hilfe eines familiären Schutzengels aufgebaut – und genau das will ich auch schaffen.

»Tja, das ist okay für mich. Einem geschenkten Gaul schaut man nicht ins Maul.«

Ich rolle mit den Augen.

»Nur«, fährt sie fort, »und das ist sicher nicht gegen deine Regeln, suche ich jemanden, der einen Blick auf unsere Website wirft.«

»Warum?«, frage ich.

»Es ist gut, die Dinge ab und zu mal zu prüfen«, sagt sie schulterzuckend.

»*Red Box* ist eine sehr gute, zuverlässige Firma, Mum«, entgegne ich und beziehe mich damit auf ihren aktuellen Anbieter. »Ich werde ihnen nicht den Auftrag wegnehmen, weil du und ich zufällig genetisches Material teilen.«

Mum schürzt die Lippen. »Bist du immer noch auf dem Fitness-Trip?«

»Ja.«

Sie verzieht das Gesicht zu einem Ausdruck zwischen Unglaube und Belustigung. »Du siehst gut aus, wenn ich so darüber nachdenke.«

»Ja, tja, darum bin ich hier.«

»Brauchst du ein paar Boxgymnastik-Tipps?«, sagt sie grinsend, ballt die Hände zu Fäusten und hüpft auf und ab. »Ich gehe zweimal die Woche zum Training.«

»Hör mal«, entgegne ich, ohne auf ihre Bemerkung einzugehen, »es geht nicht ums Geschäftliche, also halte ich es für in Ordnung, dich zu fragen.«
»Wovon sprichst du?«, will sie stirnrunzelnd wissen.
»Ich brauche Geld. Ziemlich viel sogar.«

25.

Du bist schwanger! Oh, mein Gott, mein Baby ist schwanger!«

Ich reiße abwehrend die Arme hoch, als meine Mum sich auf mich stürzt, doch sie packt mich mit eisernem Griff und hält meinen Kopf wie den eines Kätzchens, das sie gerade aus einem Fluss gerettet hat.

»Wir stehen das gemeinsam durch«, erklärt sie theatralisch.

Ich dränge sie weg. »Mum. Ich bin nicht schwanger.«

»Was?«

Ich schüttle den Kopf. »Ich bin nicht schwanger.«

Sie streicht sich die Jacke glatt und rümpft die Nase. »Oh.«

»Es gibt keinen Grund, enttäuscht zu sein.«

Sie schnieft, streitet es aber auch nicht ab. »Gut. Tja. Was ist es dann?«

Als ich Mum von Heidi, der Spendenaktion und meinem Halbmarathon erzähle, habe ich das Gefühl, dass sie doch ein bisschen enttäuscht ist. Trotzdem zieht sie ihr Scheckbuch hervor.

»Wie viel willst du?«, fragt sie.

»Wie wäre es mit tausend?«, entgegne ich lächelnd und versuche mein Glück.

Sie stellt den Scheck aus. »Na, den Tag werde ich mir rot im Kalender anstreichen.«

»So unsportlich bin ich nun auch wieder nicht.«

»Das meine ich nicht.« Sie reißt den Scheck aus dem Heft und legt ihn auf den Schreibtisch. »Ich meine, du bist so stur, dass du vorher noch nie um Hilfe gebeten hast.«

»Es ist nicht für mich. Das ist für wohltätige Zwecke.«
Sie nimmt den Scheck und tippt damit gedankenverloren gegen ihr Kinn. »Jetzt lass mich dir nur noch ein paar Tipps in Sachen Geschäft geben und …«
Ich verenge die Augen. »Erpresst du mich etwa?«
»Ha!«, schnaubt sie. »Die meisten Leute wären …«
»… überglücklich, dich an Bord zu haben, ich weiß. Aber tut mir leid. Auf keinen Fall.«
Sie verzieht das Gesicht. »Ich wäre ein hochmotiviertes Vorstandsmitglied«, erklärt sie.
»Das macht mir ja Angst.«
»Na ja. Ich bin froh zu hören, dass du auch Sport machst. Als ich dich das letzte Mal sah, habe ich mir Sorgen gemacht.«
»Du bist diejenige, deren Schreibtischschublade aussieht wie der Mitternachtssnack einer ganzen Pfadfindergruppe.«
»Ich erlaube mir *eine* Süßigkeit pro Tag. Nicht mehr«, widerspricht sie. »Und wechsle jetzt nicht das Thema. Du trinkst für jemanden in deinem Alter viel zu viel.«
»Trank«, korrigiere ich sie.
»Und all die gesättigten Fettsäuren – ich will mir gar nicht ausmalen, was *das* mit deinem Cholesterinspiegel macht.«
»Gemacht hat.«
»Hast du diesen Heimtest für Diabetes gemacht, von dem ich dir erzählt habe?«
»Nein.«
»Warum nicht?« Sie sieht verstimmt aus.
»Wenn ich einen Test bräuchte, würde mein Hausarzt einen machen.«
»Gut«, entgegnet sie schulterzuckend. »Komm nur nicht zu mir gerannt, wenn du einen Anfall wegen einer Überdosis Rohrohrzucker bekommst.«
Ich bemühe mich, ruhig zu bleiben.

»Wie geht es deinen Kopfschmerzen?«, fährt sie fort.
»Welche Kopfschmerzen?«
»Du hattest Kopfschmerzen, als wir uns das letzte Mal gesehen haben.«
»Daran erinnere ich mich nicht«, erwidere ich wahrheitsgemäß. »Vielleicht war es ein Kater.«
»Nein. Es war ein Dienstag«, sagt sie, als würde das irgendetwas beweisen. »Hör mal, wenn sie wiederkommen, gehst du zum Arzt, ja?«
»Selbstverständlich«, schwindle ich.
Sie funkelt mich aufgebracht an. »Du denkst, ich wäre von gestern, oder?«
Das Telefon klingelt, und Mum nimmt ab. Warum Isabella sich nicht erheben und den Kopf durch die Tür stecken kann, ist mir schleierhaft. »Ich bin gleich für ihn da«, sagt Mum und legt auf.
»Meinst du, es lohnt sich, die Familie um Spenden zu bitten?«, frage ich.
»Wenn du das machst, nimm von Großtante Vickie nicht mehr als zehn Pfund, okay?«
»Natürlich nicht. Was ist mit Tante Steph?« Ich weiß, dass Mums Schwester nicht so wohlhabend ist wie Mum, doch ich bin mir sicher, dass sie sofort spenden würde.
»Du hast sie seit Jahren nicht gesehen«, stellt sie fest.
»Sie gehört zu meinen Facebook-Freunden.«
Sie wirft mir einen vielsagenden Blick zu. »Eine von zweihundertsiebzehn.«
»Darum geht es nicht. Sie gehört zur Familie.«
»Sie hat nicht viel«, erinnert Mum mich.
»Nein, aber sie ist Teamleiterin in einem Callcenter, oder? Ich bin mir sicher, dass sie dreißig Pfund geben kann.«
»Na gut.« Sie zuckt mit den Achseln.

»Vielleicht kann ich bei der Gelegenheit auch endlich den Besuch in Australien ansprechen.«

»Vielleicht«, erwidert Mum. »Obwohl ich bezweifle, dass ich mitkommen würde.«

Ich runzle die Stirn. »Wie kommt es, dass Tante Steph und du nicht miteinander klarkommt?«

»Oh, wir sind miteinander klargekommen … wir kommen klar. Wir sind nur so unterschiedlich, das ist alles.« Wieder summt die Gegensprechanlage. »Du musst leider gehen, fürchte ich«, sagt Mum. »Hättest du dieses Wochenende Lust, zum Sonntagsessen zu kommen?«

»Ja, klar. Kann Dad auch kommen?«

Ihre Lippe zuckt. »Ich bin mir sicher, dass er zu tun hat. Seine Band probt doch sonntags, oder?«

Ich dränge sie nicht weiter; das ist es nicht wert. Sechzehn Jahre ist es her, dass meine Mum meinen Dad verlassen hat, und ich habe schon vor langer Zeit aufgehört, sie dazu bringen zu wollen, ihre Meinung zu ändern. Sie gibt mir einen Kuss, als sie mich nach draußen bringt, und überreicht mir den Scheck. Erst als ich im Lift stehe, werfe ich einen Blick auf die Summe, die sie mit schwarzem Stift ordentlich eingetragen hat. Es sind 3000 Pfund.

26.

Ich biete Heidi an, am Dienstag mit ihr zusammen zu ihrem Termin beim Neurologen zu gehen, aber sie versichert mir, dass das nicht nötig sei. Ihre Mum, ihre beste Freundin Julie, ihr Bruder Tom und ihre Cousine Caron haben ihr den gleichen Vorschlag gemacht. Am Ende sagt sie uns allen ab. Sie erklärt entschlossen, dass es sich um einen Routinetermin handle, bei dem ihr Neurologe nur ihren Zustand einschätzen wolle. Keine große Sache.

Doch als sie aus dem Krankenhaus zurückkommt, ist sie verändert. Sofort nehme ich sie zur Seite.

»Wie ist es gelaufen?«, frage ich sie. In ihren Augen lese ich Angst vor der Zukunft, und ich fürchte mich vor der Antwort.

»Es ist gut gelaufen«, erwidert sie gedämpft. »Eigentlich sehr gut.«

»Aber dich bedrückt doch etwas, oder?«

Sie legt ihre Hand auf meinen Arm, um mich zu beruhigen. »Ehrlich, Abby, es gab keine unschönen Überraschungen. Im Gegenteil – der Arzt war ziemlich zuversichtlich.« Sie macht eine Pause und holt tief Luft. »Doch da zu sein, im Krankenhaus, hat alles wieder so real gemacht. Meistens denke ich nicht über die Krankheit nach. Wenn ich in einer Remissionsphase bin, in der ich wie jetzt keine Symptome habe, ist es fast so, als wäre alles in Ordnung mit mir. Und ein Tag wie heute erinnert mich vermutlich daran, dass es nicht so ist.«

»Ach, Heidi.« Ich lege meinen Arm um sie und drücke sie.

»Wenn du dir mal freinehmen möchtest, sag einfach Bescheid.«
Sie löst sich von mir und lächelt. »Danke, Abby, aber ich möchte mir nicht freinehmen. Du weißt, wie gern ich hier arbeite – ich bin eine Streberin. Und am allerwenigsten will ich mich zu Hause verkriechen und nur noch darüber nachdenken.«
»Wenn du dir sicher bist.«
»Das bin ich. Tut mir leid, so schnell wirst du mich nicht los. Und im Übrigen haben wir nicht nur wahnsinnig viel zu tun, sondern auch noch eine Spendenaktion zu organisieren, oder?«
Ach ja, die Spendenaktion. Obwohl ich erst morgen Zeit haben werde, mich darauf zu konzentrieren.
Nicht jeder wird so großzügig sein wie meine Mutter. Doch schon mal einen Scheck über 3000 Pfund zu haben weckt in mir den Ehrgeiz. Ich beginne in Zahlen zu denken, die ich vorher als absolut utopisch erachtet habe, und bin entschlossen, mir hohe Ziele zu setzen.
Das Hauptziel werden meine Geschäftspartner sein, von denen es einige gibt. Als ich die Firma gründete, hatte ich die Vorstellung, dass es sehr gut wäre, wenn ich mit einem Fünftel der Geschäftsleute, mit denen ich zu Mittag essen, trinken und mich unterhalten würde, auch tatsächlich ins Geschäft käme.
Letzten Endes schätze ich, dass es ein bisschen unter einem Fünftel blieb. Aber wenn ich bedenke, dass ich mit 95 Prozent der wirklich wichtigen Geschäftsleute zu Mittag gegessen, getrunken und mich unterhalten habe, ist das nicht schlecht. Das erklärt auch, warum meine Bauchmuskeln zu Beginn des Jahres so straff waren wie der Keuschheitsgürtel von Katie Price.

Der zweite Grund, warum ich in dieser Angelegenheit einen gewissen Ehrgeiz entwickle, ist die Sache an sich: Je mehr ich über MS lese, desto entschlossener werde ich, etwas tun zu wollen, und desto sicherer werde ich, dass auch andere helfen möchten. Wie kann es sein, dass eine Krankheit 85 000 Menschen in diesem Land und 2,5 Millionen Menschen weltweit betrifft, ohne dass es Heilung gibt? Wie kann es sein, dass diese Krankheit Menschen in der Blüte ihrer Jugend – zwischen 20 und 30 – packt und im Klammergriff hält, ohne dass jemand eine genaue Ahnung hat, warum das so ist?

Mein erster Schritt ist es, Prioritäten zu setzen. Also stelle ich eine Liste mit den zehn größten Organisationen auf, mit denen ich sofort Kontakt aufnehmen werde. Dann entwerfe ich eine überzeugende E-Mail, die ich an Unternehmen schicken möchte, von denen ich mir eine stattliche Spende erwarte. Ich lese sie wieder und wieder, bis sie perfekt ist: Sie beinhaltet die richtige Menge von Informationen über MS und über meinen persönlichen Kampf, für den Halbmarathon im Januar zu trainieren.

Das ist das erste Mal, dass ich etwas anderes für wohltätige Zwecke mache, als eine Straßenzeitung wie *The Big Issue* zu kaufen oder Wechselgeld in eine Sammelbüchse zu werfen. Das gibt mir das Gefühl, etwas Sinnvolles zu tun, auf das ich stolz sein kann; andererseits frage ich mich, warum ich so lange gebraucht habe, um so etwas zu machen.

»Wie viel, hoffst du, an Spendengeldern einnehmen zu können?«, fragt Priya, die angesichts der Tatsache, dass sie gerade von einem Makler namens Barry verlassen wurde, ziemlich fröhlich wirkt. Er ist wieder mit einer Verflossenen zusammen, die sich die Brüste so enorm hat vergrößern lassen, dass sie einen neuen Körperschwerpunkt besitzt. »Hast du dir ein Ziel gesetzt?«

Priyas Haar leuchtet pinker als je zuvor, und ihr Pony ist hochtoupiert wie der Puschel auf Pantoffeln, die Joan Collins zu einer Pyjamaparty tragen würde.

»Nein«, entgegne ich unverbindlich. »Ich weiß, dass ich darüber nachdenken sollte. Doch ich habe mir noch keine Gedanken gemacht, was realistisch sein könnte.«

Der »stattliche Matt« sieht von seinem Monitor auf. »Hast du nicht erzählt, dass eine Firma schon dreitausend Pfund gespendet hat?«

»Ja, *eine* Firma«, entgegne ich ausweichend und erwähne nicht, dass es die Firma meiner Mutter ist. »Ich glaube kaum, dass das alle machen. Eigentlich bin ich mir sogar sicher.«

»Ach, ich weiß nicht«, sagt Priya. »Du kannst sehr überzeugend sein, wenn du willst. Ich denke, du solltest …« Ihr Blick wandert durchs Zimmer. »… zehntausend Pfund als Ziel haben.« Sie greift die Zahl aus der Luft, als würde sie eine Bingo-Nummer verkünden.

»Was?!«, erwidere ich. »Ich muss nebenbei auch noch eine Firma führen, schon vergessen?«

»Dann fünftausend«, sagt Heidi.

»Sieben!«, ruft Priya.

»Acht!«, fügt Matt hinzu.

»Was ist das hier – *Der Preis ist heiß?*«, bringe ich hervor. »Geht an die Arbeit. Ich überlege mir ein Ziel, wenn ich weiß, wie viel die Leute durchschnittlich bereit sind zu spenden.«

Ich verbringe den ganzen Tag damit, auf Antworten auf meine E-Mails zu warten. Den ganzen Tag trommle ich mit den Fingerspitzen auf den Tisch, als würden sie für *42nd Street* vortanzen. Den ganzen Tag höre ich absolut nichts. Dann, um halb fünf, meldet sich eine der Firmen, von denen ich mir besonders viel verspreche. Die E-Mail von Jane Lodge von der

Firma *Lodge, Savage & Co. Investments* landet mit einem verheißungsvollen *Pling* in meinem Posteingang. Als ich sie öffne, schlägt mir das Herz bis zum Hals.

Liebe Abby,
danke, dass Sie mich über Ihre Spendenaktion und Ihr Training für den Halbmarathon in Kenntnis gesetzt haben. Das klingt nach einem wundervollen Grund, um zu spenden. Ein Hoch auf Sie und Ihren Ehrgeiz – ich weiß nicht, woher Sie die Zeit und die Energie nehmen!

»Ich auch nicht«, murmle ich. Aber so weit, so gut.

Lodge, Savage & Co. *hat im Laufe der Jahre viel für wohltätige Zwecke gespendet, wie Sie sicher wissen. In diesen wirtschaftlich schwierigen Zeiten sind wir unseren Anteilseignern und den Angestellten verpflichtet und müssen sicherstellen, dass die Betriebsausgaben auf das Notwendige beschränkt werden.*
Deshalb müssen wir in diesem Jahr unsere Ausgaben für wohltätige Zwecke einschränken – ein Schritt, der hoffentlich nur vorübergehend ist. Das, was wir geben, geht an NSPCC, die Organisation für den Schutz von Kindern.

Ich höre, wie ich aufstöhne.
Priya sieht auf. »Ist alles in Ordnung?«
»Jep«, erwidere ich. Ich will meine Niederlage so früh noch nicht zugeben.

Auf persönlicher Ebene bin ich voller Bewunderung für das, was Sie tun, um Spendengelder für die MS-For-

schung zu sammeln – und ich habe sehr gern mit Ihnen zusammengearbeitet. Aus dem Grund habe ich über Ihre Website eine private Spende getätigt.
Viel Glück, Abby!
Jane Lodge

Die Achterbahn der Gefühle, auf der ich unterwegs bin und die mich von Hoffnung zu Enttäuschung und wieder zurück bringt, macht mich schwindelig. Die Nachricht könnte gut sein. Eigentlich könnte es sogar eine sehr gute Nachricht sein. Natürlich wäre die Spende des Unternehmens bestimmt höher gewesen, doch wenn Jane Lodge privat gespendet hat …
Das Telefon klingelt, und ich nehme schnell ab und hoffe, dass es ein weiteres der erfolgversprechenden Unternehmen von meiner Liste ist. »Hi, Abby!«
»Ach, Egor«, erwidere ich etwas niedergeschlagen.
»Was habe ich getan, um eine solche Begrüßung zu verdienen?«
»Entschuldige – was kann ich für dich tun?«
Egor ruft nur an, um unseren nächsten Termin zu verschieben, aber am Ende gebe ich ihm doch ein kurzes Update zum Stand der Dinge. Was mir nicht sehr fair erscheint. Es ist, als wäre man gezwungen, eine Prüfung früher ablegen zu müssen, obwohl man noch einige Tage büffeln wollte.
Zum Glück sind die meisten meiner Neuigkeiten gut. Einige Rechnungen sind erfolgreich angemahnt worden, und das Einzige, was mir noch Kopfschmerzen bereitet, ist *Preciseco,* das Ingenieurbüro. Nachdem ich ihnen wochenlang hinterhergerannt bin, haben sie es endlich geschafft zu zahlen – aber wegen »technischer Schwierigkeiten« nur die Hälfte.
»Na ja, so etwas kann passieren«, schließt Egor. »Du musst nur …«

»… dranbleiben, ich weiß«, beende ich den Satz für ihn.
»Und alle anderen zahlen pünktlich?«
»Niemand zahlt so schnell wie *Diggles Garden Centres,* doch es ist in Ordnung.«
»Und neue Aufträge?«, fragt Egor.
»Das läuft auch gut. Morgen habe ich einen Pitch in einem Architekturbüro. Ich bin mir nicht sicher, wie hoch ihr Budget ist, aber das wird morgen hoffentlich geklärt.«
Das ist eine weitere Empfehlung von Tom. Sein eigenes Architekturbüro *Caro & Co.* sucht jemanden, der die Website neu gestaltet. Vor zwei Wochen habe ich mein Angebot eingereicht und bin jetzt unter den letzten drei Bewerbern.
Als Egor schließlich auflegt, logge ich mich aufgeregt in meine Charity-Website ein, auf der sich schon etwas getan hat.
»Los geht's, Leute – unsere erste Online-Spende«, verkünde ich. Das Team versammelt sich an meinem Schreibtisch, als würden wir auf eine E-Mail vom Oscar-Komitee warten.
Ich klicke Jane Lodges Namen an und warte ab, während die Information über die Spendensumme lädt.
»Das ist nicht schlecht«, sagt Matt grinsend. »Gut, du hast erst eine Reaktion von den Firmen, die du angeschrieben hast. Aber wenn es hier um eine drei- oder sogar vierstellige Summe geht, bist du auf einem guten Weg. Jane Lodge ist doch eine wohlhabende Frau, oder?«
»Das werden wir gleich sehen«, erwidere ich. Die Summe taucht neben Janes Namen auf.
»Fünftausend Pfund!«, kreischt Priya mit schriller Stimme. Sie hüpft auf und nieder, umarmt Heidi, dann Matt, dann wieder Heidi. »Das ist großartig, Abby!«
Es dauert mehr als eine Minute, bis ich sie beruhigen und die Diätcola aufwischen kann, die sie über meine Rechnungsablage gekippt hat.

»Nicht *fünftausend* Pfund, Priya«, informiere ich sie.
»Was?«, erwidert sie verwirrt.
»*Fünf* … Pfund.«
»Was?«, wiederholt sie.
»Fünf mickrige verdammte Pfund«, murmle ich.
»Knausrige Kuh«, schimpft Priya.
»Das ist eine unserer Kundinnen, von der du da sprichst«, ermahne ich sie, als hätte ich sie nicht selbst für eine geizige Alte gehalten.

27.

Das war nicht der Start, den ich mir erhofft habe«, erzähle ich Tom, als wir uns aufwärmen. »Ich glaube, es war ein Fehler, nur einige Firmen anzuschreiben. Zumindest hoffe ich, dass das das Problem war, denn ich habe die E-Mail anschließend an ungefähr hundert andere Unternehmen geschickt.« Mittlerweile ist es einfacher, mit Tom zu reden. Ich habe mich mit ihm wie auch mit dem restlichen Laufklub aufs Du geeinigt. Seines außergewöhnlich guten Aussehens bin ich mir zwar immer noch bewusst – es geht gar nicht anders –, aber es ist mir inzwischen vertraut und nicht mehr so einschüchternd. Wenn man das und die Tatsache, dass unsere hässlichen Probleme mit der Versicherung überstanden sind, zusammennimmt, scheint er nicht nur ein anständiger Kerl zu sein, sondern auch noch die Quelle für einige neue Geschäftskontakte.

»Ich werde dich unterstützen«, versichert er mir und dehnt seine Armmuskeln.

»Wirklich?«, erwidere ich kläglich, als hätte er gerade angeboten, mir eine Niere zu spenden.

»Selbstverständlich. Wenn fünf Pfund der geltende Preis sind, gebe ich das Doppelte«, erklärt er grinsend.

Ich bin seit einem Monat im Laufklub und trainiere inzwischen für mein erstes Fünf-Kilometer-Rennen Mitte Oktober. Es sind nur noch ein paar Wochen bis dahin, und offen gesagt würde ich mich für eine Apollo-Weltraummission besser vorbereitet fühlen.

»Ich würde nicht zu hart mit mir ins Gericht gehen«, fährt

Tom fort. »Spendengelder zu sammeln ist für manche Leute eine Vollzeitbeschäftigung.«

»Das macht mir Sorgen. Ich kämpfe schon ohne diese Nebentätigkeit darum, mich ausreichend um meine eigene Vollzeitbeschäftigung zu kümmern. Aber ich kann Heidi doch nicht im Stich lassen.«

Er bückt sich, um seine Schenkel zu dehnen, und mir fällt auf, dass einige der weiblichen Anwesenden sich zusammenreißen müssen, um ihn nicht anzustarren. Es freut mich, dass das Objekt meiner Begierde Oliver ist und nicht jemand wie Tom. Geraldine muss bestimmt andauernd Konkurrentinnen abwehren.

»Ich weiß nicht viel über Spendenaktionen, aber es überrascht mich nicht, dass es in diesen wirtschaftlich angespannten Zeiten nicht leicht ist«, fügt er hinzu. »Ich bin mir sicher, dass deine Freundin sich über alles freut, was du zusammenbekommst.«

»Darum geht es nicht. Wenn ich mit diesem … *Laufirrsinn* weitermache«, ich kann nicht verhindern, dass ich bei dem Wort das Gesicht verziehe, als hätte ich in eine Zitrone gebissen, »will ich, dass es sich lohnt.«

»Laufirrsinn?« Er lacht. »Du klingst nicht wie jemand, den der Laufvirus gepackt hat.«

»So nennst du es: einen Virus? Gut, manchmal ist es tatsächlich so spaßig wie eine Virusinfektion, da stimme ich dir zu.«

»In Ordnung, Leute, ich wünsche euch einen guten Lauf«, ruft Oliver, der schwungvoll auf der Stelle joggt. Mein Blick fällt auf seine schlanken Schenkel, und ich ertappe mich dabei, wie ich ihre Konturen verfolge. Ich sehe auf und bemerke, dass Tom mich beobachtet. Peinlich berührt wende ich mich ab und schließe mich der langsamen Gruppe an, als es losgeht. Schon bald wird klar, dass meine sportlichen Leistungen heute Abend meinen Erfolg beim Spendensammeln widerspiegeln. Es ist absolut windstill, und die Temperaturen sind optimal. Trotzdem schleppe ich mich die Strecke entlang, versuche, mehr Energie aufzubringen – und scheitere kläglich.

Es scheint keinen Grund dafür zu geben. Ich bin nicht krank und auch nicht erschöpfter als an anderen Abenden. Doch als wir das Sportcenter schließlich erreichen, wünsche ich mir nichts sehnlicher, als mich mit einem Gin Tonic in der Hand in ein abgedunkeltes Zimmer zu legen.

Ich gehe ins Gebäude, um mich umzuziehen, als Geraldine und Jess auf mich zustürzen. Mit perfekt sitzendem Haar. Und kaum verschwitzt. Ich versuche, es ihnen nicht übelzunehmen.

»Hi, Abby«, grüßt Geraldine. »Jess hat erzählt, dass du morgen Geburtstag hast. Wie alt wirst du?«

»Neunundzwanzig«, erwidere ich.

»Oh, du siehst viel jünger aus«, sagt sie strahlend. »Ich hätte dich auf höchstens Mitte zwanzig geschätzt.«

»Du bist wahnsinnig nett, Geraldine«, entgegne ich. »Nicht sehr überzeugend, aber nett.«

»Tja, ich bin neidisch«, sagt sie. »Ich wünschte, ich wäre noch neunundzwanzig.«

»Viel älter kannst du nicht sein«, antworte ich.

Sie beugt sich zu mir herüber und flüstert verschwörerisch: *»Dreiunddreißig.* Nicht, dass es mich besonders stören würde, wenn meine biologische Uhr nicht das hier machen würde.« Mit ihrer winzigen Faust hämmert sie gegen eine Spinttür, dass der Lärm durch das halbe Gebäude hallt.

Seit ich zum ersten Mal mit Geraldine geredet habe, weiß ich, dass es beinahe unmöglich ist, sich mit ihr zu unterhalten, ohne dass die Themen Hochzeit, Babys und die Anzahl von Toms Spermien aufkommen.

Allerdings spricht sie mit *ihm* nicht über diese Dinge. Sie will ihn nicht verschrecken. Das Ergebnis ist, dass sie sehr viel darüber nachdenkt. Ihre Gedanken und Träume gipfeln in ihrem sehnlichsten Wunsch, ihn vor den Altar zu schleppen – und diesen Wunsch äußert sie, sobald sie auf eine andere Frau trifft. Ein Teil von mir bedauert sie. Der andere Teil will ihr sagen, dass sie versuchen soll, sich zu entspannen. Er ist offensichtlich sehr verliebt in sie und wird sie wahrscheinlich von sich aus fragen, wenn er sich bereit fühlt. Doch ich weiß, dass es zu nichts führen würde.

»Hast du immer noch keinen Ring, Schätzchen?«, fragt Mau, die die Unterhaltung mit angehört hat.

»Mau«, entgegnet Geraldine und atmet tief durch. »Wenn er fragt, sieht meine Gebärmutter vermutlich schon aus wie eine vertrocknete Pflaume.«

»Geraldine!«, prustet Jess. »Eine Frau hat neulich mit über sechzig noch ein Kind geboren. Ich will nicht sagen, dass du bis dahin warten solltest, aber ich denke, du übertreibst ein bisschen.«

»Wenn er mich wirklich lieben würde …«

»Tom hält große Stücke auf dich«, sagt Jess freiheraus.

Geraldine scheint damit zufrieden zu sein. »Gott, wie sind wir wieder auf das Thema gekommen? Abby, ich wollte dir für morgen schon mal einen schönen Geburtstag und alles Gute wünschen. Ich fürchte, ich kann nicht mitfeiern, weil ich einen Bericht abliefern muss und bis über beide Ohren in Arbeit stecke.«

Jess lässt die Sporttasche fallen. »Oh – ich habe Abby noch nichts erzählt, Geraldine.«

Ich straffe die Schultern. Jetzt werde ich endlich erfahren, was

Jess für meinen Geburtstag geplant hat. »Du hast mir *was* noch nicht erzählt?«

»Keine große Sache«, entgegnet Jess schulterzuckend. »Ich weiß ja, dass du an deinem Geburtstag nichts Großes machen wolltest, aber ich dachte, dass es schön wäre, wenn ein paar von uns was trinken gehen würden.«

»Wow, das hört sich toll an!« Ich versuche, so überrascht wie möglich zu klingen.

Ich wusste, dass Jess mich nicht enttäuschen würde. Ich wusste, dass sie einige Mitglieder des Laufklubs – und Oliver – einladen würde, um sich morgen Abend nach der Arbeit mit uns zu treffen. Ich wusste es und habe mir zu Hause schon meine beste Jeans und mein neues *Ted Baker*-Top herausgelegt und mir den heutigen Abend frei gehalten, um eine ausgedehnte und dringend benötigte Schönheitsbehandlung einzulegen.

»Ich dachte mir, dass es dir nichts ausmachen würde«, sagt sie lächelnd. »Wir können hier kurz duschen und treffen uns dann mit den anderen im *Rose*.«

»Was?«

»Wir können hier kurz duschen und …«

»Du meinst aber nicht *heute*, oder? Also *jetzt?*«

»Also, eigentlich doch.«

»Aber mein Geburtstag ist erst morgen.«

»Ich weiß, aber morgen findet kein Training statt – es ist Freitag. Ich dachte, es wäre schön, heute mit den Leuten vom Laufklub was trinken zu gehen. Dann hast du den morgigen Abend, um mit deinen Arbeitskollegen auszugehen.«

Ich denke an meine Jeans, die erwartungsvoll zu Hause hängt und sich nach einer solchen Gelegenheit sehnt. Ich denke an meine unrasierten Beine, die künstliche Bräune, die ich nicht aufgetragen habe, meine ungepflegten Füße, meine ungezupften Augenbrauen und eine Million andere Dinge, die ich vielleicht doch lieber gestern schon getan hätte.

Dann sehe ich Jess an, die sich fragt, warum ich zögere.

»Okay«, bringe ich hervor. »Heute Abend also.«

28.

Wusstest du eigentlich, dass wir dich ›Doktor Charming‹ nennen?«

Ich versuche, den Ellbogen auf dem Tisch abzustützen und mich verführerisch zu Oliver zu lehnen. Leider verfehle ich den Tisch – und bin gezwungen, den Arm hochzureißen wie ein Kampfjet, der einer Kollision mit einem Berg ausweichen will.

Oliver bemüht sich, unbeeindruckt zu wirken, als würde er so etwas jeden Tag zu hören bekommen. Aber mir macht er nichts vor. Er freut sich wie ein Kind. »Echt? Wer sind ›wir‹?«

»Ach, nur ich und … also, genau genommen nur ich.«

Er lacht. Ich lache. Dann sehe ich über den Tisch hinweg zu Tom, der wegsieht. Ich weiß nicht, was mit ihm los ist.

»Ich glaube, ich habe noch nicht gefragt, in welchem Krankenhaus du arbeitest, Oliver«, frage ich.

»Im *Royal*«, erwidert er. Zwei Wörter. Nicht besonders spannende Wörter. Doch Oliver, mit diesem süßen, sexy und etwas unbeholfenen Blick, lässt meine Knie weich werden.

»Ooh, echt? Da war ich schon mal.« Ich nippe an meinem Wein und erwidere den Blickkontakt länger, als ich es in nüchternem Zustand getan hätte.

Es ist erst mein drittes Glas, aber der Wein scheint eine stärkere Wirkung zu haben, als ich in Erinnerung hatte. Früher hat es mehr als drei Gläser gebraucht, bis ich betrunken war, doch nachdem ich wochenlang nur Tee getrunken habe, vertrage ich anscheinend nicht mehr viel.

»Ach ja?« Oliver lächelt. »Nichts Schlimmes, hoffe ich.«

In seinem Gesicht gibt es etwas, das von Natur aus süß ist. Ich weiß nicht, ob es das Funkeln in seinen Augen ist oder die umwerfende Art, wie er einen Mundwinkel nach oben zieht, wenn er lächelt. Ich weiß nur, dass er unwiderstehlich ist. Und dass ich verknallt in ihn bin.

»Ich habe mir das Handgelenk gebrochen«, erzähle ich und halte es ihm hin. »Ein Sportunfall.«

Selbstverständlich werde ich ihm nicht verraten, dass ich aus einem Taxi gefallen bin. Er könnte einen ganz falschen Eindruck von mir bekommen.

»Tatsächlich?« Mit dem Rücken zu den anderen nimmt er zögerlich meinen Arm in die Hände und betrachtet eine Verletzung, die ich schon vor sechs Jahren erlitten habe – was ich ihm natürlich auch nicht verrate. Seine Fingerspitzen auf meiner Haut jagen kleine Schauer meinen Arm hinauf, auch wenn ich durch den Wein leicht betäubt bin. »Klingt übel. Bist du vollständig genesen?«

Plötzlich sieht er total besorgt aus und wie ein Arzt und noch süßer als sonst und … Ich glaube nicht, dass ich in meinem ganzen Leben schon mal jemandem begegnet bin, der so anziehend ist.

»Ich … ich glaube, ja«, bringe ich hervor. »Wieso? Hast du denn Empfehlungen, wie ich das Handgelenk langfristig versorgen soll?«

Er lächelt scheu. »Halte dich beim Tennisspielen ein bisschen zurück.« Langsam lässt er mich los, dreht sich wieder zu den anderen um und steckt die Hand in die Hosentasche. »Möchte noch jemand etwas trinken?«

Ich betrachte mein Glas. »Ich nehme noch einen Wein. Soll ich mitkommen und dir beim Tragen helfen?«

»Nein, das geht schon«, erwidert er und schlendert zur Bar. Während er weg ist, unterhalte ich mich mit den anderen.

Aber ich kann kaum verbergen, wie ungeduldig ich auf seine Rückkehr warte. Als er sich endlich auf den Weg zu uns macht, spüre ich, dass jemand anders gekommen ist. Ich sehe auf und erblicke Tom.

»Du kannst hier nicht sitzen!«, zische ich.

»Ich dachte, du würdest mir wegen des Pitches morgen auf den Zahn fühlen wollen.« Er zuckt mit den Achseln.

Er hat recht – ich *sollte* ihm wegen des Pitches morgen auf den Zahn fühlen. Immerhin arbeitet er für das Architekturbüro, wo ich meine Präsentation halten und versuchen werde, die Chefs davon zu überzeugen, mit mir ins Geschäft zu kommen. Ob es nun um einen kleinen Auftrag geht oder nicht – es wäre gut, den Pitch für mich zu entscheiden.

»Das ist eine großartige Idee«, sage ich ihm. Mein Blick fällt auf Oliver, der zu Jess auf die andere Seite des Tisches geht und sich mit ihr unterhält. »Also, was kannst du mir Hilfreiches verraten?«

»Nennst du ihn wirklich ›Doktor Charming‹?«

Argwöhnisch verenge ich die Augen zu schmalen Schlitzen. »Woher zum Teufel weißt du davon?«

»Du hast es erzählt.«

»Oh.« Mich beschleicht die Vermutung, dass mich dieses Geständnis noch verfolgen könnte, wenn ich wieder nüchtern bin – doch es ist nur ein flüchtiger Gedanke. »Tja, ich … Ja.«

»Stehst du auf ihn?«, fragt er.

»Er ist ein sehr attraktiver Mann. Mehr sage ich dazu nicht«, erwidere ich steif. »Und er ist klug. Und fürsorglich … Das muss er auch sein, denn immerhin ist er Arzt.«

»Also … ja?«

»Und wenn es so wäre?«

»Nichts«, entgegnet er schulterzuckend. »Ich bin nur erstaunt. Ich hätte nie gedacht, dass du auf jemanden wie ihn stehst.«

Ich runzle die Stirn. »Du bist zu mir gekommen, um mir etwas zum Pitch zu sagen. Gegen wen trete ich an?«

»Das kann ich dir nicht sagen«, erwidert er.

»Warum nicht?«

»Weil es unprofessionell wäre«, versetzt er.

Ach. »Also, sollte ich mir Sorgen machen?«

»Na ja, ich habe einige der Websites gesehen, die dein Team gestaltet hat, und deshalb glaube ich, dass es an euren Fähigkeiten keinen Zweifel gibt.«

Zufrieden grinse ich.

»Aber du musst trotzdem überzeugend sein.«

»Natürlich«, sage ich. Ich winke ab und will mich wieder den wichtigen Themen widmen. »Was meinst du mit ›jemanden wie ihn‹?«, flüstere ich.

»Ich meine gar nichts«, antwortet er. »Versteh mich nicht falsch. Ich mag Oliver. Ich bin mir nur nicht sicher, ob ich gern seine Freundin wäre.«

»Na ja, das ist gut für dich«, erkläre ich sauer. »Ich glaube nämlich nicht, dass er auf Brünette steht.«

29.

Als ich am nächsten Morgen erwache, habe ich das Gefühl, dass etwas nicht stimmt. Dass etwas schiefgelaufen ist. Oder dass ich möglicherweise etwas Falsches gesagt oder getan habe oder …

Oh, Scheiße.

Die Szene läuft wieder und wieder vor meinem inneren Auge ab, wird immer deutlicher und unangenehmer, wie ein Autounfall in einem Werbespot zur öffentlichen Aufklärung.

»Wusstest du eigentlich, dass wir dich ›Doktor Charming‹ nennen?«

Das kann ich nicht gesagt haben. Das kann nicht sein.

Bei der 15. Wiederholung in meinem Kopf läuft die Szene in Zeitlupe ab. Meine Worte klingen lächerlich verzerrt – ein bisschen so, als würde Darth Vader sprechen. Ich lasse mich aus dem Bett fallen, krieche auf allen vieren in den Flur und schnappe mir das Telefon.

»Jess!«, stoße ich hervor, als sie sich meldet.

»Herzlichen Glückwunsch zum Geburtstag.«

»Sag mir, dass ich ihm das nicht erzählt habe«, bettle ich. »Sag es mir, Jess. Ich *flehe* dich an.«

Einen Moment lang sagt sie nichts. »Ich nehme an, du sprichst von Oliver?«

»Ja.«

»Und von der Tatsache, dass du ihm …«

»O neeein! Ich habe es ihm gesagt. Ich habe es ihm verdammt noch mal *echt* gesagt.«

»Wenn es dich tröstet: Er wirkte ganz zufrieden.«

Ich lege mich auf den Boden und starre an die Decke. »Nein, Jess. Das ist kein Trost.«
Schließlich fragt sie: »Wo bist du eigentlich?«
Ich runzle die Stirn. »Zu Hause. Wieso?«
»Es sieht dir gar nicht ähnlich, um diese Zeit noch nicht im Büro zu sein.«
Ich werfe einen Blick auf die Uhr. 10:16 Uhr. Panisch ringe ich nach Luft, was meine ohnehin schon fürchterliche körperliche Verfassung noch etwas mehr ins Wanken bringt. Ich habe einen grauenvollen Kater – und ich bin viel zu spät. Eigentlich wollte ich die ersten eineinhalb Stunden des Tages damit verbringen, noch einmal die Präsentation durchzugehen, die ich später in Toms Firma halten werde. Doch diesen Plan kann ich mir abschminken.
Stattdessen rase ich zu meinem ersten Termin, den ich mit einem Kunden am Rand des Stadtzentrums habe.
Nachdem ich fertig bin, mache ich mich auf den Weg ins Büro. Zwei Minuten vor meiner Ankunft erhalte ich einen Anruf von Priya, die wissen will, wo ich stecke. Offensichtlich hat sie etwas extrem Wichtiges mit mir zu besprechen – das würde mich bei jedem anderen nervös machen, nicht aber bei Priya, die dazu neigt, mich auch schon mal aus entscheidenden Konferenzen zu holen, um mit mir über den Zustand der Grünlilien im Büro zu sprechen.
Stattdessen schießt mir, als ich ins Büro komme, etwas entgegen, das ich eine halbe Sekunde später als Partyknaller erkenne.
»Happy Birthday! Ups, entschuldige, Abby«, sagt Priya. »Das war eine Fehlzündung.«
Als ich mich etwas gesammelt habe, sehe ich, dass das Büro dekoriert wurde. Genau genommen ist das der falsche Ausdruck. Unser Büro, das die Größe eines Besenschranks hat,

ist mit Partyutensilien ausgestattet worden, die locker ausreichen würden, um ein Zelt für eine von Elton Johns Feiern zu schmücken. Ich sehe Ballons, Luftschlangen, Spruchbänder und noch vieles mehr. Es ist überwältigend. Ich spüre einen Kloß im Hals.

»Verdammt, ihr seid ein verrückter Haufen.« Meine Stimme zittert. »Das wäre doch nicht nötig gewesen.«

»Das hat alles Priya gemacht«, sagt der »stattliche Matt«.

»Du hast dir so viel Mühe gegeben.« Ich bin sprachlos.

»Eigentlich nicht.« Sie zuckt mit den Schultern. »Du weißt ja, dass meine Cousine Jez bei *Cost-Cuts* arbeitet, oder?«

Ich runzle die Stirn. »Äh, nein, das wusste ich nicht, aber …«

»Tja, sie konnten dieses Zeug nicht loswerden, also habe ich es für ein Pfund fünfzig bekommen.«

»Ein Pfund fünfzig?«, wiederhole ich.

»Wir haben alle zusammengeworfen«, verkündet sie fröhlich. Ich wünschte, sie hätte das Letzte nicht gesagt. Trotzdem ist es der Gedanke, der zählt. Und der Gedanke ist *reizend.* Ich gehe zu meinem Schreibtisch und betrachte den Geburtstagsballon, der an der Computermaus befestigt ist. Er ist knallbunt, mit Girlanden aus grünem Band verziert und weckt sofort Kindheitserinnerungen in mir. Dann verenge ich leicht die Augen und lese die Worte auf der Seite. *Happy Bar-Mizwa.*

Am Mittag lässt der Kater endlich nach, obwohl ich mit Arbeit überhäuft bin. Erfreulich ist, dass ich zwei Antworten auf meine Spendenmail bekommen habe – eine von meiner Tante Steph aus Australien, die andere von James Ashton, Boss einer Baufirma, für die ich vor einer Ewigkeit einmal arbeiten wollte. Die Mails könnten nicht unterschiedlicher sein.

Hey, Abby!
Ich bin froh, dein Anliegen unterstützen zu können. Die Laufsache beeindruckt mich total – der Apfel fällt eben nicht weit vom Stamm. Notiere hundert Dollar von mir und lass mich wissen, wenn du die Ziellinie überschritten hast. Hey, das Angebot, mich in Down Under zu besuchen, steht immer noch. Unsere Wohnung ist zwar nicht luxuriös, doch wenigstens haben wir Sonne!
Alles Liebe
Tante Steph

James Ashtons Antwort ist weitaus formeller.

Liebe Abby,
es ist phantastisch zu hören, was Sie tun, um Geld für die MS-Forschung zu sammeln. Mein Cousin hat vor sechs Jahren die Diagnose MS bekommen, also weiß ich, wie dringend der Wunsch nach weiterer Forschung auf dem Gebiet ist. Ich würde gern mit Ihnen besprechen, wie wir helfen können. Im Moment ist viel zu tun, aber wir könnten uns im November zu einem Kaffee treffen. Wenden Sie sich wegen eines Termins an meine persönliche Assistentin Michelle.
James

Danke, lieber Gott. Seit ich beschlossen habe, meine Spendenmail auch an unzählige andere Kontakte zu schicken, habe ich ein paar wirklich vielversprechende Antworten erhalten. Gut, die Spenden sind bisher eher tröpfchenweise eingegangen und nicht so sintflutartig, wie ich es mir erhofft hatte, aber es ist immerhin ein Anfang. Die E-Mail von James Ashton finde ich besonders aufregend.

Von Einzelpersonen gibt es reges Interesse an der Aktion, aber mir fehlt immer noch ein großes Unternehmen, das mich sponsert. Ein Unternehmen, das die Gesamtsumme noch einmal kräftig nach oben treibt. James Ashtons Unternehmen wäre dazu in der Lage; vor allem, wenn er ein persönliches Interesse an der Sache hat. Schade, dass er erst so spät einen Termin frei hat.

Ich nehme mein Telefon, um seine persönliche Assistentin anzurufen, die mir einen Termin Anfang Dezember anbieten kann.

»Ich nehme an, früher geht es nicht?«, frage ich. »Es muss ja kein gemeinsames Mittagessen sein – zwanzig Minuten würden schon reichen. Ich bin schnell.«

»Witzigerweise ist gerade sein Termin für heute um halb zwölf abgesagt worden. Das Treffen sollte hier stattfinden. Wenn Sie es bis dahin schaffen können …«

»Ja«, stimme ich zu, noch ehe sie zu Ende gesprochen hat. »Ich bin da.«

Als ich auflege, frage ich mich kurz, ob ich es überstürzt habe. Nachdem ich heute zu spät war und jetzt noch diesen Extratermin einschiebe, bleibt mir keine Zeit, um noch einmal die Präsentation für *Caro & Co.* durchzugehen – Toms Firma. Ich schüttle den Gedanken ab. Ich habe so viele Pitches durchgeführt, die so ähnlich waren wie der, den ich für Tom mache, dass ich es im Schlaf beherrsche. Selbstverständlich handhabe ich so etwas normalerweise anders – doch ich bin mir sicher, dass ich damit durchkomme. Und die Chance auf ein Treffen mit James Ashton ist zu gut, um sie sich einfach durch die Finger schlüpfen zu lassen.

30.

Ich war vorher noch nie im *Garden of Eat'n Café,* und eher friert die Hölle zu, als dass ich je dorthin zurückkehren werde.

Ich hocke auf einem klebrigen Stuhl und nippe an einem Tee, der die Farbe einer Urinprobe hat. Säuerlich riechendes Fett durchtränkt die Luft, und das Atmen fällt schwer. Die Speisekarte besteht aus einer begrenzten Auswahl an Gerichten, die zum Großteil Schweinefüße beinhalten, die in dem Fett frittiert werden, das meiner Vermutung nach in der Fritteuse schwimmt, seit die Küche damals eingeweiht wurde.

Die anderen Gäste und ich sitzen in einer fettigen Wolke schwarzen Rauchs, die in regelmäßigen Abständen unheilvoll aus einer doppelten Schwingtür wabert. Der Rauch wird begleitet von einem Schwall Schimpfwörter, deren Quelle – ein großer und außergewöhnlich schmuddeliger Koch – alle paar Minuten mit einem Teller seiner kulinarischen Köstlichkeiten, die in so viel Öl schwimmen, dass sie beinahe als Suppe durchgehen, aus der Küche kommt.

Falls die anderen Gäste sich davon beeindrucken lassen, zeigen sie es nicht. Dank einer Baustelle nebenan brummt das Lokal – auch wenn die Unfähigkeit der Kellnerin sich immer dann zeigt, wenn sie einen Teller auf einen Tisch schmeißt oder kurz davorsteht, einem Gast eine Ohrfeige zu verpassen, weil er es gewagt hat, um Ketchup zu bitten.

James Ashton kommt 20 Minuten zu spät. Er trägt einen Anzug und einen Schutzhelm und weist Chantelle, die Kellnerin, an, ihm »das Übliche« zu bringen.

Fünf Minuten später, als das Treffen eine positive Wendung zu nehmen scheint und er zugestimmt hat, 1000 Pfund zu spenden, nimmt das Schicksal unbarmherzig seinen Lauf …
Ich kann praktisch sehen, wie James' großer Teller mit frittiertem Herzanfall auf meinem Schoß landet, noch ehe Chantelles geübter Wurf schiefgeht. Entsetzt beobachte ich, wie das Essen in einem Wasserfall aus Knorpeln vom Teller rutscht, und spüre das heiße, alte Öl im Stoff meines *Karen Millen*-Rocks versickern.
In der Sekunde, bevor das alles passiert, kann ich es schon vor mir sehen – aber ich kann nichts tun, um es zu verhindern. Und als Chantelle ein schäbiges Geschirrtuch hervorholt, mit dem sie an meinem Rock herumreibt, um ihren Fehler wiedergutzumachen, weiß ich, dass ich mir schnellstens etwas überlegen muss. Denn in 20 Minuten muss ich bei *Caro & Co.* sein.

»Abby Rogers. Ich habe einen Termin mit David Caro«, sage ich zu der Dame am Empfang. Sie ist Ende 50, ihr Haar hat die Farbe von Kirschsaft, und ihr Lippenstift sieht aus wie nasse Wandfarbe.
»Wegen der Präsentation für die Website?« Sie lächelt, ehe sie die Nase rümpft. »Puh, was ist das für ein komischer Geruch?«
Ich presse meine Handtasche vor meinen Rock. »Keine Ahnung«, erwidere ich.
Gut, die Idee, mir schnellstens etwas einfallen zu lassen, ist fehlgeschlagen. Ich bin hierhergerast. Den ganzen Weg über kreisten meine Gedanken um die Tatsache, dass der gesamte vordere Teil meines Rockes mit altem Wurstfett getränkt ist. Trotzdem ist mir keine Lösung eingefallen. Jedenfalls keine befriedigende Lösung. Stattdessen laufe ich mit der Tasche

vor dem Rock und dem peinlichen Fleck durch die Gegend – und hoffe, dass die Leute, vor denen ich die Präsentation halten muss, allesamt erkältet sind.

»Das sind bestimmt wieder die Abflüsse. Wir müssen das prüfen lassen, Di«, sagt die Empfangsdame, an ihre Kollegin gewandt. »Haben Sie die nötige Ausrüstung dabei?«, fragt sie mich.

»Meine Präsentation ist auf einem USB-Stick.«

Sie nickt unsicher. »Hm. Ich denke, dass das okay ist.«

»Hätte ich meinen eigenen Laptop mitbringen sollen? Man hat mir gesagt, dass Sie einen Computer zur Verfügung stellen.«

Sie rollt mit den Augen. »Sheila hat das gesagt, oder? Diese hoffnungslose Optimistin.«

»Entschuldigung?«

»Die Ausstattung im Konferenzzimmer ist unberechenbar, das ist alles. Zwei Firmen haben allerdings vorher schon präsentiert. Also, drücken wir die Daumen, dass alles da ist und funktioniert.«

Sie führt mich durch ein Großraumbüro, bis wir zum Konferenzzimmer kommen, wo ich dem Geschäftsführer der Firma vorgestellt werde. David Caro hat silbergraues Haar und trägt einen feinen Businessanzug; er ist der Typ Mensch, von dem man automatisch annimmt, dass er morgens fünf Kilometer joggt und jede Menge Smoothies trinkt, auch wenn er kurz vor dem Ruhestand steht.

»Freut mich, Sie kennenzulernen«, sagt er lächelnd und schüttelt mir mit einem Griff die Hand, mit dem er locker einen Pterodactylus erwürgen könnte.

Dann ändert sich seine Miene, und er rümpft die Nase wie die Frau aus »Verliebt in eine Hexe«, kurz bevor sie zaubert. Er sieht mich argwöhnisch an und versucht offensichtlich, herauszufinden, ob der Geruch nach verbranntem Fleisch von mir ausgeht. Ich lächle ihm frech zu und straffe die Schultern. Er erwidert mein Lächeln und ist zumindest im Moment davon überzeugt, dass die Ursache des Geruchs auf keinen Fall *ich* sein kann.

»Lassen Sie mich Ihnen die Kollegen vorstellen, die heute im Ausschuss sitzen«, fährt David Caro fort. »Der erste ist Jim Broadhurst, Marketingchef.«

Ich schüttle die Hand eines jungen, ernsten Mannes mit schütterem Haar und dem Aussehen von Harry Potter – nur ohne die Brille. »Freut mich, Sie kennenzulernen. Das hier ist Dusty, mein Blindenhund«, sagt er.

Ich senke den Blick, betrachte den hellen Labrador und begreife erst jetzt, dass Jim Broadhurst blind ist.

»Ach, er ist reizend«, sage ich und bücke mich, um den Hund zu streicheln. Als meine Hand nur noch ein paar Zentimeter von Dustys Kopf entfernt ist, fällt mir auf, wie sein Verhalten sich ändert. Der Labrador springt aufgeregt auf mich zu, als wäre ich das Spannendste, was ihm den ganzen Tag über begegnet ist.

Jim Broadhurst zieht ihn erschrocken zurück. »Gott. Tut mir leid«, sagt er. »Er ist noch sehr jung und hat gerade erst die Ausbildung hinter sich. Trotzdem ist er normalerweise nicht so.«

David Caro hustet. Ganz offensichtlich will er beginnen. »Ich hielt es auch für eine gute Idee, einen unserer Architekten in die Runde zu bitten …« Ich drehe mich um. »Das ist …«

»… Tom Bronte«, beende ich den Satz für ihn und fühle mich ungewöhnlich nervös. Ich wusste nicht, dass er dabei sein würde. Ich habe schon unzählige Präsentationen gemacht, doch sie vor jemandem zu halten, den ich persönlich kenne, verunsichert mich total.

David wirkt verblüfft.
»Abby und ich kennen uns«, erklärt Tom. Er sieht unglaublich glamourös aus – wie ein Model von *Ralph Lauren.* Gegen ihn verblasst alles andere hier im Raum. Ich verrücke meine Tasche, um sicherzugehen, dass sie den öligen Fleck auf meinem Rock komplett verdeckt, und mache einen Schritt zurück.
»Ja, ich glaube, du hast das erwähnt«, sagt David Caro. »Du hast *River* empfohlen, oder?«
»Nicht direkt empfohlen«, erwidert Tom schnell. »So vertraut bin ich mit Abbys Arbeit nicht. Aber ich bin mir sicher, dass sie *sehr* qualifiziert ist.«
Vielen Dank. Eine etwas überzeugendere Unterstützung wäre toll gewesen.
Ich werde eingeladen, Platz zu nehmen, während auch die anderen sich setzen. Sie machen es sich für meine 15-minütige Präsentation gemütlich. Zumindest die Menschen.
Dusty macht das Gegenteil. Während er hektisch hechelnd neben seinem Besitzer auf der anderen Seite des Tisches steht, ist die Aufregung, in die ihn meine Anwesenheit versetzt, nicht mehr zu leugnen. Er wimmert und jault, windet sich und zerrt an der Leine, während Jim Broadhurst nur verwirrt den Kopf schüttelt.
»Bevor wir anfangen«, sagt er und ignoriert die Tatsache, dass sein Hund wirkt, als hätte er ein ganzes Röhrchen mit Ecstasypillen verschluckt, »würde ich gern etwas klarstellen, das in Ihrem schriftlichen Angebot wahrscheinlich ein Fehler war. Ist Ihnen das recht?«
Ich erstarre, bemühe mich jedoch zu lächeln, während ich meinen Speicherstick hervorkrame. Ich habe das Dokument auf dem Stick für wer weiß wie viele Präsentationen benutzt, und es passt immer. »Natürlich.«

»Es sind die Kosten, die Sie angeben.«
Ach, daher weht der Wind. Wir haben noch nicht einmal angefangen, und er versucht schon, den Preis zu drücken.
»Sie haben geschrieben, dass Sie uns tausend Pfund pro Monat berechnen.« Er zieht Dusty zurück, damit er sich hinsetzt.
»Ja.«
Er wendet den Kopf in meine Richtung, als Dusty wieder anfängt, jämmerlich zu jaulen. »Aber es geht hier um einen Vertrag über *dreitausend* Pfund pro Monat. Das haben wir in unserem Angebotsschreiben festgelegt.«
Ich blinzle. Zweimal. Und plötzlich fühlt sich mein Hals an, als würde eine Boa Constrictor daran ihre Bauchmuskelübungen machen.
»Drei… dreitausend«, gurgle ich und bemühe mich verzweifelt, so zu klingen, als wäre das *keine* Überraschung für mich. Als hätte ich *selbstverständlich* gewusst, dass es sich um einen Vertrag über 3000 Pfund pro Monat handelt! Als hätte ich das Angebotsschreiben *selbstverständlich* gründlich gelesen! Als hätte ich *selbstverständlich* gewusst, dass es bei diesem Pitch um einen Vertrag geht, den zu haben nicht nur ganz nett wäre, sondern den zu haben meine Firma ganz weit nach vorn bringen würde.
Mit einem Mal fühle ich mich seltsam. Und ich bin nicht die Einzige. Dusty wirkt von Sekunde zu Sekunde verrückter, als wäre es eine körperliche Qual für ihn, nur in diesem Raum zu sein.
»Dreitausend«, wiederholt Jim Broadhurst und beachtet das wütende Japsen seines Hundes nicht. »Ich nehme an, dass Sie das auch gemeint haben?«
Ich sehe zu Tom, und er senkt den Blick.
Ich reiße mich zusammen. »Natürlich. Entschuldigen Sie vielmals. Das ist kein guter Start, oder?« Ich lache.

Mein Herz rast wie eine Herde Gnus, als ich meinen Stick in den firmeneigenen Laptop stecke und darauf warte, dass das Gerät ihn erkennt und öffnet. Stattdessen macht der Rechner ein Geräusch, das leise beginnt und sich zu einem Crescendo von Kreischen und Scheppern steigert – ein Lärm, den man höchstens bei der Enthauptung von Thomas, der kleinen Lokomotive, erwartet hätte.
Ich bemerke, dass irgendetwas vollkommen schiefläuft, und ziehe eilig den Stick aus dem Laptop. Daraufhin stürzt der Rechner komplett ab.
»Nein«, murmelt Jim Broadhurst hörbar. »Und das auch nicht.«

31.

Vermutlich hatte beinahe jeder schon einmal einen dieser Alpträume, in denen man in eine Matheprüfung geht und entsetzt feststellt, dass man sich auf Französisch vorbereitet hat. Na ja, ich stecke gerade mittendrin in diesem Alptraum. Noch nie war ich so schlecht vorbereitet, mies ausgerüstet und vollkommen verwirrt.

Ich bekomme vermutlich nur, was ich verdiene, auch wenn der Gedanke, dass mir gerade ein Vertrag über 3000 Pfund monatlich durch die Lappen geht, weil ich die grauenvollste Performance meines Lebens hinlege, schon Strafe genug ist.

»Ich war im letzten Jahr für viele Unternehmen tätig«, rattere ich herunter und bin mir bewusst, dass mir meine Panik anzusehen ist. »Einer meiner wichtigsten Kunden war …«

»Sie haben Ihre Empfehlungen bereits genannt, Miss Rogers«, bemerkt David Caro ungeduldig. »Wir wissen, mit welchen anderen Firmen Sie zusammengearbeitet haben. Was wir jetzt herausfinden wollen, ist, wie viel Ahnung Sie von *dieser* Firma haben. Von *unseren* Bedürfnissen und Anforderungen.«

Schweißperlen stehen mir auf der Stirn, als Dusty, der einige Male ausgiebig gerüffelt worden ist, ein besonders herzzerreißendes Jaulen ausstößt. Abgesehen von der Tatsache, dass ich mit Papierkopien arbeiten muss, statt mit meiner wundervollen PowerPoint-Präsentation, habe ich mich überhaupt nicht gut auf diese Firma vorbereitet. Alles, was ich über dieses Unternehmen weiß, sind die paar Dinge, die mir Tom während des Aufwärmtrainings im Laufklub gesagt hat – und das lässt sich nicht verbergen.

Ich bete um eine Erleuchtung. Doch alles, was mir in den Sinn kommt, sind unzählige nichtssagende Standardsprüche; genau die Sprüche, für die ich andere Unternehmen, die sich darauf verlassen und sie anwenden, immer scharf kritisiere.
»Was ich damit sagen will, ist ... äh ... Ich hoffe, ich kann hervorheben, was ich für ... starke ... Synergien ... zwischen Ihren Voraussetzungen und Bedürfnissen und denen anderer halte und ...«
»Synergien?«, spöttelt Jim Broadhurst viel weniger warmherzig als Harry Potter. »Also, Sie vertreten einen Standardansatz? Was Sie für irgendeine Anwaltskanzlei erarbeitet haben, gilt auch für uns?«
»Überhaupt nicht!«, stammle ich. Ich hole tief Luft und versuche, mich zu sammeln. »Ich will damit nur sagen, dass Ihre und deren Kunden sich sehr ähnlich sind.«
»Die Kunden einer Anwaltskanzlei?«, stößt Jim Broadhurst hervor.
»Im Sinne von ...« Meine Stimme versagt. »Im Sinne von ...« Plötzlich merke ich, dass ich, wenn ich noch ein Wort sage, wahrscheinlich anfange zu weinen.
»Ich verstehe, was Abby sagen will.«
Die Worte hängen in der Luft wie eine Wolke Feenstaub – die erste positive Reaktion während des Meetings. Ich blicke auf, atemlos vor Dankbarkeit. Toms Miene ist ernst und vollkommen professionell, und er ist entschlossen, jeglichen Augenkontakt mit mir zu vermeiden. »Unser Wunschklient ist nicht Otto Normalverbraucher«, fährt er fort. »Wir streben geschäftliche Kontakte zu anderen Geschäftsleuten an. Also ist es durchaus sinnvoll, Elemente zu verwenden, die auch schon für andere Organisationen gelten oder die zuvor erwähnten Anwaltskanzleien. Ich denke, das ist es doch, was du damit sagen wolltest, Abby, oder?«

Endlich sieht er mich an. Der Blick aus seinen dunklen Augen ist unergründlich.

»Genau!«, erwidere ich und erwache zu neuem Leben, als ich bemerke, dass das meine »Sie kommen aus dem Gefängnis frei«-Karte ist. »Das bedeutet nicht, dass wir uns nicht die Zeit nehmen müssen, um die Firma *Caro & Co.* mit ihren Bedürfnissen und Anforderungen, ihrem Ethos, ihren Zielen, ihren Kunden und Zielsetzungen zu begreifen«, fahre ich fort und reiße mich zusammen. »Nicht nur jetzt, sondern stetig. Ihre Anforderungen wandeln sich; sie sind in einem ständigen Fluss. Aber das ist auch das Schöne am Webdesign – wir können jederzeit Dinge abändern und dabei die Kosten niedrig halten.«

David Caros Miene wird ein wenig weicher. Jim Broadhursts Gesichtsausdruck ändert sich nicht. Ich weiß, dass ich noch jede Menge Überzeugungsarbeit leisten muss.

»Okay«, sagt er und sucht seine Unterlagen zusammen. »Gut, das war das Element ›Webdesign‹. Bei einem Vertrag in dieser Größenordnung suchen wir allerdings nach etwas mehr als nur einer Website. Was ist mit den Extras, auf die wir in unserem Angebot hingewiesen haben? In Ihrer Einreichung sind Sie kaum darauf eingegangen.«

Ich weiß nicht, ob Jim Broadhurst ausnahmsweise einmal nett sein will oder ob er vergessen hat, was ich in meiner Einreichung geschrieben habe. Denn Tatsache ist, dass ich nicht nur »kaum auf die Extras eingegangen« bin, sondern gar nicht.

»Wie Sie schon sagten, wollte ich mich auf den wichtigsten Punkt, die Website, konzentrieren«, sage ich und denke fieberhaft nach. »Ich wollte die Möglichkeiten eines persönlichen Treffens nutzen, um auf die … Extras zu sprechen zu kommen.«

Ich werfe einen Blick in die Runde, um zu schauen, ob sie mir das abkaufen.

»Dann kommen Sie mal darauf zu sprechen, Miss Rogers!«, fordert David Caro mich auf.

»Selbstverständlich.« Ich schlucke. Das ist der Startschuss für zehn Minuten komplett aus der Luft gegriffenen Unsinn. Anders lässt es sich nicht beschreiben. Der einzige Lichtblick ist, dass ich besser im Improvisieren bin als die meisten anderen Menschen: So etwas habe ich in meinem vorherigen Job ständig machen müssen.

Doch gerade das ist auch so frustrierend: Denn wenn ich meine Hausaufgaben gemacht und mich auf den Pitch vorbereitet hätte – wenn ich alles getan hätte, was ich für gewöhnlich auch mache, und wenn es nur die eineinhalb Stunden heute Morgen gewesen wären –, dann hätte ich mich sicher gefühlt.

Am Ende der Präsentation begleitet Jim Broadhurst mich zur Tür.

»Herzlichen Dank für die Chance, hier sprechen zu dürfen, Mr. Potter«, sage ich und berichtige mich, als er die Stirn runzelt: »Entschuldigung, ich meine *Broadhurst.*«

Ich glaube, ich wäre jetzt lieber tot.

Das Einzige, was noch zu tun bleibt, ist, zur Tür zu hasten, die Tasche vor meinen Rock gedrückt, und still und leise hinauszuschlüpfen. Meine Hand liegt schon auf dem Türknauf und die Tasche bedeckt den stinkenden Fleck auf meinem Rock, als mir klarwird, dass sich diese Hoffnung nicht erfüllen wird. Dusty, der der Meinung ist, dass er sich während des gesamten Meetings vorbildlich zusammengerissen hat, beschließt, dass es reicht.

Er rennt los wie ein Drogenspürhund, der in einen Raum mit der Hälfte der Leute aus »Trainspotting« gelassen wird. Er stürzt sich auf meine Beine, drängt mich gegen die Wand, wo-

bei meine Tasche zur Seite gestoßen wird, und beginnt, den Saum meines Rockes und jeden Tropfen triefenden Fetts abzulecken – nein, zu *verschlingen.*
Als er endlich weggezerrt werden kann, bin ich voller Hundesabber, und mir bleibt nur noch, zur Tür zu humpeln, während Entschuldigungen in meinen Ohren klingen. Offen gesagt sind sie nur wenig tröstlich.

32.

Nach diesem Tag habe ich keine Lust mehr, meinen Geburtstag zu feiern. Aber da ich dem Drängen meiner Kollegen nicht widerstehen kann und mich auch nur allzu gern von meinen Grübeleien ablenken lassen würde, verbringe ich auch diesen Abend in einer Bar. Und trinke schon wieder. Ach, und ruiniere meine Diät.

Da kristallisiert sich allmählich ein Muster heraus, oder?

Nachdem ich schamlos jeden Grundsatz der *Diät-Crasher* gebrochen habe, versuche ich am Samstagmorgen, wieder zu einer Denkweise zurückzukehren, bei der ich nicht mal einen Schokoriegel anschauen kann, ohne beim Gedanken an die Unmengen an gesättigten Fettsäuren gleich zurückzuschrecken. Leider funktioniert es nicht. Ich kann keinen Schokoriegel anschauen, ohne ihn gleich zu inhalieren.

Diättechnisch gesehen ist das Wochenende die reinste Katastrophe. Ich mache keinen Sport: keinen Hula-Hoop, keine Pomuskelübungen, keine Sit-ups und erst recht kein Jogging. Und ich esse. Und esse. Und esse.

Die Süßigkeiten sind erst der Anfang. Am Samstag steige ich auf zu einem chinesischen Lieferservice, gefolgt von einem üppigen Frühstück am Sonntag. Es scheint fast so, als hätte ich nach den drei Drinks am Donnerstagabend eine Art Carte blanche, um weiter zu trinken, zu essen und fröhlich zu feiern.

Erst am Montag, als ich mich beim Treffen der *Diät-Crasher* Bernie stellen muss, fühlt es sich gar nicht mehr gut an. Tatsächlich ist mir sogar ein bisschen schlecht – was nicht nur an den zwei Würstchen im Blätterteigmantel, den Chips und dem großen Blaubeermuffin liegt, die ich zum Mittagessen hatte.

Ich stehe in der Schlange, um gewogen zu werden, mit einer übersteigerten Wahrnehmung des Gefühls, das ich das ganze Wochenende über hatte: blinder, verzweifelter Optimismus. Ich weiß, dass ich alles falsch gemacht habe, doch ich hoffe noch immer, dass es durch ein metabolisches Wunder keine Auswirkungen hat.

»Wie ist es uns in dieser Woche ergangen?«, zwitschert Bernie, als ich den Anfang der Schlange erreiche. Sie trägt ein wallendes gelbes Kleid und sieht aus wie das groteske Ergebnis eines wissenschaftlichen Experiments an einem Kanarienvogel.

»Nicht schlecht«, erwidere ich keck. »Obwohl der Donnerstag eine Herausforderung für mich war. Es war mein Geburtstag.«

Bernie sieht mich ungerührt an.

»Leider schert sich unser Stoffwechsel nicht darum, ob gerade unser Geburtstag, Weihnachten oder das Kommen des Reiches Gottes ist. Eine Kalorie ist eine Kalorie.«

»Hm«, stimme ich nervös zu und ziehe meine Schuhe aus. »Ich habe versucht, mich an die Diät zu halten, aber das ist nicht leicht, wenn sich jemand anders um das Essen kümmert.« Wie zum Beispiel der *Magic Tiger Lieferservice.*

»Ich habe verstanden«, sagt sie strahlend. »Doch die Waage lügt nicht.«

Ich schlüpfe aus meiner Strickjacke. Und meinen Socken. Und ich lege meine Ohrringe, meine Kette und meinen Ring ab. Ich bedaure, dass ich nicht daran gedacht habe, heute keine Unterwäsche anzuziehen, als Bernie allmählich ungeduldig wird.

»Äh, Sie sind hier nicht in einem Stripteaselokal! Kommen Sie, rauf auf die Waage. Es gibt kein Entkommen.«

Ich schiele nach den Notausgängen, als eine Frau hinter mir anfängt, sich zu beschweren. Also trete ich mit geschlossenen Augen auf die Waage und warte darauf, dass Bernie es mir sagt. Aber sie sagt nichts.
Ich schlage die Augen auf.
»Schon gut, meine Liebe. Eine Störung der Waage.«
»Gott sei Dank. Ich dachte schon, Sie wären angesichts der Kilos, die ich zugenommen habe, sprachlos.« Ich lache.
Sie schweigt.
»Bernie?«
»Das kann nicht stimmen«, murmelt sie kopfschüttelnd. »Einen Augenblick.«
Bernie trippelt zur anderen Schlange, wo ihre Kollegin Shirley das Heft in der Hand hat. Die beiden Frauen kehren zu meiner Waage zurück und drücken mit einem verwirrten Ausdruck auf dem Gesicht auf Knöpfe, als säßen sie am Bedienboard von »Raumschiff Enterprise«. Nachdem sie sich einige Minuten lang flüsternd beratschlagt haben, wenden sie sich mir mit ernster Miene zu.
»Ich bin mir nicht sicher, wie ich es Ihnen sagen soll, meine Liebe«, erklärt Bernie. Sie wirkt wie ein Bestattungsunternehmer. »Sie haben fast *fünf* Kilo zugenommen. In *einer* Woche.«
»Was?«, stoße ich hervor und gebe vor, schockierter zu sein, als ich es eigentlich bin.
»Sie haben sich doch an den Diätplan gehalten, oder?«, sagt Shirley und verengt die Augen zu schmalen Schlitzen.
»Peinlich genau. Ich habe allerdings gerade meine Tage«, füge ich hinzu.
»Ehrlich?« Bernie ist sprachlos. »Sie haben sich *ehrlich* an die Diät gehalten, und das ist passiert?«
Hat sie Tränen in den Augen?

»Hm.« Ich nicke.
»Ich betreue die *Diät-Crasher* schon seit drei Jahren, und so etwas habe ich noch nie erlebt. Ich weiß nicht, was ich sagen soll.« Das ist etwas ganz Neues.
Ich bleibe nicht zum Treffen. Nicht zuletzt, weil das Thema heute »Fettreduzierte Brotaufstriche« heißt. Ich kann nicht glauben, dass Comedian Billy Connolly, Barack Obama und Winston Churchill zusammen auch nur eine halbe Stunde darüber reden könnten.
Draußen wird mir klar, dass ich zwei Möglichkeiten habe: Ich kann mich vor den Fernseher hocken, eine Flasche Wein öffnen und Oliver nie mehr wiedersehen. Oder ich kann mich in meine Laufklamotten quetschen und tun, was man im Krieg getan hat – Ruhe bewahren und weitermachen.

Als ich verspätet am Sportcenter ankomme, hat Oliver seine Ansprache offensichtlich schon gehalten, denn die drei Gruppen kommen zum Aufwärmen aus dem Gebäude. Ich halte Ausschau nach ihm – hin- und hergerissen zwischen dem Wunsch, ihn zu sehen, und dem Gedanken, ihm auf keinen Fall begegnen zu wollen –, als Jess und Tom in ein Gespräch vertieft heraustreten.
»Verdammt, was ist los?«, fragt Jess. »Neunundzwanzig zu sein kann doch nicht so schlimm sein, oder?«
»Nach allem, was ich bisher erlebt habe, war ich lieber achtundzwanzig.«
Sie grinst. »Na ja, ich bin sicher, dass es nichts ist, was ein erfrischender Lauf nicht richten könnte.«
»Wir werden sehen, stimmt's?« Ich hebe die Augenbrauen und blicke Tom an. »Danke für … du weißt schon was. Für deine Hilfe.«
»Kein Problem. Ich weiß nicht, ob es was genützt hat.«

»Warum?«, frage ich. »Hat schon jemand anders den Vertrag bekommen?«

»Das habe ich nicht gesagt. Wir haben morgen ein Meeting, in dem wir alles noch mal besprechen und dann eine Entscheidung treffen.«

Trotz allem bin ich zuversichtlich. Und man sieht es mir offenbar an.

»Ich würde mir keine allzu großen Hoffnungen machen«, sagt er.

Ich runzle die Stirn. »Warum nicht?«

»Na ja, du musst zugeben, dass die Präsentation nicht so glatt gelaufen ist, wie sie hätte laufen können.«

»Glatt?«, wiederhole ich empört. Ich weiß, dass es alles andere als brillant war, aber es so deutlich aus Toms Mund zu hören, erfüllt mich mit Wut – und Scham. Ich kann nur auf eine Art reagieren: Verteidigung.

»Tja, wenn es die Aufmachung ist, die für euch zählt, und nicht der Inhalt, dann ist es in Ordnung. Im Übrigen bin ich der Meinung, dass ich die wichtigsten Punkte abgedeckt habe.«

Er hebt eine Augenbraue. »*Hast* du das?«

»Absolut«, erwidere ich mit viel mehr Überzeugung in der Stimme, als ich tatsächlich empfinde. »Und außerdem weißt du, dass meine Firma die beste für diesen Job ist. Wenn du und deine Kollegen das nicht begreifen, dann zieht ihr wohl den Kürzeren.«

Ungläubig sieht er mich an. »Es ist üblich, dass eine Firma an einem Pitch teilnimmt, um zu beweisen, dass sie die beste für einen Job ist. Es ist nicht an uns, Entschuldigungen für deine Fehler zu finden.«

»So schlimm war es nun auch wieder nicht!« Die Reaktion ist instinktiv – nicht, weil ich nicht seiner Meinung bin, sondern weil mich seine Worte treffen.

»Ich will nur sagen, dass die Pitches von *Freeman Brown* und *Vermont Hamilton* …«

»*Freeman Brown* und *Vermont Hamilton*?« Das sind zwei Konkurrenten, die ich nie in der engeren Auswahl für einen Vertrag über 3000 Pfund pro Monat gesehen hätte. »Du kannst nicht ernsthaft behaupten, dass ich mit den beiden konkurriere.«

»Warum nicht?«

»Wo soll ich anfangen? Erstere sind viel zu teuer; Letztere haben keine Erfahrung außer im Freizeitbereich. Und was am wichtigsten ist: Beide sind einfach schlecht.«

Der Gedanke, dass ich vielleicht einen Auftrag an zwei Firmen verloren habe, die ich normalerweise mit hinter dem Rücken gefesselten Händen aus dem Rennen geschlagen hätte, macht mich wütend. Ich hoffe, dass Toms Kollegen das trotz seiner düsteren Prognose erkennen.

»Tut mir leid, das kam nicht rüber«, entgegnet er.

Ich beschließe, mich aufs hohe Ross zu setzen. »Gut. Danke vielmals, Tom.«

Als ich zu meiner Gruppe laufe, sehe ich auf und erblicke Oliver, der am Geländer steht und mich beobachtet. Mein Herz macht einen Flickflack, und mein Gesicht brennt bei dem Gedanken daran, wie ich mich vor ihm blamiert habe. Als ich wieder aufsehe, schaut er noch immer zu mir. Und nicht nur das – er hebt die Hand und winkt mir zu.

Ich lächle und winke zurück, überwältigt von Sehnsucht und im Freudentaumel vor Hoffnung, was seine Geste bedeuten könnte. Das ist viel mutiger als der Oliver, den ich im Juli kennengelernt habe, und das *muss* etwas zu bedeuten haben – auch wenn er mir noch kein eindeutiges Zeichen gegeben hat, wie zum Beispiel, mich um ein Date zu bitten. Ich schließe mich der restlichen Gruppe an und versuche, mich auf den

Lauf zu konzentrieren. Ich bin überzeugt, dass mir Olivers Aufmerksamkeit so viel Schwung verleihen wird, dass ich nur so fliege.

Obwohl das eine gute Theorie ist, hat mein Körper etwas anderes vor. Er macht nämlich unmissverständlich klar, dass er nicht das ganze Wochenende lang mit Pasteten, Schokolade und Fastfood gefüttert werden und dann laufen kann wie der Wind.

Also laufe ich, als hätte ich mit Winden zu kämpfen. Wahnsinnig … wahnsinnig … langsam …

33.

Es gibt fünf Wörter, die mein Dad immer als Erstes sagt, wenn wir uns treffen.

»Wie geht es deiner Mutter?« Er sieht mich kurz an, ehe er den Blick abwendet.

»Wie immer.« Ich gebe ihm einen Kuss auf die Wange. »Ihr geht es gut. Aber was viel wichtiger ist: Wie geht es dir?«

Das »was viel wichtiger ist« ist mir so rausgerutscht – Dad mag es nämlich nicht, wenn ich mir Sorgen um ihn mache. Mum kann sich um sich selbst kümmern, doch bei Dad sieht die Sache anders aus. Manch einer mag denken, dass es seltsam ist, so etwas über einen Mann zu sagen, der in der Armee gedient hat, auch wenn er schon vor mehr als 15 Jahren den Dienst quittiert hat.

Ich will nicht übertreiben. Er kommt zurecht, verdient sich seinen Lebensunterhalt und hat eine hübsche (wenn auch winzige) Wohnung in einem guten Viertel der Stadt gemietet. Aber etwas fehlt. Und leider wird er das, was ihm fehlt, wahrscheinlich niemals zurückbekommen.

»Ach, mir geht es großartig, Liebling«, erwidert er. »Tee?«

»Gern. Nicht so stark, bitte. Beim letzten Mal konnte ich noch eine Woche lang spüren, wie der Tee meine Leber beschäftigt hat.«

Dad geht in die kleine Küche im hinteren Teil seines Fotostudios, während ich mich umsehe. Ich betrachte die Fotos, die er gemacht hat, seit ich zum letzten Mal hier war. Er hatte offensichtlich viel zu tun.

Nach seinem Ausscheiden aus der Armee nahm mein Dad

einen Job als Wachmann an und besuchte zusätzlich abends einen Fotokurs. Er wusste immer, dass es mehr als nur ein Hobby sein sollte, doch trotz seines Talentes dauerte es noch lange, bis es mehr als nur das war.

Die Bilder, die mein Dad am liebsten macht, zeigen reale Personen in realen Situationen: ausdrucksstarke Gesichter von Fischern, Revuetänzerinnen, Farmarbeitern und zahllosen anderen Menschen. Leider zahlen sich diese Aufnahmen, obwohl sie wunderschön sind, nicht aus. Rein gar nicht.

Die kommerziellen Fotos, wie Portraits von Geschäftsleuten für Firmenmagazine und Websites, bringen ihm Geld ein. Nicht, dass er über solche Arbeiten die Nase rümpfen würde. Ganz und gar nicht. Dad hat die Gabe, die Leute von ihrer menschlichsten Seite abzulichten – ob sie nun in einem Nadelstreifenanzug stecken oder nicht –, und dadurch unterscheiden sich seine Bilder wohltuend von den starren Fotos, die man sonst so sieht.

»Bitte schön. Nicht zu stark«, sagt er und reicht mir eine Tasse mit etwas, das aussieht wie Soße.

Sein lächelndes Gesicht ist noch so schön wie in meiner Kindheit, auch wenn inzwischen mehr Falten hinzugekommen sind, die, wie ich weiß, hauptsächlich seinem Gefühlsleben geschuldet sind.

»Lecker«, sage ich ironisch und nehme einen Schluck.

Er unterdrückt ein Lächeln. »Als ich während der Zeit bei der Armee den Tee gekocht habe, hat sich niemand beschwert.«

»Wenn man bedenkt, wie das Essen insgesamt war, hat das nicht viel zu sagen.«

Er lacht, stellt seine Tasse ab und baut weiter sein Stativ auf. Mit seinen großen Händen bemüht er sich, die feinen Knöpfe zu drehen. »Wie geht es mit der Spendenaktion voran?«

»Inzwischen ziemlich gut«, sage ich. »Die Leute sind sehr interessiert. Es ist allerdings viel Arbeit. Und ich habe allmählich keine anderen Ideen mehr, als meinen Spendenaufruf an alle möglichen Leute zu mailen.«

»Hast du nicht erzählt, dass ihr ein Event plant?«

Ich nicke. »Priya und Heidi organisieren eine Abendveranstaltung. Kommst du auch?«

»Das ist eigentlich nicht mein Ding, Abby«, entgegnet er. Das ist eine Untertreibung. Dad hat es immer gehasst, meine Mum zu solchen Anlässen zu begleiten – er ist viel zurückhaltender als sie. »Es sei denn, du bestehst darauf. Kommt deine Mum?«

»Nein, sie ist auf Geschäftsreise«, sage ich. »Und keine Sorge – ich weiß, dass du so etwas nicht magst. Ist schon gut.«

»Ich werde aber mit Sicherheit an der Strecke stehen und dich anfeuern, wenn du läufst«, verspricht er. »Da wir gerade davon sprechen: Wie geht es voran mit dem Laufen?«

»Ach«, stöhne ich, ehe mir eine passende Antwort einfällt.

Er zieht eine Augenbraue hoch. »So gut?«

»Es gibt gute und schlechte Tage. Leider gab es in letzter Zeit eher schlechte. Zumindest halte ich mich wieder an die Diät. Es gab eine kleine … Auszeit.«

»Das passiert uns allen.« Dad zuckt mit den Schultern, obwohl er seit Jahren abstinent lebt und sein Bauch schon immer so ausgesehen hat, als wäre er mindestens aus Stahl.

Mein Dad läuft jeden Tag mindestens zehn Kilometer und fühlt sich – ich zitiere – »nicht gut drauf«, wenn er nicht joggt. Die Ironie entgeht mir übrigens nicht. Ich habe keine Ahnung, wie ein Fettarsch wie ich Tochter eines Mannes sein kann, der durch Wüsten gerannt ist, und einer Frau, deren Auffassung von Spaß es ist, sich wie jemand aus »Fame« anzuziehen und in einem Tanzstudio die Beine in die Luft zu schleudern. Ich wäre das schwarze Schaf in der Familie, wenn sie noch andere Schafe gehabt hätten.

»Hast du wegen des Rennens eine Entscheidung getroffen? Ich will mir den Termin schon mal vormerken.«

»Ja. Der Halbmarathon Ende Januar soll es werden. Also kommst du, um mich anzufeuern, oder?« Ich grinse.

»Selbstverständlich. Karen und ich würden das um nichts in der Welt versäumen wollen.«

»Oh. Toll«, erwidere ich und bemühe mich, begeistert zu klingen.

Ich will mich für meinen Dad freuen. Karen ist seine erste Freundin, seit er und Mum sich vor 16 Jahren getrennt haben. Doch sie ist nicht die Richtige für ihn. Ich denke das nicht wegen ihres gewollt unkonventionellen Aussehens, ihrer aufgesetzten Telefonstimme, der Tatsache, dass sie zehn Jahre zu jung für ihn und sehr viel klüger ist, als ihr guttut. Abgesehen von ihren vielen verschiedenen Besonderheiten hat Karen einen schwerwiegenden, unüberwindbaren Fehler: Sie ist nicht Mum.

Sechzehn Jahre nachdem Mum ihn verlassen hat, ist Dads Herz noch immer nicht geheilt – davon bin ich überzeugt –, auch wenn die Zeiten, in denen die Chance bestand, dass sie wieder zusammenkommen könnten, längst vergangen sind.

In den Monaten und Jahren nach ihrer Trennung habe ich alles getan, um Mum zur Vernunft zu bringen. Tränenüberströmt und mit blitzenden Augen habe ich ihr vorgehalten, dass sie keinen Grund habe, unsere Familie zu zerstören. Aber sie wollte davon nichts wissen. Mit einem Soldaten verheiratet zu sein, sei ein Alptraum gewesen, erwiderte sie und erklärte, dass sie sich, als sie damals zusammenkamen, nicht bewusst gewesen sei, wie schwierig es sein würde, nie zu wissen, ob der Ehemann vielleicht in einem Sarg nach Hause kommt.

Nicht, dass sein Austritt aus der Armee etwas geändert hätte.

Mum würde nie davon abrücken, dass sie und Dad sich »auseinandergelebt« hätten.
Diese abgedroschenen Worte hallen noch immer in meinen Ohren nach, und offen gesagt werde ich nie verstehen, wie sie unsere Familie mit einer solch abgenutzten, unzureichenden Erklärung zerstören konnte.
»Du weißt nicht, wie das ist, Abby«, hat sie immer behauptet. Ich nehme an, dass sie auf eine Art recht hat. Ich habe ihr Leben nicht gelebt. Doch sosehr ich meine Mum auch liebe, gibt es eines, bei dem ich mir hundertprozentig sicher bin: Ich werde ihr niemals wirklich verzeihen, dass sie Dad verlassen hat.

34.

Ich bemühe mich weiterhin, regelmäßig zum Laufklub zu gehen – trotz aller Widrigkeiten bin ich entschlossen, wieder auf Kurs zu kommen. Es ist anstrengend und schwer, und der einzige Grund, aus dem ich bleibe, ist wahrscheinlich auch der Grund, warum ich überhaupt angefangen habe: Oliver.

Nicht, dass sich die Dinge seit seinem wundervollen kleinen Winken weiterentwickelt hätten, aber ihn ein paarmal pro Woche zu sehen reicht mir schon, um weiterzumachen. Auch wenn ich dafür die Qual auf mich nehmen muss, fit zu werden.

Dennoch weiß ich, dass es für einen guten Zweck ist. Nachdem ich all meinen Kollegen, Kunden, Freunden, der Familie und den Mitgliedern des Laufklubs erzählt habe, dass ich im Januar am Halbmarathon teilnehmen werde, kann ich meinen Trainingsplan durch die Tatsache, dass ich einen Rückfall in alte Gewohnheiten erlitten habe, nicht ins Stocken geraten lassen.

Ich mache den Fehler, eines Abends mit Jess darüber zu reden. Statt zu sagen: »Gut gemacht, Abby!«, und mir zur Feier des Tages ein Glas Wein zu spendieren, trägt sie mich für die Lauffreizeit ein, auf die die Gruppe im nächsten Monat fährt. Außerdem meldet sie mich zu einem Fünf-Kilometer-Rennen namens *Seaside Run* in zwei Wochen an. Beides betrachtet sie als zusätzlichen Ansporn – und das beweist mir einmal mehr, dass wir beide von unterschiedlichen Planeten stammen müssen.

Trotz des vielversprechenden Namens, der nach Eiscreme, gestreiften Liegestühlen und Eselreiten am Strand klingt, reizt mich der *Seaside Run* nicht besonders. Zugegebenermaßen gibt es einiges, was für den Lauf spricht: Es ist ein kleines, zwangloses Rennen, niemand aus unserem Klub wird dort sein, und die Route führt über die wundervoll flache Promenade von Leasowe.

Doch – und das ist das Entscheidende – es ist ein Rennen. Mein erster Wettkampf. Und das heißt, dass es jetzt um etwas geht und dass es kein Zurück mehr gibt.

Jess redet und redet darüber, wie ich versuchen sollte, noch mehr aus mir herauszuholen und mich zu pushen. Widerwillig muss ich zugeben, dass es als Herangehensweise funktioniert. Es liefert einen zusätzlichen Fokus.

Wenn ich dasselbe doch nur von der Arbeit behaupten könnte. Das ist vielleicht ein bisschen übertrieben, aber die Sache mit den Rechnungen – und dass es ein solcher Kampf ist, einige Firmen zum Bezahlen zu bewegen – fängt allmählich an, mich zu deprimieren.

Wenn ich den Fuß auch nur für ein paar Wochen von der Bremse nehme, gibt es einen Rückstau. Neulich habe ich nachgedacht und festgestellt, dass ich viel weniger Neukunden gewonnen habe als im letzten Jahr, und ich habe schon Angst vor dem nächsten Treffen mit Egor. Was mich zum letzten und quälendsten Gegenstand meines Wahns bringt: dem Problem *»Caro & Co.«*.

»Ist heute Post von *Caro & Co.* gekommen?«, frage ich Heidi am Telefon, als ich nach einem ausgedehnten Arbeitsessen am Freitag zurück ins Büro fahre.

»Ich fürchte nicht«, entgegnet sie. »Ich habe nachgesehen, aber es ist definitiv nichts in der Post. Tut mir leid, Abby.«

Je mehr Zeit verstreicht, ohne dass ich endgültig weiß, ob

meine Präsentation erfolgreich war, desto mehr muss ich darüber nachgrübeln. Und desto stärker wird der Wunsch, mir selbst mit einem Paar Stahlkappenstiefeln in den Hintern zu treten. Es hilft auch nicht gerade, dass Tom sich so geheimnisvoll gibt. Ich will unbedingt wissen, was hinter den Kulissen von *Caro & Co.* vor sich geht – doch er darf mir nichts verraten und lässt lediglich durchblicken, dass sie noch immer beratschlagen.

Als ich am nächsten Tag auf dem Beifahrersitz von Jess' Auto hocke, wird mir klar, dass mir nur noch eine Woche bis zum *Seaside Run* bleibt.

Jess fährt mit den Kindern und mir in den Park.

»Immer noch so aufgeregt wegen des Rennens?«, fragt sie.

»Jawohl«, erwidere ich.

»Du wirst es schon schaffen«, sagt sie grinsend.

»Dein Vertrauen in mich ist rührend. Absurd, aber rührend.«

Sie fährt auf den Parkplatz eines Supermarktes und zieht die Handbremse an. »Ich brauche noch Feuchttücher. Bin gleich wieder da. Kannst du solange bei den Kindern bleiben?«

Sobald die Tür hinter ihr ins Schloss fällt, beginnt Lola zu wimmern.

»Ach, Lola, was ist denn?«, säusle ich mit meiner besten Babystimme. Zuerst hat es sich albern angefühlt, so zu sprechen, doch irgendwann habe ich eingesehen, dass es überhaupt nichts bringt, wenn man mit einem Menschen unter einem Jahr in einem Tonfall spricht, den man auch seinem Bankberater gegenüber anschlagen würde.

Sie macht eine Pause und sieht mich an. »So ist es gut!«, flöte ich zuversichtlich.

Sie fängt an zu brüllen. Und ich meine brüllen. Es ist die Art zu brüllen, die man eigentlich nur bei Vollmond zu hören erwartet, wenn die Werwölfe auf der Jagd sind und die Untoten mit ihren Ketten rasseln.

»O Gott … ich meine, tut mir leid … meine Güte … Lola … äh … hör auf damit!«, jammere ich, während sie sich den Schnuller aus dem Mund reißt und ihn in ihrem Zorn auf den Boden schmeißt.

Ich löse meinen Gurt und stelle erleichtert fest, dass der Schnuller auf die richtige Seite gefallen ist. Während ich ihn ihr wieder in den Mund stecke, streichle ich ihr über das Beinchen und murmle: »Hier, meine Süße.« Sie reagiert darauf, indem sie mir mit einem Kick, der ihr eine Rolle in »Kill Bill« eingebracht hätte, ins Gesicht tritt. Meine Nase fühlt sich an, als wäre sie mit einem Fleischklopfer bearbeitet worden.

»Oje, armes Baby«, fahre ich so beruhigend wie möglich fort, aber sie steigert sich in ein paar noch schrillere Schreie hinein. Tränen laufen ihr über die Wangen.

»Du musst sie zum Lachen bringen«, informiert Jamie mich.

»Wie soll ich das anstellen?«, frage ich verzweifelt und bemühe mich, über ihre Schreie hinweg gehört zu werden.

»Ich weiß es nicht.« Unschuldig zuckt er mit den Schultern. »Mummy zieht Grimassen.«

»Okay«, sage ich, während ich einen Blick durch das Schaufenster werfe und sehe, dass noch fünf Leute vor Jess in der Schlange an der Kasse stehen. »Grimassen also.«

Ich verziehe mein Gesicht zu diversen albernen Fratzen, von denen keine etwas bewirkt, außer Lolas Geschrei noch um einige Oktaven zu steigern.

»Du könntest ihr ein Schlaflied singen«, schlägt Jamie vor, während er sich demonstrativ die Finger in die Ohren steckt.

»Gute Idee. Ich kenne mich allerdings mit Schlafliedern nicht aus. Kannst du mir helfen?«

Er sieht entsetzt aus. »Ich gehe schon zur *Schule.* In der *Schule* singen wir keine Schlaflieder. Das ist was für Babys.«
»Ja, aber kennst du noch eines aus der Zeit, als du noch klein warst?«
Er denkt lange und intensiv darüber nach, ehe er antwortet. »Nein.«
»Toll«, erwidere ich. Lola sieht aus, als würde sie kurz davorstehen zu explodieren.
»Es muss ja nicht unbedingt ein Schlaflied sein«, sagt er hilfsbereit. »Es kann alles sein.«
Ich beginne, ein begeistertes, wenn auch unmelodisches Medley von »Mamma Mia«, »I Like to Move It« und »Show Me the Way to Go Home« anzustimmen, flattere dazu mit den Händen und schmeiße meine Beine so hoch in die Luft, wie es mir auf dem Beifahrersitz eines *Citroën Picasso* möglich ist. Jeder Wechsel der Tonart lässt Lola kurz verstummen, und sie sieht mich an, als wäre ich ein amüsantes Äffchen … ehe sie wieder losbrüllt. Allmählich bin ich mit meinem Latein am Ende. Plötzlich beginnt Lola so heftig zu schreien, dass der Schnuller mit der Wucht eines Champagnerkorkens aus ihr herausploppt. Unbeholfen fange ich ihn mit beiden Händen auf – zur Freude beider Kinder.
Lola verstummt, lächelt und … quietscht vergnügt. Ermutigt durch die Wirkung des Schnuller-Tricks fahre ich fort, eine Reihe von glucksenden Geräuschen zu machen, zu schielen, zu klatschen und mich insgesamt albern zu verhalten. Ihre Laune steigt von Sekunde zu Sekunde.
Irgendwann kröne ich meinen Auftritt, indem ich Lolas Schnuller in den Mund nehme, lautstark daran sauge und gleichzeitig mit dem Kopf nicke. Die Kinder kreischen vor Lachen. Angesichts ihrer Reaktion scheint es ein Moment von höchster humoristischer Genialität zu sein.

Während die Kleinen lachen und lachen, lenkt das laute Zuschlagen einer Tür mich ab, und ich sehe aus dem Fenster. Und in diesem Moment, als ich mit dem Schnuller im Mund Blickkontakt mit dem Fahrer des Wagens habe, der neben unserem auf dem Parkplatz steht, weiß ich, dass ich den Vertrag mit *Caro & Co.* niemals bekommen werde.
Es nützt nichts mehr, dass ich mich hastig vorbeuge, den Schnuller ausspucke und ein schwaches Lächeln aufsetze. Ich sehe mich Auge in Auge mit David Caro – und er sieht noch weniger beeindruckt aus als bei unserem letzten Treffen.

Als wir im Park ankommen, rennt Jamie los, um auf der Rutsche zu spielen. Jess behält ihn im Auge, während sie Lola auf die Schaukel setzt.
»Vielleicht hat er mich ja nicht wiedererkannt«, sage ich, wobei hier eher der Wunsch Vater des Gedankens ist. »Es war eine Scheibe zwischen uns. Und ich sah ganz anders aus – nicht im Businesskostüm, sondern in T-Shirt, Jeans und … arrgh! … mit einem verdammten Schnuller im Mund!«
Ich sehe Jess an und bemerke, dass sie mir überhaupt nicht zuhört.
»Ist alles in Ordnung?«, frage ich.
»Nein«, antwortet sie, ehe sie aus ihrer Trance erwacht. »Ich meine, ja. Mir geht es gut. Sorry, was hast du gesagt?«
Ich runzle die Stirn. »Ich sprach über … Ach, vergiss es. Ich habe es satt, über *Caro & Co.* nachzudenken. Sag mir, was los ist.«
»Nichts ist los«, erwidert sie unschuldig.
»Doch, es ist was los.«
»Nein, es ist alles okay.«
»Jess. Wie lange kennen wir uns?«

Als sie merkt, dass die Schaukel fast zum Stillstand gekommen ist, schiebt sie ihr Baby noch einmal an. »Ich muss nur über einiges nachdenken, das ist alles«, erklärt sie.
»Schieß los.«
»Es ist nichts Wichtiges.«
»Klingt aber ganz anders.«
»Okay, ich kann nicht darüber reden.«
Ich werfe ihr einen Blick zu, der sagt, dass ich sie für wahnsinnig halte. Das ist die einzige Erklärung für ihre Antwort.
»Jetzt bin ich nicht nur beleidigt. Jetzt bin ich überzeugt davon, dass die richtige Jess von Außerirdischen entführt worden ist. Ich weiß alles über dich – von den Hämorrhoiden, die du während der Schwangerschaft bekommen hast, bis hin zu den Geräuschen, die Adam beim Sex macht.«
Sie rollt mit den Augen. »Vielleicht sind die schon Teil des Problems.«
»Hämorrhoiden?«
»Nein, die … Ach, es ist nicht so wichtig.«
»Stimmt was zwischen dir und Adam nicht?«
Sie denkt einen Moment lang nach. »Nein«, sagt sie. »Ja.« Sie hält inne. »Nein.«
Ich sehe sie an, und sie kann meinen Blick nicht erwidern.
»Ja«, gibt sie schließlich zu.
»Was ist denn los?«
Jess verzieht das Gesicht. »Wir sind seit sechs Jahren verheiratet. Und manchmal fühlt es sich an, als wäre der Zauber zwischen uns verlorengegangen.«
»Ist das alles?«
»Was meinst du mit ›Ist das alles‹?«
»Na ja, es ist unvermeidlich, dass du ab und zu so empfindest, oder? Vor allem mit zwei Kindern, einem hektischen Leben … Die erste Verliebtheit kann nicht immer bestehen blei-

ben. Und im Übrigen hast du doch nie auf den plüschigen, romantischen Kram gestanden, oder?«

»Wohl nicht«, entgegnet sie nicht besonders überzeugt. »Aber in letzter Zeit denke ich Dinge, die ich nicht denken sollte. Ich frage mich, wie es wäre, wenn …«

»Wenn was?«

»Ach. Mach dir keine Gedanken. Das war dumm von mir. Eine verfrühte Midlifecrisis.« Sie lacht.

Doch ich frage mich unwillkürlich, ob vielleicht mehr dahintersteckt.

35.

Am Morgen des Rennens habe ich dasselbe aufgewühlte Gefühl im Magen wie bei meiner Führerscheinprüfung. Kein erfolgversprechender Gedanke, wenn man bedenkt, dass ich dreimal durchgefallen bin (auch wenn beim letzten Mal ein Milchwagen schuld war, der beim ansonsten tadellosen Wenden in drei Zügen in den Weg geriet).
Ich bin aufgedreht, obwohl ich die ganze Nacht wachlag, und fühle mich beim Anziehen meiner sauberen Laufklamotten, die ich gestern rausgelegt habe, wie eine nervöse Braut.
Ich verbringe unangemessen viel Zeit damit, die perfekte Spannung meiner Schnürsenkel zu erreichen, weil ich davon überzeugt bin, dass ich es vermassle, wenn die Schnürsenkel zu stramm oder zu locker sind. Dann bringe ich mit zitternden Fingern meine Laufnummer an (13 – wenn das kein gutes Zeichen ist), wandere ruhelos in der Küche umher und versuche, an etwas Aufregenderes zu denken als daran, schon wieder aufs Klo zu gehen, was ich heute schon sechsmal gemacht habe.
Beim Leuchtturm in Leasowe angekommen, steige ich aus dem Wagen und suche Jess.
»Da ist sie – Lauflegende Paula Radcliffe!«
Ich blicke auf und sehe meine Mutter, die mir zuwinkt, während sie in Designerjeans, unpraktischen High Heels und mit einer Sonnenbrille von *Gucci* über den Rasen auf mich zukommt.
»Keine Witze bitte«, murre ich und werfe ihr einen strengen Blick zu. »Das hier ist schon traumatisch genug.«

»Du wirst das ganz toll machen«, beharrt sie und betrachtet mich genauer. »Obwohl du ein bisschen kränklich aussiehst.«
Ich rolle mit den Augen. »Danke. Das sind die Nerven.«
»Nerven sind gut. Sie treiben dich noch ein bisschen mehr an. Wo soll ich stehen und dir zujubeln?«
»Du solltest eigentlich gar nicht hier sein«, entgegne ich. »Das ist nur ein Übungsrennen.«
»Ich bin immerhin mit dreitausend Pfund an der Sache beteiligt«, erwidert sie empört. »Ich muss doch sehen, wie gut du in Form bist.«
»Ich bin kein Rennpferd«, erkläre ich.
»Na ja, ich wollte es auf keinen Fall versäumen.«
»Ich auch nicht«, ertönt eine Stimme hinter mir. Ich drehe mich um und erblicke Dad, der unsicher zu Mum sieht. »Hallo, Gillian.«
Sie erstarrt. »Richard.«
»Ich wusste nicht, dass ihr kommen würdet«, sage ich. »Es sollte niemand kommen. Das ist nur eine Übung.«
Er zuckt mit den Achseln. »Ich hatte nichts anderes vor, und da dachte ich, ich schaue mal vorbei.«
Mum kramt in ihrer Handtasche herum, zieht einen Schokoriegel hervor und packt ihn aus. Ich sehe Mum und Dad heutzutage kaum noch zusammen. Und wenn es passiert, fühlt es sich seltsam an – es macht mich nervös.
»Bist du bereit, Abby?«, fragt Dad, als wir zum Start gehen. »Wie fühlst du dich?«
»Ach, weißt du«, ich zucke die Schultern, »wie ein zitterndes Wrack.«
Er lächelt. »Mit all dem Adrenalin wirst du die Strecke nur so entlangfliegen.«
»Genau das habe ich auch gesagt«, bemerkt Mum und knab-

bert an ihrem Schokoriegel. Sie sehen sich kurz in die Augen, ehe sie wieder wegschauen. »Ist Sharon nicht da?«

»Karen«, korrigiere ich sie.

»Sie hat keine Zeit«, entgegnet Dad unbehaglich. »Sie ist auf einer Konferenz. Aber wie geht es dir, Gillian? Du siehst gut aus.«

»Mir geht es blendend«, sagt sie aufgeräumt.

»Nach allem, was man so liest, scheint *Calice* sehr erfolgreich zu sein«, wirft er ein.

»Ich klopfe auf Holz.« Sie nickt höflich. »Wir scheinen von der Konjunkturschwäche nicht betroffen zu sein. Nicht, dass ich irgendetwas für selbstverständlich halte.«

»Natürlich.«

Wieder entsteht ein unbehagliches Schweigen.

»Wie wäre es, wenn ich euch beide nach dem Rennen zum Mittagessen einlade?«, schlägt Dad vor. Wider besseres Wissen spüre ich, wie sich Hoffnung in meinem Herzen breitmacht.

»Ich kann nicht«, erwidert Mum schnell. »Ich … Ich verfuge das Bad neu.«

Es gelingt mir gerade so, nicht verächtlich zu schnauben. Was sie eigentlich meint, ist: »Ich bezahle einen Fliesenleger, um das Bad neu zu verfugen.« Es sei denn, meine Mutter, die nie auch nur in der Nähe einer Bohrmaschine war, hat plötzlich ein Heilmittel für ihre Abneigung gegen Heimwerkerarbeiten gefunden.

»Ich komme mit«, biete ich Dad an.

»Oh. Ich dachte, du kommst zum Essen zu mir nach Hause«, sagt Mum.

»Du hast doch gesagt, dass du im Bad beschäftigt bist«, erinnere ich sie.

»Das war ich auch, aber …« Sie verstummt. »Ach, wie auch immer.«

Ich entdecke Jess an der Startlinie, und sie kommt zu uns herüber. Nach einer kurzen Unterhaltung mit Mum und Dad wendet sie sich eifrig mir zu. »Tja, Abs – los geht's. Wir müssen uns startklar machen.«
Das Aufwärmen dauert 15 Minuten. Dann gehen Jess und ich zur Startlinie. Mein Herz hüpft in meiner Brust, als wäre es ein Flummi. Das ist kein gutes Zeichen, wenn man bedenkt, dass ich noch nicht einmal losgelaufen bin.
»Hast du genug getrunken?«, fragt Jess.
»Ich habe gestern so viel Wasser getrunken, wie in zwei kleine Swimmingpools passen würde. Noch mehr und meine Nieren hätten eingepackt.«
»Und hast du gut gefrühstückt?«, fährt sie fort.
»Müsli, wie du gesagt hast. Vor genau zwei Stunden.«
»Großartig. Bist du gut aufgewärmt?«
»Diese Beine sind bereit, um loszulegen«, entgegne ich mit mehr Überzeugung, als ich empfinde.
»Toll. Ups, eines hätte ich fast vergessen.« Sie bleibt stehen und öffnet ihre Gürteltasche. »Wir müssen noch ein paar von diesen nehmen.« Sie nimmt eine kleine Handvoll hellblauer Pillen heraus.
»Himmel, Jess, bist du dir sicher?«, zische ich und blicke mich mit roten Wangen um. »Ist das nicht Betrug?«
»Alle machen das. Die geben einem nur etwas Schwung, das ist alles.« Sie zwinkert mir zu. »Ein kleiner Helfer.« Sie hebt frech die Augenbrauen und steckt sich zwei Stück in den Mund.
»Ich kann nicht glauben, dass du das tust, Jess. Ich bin nicht sicher, ob ich das will. Ich meine, was passiert, wenn wir erwischt werden?«
»Ach, Abs, mach doch nicht so ein Theater.«
Ich hole tief Luft. »Wie viele?«

»So viele du willst. Drei, vier …«

Ich muss schlucken und denke an meinen verzweifelten Wunsch, dieses Rennen zu überstehen. Ich denke an Mum und Dad, die von der Seitenlinie aus zusehen. Ich kann nicht glauben, dass ich das hier überhaupt in Erwägung ziehe.

»Wenn ich *überhaupt* welche nehmen würde, dann höchstens zwei«, erkläre ich schließlich.

Sie verzieht ungeduldig das Gesicht, und ich fühle mich albern. Ehe ich noch länger darüber nachdenke, nehme ich mir zwei Stück, werfe sie in den Mund und schlucke.

»Gut«, sage ich entschlossen. »Und jetzt laufen wir diese fünf Kilometer.«

Mit einem brennenden Gefühl in der Brust gehe ich zum Start. Plötzlich ist mir gleichzeitig heiß und kalt. Jess beugt sich vor und ergreift meine Hand.

»Ich habe Angst«, gebe ich zu.

»Du wirst es schaffen.« Sie lächelt. Dann lässt sie meine Hand los, und der Startschuss fällt.

36.

Trotz des Aufwärmens fühlen sich meine Beine steif an, als wären die Gelenke nicht richtig geschmiert. Doch ich stelle schnell fest, dass ich einen guten Start hingelegt habe. Vielleicht ein bisschen zu schnell, aber ich habe keine Zeit, um darüber nachzugrübeln – und das Adrenalin, das durch meine Adern schießt, macht meinen Plan zunichte, es ruhig angehen zu lassen.

Ich bemerke, dass Jess weit vor mir ist, aber abgesehen von ihr achte ich nicht auf die anderen um mich herum. Stattdessen konzentriere ich mich auf die Straße, auf mein tiefes, bewusstes Atmen, auf meine Arme und Beine, die ich so schnell bewege, wie ich kann.

Die Pillen wirken beinahe sofort und regen jede Zelle meines Körpers an. Es fühlt sich an, als wäre Raketentreibstoff in meinem Blut. Er drängt mich erbarmungslos nach vorn.

Wie in Trance erlebe ich das Rennen. Selbst als ich schneller laufe als je zuvor, bin ich in einer Traumwelt. Ich bin schon lange nicht mehr in dem Bereich, in dem ich mich wohl fühle, atme hektisch und gierig ein, und trotzdem kommt mir nicht in den Sinn, etwas anderes zu tun, als weiterzulaufen. Egal, wie schwer es ist – es kommt mir vor, als würde ich von einer unwiderstehlichen Kraft in Richtung Ziel gezogen.

Als wir uns dem Ende der Strecke nähern, kann ich den Jubel für die Läufer hören, die vor mir angekommen sind, und als ich auf die Zielgerade einbiege, erblicke ich Mum und Dad, die nebeneinanderstehen, lachen und klatschen.

Ganz kurz verliere ich mich in einem Kindheitstraum, in dem

meine Eltern wieder zusammen sind. Richtig zusammen. Ich kann meinen Blick nicht von ihnen wenden, als ich mich dem Ziel nähere. Mum wird immer aufgeregter und hüpft ungeniert auf und ab.

»Komm schon, Abby!« Der Ruf stammt von Jess, die schon eine Ewigkeit vor mir angekommen ist. Mich durchströmt ein Energieschub, obwohl ich eigentlich todmüde bin, und ich beschleunige meine Schritte.

Ich laufe schneller, als ich je für möglich gehalten hätte, und es fühlt sich zugleich schrecklich und wundervoll an. Als mein Fuß die weiße Linie berührt und die Uhr anhält, sehe ich meine Zeit und sterbe fast vor Glück. 29 Minuten und 47 Sekunden. Ich habe die Zeit, die ich in den Trainingsrennen gelaufen bin, um mehr als eine Minute unterboten.

Ich schließe die Augen und beuge mich vor. Einen Moment lang genieße ich meinen Erfolg, während die Geräusche und Farben über mich hinwegspülen. Ich habe es geschafft. *Ich habe es tatsächlich geschafft!*

Gerade als ich denke, dass ich vor Freude platzen müsste, kommt mir eine Erkenntnis. Es waren die Pillen. Hätte ich diese Zeit auch ohne sie schaffen können? Mein Hochgefühl ist mit einem Schlag verpufft.

Das war kein Sieg. Ich habe betrogen. Warum?

Jess stürzt auf mich zu und schließt mich in die Arme. »Abby! Du hast es in unter dreißig Minuten geschafft! Ich bin so stolz auf dich!«

»Wirklich?«, murmle ich niedergeschlagen zwischen zwei Atemzügen.

»Natürlich. Eine solche Zeit beim ersten Rennen zu laufen ist phantastisch!«, sagt sie grinsend. Dann bemerkt sie meine Miene. »Was ist los?«

»Ach, ich weiß nicht, Jess … Ich wünschte, ich hätte das hier allein geschafft. Ohne die Pillen. Ich habe mich selbst getäuscht.«

»Welche Pillen?«

»Die Pillen, die du mir gegeben hast«, flüstere ich.

»Wovon sprichst du, Abs?« Sie runzelt die Stirn.

»Ich spreche von den Drogen, die du mir gegeben hast«, zische ich.

Plötzlich scheint sie zu verstehen.

»Warum grinst du so?«, will ich wissen.

»Abby, du bist wirklich zu dämlich«, sagt sie lachend. »Unglaublich.«

»Warum?«

»Weil, meine liebe Freundin, du gerade total high warst wegen … zwei *M&M's.*«

37.

Ich sitze im Büro, hole tief Luft und blicke in meinen Terminkalender. Seit ich *River Web Design* ins Leben gerufen habe, war der Kalender nie leer. Trotzdem sieht der Zeitplan des Regierungschefs eines G8-Staates gegen diese Fülle von Meetings vermutlich übersichtlich aus.

»Wer zum Teufel sind *Granger & Co.?*«, frage ich in die Runde, während ich meinen Online-Kalender durchsehe.

»Eine fabelhafte Inneneinrichtungsfirma, die gern ein paar hundert Pfund spenden will«, sagt Priya aufgeregt. »Du hast Mittwoch ein Meeting mit den Leuten.«

»Sind sie auch an Webdesign interessiert?«

»Ich glaube nicht.« Sie zuckt die Schultern, als wäre ihr der Gedanke gar nicht gekommen. »Sie haben schon eine ganz anständige Website.«

Ich habe den Fehler gemacht, meinen Leuten zu sagen, dass sie, falls es während der Arbeitszeit mal zu einem Leerlauf kommen sollte, doch helfen könnten, für unser Ziel – 10000 Pfund – Spendengelder einzusammeln. Und ich habe auch gesagt, dass ich gerne bereit bin, mich mit Firmen, die spenden möchten, persönlich zu treffen. Womit ich nicht gerechnet habe, ist, dass sie mir so viele Termine in meinen Kalender eintragen, dass mir kaum noch Zeit für irgendetwas anderes bleibt.

»Die Termine wegen der Spendenaktion werden immer mehr«, murmle ich beklommen.

»Toll, oder?«, erwidert Priya.

»Tja, schon, aber …«

»Es kommen noch *viel* mehr«, fährt sie fort. »Du ziehst unglaublich viel Interesse auf dich, Abby. Und ich bin so aufgeregt wegen des Galadiners. Nicht zuletzt, weil mein neuer Freund Ian versprochen hat zu kommen. Wir sind seit drei Wochen zusammen«, fügt sie mit Stolz in der Stimme hinzu.

»Schön für dich«, entgegne ich abwesend.

»Wir haben schon einiges organisiert«, sagt Heidi, was mich nicht überrascht, denn immerhin kenne ich sie. »Ich habe ein Zelt gemietet, die Eintrittskarten werden gerade gedruckt, und ich habe Firmen wegen Sachspenden für die Auktion kontaktiert. Es ist unbeschreiblich, wie viele Leute helfen wollen.«

»Warte, bis du hörst, was Heidi von *Smith & Moon* – diesem schicken Juwelier – als Spende bekommen hat«, sagt Matt.

»Was?«

Heidi lächelt. »Ein Diamantcollier im Wert von zweitausendfünfhundert Pfund.«

»Du machst Scherze«, sage ich und blicke ehrlich erstaunt von meinem Monitor auf. »Zweitausendfünfhundert? Sag mir, dass du es an dem Abend nicht mit dem Taxi abholen musst.«

»Darüber machen wir uns Gedanken, wenn es so weit ist«, sagt Priya.

»Die Gesamtsumme beläuft sich inzwischen auf fast fünftausendfünfhundert Pfund«, fährt Heidi fort. »Wenn du alle Termine mit Spendenwilligen in der nächsten Woche wahrnimmst, schaffen wir diese Hürde.«

Ich massiere mir die Schläfen, um mich ein wenig zu entspannen, doch mein Kopf fühlt sich noch immer an wie eine Zeitbombe kurz vor der Explosion. Dann kommt mir eine Idee. Delegieren. »Warum gehst du nicht für mich zu einigen Terminen, Heidi?«

Sie sieht mich an, als hätte ich sie gebeten, mit dem Inhalt einer Fritteuse zu gurgeln. »Oh … nein.«
»Warum nicht? Du hast früher auch schon an Präsentationen teilgenommen. Du kannst das.«
»Ich würde das lieber nicht machen, Abby. Ich würde mich unwohl fühlen, wenn ich über meinen Zustand sprechen müsste. Vor meinen Freunden ist das eine Sache, vor Fremden eine ganz andere.«
»Ich verstehe«, seufze ich. Aber es muss etwas passieren. »Hört mal, ich muss die Termine etwas besser verteilen, damit ich Zeit habe für …«
»Für was?«, fragt Priya.
»Die ARBEIT!«, platze ich heraus. »Ihr wisst schon: *der tägliche Job,* um den Lebensunterhalt zu verdienen.«
»Ach das«, erwidert sie.
»Das?«, versetze ich wütend. »*Das* ist das, wofür die Kunden uns bezahlen. *Das* hält die Firma am Leben. Und *das* finanziert eure verdammten Gehälter.«
Priya und Heidi wirken verdutzt – und beschämt. Für gewöhnlich flippe ich nicht aus, doch offen gestanden musste ich das einmal loswerden. Trotzdem fühle ich mich schuldig, als sie sich überschlagen, um sich zu entschuldigen.
»Hört mal«, sage ich zu ihnen. »Ich stehe hundertprozentig hinter der Spendenaktion, aber ich schaffe es gerade nicht, so viele neue Aufträge an Land zu ziehen, wie ich möchte – nein, wie ich muss. Ich muss mich darum kümmern, dass die Kunden die Rechnungen bezahlen, und ich habe eine Unmenge an E-Mails, die ich längst hätte lesen müssen. Und das war schon so, bevor wir …«
»Sag nichts mehr, Abby«, unterbricht Heidi mich. »Wir können die Termine neu legen. Wir können sogar einige absagen. Du weißt, dass mir diese Firma alles bedeutet – uns allen hier

geht es so. Wir wollten nie, dass die Spendenaktion so in den Vordergrund rückt.«

»Ich weiß.« Ich schließe die Augen und sinke in meinen Schreibtischsessel. »Sagt keine Termine ab. Wenn wir die Leute enttäuschen, halten wir sie davon ab zu helfen. Wir müssen nur eine Balance finden und sichergehen, dass ich genug Zeit habe, um die Geschäfte zu führen. Also zwischen den Spendenmeetings und dem Training …«

»Wie geht es denn mit dem Laufen voran?«, schaltet Matt sich diplomatisch ein.

»Nicht schlecht. Am Wochenende bin ich fünf Kilometer in unter einer halben Stunde gelaufen. Die Tatsache, dass mein einziges Aufputschmittel ein bisschen Zucker in Form von Schokolade war, macht den Erfolg noch schöner.«

Mit leeren Blicken sehen sie mich an.

»Ist das gut?«, fragt Priya.

»Für mich schon. Für mich sind fünf Kilometer in einer halben Stunde so, als würde ich einen Marathon auf einem Bein laufen und trotzdem noch rechtzeitig zum Tee zu Hause sein«, informiere ich sie. »O Gott, ich komme zu spät zum Meeting.«

Ich will meinen Computer ausschalten, als ich sechs weitere E-Mails entdecke, von denen drei als dringend markiert sind. Mein Posteingangsfach biegt sich unter dem Gewicht der ungeöffneten Briefe, und auf meinem Schreibtisch kleben drei Post-its mit der Bitte, jemanden zurückzurufen. Unter normalen Umständen würde ich Überstunden machen und das Versäumte aufholen, doch heute Abend findet das Lauftraining statt, und ich wage es nicht, zu fehlen, damit ich nicht wieder rückfällig werde.

»Wie geht es dir im Moment, Heidi?«, fragt Priya, während ich mir die Tasche über die Schulter hänge.

»Ziemlich gut. Ich hatte neulich eine Untersuchung im Kernspintomographen. Seit dem letzten Schub hat sich nichts verändert, und das ist gut. Die örtliche Selbsthilfegruppe, die ich besuche, ist phantastisch; ich habe viele Leute kennengelernt, die genau dasselbe durchmachen. Und alles, was Abby macht, ist ein Riesenansporn.« Sie sieht mich an. »Ich bin so dankbar, Abby. Du bist ein Schatz. Und ich sage das nicht, weil ich mich beim Chef einschleimen will.«

Falls es Zweifel daran gab, dass ich in Sachen Spendenaktion oder Lauftraining nicht nachlassen darf, sind sie jetzt ausgeräumt.

Ich muss mir allerdings überlegen, wie ich es besser organisiere. Oder wie ich zumindest noch etwas Zeit gewinne. Wenn ich doch nur einen großen Auftrag hätte, der uns über die nächsten Monate hinweghelfen würde. Einen richtig großen Auftrag. So wie den von *Caro & Co.* …

Jetzt bin ich deprimiert.

Ich nehme meinen Wagenschlüssel, als das Telefon klingelt und ich abnehme, ohne darüber nachzudenken.

»Abigail Rogers?«, fragt eine Stimme. Mein Mut sinkt. *Ich habe keine Zeit!*

»Nein, hier ist ihre Kollegin Priya«, zwitschere ich und bemühe mich, sie möglichst überzeugend nachzuahmen. Priyas Miene nach zu schließen findet sie allerdings, dass ich kläglich scheitere.

»Oh. Hier ist Jim Broadhurst von *Caro & Co.* Könnten Sie ihr ausrichten, dass ich angerufen habe? Es geht um den Pitch für den Vertrag.«

»Oh.« Meine Augen werden größer. »Ooh. Ja. Ich meine, sie kommt gerade zur Tür herein.« Meine Stimme zittert, und Priya funkelt mich an. Ich raschele mit dem Telefonhörer und halte ihn mir ans andere Ohr. »Abby Rogers«, sage ich und versuche, anders zu klingen.

»Jim Broadhurst.«

»Ach, hallo! Was für eine angenehme Überraschung«, bringe ich hervor, obwohl es, als wir uns das letzte Mal begegnet sind, ungefähr so angenehm wie ein Magen-Darm-Infekt war.

»Ich rufe wegen des Vertrages an.« Er klingt viel freundlicher als bei unserer ersten Begegnung. Ich weiß, dass dazu nicht viel gehört, aber sein Ton ist beinahe umgänglich. Kameradschaftlich. Das kann doch nicht bedeuten …

»Der Vertrag. Ja«, erwidere ich, verspüre Zuversicht und hoffe, dass ich möglichst gelassen klinge.

»Na ja, der Vorstand ist zu einer Entscheidung gekommen«, fährt er fast vergnügt fort. »Zuerst einmal möchte ich mich herzlich für Ihre Präsentation bedanken. Wir sind – bewusst – sehr anspruchsvoll. Sie haben uns einige hilfreiche Denkanstöße gegeben.«

»Habe ich das?«

»Absolut! Wir hatten den Eindruck, dass Sie, auch wenn Teile Ihrer Präsentation nicht so gelaufen sind, wie Sie es sich vorgestellt haben, grundsätzlich eine ausgezeichnete Kandidatin sind. Ausgezeichnet«, wiederholt er begeistert.

»Echt?«, entgegne ich tonlos.

»O ja.«

»Äh … Das freut mich sehr.«

Oh. Mein. Gott. Will er mir sagen, dass ich den Pitch für mich entschieden habe? Will er mir sagen, dass mein Talent, auch wenn die Präsentation chaotisch war, doch durchscheinen konnte?

»Wie Sie wissen, haben wir nach einer Firma gesucht, die Erfahrung im Bereich digitales Marketing für Business-to-Business hat.«

… was ich habe!

»Wir haben jemanden gesucht, der eng und Hand in Hand mit uns zusammenarbeitet.«

... was ich tun würde!

»Und wir haben jemanden gesucht, der unser Unternehmen innerhalb kürzester Zeit digital auf die Stufe bringt, die wir erreichen wollen. Es besteht kein Zweifel daran, dass Sie viele Auswahlkriterien erfüllen, Miss Rogers.«

Hurra!

»Letzten Endes war die Entscheidung einstimmig!« Ich kann sein Lächeln beinahe hören.

»Ja?«

»Es tut mir leid, Ihnen das sagen zu müssen, aber Sie haben den Auftrag nicht bekommen.«

38.

Am Abend beim Training kommt Tom während des Aufwärmens zu mir. Fieberhaft denke ich über schlagfertige Antworten auf die Sticheleien nach, die ich mir mit Sicherheit werde anhören müssen. Ich rechne zwar nicht damit, dass er etwas Verletzendes sagt, doch Tom mag solche Scherze – und ich fürchte, die Wunden sind bei mir noch immer zu frisch für so etwas.

»Abby.« Sein Tonfall ist warmherzig und spröde und nicht zu deuten.

»Ja?«, erwidere ich knapp.

»Tut mir leid wegen des Auftrags.«

Überrascht blicke ich auf. »Vergiss es.«

»Falls es dich tröstet: Es war knapp. Da waren wir uns alle einig.«

»Ja, ich habe schon gehört, dass ihr euch alle einig wart«, höre ich mich murmeln.

»Und du kannst nicht alles gewinnen«, sagt er grinsend. Mir wird klar, dass sein berüchtigtes unwiderstehliches Lächeln auf *mich* überhaupt nicht unwiderstehlich wirkt. Die einzige Reaktion, die es in mir auslöst – heute zumindest –, ist der Wunsch, ihm meine Handtasche über den Schädel zu ziehen. Am liebsten mit einem kleinen Backstein in der Innentasche.

»Natürlich kann man nicht alles gewinnen«, erwidere ich. »Aber einen Auftrag über dreitausend Pfund im Monat hätte ich schon gern gehabt.«

Er hört auf, sich zu dehnen, als er meine Laune bemerkt. »Ich hoffe, du nimmst das nicht persönlich«, sagt er.

»O *nein.*« Ich bin sarkastisch, doch mein Herz hämmert wie wild, als er mich anstarrt.

»Es besteht kein Grund, so zu reagieren, Abby.«

»Tom, falls du je eine eigene Firma haben solltest, wirst du verstehen, warum ich so aufgewühlt bin.« Ich wünschte, meine Stimme würde nicht zittern. »Vor allem, wenn ich gegen eine Firma den Kürzeren ziehe, deren durchschnittlicher Angestellter kaum intelligent genug ist, sich allein die Schnürsenkel zu binden.«

»Sie haben sich sehr gut angestellt«, erwidert er fest.

»Und ganz besonders, wenn jemand, den ich für einen Freund gehalten habe, teilweise mitverantwortlich ist.« Mir ist bewusst, dass das zu sagen wahrscheinlich unfair ist. Ich hätte nicht mal die Möglichkeit bekommen, an dem Pitch teilzunehmen, wenn Tom nicht gewesen wäre. Aber ich kann nicht anders. Und er hätte für mich eintreten können.

»Ich bin also schuld?«, fragt er ungläubig.

»Ich sagte: teilweise. Du hast für *Vermont Hamilton* gestimmt, oder?«

»Ich denke, dass du als ›jemand, der seine eigene Firma hat‹ weißt, dass *du* allein verantwortlich bist, Abby. Selbst du hast zugegeben, dass deine Präsentation furchtbar war.«

»Soll ich dir was sagen, Tom? Über die Präsentation einer jungen Frau herzuziehen ist so, als würde man über ihre Eltern herziehen. Das darf nur ich.«

»Gut.« Mit einer Geste der Verzweiflung wirft er die Arme in die Luft. »Gib ruhig allen die Schuld außer dir selbst.«

Mein Herz hämmert verärgert in meiner Brust, als Geraldine plötzlich neben Tom auftaucht. Sie hat unsere Auseinandersetzung nicht mitbekommen und gibt Tom einen Kuss auf die Wange.

»Hi, Süßer«, sagt sie strahlend. »Wie geht es dir?«

Er wendet den Blick ab. »Gut. Großartig.«

»Oh, Abby«, grüßt sie lächelnd und sieht mich an. »Ich muss dir das Bild von meinem kleinen Neffen zeigen.« Sie nimmt einen Schlüsselanhänger aus ihrer Gürteltasche und zeigt mir stolz das Foto. Ohne auf Tom zu achten, betrachte ich das Baby mit den großen Augen, stämmigen Beinchen und blonden Haaren.

»Er ist entzückend«, sage ich. »Wie alt ist er?«

»Drei Wochen. Ach, er ist wundervoll, Abby. Ich vergöttere ihn. Tja, was bleibt mir anderes übrig, wenn die Chance auf ein eigenes Baby praktisch gegen null geht ...«, sagt sie bedeutungsvoll. Offene Anspielungen auf ihre fixe Idee werden anscheinend inzwischen einvernehmlich geduldet.

Als die drei Gruppen sich vorbereiten, um loszulaufen, geselle ich mich zu den anderen. Ich will gerade starten, sehe noch einmal hoch und erlebe die erste und einzige freudige Überraschung an diesem Tag: Oliver beobachtet mich.

Ich meine, er sieht mich *wirklich* an.

Genau genommen ist es der eindeutigste, offenste Blick, den er mir je zugeworfen hat. Es ist ein freches Zeichen seines Interesses an mir. Sein Blick jagt eine Welle der Euphorie durch meinen Körper – ein Gefühl, das noch lange anhält, nachdem wir uns nicht mehr ansehen, und auch noch lange, nachdem ich losgelaufen bin.

Als ich zum Sportcenter zurückkehre, bin ich bester Laune und kann es kaum erwarten, ihn wiederzusehen. Ich dehne mich und atme durch, als ich mit einem Mal eine Hand auf meinem Rücken spüre.

»Ich habe gehört, dass du am Sonntag toll abgeschnitten hast.« Oliver wirkt wieder schüchtern, als wir uns nun gegenüberstehen, doch da er umwerfend erhitzt ist und, na ja, eben *einfach umwerfend,* erlöse ich ihn.

»Oh! Ich bin mir sicher, dass es im Vergleich zu den anderen langsam war. Aber ich habe es in weniger als dreißig Minuten geschafft, also habe ich mich gefreut.«

»Glückwunsch.« Als er lächelt, erscheinen seine Grübchen, und ich muss mich zusammennehmen, um sie nicht ständig anzustarren. »Du hast es dir verdient. Du hast so hart dafür trainiert.«

»Ach, ich weiß nicht«, winke ich ab und bemerke einen Schweißtropfen in der Größe eines Bonbons an meiner Nasenspitze. Verstohlen wische ich ihn weg. »Ich muss ganz sicher noch mehr trainieren.«

»Freut mich, das zu hören. Der Laufklub wäre ohne dich nicht mehr derselbe.«

Ich habe mich nach dem Laufen schon abgekühlt, aber jetzt schießt mir die Hitze in die Wangen.

»Ich bin mir sicher, dass ihr damit klarkommen würdet«, nuschle ich. »Im Übrigen habe ich nicht vor, demnächst aufzuhören. Ich will sicher sein, dass ich für das Rennen in guter Form bin.«

Er sieht mir in die Augen, und seine Selbstsicherheit kehrt zurück. »Für mich bist du schon in guter Form.«

39.

»Warum um alles in der Welt hast du uns hierhergeschleppt?«, frage ich, als Jess sich an einer Gruppe von Studenten vorbei zum Tresen im *Willow Tree* drängelt. »Kommt da wieder deine frühzeitige Midlifecrisis zum Vorschein?«

Es ist keine typische Studentenkneipe: Der Pub ist gemütlich und gut eingerichtet – mit Eichenholzvertäfelung und Zapfhähnen, die so glänzen, dass man sich darin spiegeln und mühelos die Augenbrauen zupfen kann. Und es ist ein Ort, der für Jess und mich mit vielen Erinnerungen verbunden ist. Ein Ort, der auch für unsere Freundschaft steht.

Jess und ich wollen nur auf ein Glas bleiben. Es ist mitten in der Woche, und ich sollte eigentlich keinen Alkohol trinken. Doch nachdem es »einer dieser Tage« war, entwickelt es sich zu »einem dieser Abende«, an denen wir über alles und nichts reden. Aber trotz der zahllosen Gesprächsthemen wird ein wichtiges Thema offensichtlich vermieden. Erst als ich meinen dritten Drink bestelle, beschließe ich, die Sprache darauf zu bringen.

»Läuft es zwischen dir und Adam wieder besser?«

Sie seufzt. »Zwischen mir und Adam ist alles in Ordnung.« Sie macht eine Pause und zuckt resigniert mit den Schultern. »Adam und ich sind – nach normalen Maßstäben – ein glückliches Paar. Wir lieben unsere Kinder. Wir haben ein stabiles Zuhause. Wir streiten nicht oft.«

»Ich weiß. Ein bisschen unnatürlich, wenn du mich fragst«, erwidere ich lächelnd.

Plötzlich wird sie ernst. »Das glaube ich auch.«
»Jess, das war nur ein Scherz!«
»Ich weiß, aber …« Sie schwenkt den Wein in ihrem Glas. »Ich habe mal gelesen, dass man, wenn man sich fragt, ob man den anderen noch liebt, eigentlich schon damit aufgehört hat, ihn zu lieben. Vielleicht habe ich mich deshalb immer unwohl damit gefühlt, ihm zu sagen, dass ich ihn liebe. Nicht, weil ich von meiner Mutter gelernt habe, Gefühle zu unterdrücken, sondern weil ich ihn eben nicht mehr liebe.«
»Jess, du hast es ihm allerdings auch nicht gesagt, als du noch keine Zweifel daran hattest. Selbst als du *mir* erzählt hast, dass du ihn liebst. Du hast es immer blöd gefunden.«
»Kann schon sein«, entgegnet sie.
»Und dass man manchmal seine Gefühle hinterfragt, ist nach so langer Zeit zusammen vollkommen normal. Ernsthaft«, sage ich. »Wir erwarten heutzutage Perfektion, aber niemand ist perfekt. Wir erwarten, dass die Aufregung und der Nervenkitzel und die Lust der ersten Liebe für immer anhalten. So ist es nicht. So kann es nicht sein. Dass du nach zehn Jahren keine Gänsehaut mehr bekommst, wenn du deinen Mann siehst, heißt nicht, dass du ihn nicht mehr liebst.«
»Natürlich, aber …«
»Sieh dir meine Mum und meinen Dad an«, fahre ich fort. »Hör dir den Unsinn über das ›Auseinanderleben‹ an, den Mum erzählt hat. Wie schrecklich! Paare leben sich nur auseinander, wenn sie es zulassen. Im Fall meiner Eltern hat Mum es zugelassen. Wenn es nach meinem Dad gegangen wäre, wären sie noch immer zusammen. Sie *sollten* noch immer zusammen sein.«
Ich halte inne und betrachte Jess' Miene.
»Ich weiß nicht, was zwischen deiner Mum und deinem Dad vorgefallen ist. Ich kann nur für mich selbst sprechen«, sagt

sie leise. »Und ich bin nicht völlig anderer Meinung, doch du siehst das alles aus der Perspektive eines Menschen, der keine Beziehung hatte, die länger als … zwei Jahre gehalten hat?«

»Reib es mir ruhig unter die Nase«, erwidere ich. »Übrigens waren Harry und ich zweieinviertel Jahre zusammen. Zugegeben, er war während der Zeit auch sechs Monate mit einer anderen zusammen, aber trotzdem.«

»Ich will es dir gar nicht unter die Nase reiben. Das weißt du auch. Vor zehn Jahren hätte ich dir noch zugestimmt. Vor *einem* Jahr hätte ich dir noch zugestimmt. Doch jetzt … ach, vielleicht bin ich gerade auch nur ein bisschen unsicher.« Sie blinzelt. »Oder vielleicht auch nicht.«

»Was meinst du damit?«, frage ich.

Erst jetzt bemerke ich die Sorgenfalten auf ihrer Stirn und die roten Ränder um ihre Augen. Ich berühre ihren Ellbogen und kann nicht glauben, wie schnell sie so aufgewühlt ist.

Sie sieht mich an und wendet dann mit zitternder Unterlippe den Blick ab.

»Ich wünschte, ich könnte die Zeiger der Uhr zurückdrehen«, flüstert sie mit bebender Stimme. Aber sie spricht nicht mit mir, sondern mit sich selbst.

»Jess, du kannst deine Ehe wieder spannend machen. Vielleicht braucht ihr nur ein paar romantische Nächte zusammen oder solltet ein Wochenende gemeinsam wegfahren oder …«

»Das meine ich nicht.«

»Was meinst du denn dann?«

»Abby«, sie schnieft und holt tief und zitternd Luft. »Ich habe mit einem anderen Mann geschlafen.«

40.

Es dauert eine Sekunde, ehe mir bewusst wird, dass ich sie richtig verstanden habe. »Du hast *was* getan?«, frage ich, auch wenn sie es genau genommen nicht wiederholen muss. »Wann?«

Ihr Atem geht flach, ihre Stimme ist voller Tränen. »An dem Abend, bevor wir zum Essen ausgegangen sind – zwei Wochen vor deinem Geburtstag«, murmelt sie. Ich weiß noch, dass sie sich an dem Abend seltsam verhalten hat; man hätte meinen können, der Spargel wäre mit Arsen gewürzt, so zögerlich, wie sie ihn gegessen hat. Doch mir war nicht bewusst, wie seltsam sie sich verhalten hat. Bis jetzt.

»Aber wie?«

Sie zieht eine Augenbraue hoch. »Auf die übliche Art.«

»Jess, verdammt, ich bin deine beste Freundin.« Ich ergreife ihre Hand. Sie fühlt sich zerbrechlich und kalt vom Eis in ihrem Drink an. »Wenn du nicht mit mir darüber reden kannst, mit wem denn dann?«

Sie zuckt zusammen. »Es ist komplizierter, als du denkst.«

»Da bin ich mir sicher«, entgegne ich. »Aber … wer war es?«

Sie schließt kurz die Augen und schluckt. »Ein Kollege. John. Maxwell. Er arbeitet im Vertrieb.«

»Habe ich ihn schon mal getroffen?«

»Ich glaube nicht. Er hat angefangen, als ich im Mutterschutz war.«

In meinem Kopf schwirren unzählige Fragen herum, und ich platze damit heraus, ehe ich nachdenken kann. »Ist er auch verheiratet?«

»Nein«, antwortet sie wie betäubt, als würde das Sprechen ihr körperliche Schmerzen bereiten. »Zwing mich nicht, dir die Einzelheiten zu erzählen, Abby. Alles, was ich sagen kann, ist: Ich war, zumindest zeitweise, bezaubert von ihm. Und ein Teil von mir ist es wahrscheinlich immer noch.«

»Oh, mein Gott! Läuft da immer noch etwas?«, zische ich und versuche, nicht die Aufmerksamkeit der anderen Gäste auf uns zu lenken. »Ist es eine … *Affäre?*«

»Nein«, stößt sie hervor. »Ich habe ein Mal mit ihm geschlafen. Das ist alles. Seitdem habe ich seinen Annäherungsversuchen widerstanden. Aber ich will ehrlich sein – es ist schwierig. Vor allem, wenn ich ihn immer sehen muss.«

»Einer der vielen Nachteile eines Techtelmechtels im Büro«, murmle ich.

In den eineinhalb Minuten, seit sie die Bombe hat platzen lassen, bin ich hin- und hergerissen zwischen den unterschiedlichsten Gefühlen. Auch wenn er vollkommen in Ordnung ist, finde ich, dass Adam das Charisma von zerkochtem Wurzelgemüse hat.

Doch mich macht die Angelegenheit genauso traurig wie sprachlos. Nicht nur wegen Adam – obwohl ich ihm so etwas niemals gewünscht hätte –, sondern auch wegen Jess. Wenn sie meint, das Glück in den Armen eines schmeichlerischen Geschäftsmannes zu finden, irrt sie sich. Trotzdem zögere ich, ihr meine Meinung zu sagen. Vielleicht hat sie endlich jemanden gefunden, der zu ihr passt. Mit ein bisschen mehr Schwung und Persönlichkeit und …

Aber sie ist verheiratet! Und sie hat Kinder! *Kleine* Kinder. Wenn Jess Adam verlassen würde, dann wäre es für sie noch schlimmer als für mich damals, als meine Mum meinen Dad verlassen hat. Ich war immerhin schon ein paar Jahre älter.

»Weiß Adam davon?«, frage ich.

»Gott, nein.« Sie nimmt einen Schluck Wein. »Das Lächerliche ist, dass ich mich, bevor das alles passiert ist, nie gefragt habe, wie viel ich für Adam empfinde. Ich weiß nicht, wie ich mich in diese Lage gebracht habe. Und jetzt frage ich mich, ob ich es vielleicht absichtlich getan habe. Es muss Probleme gegeben haben. Warum hätte ich es sonst getan?«

»Dieser Kerl scheint einen ganz besonderen Charme zu besitzen«, sage ich.

Sie starrt auf ihre Hände. »Ich schätze schon. Ich glaube, ich habe mich, als ich mit ihm zusammen war, besonders gefühlt und sexy und … lebendig. Ich kann nicht beschreiben, wie es sich anfühlt, Abby. Ich kann nicht beschreiben, wie gut es sich anfühlt. Und wie fürchterlich zugleich.« Sie betrachtet mein Gesicht, und Tränen schimmern in ihren Augen. »Du lehnst das total ab, oder? Wegen deiner Mum und deinem Dad.«

»Ich wünsche mir nur das Beste für dich. Ich will nicht, dass du etwas tust, was du später bereust.«

Sie sieht mich aufmerksam an. »Aber nicht einmal du glaubst, dass Adam und ich die Richtigen füreinander sind.«

Schockiert blicke ich auf. »Was? Adam? Ich halte ihn für einen tollen Kerl!«

»Jetzt mach mal halblang, Abby. Du hältst ihn für spießig und langweilig. Man kann es dir ansehen, wenn du mit ihm zusammen bist.«

»Das ist nicht wahr!«

»Ach, mach dir keine Gedanken.« Sie seufzt. »Wieso hätte ich mich auf einen anderen Mann einlassen sollen, wenn ich nicht insgeheim glauben würde, dass du recht hast?«

»Ich habe ja gar nicht recht«, widerspreche ich. »Ich meine, dass ich nicht mit Adam auf einer Wellenlänge bin, heißt nicht, dass ich nicht der Meinung bin, dass er ein paar … tolle Eigenschaften hat.«

Jess sieht mich an und durchschaut meine beschönigende Umschreibung so genau, als wäre sie aus Glas. »Und selbst wenn Adam der langweiligste Mensch auf Erden wäre – das ist doch egal, oder? Ich habe ihn betrogen. Schlimmer noch: Die Affäre ist vorbei, und trotzdem kann ich nicht aufhören, an diesen Mann zu denken, der nicht mein Ehemann ist. Das hat Adam nicht verdient. Er ist zu gut.«

Sie bricht in Tränen aus, und ihr Gesicht ist vor Schmerz und Trauer verzerrt.

»Ach, Jess«, sage ich und streiche ihr über den Rücken.

»Und es geht außerdem nicht nur um ihn«, schluchzt sie. »Ich habe noch jemanden betrogen.«

»Wen denn?«, frage ich stirnrunzelnd und nehme ihre Worte für bare Münze. Vielleicht gibt es noch eine dritte Partei, die sie nicht erwähnt hat.

»Mich«, murmelt sie. »Ich habe mich selbst betrogen.«

41.

In den folgenden Tagen sprechen wir nicht über Jess' Geständnis. Nicht, weil ich es nicht probieren würde. Im Gegenteil. Wiederholt versuche ich, sie dazu zu bewegen, über ihren Seitensprung zu sprechen, aber sie erwidert nur, dass sie so tun will, als wäre das alles nicht passiert, und ihr Leben weiterleben möchte. Ich hoffe für sie, dass sie das schafft.

Was mich betrifft, befinden sich mehrere Bereiche meines Lebens im Aufwärtstrend: das Laufen, mein Liebesleben und die Arbeit.

Der *Seaside Run* war der Anstoß, den ich brauchte, um mich aus einem anderen Grund als nur wegen Oliver auf das Training zu freuen. Ich beginne zu glauben, dass ich diesen Halbmarathon durchstehen kann – etwas, das mir noch bis vor kurzem so wahrscheinlich erschien wie eine Nominierung für den Nobelpreis.

Abgesehen davon ist es das absolute i-Tüpfelchen, Oliver dreimal pro Woche zu sehen. Ich hätte nie gedacht, dass er noch süßer, niedlicher und anziehender werden könnte, doch genau das ist passiert.

Außerdem sucht er sehr oft Blickkontakt mit mir. Ganz offen und frech. Und ich liebe es. Trotzdem denke ich gleichzeitig, dass wir, falls es zwischen uns tatsächlich noch etwas werden soll, allmählich mal den nächsten Schritt machen sollten. Ist das denn zu viel verlangt?

Flüchtig kommt mir der Gedanke, dass er mich hinhält, aber die Vorstellung, dass jemand, dessen Auffassung von Sexualität so vorsichtig und zurückhaltend ist, das tun würde, ist undenkbar. Oliver ist nun einmal langsam und behutsam, und so frustrierend das auch sein mag, ich weiß, dass er das Warten am Ende wert sein wird.

Die einzige Schattenseite am Laufklub ist, dass die Stimmung zwischen Tom und mir nach unserem Streit ein bisschen seltsam ist. Wir reden noch miteinander, aber sehr viel seltener. Es ist nicht mehr so, wie es einmal war. Während ein Teil von mir das Thema ansprechen und sagen will: »Lass uns die Sache mit dem Auftrag vergessen, Tom. Freunde?«, gibt es einen anderen Teil von mir, der zu feige ist, Aufhebens um die Sache zu machen.

Bei der Arbeit ist es gerade so hektisch, dass ich kaum einen klaren Gedanken fassen kann. Aber ich habe kürzlich ein paar kleinere Kunden gewonnen, und Egor ist zufrieden mit der Entwicklung der Firma. Doch trotz dieses Fortschritts und trotz der Treue einiger Kunden (*Diggles* ist mittlerweile so etwas wie ein gütiger Onkel und mehr als ein bloßer Kunde) ist Egors Botschaft klar: »Nimm den Fuß nicht vom Gas, Abby – aber du machst es gut.«

Ich werde mehr Zeit haben, wenn die Abendveranstaltung erst einmal vorbei ist. Denn obwohl Heidi und Priya vieles selbst organisiert haben, habe ich mich öfter dabei ertappt, helfend einzugreifen, als ich mir eigentlich hätte erlauben können. Wir alle haben das getan.

Floristen mussten angetrieben, Sitzpläne erstellt, eine Swingband organisiert und Verbindung mit einem Caterer und einem Champagnerlieferanten aufgenommen werden. Das alles lief neben dem täglichen Job. Es war eine so unerbittliche Zeit, dass ich am Tag des Festes Ende Oktober das Gefühl habe, im letzten Monat in einen Wirbelsturm geraten und erst jetzt wieder ausgespuckt worden zu sein.

Ich hatte mir vorgenommen, früh nach Hause zu gehen, um

mich ein paar Stunden lang aufbrezeln zu können. Stattdessen gehe ich jedoch in Unmengen von Arbeit unter und muss dann Priyas Nervenzusammenbruch miterleben, als sie die Nachricht bekommt, dass der Trompeter Herpes hat und sein Hausarzt ihm verordnet hat, die Triangel zu spielen.

»Wer hat schon mal was von einer Swingband gehört, die von einer verfluchten Triangel begleitet wird!«, schnaubt sie. »Was kommt als Nächstes? Ein Keyboardspieler, der die Löffel schlägt?«

Als ich das Büro verlasse, ist es fast fünf Uhr. Das heißt, dass mir nur noch eine Stunde bleibt, um nach Hause zu fahren, mich aufzustylen und zum Festzelt bei der Knowsley Hall zu kommen – wo ich die Gäste hoffentlich mit einem vornehmen Charme begrüße, der Grace Kelly wie Amy Winehouse aussehen lässt.

Ich bin auf dem Weg nach Hause und kämpfe mich durch den Verkehr, als das Telefon klingelt und Jess' Nummer aufleuchtet. Sie kommt mit den meisten Mitgliedern des Laufklubs zusammen heute Abend zum Ball, sitzt allerdings woanders als ich. Adam hat seine Firma überredet, einen Tisch zu reservieren, und er und Jess werden sich an diesem Abend um Kunden kümmern.

»Hi, Cinderella! Freust du dich schon auf den Ball?«, frage ich.

»Cinderella? Das hast du richtig erfasst.« Sie klingt nicht gut.

»Was meinst du damit?«

»Ach, Abby, ich weiß nicht, wie ich es sagen soll.«

»Was?«, frage ich.

»Jamie ist krank. Er hat so viele kleine Flecke, dass ich auf seinem Rücken ›Punkte verbinden‹ spielen kann.«

»Geht es ihm gut?«, erkundige ich mich besorgt.

»Ich glaube schon. Ich vermute, dass er die Windpocken hat.

Die gehen gerade in seiner Klasse um. Morgen früh gehe ich mit ihm zum Arzt. Aber ich will ihn nicht mit einem Babysitter allein lassen.«

Der Groschen fällt. »Du kommst nicht.«

»Es tut mir so leid. Ich bin mir sicher, dass es nichts Dramatisches ist, aber ich habe das Gefühl, ich sollte heute Abend nicht weggehen – ich möchte ihn selbst im Auge behalten. Das verstehst du doch, oder?«

»Natürlich.«

»Und Adam geht trotzdem.«

»Toll!«, erwidere ich mit mehr Begeisterung, als ich empfinde. Ich beende das Gespräch, als ich auf die Auffahrt zu meinem Haus abbiege.

Plötzlich werde ich nervös, und das liegt, wie ich zugeben muss, nicht nur an dem Event selbst. In dem Wissen, dass »Doktor Charming« neben mir am Tisch sitzen wird – ein reiner Zufall, peinlich genau geplant –, habe ich mir im Vorfeld für meine äußere Erscheinung ungewöhnlich viel Zeit genommen, habe unzählige Läden nach einem Outfit durchstöbert, mir beim Friseur Strähnchen machen lassen und ein Bräunungsspray besorgt.

Mein Kleid war ein unglaublicher Glücksfall: ein bodenlanges Vintagekleid, das ein bisschen nach *Valentino* aussieht und das ich in einem Shop in Chester gefunden habe. Das Tragen allein gibt mir schon ein fabelhaftes Gefühl. Und als ich nun noch Make-up, neue Schuhe und die passende Tasche dazu trage, platze ich fast vor gespannter Erwartung.

Ich bin zwei Minuten, bevor das Taxi kommt, fertig. Rekord. Während ich ruhelos im Wohnzimmer warte, schnappe ich mir einen Artikel, den ich beim Friseur aus einem Magazin gerissen habe: »Fünf Anmach-Tipps – Erfolg garantiert!«

Der Artikel ist von Gretchen F. Cassidy, einer amerikanischen

Partnerschaftsexpertin, deren Selbsthilferatgeber »Die Männer-Flüsterin« laut der Werbung am Ende des Berichts für 12 Pfund 99 im Buchhandel erhältlich ist. Ich bezweifle, dass man eine Technik, mit der man jemanden dazu bringt, sich in einen zu verlieben, in 650 Wörtern zusammenfassen kann. Aber ich kann jede Hilfe gebrauchen.

Mehr als 55 Prozent unserer Außenwirkung beruhen auf der Körpersprache, weniger als 10 Prozent auf dem, was wir sagen. Vielen Frauen fällt es nicht leicht, Signale zu senden – und doch zeigen diese Zahlen, wie wichtig diese Signale sind!

Vielleicht ist das das Problem mit »Doktor Charming«. Ein einziges Mal habe ich offensichtliche Absichten gezeigt, und das war am Abend meines Geburtstags im Pub, als ich betrunken war. Nur leider waren diese Signale ungefähr so wirkungsvoll wie bei einem Bahnübergang, der längst außer Betrieb ist. Ich muss mit viel mehr Selbstbewusstsein an die Sache herangehen.

Der Kernpunkt von Gretchens Technik nennt sich »Das Flirt-Dreieck«. Das klingt ein bisschen so, als würden dort unter mysteriösen Umständen Schiffe verschwinden, aber jetzt habe ich angebissen und will mehr wissen.

Wenn wir mit Menschen zusammen sind, die wir nicht kennen – bei der Arbeit zum Beispiel –, blicken wir von Auge zu Auge und den Nasenrücken entlang. Bei Freunden geht der Blick weiter nach unten und bewegt sich in einer Dreiecksform: von Auge zu Auge, dann zum Mund. Wenn wir flirten, wird dieses Dreieck größer, öffnet sich am unteren Ende und umfasst auch Teile des Körpers.

Wirkungsvolles Flirten beinhaltet Augenkontakt, direkte Blicke zum Mund und das Öffnen des Flirt-Dreiecks bis zum Schlüsselbein – oder sogar noch tiefer!

Meine Augen weiten sich. Ich würde mir gern »Doktor Charmings« tiefere Körperregionen ansehen, doch ich weiß nicht, wie er darüber denkt. Bis auf den letzten Teil klingt das alles nicht sonderlich schwierig – auch wenn mir das Talent zum Flirten nicht gerade in die Wiege gelegt wurde.

Ein Hupen von draußen reißt mich aus meinen Gedanken. Ich falte den Artikel zusammen und stopfe ihn in meine Handtasche, um ihn unterwegs noch näher zu studieren. Als ich die Tür hinter mir ins Schloss ziehe, beschleicht mich ein Gefühl. Es ist weniger eine Vorahnung als ein *Entschluss.*

Heute Abend, Oliver, wirst du mir gehören.

42.

Mein Taxi fährt durch ein Sandsteintor und eine gewundene Auffahrt entlang, die durch den üppigen Garten des Anwesens führt.

Als ich den ersten Blick auf unser Festzelt erhasche, das im Schatten des prachtvollen georgianischen Herrenhauses steht, spüre ich Schmetterlinge in meinem Bauch. Mit einem Mal werden mir die Bedeutung und Verantwortung bewusst, die der Abend mit sich bringt. Die Miete für die Location, das Catering, der Champagner, die Band – die Organisation dieses Balls war alles andere als billig. Und obwohl ich weiß, dass wir die Kosten durch den Verkauf der Eintrittskarten gedeckt haben, war das alles den Aufwand nur wert, wenn wir bei der Auktion und bei der Tombola einen anständigen Betrag zusammenbekommen.

Nachdem ich das Taxi bezahlt habe, gehe ich zum Festzelt. Am Eingang stoße ich mit der Eventmanagerin zusammen. Es ist eine kleine, leicht rundliche Brünette namens Missy, die fröhlich und supertüchtig ist und die eine Lache hat, bei der die Leute sich fragen, ob gerade eine Brandschutzübung stattfindet.

»Ist alles in Ordnung?«, frage ich sie.

»Alles in Ordnung!« Sie strahlt.

»Äh … Hat die Swingband einen Ersatz für den Trompeter gefunden?«

»Ja, ja!«, bestätigt sie.

»Und was ist mit den Gerbera? Ich habe gehört, es gab Probleme?«

»Gelöst, meine Liebe!«
»Und konnten Sie noch ein paar Dosen mit Haarspray auf die Damentoilette stellen, wie ich es vorgeschlagen habe? Ich weiß schließlich aus Erfahrung, was für ein Alptraum es ist, wenn der Pony an der Hochsteckfrisur plötzlich platt herunterhängt und ...«
»Abby ... Abby«, erwidert sie in einem Tonfall, mit dem man jemanden beschwichtigt, der sich aus seiner Zwangsjacke befreien will. »Betrachten Sie Ihren Job hier als erledigt. Überlassen Sie es uns, den heutigen Abend zu koordinieren. Gehen Sie los und haben Sie Spaß.«
Es entspricht nicht meinem Naturell, irgendwo anders zu sein als mit einem Clipboard in der Hand an der Tür. Aber als ich sehe, wie die ersten Gäste ankommen, setzt mein Herz einen Schlag lang aus. »Wenn Sie sich sicher sind ...«
»Ich bin mir sicher, Schätzchen.« Sie dreht mich um und will mich offenbar dringend aus dem Weg haben. »Gehen Sie schon und genießen Sie den Abend.«
Vorsichtig nehme ich mir ein Glas Orangensaft und durchquere den Eingangsbereich des Festzeltes, um einen Blick in den Hauptteil zu werfen. Heidi steht in einem bodenlangen roten Kleid, das direkt aus dem Hollywood der 50er Jahre zu stammen scheint, neben der Bühne. Als sie mich entdeckt, kommt sie zu mir.
»Du siehst toll aus«, sagt sie und betrachtet mein Kleid.
»Dasselbe habe ich über dich gedacht«, erwidere ich.
»Echt? Tja, das sollten wir lieber niemanden hören lassen. Die Unterhaltung klingt nach dem reinsten Love-in.«
Ich muss lachen. »Bist du aufgeregt?«
»Nur ein bisschen«, entgegnet sie und nippt an ihrem Champagner. »Und ängstlich. Obwohl ein paar Gläser von diesem Zeug die Nervosität wahrscheinlich vertreiben werden.«

Zuerst trudeln die Gäste stoßweise ein, doch als es halb sieben ist, kommen wir mit dem Begrüßen kaum nach.

Mit einem Mal bin ich von all der Unterstützung überwältigt. Alle bedeutenden Persönlichkeiten der Stadt sind hier – mit Ausnahme meiner Mutter, die gerade ein Geschäft in Shanghai abwickelt. Sie kann noch immer nicht akzeptieren, dass ich den Termin für den Ball *nicht* absichtlich auf einen Tag gelegt habe, an dem sie sich 10 000 Kilometer von zu Hause entfernt aufhält.

Der Hauptteil des Festzeltes ist das Werk der Mädchen, die die Tische mit Kreativität, Stil und – was entscheidend ist, weil es sich schließlich um eine Wohltätigkeitsveranstaltung handelt – mit Blick auf die Kosten dekoriert haben.

Sie haben vom Floristen bis hin zum Kalligraphen jeden überredet, entweder für umsonst oder einen sehr geringen Lohn zu arbeiten. Und von den herrlichen Blumengestecken bis hin zum Sternentuch an der Decke sieht das Festzelt einfach atemberaubend aus.

»Wie läuft's, Abby?«, fragt Priya und sieht sich im Zelt um.

»Es gibt sicherlich noch etwas zu tun, aber man hat mir gesagt, dass für alles gesorgt ist.«

»Dasselbe haben sie mir auch erzählt. Wo ist denn … wie war noch mal sein Name? Dein Date?«

»Ian«, entgegnet sie feierlich. »Er hat mich heute Nachmittag verlassen. Man hätte doch annehmen sollen, dass er zumindest bis nach dem Ball durchhält, oder?«

»O nein. Priya, das tut mir echt leid.« Ich runzle die Stirn. »Ihr wart doch schon ein paar Wochen zusammen.«

»Mehr als einen *Monat.*« In Priyas Welt ist das ungefähr so, als würde sie kurz vor der Rubinhochzeit stehen.

»Eines Tages wird dein Märchenprinz kommen«, sagt Matt. »Bis es so weit ist, solltest du ein Glas Champagner trinken.

Dann geht es dir sicher besser.« Er schnappt sich zwei Gläser vom Tablett einer vorbeieilenden Kellnerin und reicht sie uns beiden.
»Ich war noch nie besonders willensstark.« Ich zucke die Achseln und nehme einen Schluck. Als ich zur Tür sehe, spüre ich, wie mein Magen sich zusammenzieht. Es ist »Doktor Charming«. Und er sieht noch charmanter aus, als ich es je für möglich gehalten hätte.

»Du hast großartige Arbeit geleistet, Abby«, sagt Geraldine lächelnd, als ich neben der Garderobe auf sie und Mau treffe.
»Danke. Aber das habe ich nicht alles allein gemacht. Das meiste haben die Mädchen organisiert. Im Übrigen hatten wir viel Spaß dabei. Wie dem auch sei. Du siehst absolut umwerfend aus.«
Tatsächlich wird ihr das nicht annähernd gerecht. Wenn Geraldine jetzt auf einem roten Teppich stehen würde, sähen alle anderen aus, als wären sie auf dem Weg, die Klos zu putzen.
»Das ist nett von dir«, sagt sie und sieht an ihrem zitronengelben Kleid herab. »Ich wünschte, Tom würde es auch bemerken.«
»Oh, ich bin mir sicher, dass er das tut«, erwidere ich, überrascht von ihrer Bemerkung.
»Bist du dir sicher?« Sie klingt nicht überzeugt.
»Was sie damit sagen will: Es gibt noch immer keinen Verlobungsring«, sagt Mau mitfühlend.
Geraldine legt ihr einen Arm um die Taille. »Ich glaube, es ist wahrscheinlicher, dass er dich bittet, ihn zu heiraten, als mich, Mau.«
Während sie im Festzelt verschwinden, drehe ich mich um und stehe Adam gegenüber. Jess' Ehemann sieht in seinem Smoking wie ein Staatsmann aus; als würde er öfter abends zu

solchen Veranstaltungen gehen – was vielleicht gar nicht so abwegig ist.
»Abby, wie geht es dir?« Es muss irgendwie eine besondere Atmosphäre sein an diesem Abend, denn selbst Adam wirkt weniger steif als sonst.
»Hi. Mir geht es gut. Danke.« Ich beschließe, ihm einen Kuss auf die Wange zu geben, ob es ihm nun gefällt oder nicht. »Ich hoffe, Jamie geht es gut?«
»Er ist sicher bald wieder auf den Beinen«, erwidert er, leicht verwirrt durch meinen Kuss. »Jess ist am Boden zerstört, weil sie nicht hier sein kann.«
»Ich bin auch am Boden zerstört, weil sie nicht hier sein kann. Es ist alles ziemlich nervenaufreibend.«
»Ach, ich glaube nicht, dass du dir Sorgen machen musst«, entgegnet er lächelnd. »Es ist eine tolle Location, und es sieht so aus, als wäre alles sehr gut organisiert und unter Kontrolle. Ich möchte dich gern ein paar Leuten vorstellen.«
Er wendet sich einem untersetzten Mann zu, dessen Wangen aussehen wie Pökelfleisch. »Das ist Peter, unser geschäftsführender Teilhaber. Und das ist Debi, seine Frau.«
Debi ist grell geschminkt, über und über mit Schmuck behängt, und ihre Haut hat die Farbe eines typischen Chesterfield-Sofas.
»Dies hier ist die junge Dame, die für den heutigen Abend verantwortlich ist. Ich habe euch auf dem Weg hierher schon von ihr erzählt«, sagt Adam.
»Ach, wie wundervoll!«, johlt Debi. »Sie laufen einen Marathon, oder?«
»Na ja, einen Halb…«
»Für Ihre Freundin, die Leukämie hat?«
»Multiple Skl…«
»Und Sie haben eine Inneneinrichtungsfirma?«

»Webde…«
»Ganz toll!«, bellt Peter. »Reizend, jemanden in Ihrem Alter zu treffen, der ein bisschen Unternehmungsgeist hat.«
»Peter war sehr an den Hintergründen des heutigen Abends interessiert. Also bin ich mir sicher, dass du ihn heute zu einer großzügigen Spende überreden kannst«, sagt Adam mit einem Zwinkern.
Debi boxt ihm gegen den Arm – eine Geste, die spielerisch hätte wirken können, wenn die Frau nicht einen rechten Haken hätte, bei dem jeder Profiboxer vor Neid erblassen würde. »Ach, Sie sind mir einer!«, gackert sie, während sie im Festzelt verschwinden.
Missys Rat befolgend, soll es ein recht entspannter, zwangloser Abend werden. Nachdem die Gäste einen Drink hatten und sich in lockerer Runde treffen konnten, werden sie sich zu einem Fünfgängemenü an die Tische setzen und hoffentlich beschwipst genug sein, um viel Geld zu spenden. Aus diesem Grund wird die Auktion in guter alter Tradition *nach* dem Dinner stattfinden.
Ich habe versucht, Heidi dazu zu bringen, ein paar Worte zu sagen, doch sie hat darauf bestanden, dass ich das übernehme. Bei Präsentationen vor ein paar Leuten war sie immer brillant, aber sie hasst die Vorstellung, vor einem großen Publikum sprechen zu müssen. Hinzu kommt das Thema, um das es geht. Ich kann sie also gut verstehen.
Mein Plan ist es, die Ansprache kurz zu halten: Obwohl der Gedanke an die Spendengelder für mich an oberster Stelle steht, sollten wir die Gäste nicht bedrängen. Der heutige Abend soll vor allem Spaß machen; alles andere wäre nur kontraproduktiv.
»Sieht so aus, als wären die meisten Gäste da«, bemerkt Missy. »Ich sage Ronny Bescheid, dass er loslegen kann, und dann ziehen wir uns zurück.«

Ronny ist unser Ansager. Er sieht aus, als wäre er schon 110, und er ist umwerfend in seinem Job: makellos gekleidet in einem roten Frack und mit einer Stimme, die voll ist, vornehm und so laut wie ein Formel-1-Wagen.
»MEINE DAMEN UND HERREN …« Die Leute verstummen. »WÜRDEN SIE SICH BITTE ZUM DINNER AN DIE TISCHE BEGEBEN?«
Ich weiß, dass es seltsam ist, dass unsere Firma keinen eigenen Tisch hat. Es hätte sich angeboten: die Sitten einhalten, sich um bestehende Kunden kümmern und neue Kunden gewinnen.
Doch nach reiflicher Überlegung sind mir ein paar schlagende Argumente eingefallen, die dagegensprechen, einen eigenen Tisch zu haben. Ich kann mich auch nach dem Essen um die Kunden kümmern. Außerdem habe ich schon zu viele Kunden, als dass sie alle an einem Tisch Platz gefunden hätten, und ich will nicht, dass sich jemand benachteiligt fühlt. Und schließlich verleiht es dem ganzen Abend eine Atmosphäre von Gleichberechtigung, wenn es keinen »Top-Tisch« gibt. Ich hätte auch das kleine Problem gehabt, nicht neben Oliver sitzen zu können, wenn ich nicht darauf bestanden hätte, bei den Leuten vom Laufklub Platz zu nehmen. Was letztendlich der ausschlaggebende Grund war, kann ich nicht genau sagen.
»Nett hier.«
Mein Blick fällt auf Tom, der mir gegenüber am Tisch sitzt und lächelt. Er sieht in seinem Smoking so blendend aus, dass mir vom bloßen Anblick schwindelig wird.
»Freut mich, dass du das so siehst«, erwidere ich. »Wir haben jede Menge Arbeit hineingesteckt.«
»Das sieht man.« Er zögert einen Augenblick. »Also, Abby Rogers … Du sprichst wieder mit mir?«
»Warum um alles in der Welt solltet ihr nicht reden?« Geral-

dine taucht an seiner Seite auf und setzt sich. »Ich hoffe, er hat sich nicht danebenbenommen, Abby?«
»Tom macht nur Scherze.« Mein Nacken wird rot, aber ich sammle mich. »Natürlich sprechen wir miteinander.«
Er lächelt breit. »Freut mich, das zu hören.«
»Selbstverständlich habe ich deine Vorspeise vergiftet«, füge ich hinzu.
Er lacht. »Ich habe mich schon gefragt, warum die Bedienung mir unbedingt ein vegetarisches Gericht aufschwatzen wollte.«
»Pilze in Blausäure«, erwidere ich. »Eine Spezialität.«
Ich spüre jemanden neben mir, sehe auf und erkenne Oliver, dessen Blick auf mich gerichtet ist, als er sich setzt. Mein Pulsschlag erhöht sich, und ich schaue weg.
Dann muss ich wieder an den Artikel denken, den ich im Taxi gelesen habe. Komm schon, Abby. Was würde Gretchen F. Cassidy in dieser Situation tun?
»Wie geht es dir?«, fragt er lächelnd.
»Ach, na ja, ich …« Ich verstumme und reiße mich zusammen. In meiner Beziehung zu Oliver kann es nur eine Marschrichtung geben: vorwärts. Ich muss so verführerisch sein, dass meine Gefühle für ihn nur dann noch deutlicher zu erkennen wären, wenn ich lediglich mit selbstklebenden Quasten auf meinen Brustwarzen bekleidet auf seinem Schoß sitzen würde. »Mir geht es gut«, erwidere ich im sinnlichsten Tonfall, zu dem ich in der Lage bin, blicke in sein rechtes Auge und konzentriere mich auf die schwarzen Tiefen seiner Pupille, die sich weitet. »Danke«, murmle ich, ehe ich meinen Blick auf sein linkes Auge richte. »Und wie geht es dir?« Ich richte meine Aufmerksamkeit auf seinen Mund und verenge meine Augen zu einem derart heißen Blick, dass ich mich frage, warum der Feueralarm nicht anspringt.

Als er nicht antwortet, sehe ich wieder hoch.
»Äh … sehr gut. Also … meinst du, dass ihr heute viele Spenden sammeln könnt?«
Ich will gerade etwas erwidern, als mir Gretchens Worte wieder einfallen. Intensiver Blickkontakt – *das* ist der Schlüssel!
»Ich hoffe es«, hauche ich und öffne ganz leicht die Lippen, während ich ihm intensiv in das rechte Auge starre. »Ich *glaube* es«, füge ich hinzu und sehe in sein linkes Auge. »Zumindest ist das der Plan!« Jetzt betrachte ich seinen Mund. Mir fällt auf, dass es unglaublich kompliziert ist, sich darauf zu konzentrieren und gleichzeitig ein Gespräch zu führen. Wieder sagt er nichts. Ich blinzle und kneife ganz leicht die Augen zusammen. »Hast du was gesagt?«, frage ich unsicher.
Er wirkt verwirrt. »Nein.«
»Ach.« Allmählich zweifle ich an der Taktik, starre mein Besteck an und winde frustriert die Serviette in meinen Händen.
Tom und Geraldine auf der anderen Seite des Tisches lachen über einen Witz, und ich bin beeindruckt von ihrer Ausstrahlung als Paar und davon, wie gegenseitige Liebe und Bewunderung sie vollkommen durchdringen.
Mit neuer Entschlossenheit wende ich mich Oliver zu.
»Also …« Ich starre wieder in sein rechtes Auge – so intensiv, dass ich mein eigenes Spiegelbild darin sehen kann und bemerke, dass meine Wimperntusche dringend aufgefrischt werden müsste. »Warst du vorher schon mal in Knowsley Hall?«
»Ein- oder zweimal. Es ist wunderschön.« Er macht eine Pause und mustert mich. Mit einem Mal wirkt er mutig. »Allerdings nicht so schön wie du.«
Ohne Vorwarnung habe ich plötzlich das Gefühl, nicht mehr atmen zu können. *Nicht so schön wie ich? WIE ICH?*

Dann fällt mir ein, dass ich vergessen habe, in sein anderes Auge zu sehen; tatsächlich habe ich so lange in sein linkes Auge gestarrt, dass er glauben muss, ich hätte vor, Optikerin zu werden. Ich sehe in sein rechtes Auge. »Danke«, bringe ich hervor. Mein Herz hämmert wie wild.
Ich zwinge mich, meinen Blick wieder im Dreieck wandern zu lassen, und bin entschlossen, mich von seiner Bemerkung nicht so beeindrucken zu lassen, dass ich Gretchen F. Cassidys Theorie vermassle und vollkommen verloren bin. Wie sie schreibt: *Subtilität ist der Feind eines erfolgreichen Flirts.*
Also lasse ich sämtliche Subtilität beiseite und lasse meinen Blick über ihn schweifen, bis man meinen könnte, ich wäre dringend auf der Suche nach etwas Bestimmtem.
»Was gibt es zu essen?«, fragt Oliver, greift nach der Menükarte und bricht den Zauber. »Lamm. Klingt toll.«
Frustriert beiße ich mir auf die Unterlippe, bis ich fast Blut schmecke.
»Und grüne Bohnen. Hm. Und Karottenjulienne. Köstlich.«
Genau. Gut. Ich sollte es positiv sehen. Ich kann die Gelegenheit nutzen, um das dritte Element des »Flirt-Dreiecks« zu testen.
»Hast du in letzter Zeit ein gutes Buch gelesen?«, frage ich. Okay, das ist nicht die intelligente und geistreiche Unterhaltung, die ich mir erhofft habe, doch wie Gretchen F. Cassidy schreibt, geht es nicht so sehr darum, *was* man sagt, sondern *wie* man es sagt. Mein Blickkontakt könnte nicht intensiver sein, wenn ich eine Lupe hätte.
Als er sich mir wieder zuwendet, versuche ich, von einer seiner Schultern zur anderen zu blicken, denn – wie ich weiß – je breiter das Dreieck ist, desto wirkungsvoller wird es auch.
»Ich habe nicht viel Zeit, um zu lesen«, erwidert er.

»Tatsächlich?«, murmle ich und lasse meinen Blick wandern. »Ich bin zu beschäftigt damit, Leben zu retten.«

Verdammtes »Flirt-Dreieck«: Ich starre auf seinen Mund, ohne etwas dagegen tun zu können. Er zieht die Mundwinkel zu einem unverhohlen provokativen Lächeln nach oben.

Es *funktioniert!* Gretchen F. Soundso ist ein Genie!

Mir wird klar, dass ich noch immer einen Zahn zulegen muss. Wenn ich mich nicht beeile, wird die Vorspeise serviert, und diese Augenbewegungen sind schon Herausforderung genug, ohne dass ich währenddessen Suppe esse.

Ich blicke in sein rechtes Auge, dann in sein linkes, dann zu seiner rechten Schulter, zu seiner linken, dann …

»Abby, darf ich dich etwas fragen?«, sagt Oliver und senkt die Stimme. O Gott, ich schmelze dahin!

Er beugt sich zu mir, sieht mir in die Augen und jagt meinen Pulsschlag in ungeahnte Höhen.

»Natürlich.«

»Es ist eine ziemlich persönliche Frage.«

Ich nehme einen großen Schluck von meinem Champagner. »Die habe ich am liebsten«, entgegne ich mit rauher Stimme.

»Es ist mir bisher noch nicht aufgefallen, aber ich glaube, du solltest vielleicht mal zum Arzt gehen.«

Ich muss über die Anmache lächeln. »Zu *dir* etwa?«, hauche ich und hebe flirtend eine Braue.

Er runzelt die Stirn und lehnt sich zurück. »Nein, nicht zu einem Kardiologen«, erwidert er und wirkt verwirrt. Ich nippe noch mal am Champagner und versuche, mich zu konzentrieren, während das Getränk auf meiner Zunge prickelt. »Es ist bestimmt nichts Ernstes. Nystagmus kann vollkommen harmlos sein.«

»Nystagmus?«

»Unfreiwilliges Augenzittern.«

Ich verschlucke mich und fange an zu husten.
»Keine Sorge«, beruhigt er mich eilig. »Es ist ganz normal für die Betroffenen, so dass sie sich dessen nicht bewusst sind – und ich bin mir sicher, dass es harmlos ist. Das ist es meistens. Sag mal, nimmst du irgendwelche Medikamente?«

43.

Das Essen ist ein großer Erfolg. Der Wein ist ein großer Erfolg. Die Swingband ist ein großer Erfolg. Das Einzige, was kein Erfolg ist, ist mein Verführungsversuch bei »Doktor Charming«. Und die alleinige Schuld daran trägt Gretchen F. Cassidy.

»Abby, würden Sie bitte die Auktion ankündigen?«, fragt Missy, die mir auf die Schulter tippt. Ich entschuldige mich bei den Gästen an meinem Tisch – an dem dank Maus schmutziger Witze inzwischen eine der lautstärksten Runden sitzt –, erhebe mich und gehe zum Podium.

»Meine Damen und Herren«, verkündet Ronny, »bitte empfangen Sie mit einem warmherzigen Applaus die Organisatorin des heutigen Abends, Miss Abigail Rogers.«

Mein Hals ist mit einem Mal trocken, als ich ans Rednerpult trete und darauf warte, dass der Beifall verstummt.

»Guten Abend, sehr verehrte Gäste.« Ich bin mir überaus bewusst, dass jeder im Raum mich ansieht – vor allem Oliver. Wahrscheinlich will er nur prüfen, ob er noch weitere ungewöhnliche medizinische Phänomene an mir entdecken kann, doch nichtsdestotrotz sieht er mich an.

»Ich mache es kurz, aber ich möchte all jenen danke sagen, die geholfen haben, den heutigen Abend auf die Beine zu stellen. Danke an die Floristen von *Pink Sky,* an die *Jole Jones Swing Band,* an Knowsley Hall, an *Schreibwaren Punch,* an den Weinhandel *Corinne Scott* und vor allem an mein kleines, aber schlagkräftiges Team – Heidi, Priya und Matt. Die drei haben so hart gearbeitet, um diesen Abend zu ermöglichen.«

Ich blicke auf und hole Luft.
»Wir sammeln heute Abend Spenden für die Multiple-Sklerose-Forschung. Und denjenigen, die nicht viel über die Krankheit wissen, empfehle ich, das Thema zu googeln und sich darüber zu informieren. MS ist die häufigste beeinträchtigende neurologische Erkrankung in Großbritannien. Es gibt allein hier fünfundachtzigtausend Betroffene. Es sind meistens junge Menschen, die zuvor komplett gesund wirkten und die sich plötzlich mit Symptomen auseinandersetzen müssen, die so niederschmetternd wie unvorhersehbar sind – angefangen von einem kribbelnden Gefühl über Lähmungen bis hin zum Verlust kognitiver Funktionen.«
Ich mache eine Pause, sehe zu Heidi und spüre, wie mein Magen sich zusammenzieht. Es ist ein ungutes Gefühl, das alles in ihrem Beisein zu erzählen, obwohl sie meine Rede gelesen und mir versichert hat, dass sie sie für gut hält. Es gibt keinen anderen Weg, um den Leuten ins Bewusstsein zu bringen, warum wir das tun, was wir tun.
»Das eigentlich Schreckliche daran ist, dass es keine Heilung gibt. Die Krankheit ist die Kinderlähmung des einundzwanzigsten Jahrhunderts: eine Krankheit, gegen die wir noch immer keinen Impfstoff haben und von der wir nicht wissen, was ihre Ursache ist. Es ist unerlässlich, dass auf diesem Gebiet geforscht wird. Und deshalb sind Sie heute Abend hier: weil wir Geld für diese Forschung sammeln wollen. Ich trage, wie Sie wissen, meinen Teil dazu bei, indem ich Anfang nächsten Jahres einen Halbmarathon laufe. Und für diejenigen unter Ihnen, die über meine Phobie, was alle Formen von Sport angeht, Bescheid wissen: Sie können sich in etwa vorstellen, wie sehr ich die Aussicht darauf genieße.«
Ich sehe auf, und mein Blick fällt unbeabsichtigt auf Tom. Seine Miene zeigt mir, dass meine Rede gut ankommt. Er hat

die Mundwinkel nach oben gezogen, um mir ein ermunterndes Lächeln zuzuwerfen. Doch es bewirkt das Gegenteil – meine Knie sind plötzlich weich, und mein Hals ist wie zugeschnürt.

»Äh … das war's«, sage ich eilig. »Außer … na ja, es geht um eine sehr wichtige Sache, und ich hoffe, dass Sie alle helfen werden. Vielen Dank.«

Das Publikum klatscht, und ich will gerade vom Podium steigen, als ich bemerke, dass Heidi aufgestanden ist. Sie kommt auf mich zu, ein Bild von Selbstsicherheit und Glamour in ihrem wundervollen Kleid, in dem sie schwungvoll zwischen den Tischen hindurchläuft.

»Einen Moment«, formt sie lautlos mit den Lippen, ehe sie zu mir an das Rednerpult kommt. Ich trete zur Seite, und sie macht einen Schritt nach vorn. Ihre Hände zittern, als sie sich räuspert.

»Ich konnte den heutigen Abend nicht verstreichen lassen, ohne selbst ein paar Worte zu sagen.« Ihre Stimme ist ruhig, und die Zuhörer sind sofort gefesselt von ihr. »Ich weiß, dass Sie nicht unbedingt Unmengen von Ansprachen lauschen wollen, also werde ich es noch kürzer machen als Abby.«

Sie schluckt, während sie darüber nachdenkt, was sie als Nächstes sagt.

»Abby, meine wunderbare Chefin, hat sich vor ein paar Monaten zu dieser Spendenaktion entschlossen, nachdem ich ins Büro kam und verkündete …«, ihre Stimme bricht, »… verkündete, dass bei mir multiple Sklerose diagnostiziert wurde.«

Als sie verstummt, ist es im Zelt so leise, dass man nicht einmal das Klirren eines Glases hören kann. 400 Gesichter sind gespannt dem Rednerpult und Heidi zugewandt.

»Das hätte niemand gedacht, oder?« Sie lächelt. »Die meiste

Zeit über bin und fühle ich mich so wie immer – zumindest im Augenblick. Wie jeder andere. Aber die Ärzte haben entdeckt, dass ich eine Läsion im Gehirn habe, die entmarkt ist. Ich will Sie nicht mit den medizinischen Einzelheiten langweilen, doch es bedeutet, dass mein Leben mit einem Schlag vollkommen unberechenbar geworden ist. Ich könnte eine der glücklichen Patientinnen sein, die nur ab und zu ein Kribbeln oder ein Taubheitsgefühl verspüren. Oder ich könnte eine der nicht so glücklichen sein, die im Rollstuhl enden und rund um die Uhr gepflegt werden müssen. Und diese Ungewissheit ist eine der Sachen, mit denen man nur schwer zurechtkommt.«

Sie hält inne und hebt den Blick, um zu sehen, ob alle ihr zuhören. Das wäre nicht nötig gewesen.

»Die Krankheit fordert ein Umdenken – einen Fokus auf das Hier und Jetzt –, worin ich nicht immer gut war. Ich bin von Natur aus ehrgeizig und habe immer viel geplant. Tun wir das nicht alle? Wir planen die Karriere, wir planen die Familie, wir planen *unser Leben.* Nur jetzt kann ich das nicht mehr. Weil ich einfach nicht weiß, was mich erwartet.«

Ihre Stimme zittert, und ich fürchte einen Moment lang, dass sie zusammenbrechen könnte. Ich mache einen Schritt nach vorn und ergreife ihre Hand. Sie drückt sie und lächelt.

»Aber jemand hat mir gezeigt, dass ich mein Leben nicht damit verbringen kann, mich zu verkriechen. Und das werde ich auch nicht tun. Nicht, wenn ich Menschen um mich herum habe, die bereit sind, solche Anstrengungen zu unternehmen, um zu helfen.« Sie wendet sich mir zu und unterdrückt ein Lächeln. »Abigail Rogers war einer der unsportlichsten Menschen, die ich je kennengelernt habe. Ihre Vorstellung eines gesunden Frühstücks bestand darin, nur einen Blaubeermuffin zu essen statt zwei.« Das Publikum lacht. »Tja, jetzt ändert sie ihre Lebenseinstellung und läuft einen Halbmarathon – und sie tut es, um mir und Tausenden anderen Menschen zu helfen, denen es so geht wie mir. Oder denen es noch viel schlechter geht. Also … ich möchte heute in aller Öffentlichkeit sagen, wie unsagbar dankbar ich dafür bin.«

Als sie mich ansieht, bemerke ich Tränen an den geröteten Rändern ihrer Augen. Ihre Lippen zittern, und auch ich bin aufgewühlt. Trotz meiner Entschlossenheit, mich zusammenzureißen, schießen mir Tränen in die Augen.

»Abby, ich danke dir«, flüstert sie mutig ins Mikrophon. »Aus tiefstem Herzen.«

Sie umarmt mich, und das Publikum fängt an zu klatschen. Während der Applaus in meinen Ohren widerhallt, halte ich sie fest, und Tränen rinnen mir über die Wangen.

»Jederzeit gern, Heidi«, sage ich an ihrem Haar.

44.

Ich hatte gehofft, dass die Auktion ein Erfolg werden würde, doch nach Heidis Ansprache übertrifft sie unsere kühnsten Erwartungen. Der Auktionator – Mickey Price, Sprecher bei einem örtlichen Radiosender – ist ein Profi. Bisher habe ich ihn immer für so unterhaltsam wie Herpes gehalten, aber nachdem die Leute 20 Minuten lang eifrig geboten haben, beschließe ich, dass ich den Mann liebe.

Jeder Gegenstand wird für mehr als seinen Marktwert versteigert: die Flüge nach Barcelona, die Kristallvase, das Dinner für zwei, die signierten Fußballtrikots, das Wellness-Wochenende. Und wir kommen erst noch zu dem Höhepunkt der Auktion und dem Glanzstück: dem Diamantcollier. Das Mindestgebot liegt bei 1800 Pfund, doch es ist so exquisit, dass ich mir sicher bin, dass dieser Preis in Sekunden überboten wird.

»Wir haben bis jetzt viel Geld gesammelt«, sagt Mickey ins Mikrophon. Die Leute greifen immer noch bei der Käseplatte zu, aber er hat trotzdem ihre Aufmerksamkeit. »Nun kommt ein tolles Stück: eine Halskette von *Smith & Moon.*«

Toll? Um Himmels willen, er muss ihnen mehr dazu sagen! Das Stück ist 2500 Pfund wert. Es sieht dem Collier ähnlich, das Penélope Cruz bei der Oscar-Verleihung getragen hat. Es besteht aus bezaubernden Markasitsteinen und ist in unzähligen Hochglanzmagazinen abgebildet worden. Jede Frau im Festzelt sollte den verzweifelten Wunsch haben, dieses Collier zu besitzen.

»Also, das Mindestgebot liegt bei … mal sehen … einhundertachtzig Pfund.«

Mir klappt die Kinnlade herunter. Beklommen blicke ich zum Tisch von *Smith & Moon,* wo die Geschäftsführerin Gemma Crosthorpe so aussieht, als hätte sie soeben ihr Käsemesser verschluckt.

»*Achtzehnhundert* Pfund«, zische ich Mickey zu. »*Achtzehnhundert!*« Doch ich bin zu weit entfernt. Außerdem bricht im Zelt gerade Hektik aus, weil das Schmuckstück für viele der Gäste im Budget liegt.

»Genau: einhundertachtzig Pfund. Ein Schnäppchen!«, sagt Mickey grinsend, während ich mir überlege, ob ich ihm einen Kinnhaken verpasse. »Wer gibt das erste Gebot ab?«

Unzählige Hände schießen in die Höhe, und ich bin gezwungen, aufzuspringen, zum Rednerpult zu rennen und dabei so wild zu gestikulieren, als würde ich versuchen, eine La-Ola-Welle anzustoßen.

»STOPP!«

Er sieht mich an. »Tut mir leid«, nuschle ich in Richtung des verwirrten Publikums, während ich gegen die Demütigung ankämpfe, die mich packt. Ich klettere die Stufen zur Bühne hinauf und packe Mickey am Arm. »Das Mindestgebot«, flüstere ich ihm zwischen zusammengebissenen Zähnen hervor zu, »liegt bei achtzehnhundert Pfund.«

Er blinzelt. »Was?«

»Achtzehnhundert. Nicht einhundertachtzig.«

Er starrt mich an. »Scheiße.«

»Ich weiß.«

»Oh, verdammter Mist.«

»Ich weiß.«

»Oh, Himmelkreuzdonnerwetter.«

Darauf entgegne ich nichts mehr.

»Es besteht wohl nicht die Möglichkeit, einfach mit einhundertachtzig weiterzumachen, oder?«, fragt er.

»Auf gar keinen Fall.«

»Das habe ich mir schon gedacht. Okay – überlassen Sie das mir. Ich bin Profi.«

Damit geht Mickey mit einem übertriebenen Lächeln über die Bühne.

»Gut, meine Damen und Herren«, sagt er strahlend. »Tun wir so, als hätte es die letzten fünf Minuten nie gegeben.«

Die Gäste blicken ihn an und warten auf die Pointe.

»Das Mindestgebot«, fährt er fort, »beträgt tatsächlich achtzehnhundert Pfund. Das sind eintausendachthundert Pfund. Ts! Sie haben doch nicht ernsthaft geglaubt, dass wir ein Diamantcollier für einhundertachtzig Pfund verscherbeln, oder? Wo, glauben Sie, haben wir die Kette her? Aus dem Kaufhaus?«

Es herrscht eisiges Schweigen.

»Es ist vielleicht mehr, als Sie erwartet hätten, aber, hey, das Collier ist es wert, wenn Sie mich fragen. Ich hätte gern so eines! Es würde meinem Pudel ausgezeichnet stehen …«

Der Soundtrack von »Das Omen« hallt in meinen Ohren wider. Ich funkele Mickey finster an.

»Also, wer bietet für dieses wundervolle Schmuckstück? Oh, hören Sie mich mal an – ich könnte einen Job bei *QVC* bekommen!«

Lieber Gott, hilf mir.

»Eintausendachthundert Pfund. Bietet irgendjemand? Irgendjemand?«

Jeder Gast im Festzelt scheint woanders hinzusehen als zu ihm. Sie starren auf ihre Servietten, ihre Weingläser, ihre Tischnachbarn. Mickey Price' Versuch, die Leute zum Bieten zu animieren, ist total in die Hose gegangen.

Es besteht kein Zweifel daran, dass das Mindestgebot angemessen ist: Es ist viel niedriger als der Preis, den man normalerweise dafür bezahlen würde – und das Collier ist hinreißend. Doch der psychologische Effekt, zuerst zu hören, dass es nur 180 Pfund wert wäre, und dann mitzuerleben, wie der Preis auf 1800 Pfund angehoben wird, hat die Begehrtheit des Schmuckes mit einem Schlag zerstört.

Das Ergebnis ist brütendes Schweigen. Ich verspüre den Drang, unter den Tischen hindurch zu einem Notausgang zu robben. Aber ich kann nicht. Ich muss hier sitzen und zusehen, wie der Alptraum weitergeht.

Mickey Price, der seinen Lebensunterhalt damit verdient, jeden Tag gehaltlosen Müll zu reden, findet plötzlich keine Worte mehr. Nicht mal etwas Gehaltloses. Oder Müll.

Schlimmer noch, Gemma Crosthorpes Großzügigkeit wird von der Hälfte der Gäste mit peinlich berührten, mitleidigen Blicken belohnt. Jeder wünscht sich, dass jemand – irgendjemand – endlich bietet. Jemand außer ihm selbst natürlich.

»Äh … na ja. Was machen wir in Situationen wie diesen, frage ich mich?« Mickey lacht und öffnet den obersten Knopf seines Hemdes.

Ich werfe einen verzweifelten Blick zu Adams Tisch und hoffe, dass Debi ihren Ehemann überreden konnte, zu bieten. Doch sie sieht eifrig in die Menükarte, entschlossen, sich aus der Angelegenheit rauszuhalten.

»Kommen Sie, meine Herren: Hat keiner von Ihnen Lust, die Dame Ihres Herzens mit einem solchen Schmuckstück zu verwöhnen? Oder Ihre Ehefrau?« Er ist der Einzige, der darüber lachen kann.

Ich schließe die Augen und bete darum, dass es aufhört. Sofort.

Ich nehme mein Weinglas und trinke, nachdem ich den Abend über relativ nüchtern geblieben bin, einen großen Schluck.

Plötzlich schießt auf der gegenüberliegenden Seite des Tisches ein Arm nach oben.
»Tom!«, keucht Geraldine. »Mein Gott, ich kann es nicht glauben!«
Mickey stürzt sich auf ihn. »Der Herr an Tisch fünfzehn: eintausendachthundert Pfund«, sagt er triumphierend. »Sehr gut, Sir! Sie werden es nicht bereuen.«
Tom sieht mich an. »Vielleicht aber doch«, formt er lautlos mit den Lippen. Er liebt Geraldine offenbar noch mehr, als ich gedacht hätte. Und definitiv mehr, als *sie* gedacht hätte.
»Tom, ich kann es nicht glauben«, kichert sie hysterisch. »Oh, mein Gott, danke!« Dann hält sie inne, verengt die Augen zu schmalen Schlitzen und sieht ihn eindringlich an. »Es ist doch für mich, oder?«
»Na ja ... ja«, erwidert er. »Ich meine, so weit habe ich noch nicht gedacht. Ich wollte eigentlich nur die anderen zum Bieten animieren.«
Ich schlage die Hand vor den Mund.
»Hey, hey, hey!«, ruft Mickey Price. »Was haben wir denn da – ein weiteres Gebot!«
Ein Mann am anderen Ende des Zeltes hat die Hand erhoben. Ich glaube, er sitzt am Tisch von *CS Bergman* – ja, es ist der Geschäftsführer.
»Eintausendneunhundert Pfund. Danke, Sir«, sagt Mickey. »Wer bietet zweitausend?«
Geraldine wirft Tom einen hoffnungsvollen Blick zu, aber zu ihrem Leidwesen denkt Tom offenbar, dass sein Job damit erledigt ist.
»Tisch neunzehn!« Geraldine sinkt auf ihrem Stuhl zusammen und gibt die Hoffnung auf. »Vielen Dank, Madam!«
Ungläubig und erfreut erlebe ich mit, wie das Bieten weitergeht, bis das Gebot bei 2200 Pfund steht. Es scheint so, als

wolle niemand mehr bieten, als doch noch jemand an einem Tisch auf der gegenüberliegenden Seite des Festzeltes 2300 Pfund bietet.

»Zweitausenddreihundert … zum Ersten, zum Zweiten und zum Dritten! Herzlichen Glückwunsch, mein Herr!«, ruft Mickey. Beifall brandet auf, und Geraldine bemüht sich, nicht zu enttäuscht auszusehen.

»Lassen Sie mich die Hand des glücklichen Bieters schütteln«, sagt Mickey und durchquert das Zelt.

Richtig: Denn wer auch immer geboten hat, hat ihm die Karriere als Auktionator auf Wohltätigkeitsveranstaltungen gerettet.

»Guten Abend, Sir«, sagt er. »Wie ist Ihr Name?«

»Äh … Adam Darricot.«

Ich springe auf. Sicherlich habe ich mich verhört. Aber es ist Adam – Jess' Adam. Ich kann es nicht fassen.

»Also, das Collier ist für die Dame Ihres Herzens? Oder für Ihre Ehefrau?«, fragt Mickey grinsend. Er hat anscheinend verdrängt, wie lahm der Witz schon beim ersten Mal war.

»Für meine Frau«, erwidert Adam mit einem zurückhaltenden Lächeln, »die im Übrigen in jeder Hinsicht etwas Besonderes ist.«

Als ich auf meinen Stuhl zurücksinke, verspüre ich einen Strudel von Emotionen in mir, bis sich schließlich vor allem zwei Empfindungen abzeichnen: Schuld und Betroffenheit. Schuld, weil ich zu glauben beginne, dass ich Adam doch vollkommen unterschätzt haben könnte. Und Betroffenheit, weil ich fürchte, dass Jess das offensichtlich auch getan hat.

45.

Ich schulde dir ein Bier – oder zehn«, sage ich zu Tom.

Er lacht, und mir wird bewusst, wie schön es ist, ihn wieder einmal strahlend lächeln zu sehen. Und mir wird bewusst, wie lächerlich unser Verhalten in der letzten Zeit war.

»Ernsthaft, Tom, diese Drinks gehen auf mich.«

»Sei nicht albern.« Er schiebt dem Barkeeper einen Geldschein zu. »Anders als Jess' Ehemann bin ich nicht um zweitausenddreihundert Pfund ärmer. Ich wäre es nur beinahe gewesen.«

»Aber leider ist es nicht so gekommen …«, sagt Geraldine, die schmollend aus dem Nichts auftaucht. Ich kann es ihr nicht verübeln.

»Es tut mir leid, Schatz.« Tom legt mitfühlend den Arm um ihre Taille und gibt ihr einen Kuss aufs Haar. »Ich konnte es nur nicht ertragen, dass alle so dasaßen. Jemand musste die Auktion doch in Gang bringen.«

»Also hattest du nie wirklich vor, mir das Collier zu kaufen?«, entgegnet sie und schürzt die Lippen.

Er zuckt zusammen. »Ich wäre darauf sitzengeblieben, wenn sonst niemand geboten hätte.«

Ihrer Miene nach zu schließen war das nicht das, was sie hören wollte.

»Ich mache es wieder gut«, flüstert er und drückt ihre Hand.

»Ach, du wirst mich endlich fragen, ob ich dich heirate?«, fragt sie mit ein bisschen zu viel Sarkasmus.

»Begnügst du dich erst einmal mit einem Tanz?«

Sie verdreht die Augen. »Na gut.«

Während sie in Richtung Tanzfläche gehen, bleibe ich an der Bar und frage mich, wo »Doktor Charming« steckt. Im nächsten Moment bekomme ich meine Antwort.

»Abby.« Ich spüre eine Hand auf meinem Rücken, und als ich mich umdrehe, erblicke ich Oliver, der mich scheu anlächelt. »Du hast deine Sache heute Abend wirklich toll gemacht. Und ich habe mich gefragt …«

Oh, mein Gott. Will er mich um ein Date bitten?

»Würdest du gern tanzen?«

Ich fühle mich, als würden meine Beine unter mir nachgeben, aber noch ehe ich dankbar irgendetwas wispern kann, nimmt er schon meine Hand und zieht mich zur Tanzfläche.

Die Band – mit einem herpesfreien Trompeter – ist richtig in Fahrt und spielt Glenn Millers »In the Mood«. Ich fühle mich zugleich befangen und beschwingt, als wir uns der Tanzfläche nähern, und seine Berührung fühlt sich so gut an, dass ich mir wünsche, er würde mich nie mehr loslassen.

Als wir die überfüllte Tanzfläche erreichen, lächelt Oliver und blickt mir in die Augen, bevor er zu tanzen beginnt – wie ein Profi. Es wäre beängstigend, wenn ich es nicht so genießen würde. Während er mich dreht und ignoriert, dass meine High Heels seine Zehen perforieren, könnte ich mich dem Himmel kaum näher fühlen.

»Du bist eine großartige Tänzerin«, schwindelt er, als Mau mit einem der jüngeren Mitglieder des Laufklubs an uns vorbeitänzelt.

»Sieht so aus, als hättest du viel Spaß«, flüstert sie und knufft mir in die Seite.

Ich tanze dreimal mit Oliver, ehe der Geschäftsführer von *Preciseco* mir auf die Schulter tippt und ich in einen Strudel von Networking gerate. Ich will lieber wieder zurück zu Oliver und dem Rest des Laufklubs, der ebenfalls tanzt, doch es ist nicht möglich. Jedes Mal, wenn ich den Versuch starte, zurück zu den anderen zu gehen, werde ich von einem Kunden oder einem potenziellen Geschäftspartner angesprochen. Deshalb kann ich mich auch nicht beschweren: Am Ende des Abends quillt meine Handtasche fast über vor Visitenkarten möglicher zukünftiger Geschäftskontakte.

Als ich mich schließlich zurückziehen und auf die Suche nach Oliver machen kann, finde ich ihn bei der Garderobe. Das ist die gute Nachricht. Die schlechte ist, dass er mit einer langbeinigen Brünetten spricht, die ein mörderisches Dekolleté hat und eine Sonnenbräune, die eindeutig echter aussieht als meine.

»Abby!« Er lächelt und kommt zu mir. Die Brünette trägt derweil Vaseline auf ihre ohnehin schon gut gepflegten üppigen Lippen auf.

»Gehst du?«, quieke ich und verfluche mich, weil es mir nicht gelungen ist, cool und gefasst zu klingen.

»Ich fürchte, ja.« Er lächelt auf eine Art, die ich nicht verstehe. »Aber es war ein wundervoller Abend. Ich hatte viel Spaß.«

»Brauchst du ein Taxi?« Ich blicke über seine Schulter hinweg zu seiner Begleitung, die ungeduldig mit ihren High Heels auf den Boden tippt.

»Nein, ich bin Nina in die Arme gelaufen.« Ich lächle, als würde ich mich für die beiden freuen. »Sie wohnt nur drei Straßen von mir entfernt, also teilen wir uns ein Taxi.«

»Oh«, erwidere ich. »Das ist schön.«

»Stimmt etwas nicht?«, fragt er.

»Nein, alles in Ordnung.« Ich strahle.

Er beugt sich vor, um mir einen Kuss auf die Wange zu geben, und seine Lippen verweilen dort einen Moment länger, als ich gedacht hätte. Eine Welle der Lust durchströmt mich, so dass

ich, als er sich von mir löst, das dringende Verlangen verspüre, ihn am Revers zu packen und zu knutschen, als hinge das Leben meiner zukünftigen Enkelkinder davon ab.
Doch da Nina, einige Kunden und sonstige Gäste um uns herumstehen, kann ich das natürlich nicht machen.
»Gut«, sagt er leise und blickt mir tief in die Augen. Dann dreht er sich um, geht zu Nina, bietet ihr den Arm an, und sie gehen nach draußen.
Als ich gerade denke, dass ich in Tränen ausbrechen könnte, bleibt Oliver stehen, wendet sich um und kommt noch einmal zu mir. Meine Wangen glühen. Er schiebt eine Strähne meines Haars hinter mein Ohr und flüstert: »Nina ist übrigens verheiratet.«
»Oh … äh … alles klar«, erwidere ich nervös.
»Wir sind Freunde, das ist alles.« Er lächelt und sieht mich an. »Ich wollte nur, dass du das weißt.«

46.

Es ist nach zwei, als auch die letzten Gäste gegangen sind. Ich teile mir ein Taxi mit Adam. Er wirkt etwas angeschlagen – so sehe ich ihn zum ersten Mal. Die Vorstellung, während der Fahrt 20 Minuten mit Jess' Ehemann plaudern zu müssen, erfüllt mich jedoch nicht wie sonst mit Grauen. Heute Abend habe ich ihn in einem anderen Licht gesehen.

»Ernsthaft, Adam, vielen Dank, dass du das Collier gekauft hast«, sage ich, während unser Taxi mit höllischer Geschwindigkeit über die Autobahn rast.

»Mach dir darüber keine Gedanken. Es ist ja für eine gute Sache – und ich habe mich gefragt, was wir tun können, um zu helfen.«

»Tatsächlich?«

Er nickt fröhlich. »Ich habe mir oft gewünscht, so etwas wie du tun zu können, aber das ist eben auch eine Frage der Zeit. Für zwei Sportfanatiker ist in der Familie kein Platz.«

Je mehr Adam spricht, desto mehr wird meine neue, vorurteilsfreie Sicht auf ihn verstärkt. Vielleicht liegt es daran, dass ich keine eigenen Kinder habe, dass mir nie aufgefallen ist, wie viel Zeit Adam mit den Kindern verbringt oder wie sehr er sie vergöttert.

»Im Übrigen«, sagt er, »passen Sport und ich nicht besonders gut zusammen. Die letzte sportliche Aktivität, die ich ausgeübt habe, war ein Eierlauf. Und selbst dabei habe ich mir eine blutige Nase geholt.«

Ich lache.

»Gut, ich war damals zweiundzwanzig und hätte wahrschein-

lich den Sechsjährigen nicht mit einem Sprung von den Beinen holen sollen.«
Das ist noch etwas: Adam scheint einen tollen Sinn für Humor zu haben. Ich weiß nicht, woher der plötzlich kommt oder warum ich ihn früher noch nicht bemerkt habe. Ich nehme an, dass meine Meinung über Adam so festgefahren war, dass ich mich entschlossen hatte, ihn nicht zu sehen.
»Wann wirst du Jess das Collier geben?«, frage ich. Aus irgendeinem Grund merke ich, dass ich rot werde, als ich frage; ich mache mir Sorgen, dass meine Bemerkung ein Hinweis darauf sein könnte, dass ich über den Zustand ihrer Beziehung genau Bescheid weiß. Dass ich etwas weiß, das er nicht weiß.
»Ich werde sie an unserem Hochzeitstag im nächsten Monat damit überraschen. Wirst du die anderen Leute aus dem Laufklub bitten, ihr nichts zu verraten? Ich habe den meisten schon selbst gesagt, dass sie Stillschweigen bewahren sollen, aber wenn du sie noch mal erinnern könntest, wäre ich dir sehr dankbar.«
»Selbstverständlich«, erwidere ich.
»Meinst du, es wird ihr gefallen?«
»Wieso sollte es ihr nicht gefallen?«
»Tja, ich hoffe es«, sagt er. »Ich sage das wahrscheinlich nur, weil ich schon ein paar Gläser Bier getrunken habe, aber ich bin verdammt glücklich, dass ich sie habe.«
»Tatsächlich?«
»Gott, ja.« Er lacht. »Als Jess und ich uns zum ersten Mal begegneten, hätte ich nicht im Traum daran gedacht, dass sie an jemandem wie mir interessiert sein könnte. Und du kennst Jess: Sie trägt das Herz nicht gerade auf der Zunge – nicht einmal nach so langer Zeit.«
Bei seinen Worten, bei dem Gedanken, dass er noch nie von

ihr gehört hat, dass sie ihn liebt, und dass er es wahrscheinlich auch niemals hören wird, zucke ich zusammen.

»Ich bin nicht sehr extrovertiert, und Leute, die mich nicht kennen, denken … na ja, sie denken wahrscheinlich, dass ich langweilig bin.«

»Ach, das glaube ich nicht!«, erwidere ich und werde noch röter.

Er zuckt mit den Achseln. »Das ist das Problem, wenn man ein bisschen schüchtern ist.«

»Du bist ein bisschen schüchtern?«, wiederhole ich. Ich kann nicht glauben, dass jemand, der so erfolgreich im Job ist, so empfinden kann.

»Das ist nichts, das ich jedem gleich auf die Nase binde«, gibt er zu, »doch ich fühle mich manchmal selbst in Gegenwart von Leuten so, die ich schon seit Jahren kenne. Bei dir, zum Beispiel.«

»Bei mir?«

»Du musst mich für einen fürchterlichen Langweiler halten …«

»Das tue ich nicht!«

»Keine Sorge, Abby«, sagt er freundlich. »Ich will nur sagen: Obwohl wir uns so lange kennen, bin ich in deiner Nähe verunsichert. Mein Dad und mein Bruder sind genauso. Ich kann mich glücklich schätzen, dass Jess das durchschaut hat. Ehrlich, ich liebe sie jetzt noch mehr als bei unserer Hochzeit.«

Ich denke fieberhaft darüber nach, was ich erwidern könnte, aber meine Lippen zittern.

»Ist alles in Ordnung?«, fragt er.

»Klar.« Meine Stimme bricht, und ich bekomme einen Hustenanfall. »Ein bisschen beschwipst, das ist alles.«

»Du wirst ihr doch nichts von dem Collier sagen, oder?«, fragt er. »Ich möchte sie überraschen.«

Tatsache ist, dass ich Jess unbedingt von der Halskette erzählen will – sie soll wissen, wofür sie steht. Ich will, dass sie weiß, dass ich ihren Ehemann nicht für langweilig oder sonst etwas halte, wie ich es früher getan habe. Und vor allem will ich, dass sie weiß, wie sehr er sie liebt.

»Abby? *Versprichst* du mir, dass du ihr nichts sagen wirst?«

»Selbstverständlich.«

Er verengt die Augen zu schmalen Schlitzen. »Ernsthaft.«

»Das *ist* mein Ernst«, erwidere ich.

»Ich kann dir doch vertrauen, oder?«

»Ich werde ihr nichts sagen, Adam, keine Sorge«, entgegne ich. »Du hast mein Wort.«

47.

Zwei Tage später, im Nachhall des Erfolges von Heidis Ball, entschließe ich mich, beim Training einen weiteren Schritt in Richtung Halbmarathon zu machen.

»Echt? Du willst das Zehn-Kilometer-Rennen laufen? *An diesem Wochenende?*«, fragt Jess auf unserer Fahrt zum Laufklub.

»Ist das so abwegig? Ich habe fünf Kilometer ohne Probleme geschafft. Und du hast selbst gesagt, dass du der Meinung bist, dass ich meine Sache gut mache.«

»Ich glaube *wirklich*, dass du deine Sache gut machst«, stimmt sie mir zu. »Nur … na ja, du bist nicht mal während des Trainings zehn Kilometer gelaufen.«

»Ich bin *sieben* Kilometer gelaufen. Ein oder zwei *M&M's* zusätzlich werden mir dabei helfen, auch die letzten Meter noch zu schaffen.« Ich zwinkere ihr zu.

»Drei Kilometer, um genau zu sein. Warum bist du so entschlossen, das zu machen?«

»Ich dachte, ich wäre gerade gut im Training, das ist alles. Ein schönes, ehrgeiziges Ziel. Und außerdem wird es mir im Hinblick auf die Lauffreizeit guttun.«

»O…kay«, sagt sie zögerlich.

»Und«, winde ich mich, »tja, du findest es vielleicht naiv von mir, zu denken, dass ich in ›Doktor Charmings‹ Meinung steige, wenn ich dieses Rennen laufe …« Ich verstumme.

»Aber genau das denkst du?«

Ich grinse. »Ich bin bezaubert von ihm.«

Sie zuckt zusammen. Jess ist ein bisschen seltsam, wenn es um

Männer geht, seit ihre eigene Beziehung ins Wanken geraten ist. Ich bin froh, wenn Adam ihr das Collier geschenkt hat. Erstens, weil ich ehrlich hoffe, dass diese Geste ihre Beziehung kitten wird. Und zweitens, weil ich dann endlich über das verdammte Ding reden kann. Ich war nie gut darin, Geheimnisse für mich zu behalten. »Wie dem auch sei, du warst doch diejenige, die gesagt hat, ich solle ehrgeiziger sein«, fahre ich fort.

Jess zuckt die Schultern. »Okay. Du wirst es schaffen, solange du dein Tempo gehst.« Sie fährt auf den Parkplatz.

»Wie läuft es eigentlich so?«, frage ich zögerlich, als sie aus dem Wagen steigt und die Tür zuschlägt.

»Es?«, wiederholt sie tonlos. »Oh, *es* läuft ganz gut. Vor allem, weil ich so tue, als wäre *es* nie passiert.«

»Erfolgreich?«

Sie seufzt. »Nicht wirklich.«

Beim heutigen Training laufen wir acht Kilometer am Stück, und ich muss zugeben, dass es nicht leicht ist. Tatsächlich ist es sogar verdammt hart. Aber ich bin nicht beunruhigt. Ich werde es schaffen, wenn es ein richtiges Rennen ist und das Adrenalin mich vorantreibt. Außerdem bleiben mir noch ein paar Tage, um zu trainieren.

Am folgenden Abend laufe ich achteinhalb Kilometer und am Donnerstag sogar neun. Die Zehn-Kilometer-Marke erreiche ich im Training nicht, weil Jess mich anweist, am Freitag und Samstag nicht zu laufen – was natürlich Musik in meinen Ohren ist.

Das einzige Problem ist, dass ich mich am Freitag nicht richtig ausruhen kann. Es finden einige Meetings statt, ich muss telefonieren und Rechnungen stellen. Darüber hinaus muss ich mich um die wie immer verspätet zahlende *Preciseco* küm-

mern, denn die gar nicht mal so dezenten Hinweise, die ich dem Geschäftsführer auf dem Ball gegeben habe, scheinen nicht ausreichend gewesen zu sein.
Es gibt auch aufregende Neuigkeiten: Der Marketingchef von *Diggles,* meiner tollen Kette von Gartencentern, ruft an, um Bescheid zu sagen, dass sie am Montag bekanntgeben werden, dass sie eine andere Firma aufgekauft haben, und dass das Unternehmen massiv wachsen wird. Deshalb soll ein ganz neues Image etablieren werden – und das bedeutet, dass sich das Arbeitsvolumen für *River Web Design* über Nacht verdoppeln wird.
Ich lege auf und zittere vor Aufregung: Damit steigen wir in eine neue Liga auf. Selbstverständlich müssen wir noch jemanden anstellen, um mit der Arbeit fertig zu werden, doch die zusätzlichen Einkünfte werden das mehr als abdecken. Ich verfasse sofort eine Anzeige, um sie online zu stellen.
Das alles ist toll, aber es hilft nicht dabei, Jess' Ratschlag umzusetzen, mich vor dem Rennen zu entspannen. Mit diesem Gedanken im Kopf beschließe ich, den Samstag zu Hause zu verbringen und etwas ziemlich Angenehmes zu machen: herumwerkeln.
Wie ich dieses Wort liebe. Herumwerkeln passt so wenig in mein Leben, dass ich es zu den seltenen Gelegenheiten, wenn ich es tue, total genieße. Ich gieße meine vernachlässigten Pflanzen. Ich sortiere mein Bücherregal neu. Ich ordne sogar meine CDs, ohne der Versuchung widerstehen zu können, kurz hineinzuhören. Allerdings lasse ich das sein, nachdem ich meinen »Chicago«-Soundtrack zur Hälfte gehört habe und vom Postboten dabei erwischt werde, wie ich zu »Razzle Dazzle« die Beine in die Luft schleudere.
Am Nachmittag denke ich darüber nach, einen Roman zu lesen, als mir etwas einfällt, das ich schon seit über einem Jahr

machen will. Ich öffne meine Unterwäscheschublade und beäuge kritisch den Inhalt. Mir wird klar, dass ich diese Aussortieraktion schon viel früher hätte machen sollen.

Was für ein Durcheinander!

Falls jemand bei mir einbrechen und diese Schublade durchsuchen sollte, wäre ich nicht in erster Linie angewidert von dem Perversen, der das getan hat, sondern vielmehr beschämt darüber, was er gesehen hat. Meine Unterhosen sind schlicht hinüber.

Es gibt keine Auswahl an hübscher und zusammenpassender Spitzenunterwäsche. Ich finde nur zwei gute Sets, die genau wie das Wohnzimmer meiner Großmutter für besondere Anlässe aufgespart worden sind. Alles andere ist ein Wirrwarr an einzelnen Schlüpfern, an zerschlissenem Stoff und an fürchterlich gemusterten Höschen in Farben, bei denen einem die Tränen in die Augen schießen.

Ich leere die Schublade auf dem Fußboden aus, um zu sehen, was zusammenpasst. Die Antwort ist – nicht viel. Abgesehen von den schon erwähnten schicken Sets ist es das reinste Chaos.

Das Einzige, was zu tun bleibt, ist ein rigoroses Durchgreifen. Ich lege die ansehnlichen Höschen zur Seite, stecke den Rest in eine Mülltüte und fahre zur nächsten Abfallentsorgung, wo ich sie in einen Container fülle, der schon voller schimmeliger Matratzen und sich langsam zersetzender Plüschtiere ist.

Die Säuberungsaktion ist unglaublich befreiend – und ich fahre als glückliche Frau nach Hause.

Den Rest des Abends verbringe ich mit einem Teller Nudeln (wieder ein Ratschlag von Jess), trinke so viel Wasser, dass ich mein Bad nicht mehr sehen mag, und um halb zehn liege ich im Bett, fühle mich wundervoll ausgeruht, unglaublich hydriert und herrlich satt. Ich gleite in einen tiefen, erholsamen

Schlaf und weiß, dass ich am nächsten Morgen um halb neun perfekt vorbereitet für das große Rennen bin.

Um halb zwei morgens wache ich auf, aufgeschreckt aus einem wundervollen Traum, in dem ich als Tänzerin in der Sendung »Strictly« auftrete und »Doktor Charming« mein Partner ist. Ich schmiege mich gerade für einen Paso Doble an ihn, während die Rüschen seines durchsichtigen Hemdes an meiner Nase kitzeln, als mir ein furchtbarer Gedanke kommt: Was zur Hölle trage ich unter meinen Laufshorts?

Die Sammlung meiner Unterwäsche ist inzwischen zusammengeschmolzen auf drei schwarze Stringtangas aus Spitze.

Ich rede mir ein, dass es keine große Sache ist. Dass ein schwarzer Tanga durchaus in Ordnung ist. Wahrscheinlich. Leider bin ich jetzt wach. Ich öffne die Augen und starre an die Decke. Dann auf den Wecker. Dann an die Wand. Dann an die Decke. Dann auf den Wecker. Und nach einigen Stunden, die ich so verbringe, wird mir klar, dass ich auf keinen Fall mehr einschlafen werde. Also lese ich in meinem Roman, bis es 8:27 Uhr ist und ich endlich einschlafe.

Drei Minuten später ertönt der Alarm meines Weckers, der so laut ist, dass ich mit einem Schlag hellwach bin.

Ich quäle mich aus dem Bett. Mir ist schlecht vor Müdigkeit. Ich schaffe es kaum, mich ins Bad zu schleppen. Wie um alles in der Welt soll ich es schaffen, zehn Kilometer am Stück zu laufen?

48.

Das Rennen beginnt um 11 Uhr im Sefton Park, einer riesigen grünen Oase im Süden Liverpools.
»Du musst nicht unbedingt mitkommen«, sage ich zu meiner Mum, als ein Offizieller des Rennens uns den Weg weist.
»Ich weiß nicht, warum du auf einmal so schüchtern bist«, spöttelt sie.
»Ich bin nicht schüchtern«, erwidere ich. »Es ist nur keine große Sache. Das Rennen im Januar dagegen schon. Spar dich doch dafür auf.«
Wie abgesprochen wartet Jess neben dem Palm House, einem dreistöckigen viktorianischen Kuppelbau mit einem Wintergarten voller exotischer Pflanzen. Sie ist nicht die Einzige, die ich treffe. Trotz Tausender Besucher erblicke ich beinahe sofort Tom, der sich aufwärmt, während sein Grandad auf einer Bank sitzt und in einem Magazin blättert.
Nachdem ich Tom und seinen Großvater begrüßt habe, machen wir uns auch schon auf den Weg zum Aufwärmbereich, wo andere Mitglieder des Laufklubs uns erwarten.
»Wie aufregend für dich, Abby!« Geraldine strahlt mich an. »Bist du bereit für deinen ersten Zehn-Kilometer-Lauf?«
Um ehrlich zu sein, war mir in meinem ganzen Leben noch nie weniger nach laufen zumute. Und nicht nur, weil mein schwarzer Spitzentanga sich jetzt bereits anfühlt, als würde ich einen Käsehobel tragen. Ich bin so aufgeregt wie beim Fünf-Kilometer-Rennen, aber die Mischung aus der Müdigkeit und der Aufregung lässt Übelkeit in mir aufsteigen. Meine einzige Hoffnung ist, dass genügend Adrenalin durch

meinen Körper schießen wird, damit ich den Lauf überstehe und in einer Zeit im Ziel ankomme, mit der ich mich nicht total blamiere.

Ich will das gerade den anderen gestehen, als ich eine Hand auf meiner Schulter spüre. Ich drehe mich um und erblicke Oliver. Die Wärme seiner Berührung lässt mir die Knie weich werden.

»Bereit, Abby?« Er lächelt wieder dieses umwerfend süße Lächeln, und ich schmelze dahin.

»Absolut.«

»In welcher Zeit, hoffst du, das Rennen zu schaffen?«

»Ach, ich weiß nicht. Ich nehme nur teil, um zu üben. Die Zeit ist mir nicht wichtig.«

»Sie ist aber wichtig für dein Training«, beharrt er, während die Sonne Schatten auf seine Grübchen wirft. »Nur so kannst du dich verbessern. Außerdem brauchst du ein Ziel, um dich selbst anzuspornen.«

»Ein Ziel?«, entgegne ich und versuche, meine Beunruhigung zu verbergen.

»Alles unter einer Stunde ist sehr gut für dein erstes Rennen. Du solltest das schaffen, oder, Abby? Ich habe großes Vertrauen in dich.«

»Äh … ja?«

»Natürlich«, murmelt er. Und in dem Moment bin ich mir sicher, dass ich die Ziellinie erreichen werde, noch ehe die Uhr zwölf schlägt – komme, was da wolle.

49.

Es nehmen rund 2000 Läufer an dem Rennen teil. Einige von ihnen sind »Elite-Läufer«. Sie laufen in einer anderen Liga als die durchschnittlichen Menschen – richtige, echte Athleten, denen das hier alles in den Schoß fällt und für die so etwas ganz natürlich ist. Mein erstes Training im Klub war vor dreieinhalb Monaten, doch für mich fühlt sich das Laufen noch immer so natürlich an wie die Brüste eines Ladyboys.

Jess hat mich gewarnt, dass die Anzahl der Teilnehmer bedeutet, dass die Startpunkte gestaffelt sind. Die Elite-Läufer sind weit vorn neben den Schildern, auf denen »30 Minuten« steht – was, wie ich mit kaum verhohlener Ungläubigkeit feststelle, ihre erwartete Ankunftszeit ist. Ich würde das nur schaffen, wenn ich mit einem Helikopter fliegen würde. Tom und Oliver sind beim Start ziemlich weit vorn, denn sie hoffen beide, in 35 Minuten das Ziel zu erreichen. Jess will die 45 Minuten in Angriff nehmen.

»Wenn ich hinten bei den Leuten feststecke, die die Strecke in einer Stunde zurücklegen wollen, bin ich ganz klar im Nachteil«, erkläre ich missmutig. »Es sind so viele Leute vor mir, dass es schon ein Kampf wird, sich überhaupt an ihnen vorbeizudrängen.«

»Das sind die Regeln, Abby«, sagt Jess achselzuckend. »Sie stützen sich darauf, dass es für die Elite-Läufer ganz vorn am wichtigsten ist.«

»*Mir* ist es auch sehr wichtig«, erwidere ich und bemühe mich, nicht zu sabbern, als ich »Doktor Charming« beim Aufwärmen zusehe. Dann kommt mir eine Idee. »Woher *weiß* irgendjemand, was unsere voraussichtliche Zeit sein wird?«

»Sie zählen auf die Ehrlichkeit der Läufer.«

»Also, was würde passieren, wenn jemand, der eigentlich weiter hinten starten müsste, nach vorn geht?«

»Wenn jeder das tun würde, dann gäbe es ein Chaos.«

»Ja, aber wenn es nur eine Person macht?«, flüstere ich.

Sie unterdrückt ein Lächeln. »Das würde darauf ankommen, ob ihre beste Freundin verspricht, Stillschweigen darüber zu bewahren.«

Ich lächle freundlich. »Dafür sind Freunde doch da, oder?«

»Gut. Ich sollte bei den Leuten starten, die eine Zeit von fünfundvierzig Minuten laufen. Aber wir können beide in die Startzone vorrücken, wo die Läufer starten, die vierzig Minuten erreichen wollen, und hoffen, dass es niemandem auffällt. Wie geht es dir übrigens?«

»Ich bin übermüdet und mache mir Sorgen wegen meines reibenden Schlüpfers«, erwidere ich.

»Die Entschuldigung muss ich mir merken«, entgegnet eine bekannte Stimme. Ich drehe mich um und erblicke Tom.

Ich stehe an der Startmarkierung neben dem Schild »40 Minuten«. Um mich herum sind nur Leute, die aussehen, als würden sie sich schuldig fühlen, eine Möhre zu essen, wenn sie nicht vorher ein paar Liegestütze gemacht haben. Ich jogge auf der Stelle, rolle meine Schultern, wie der amerikanische Sprintstar Michael Johnson es immer im Fernsehen getan hat, und hoffe, dass ich das hier hinbekomme.

Wenn jemand genauer hinschauen würde, würden die wabbeligen Stellen oberhalb meiner Laufshorts und die Angst in meinem Blick mich sofort als Hochstaplerin entlarven. Zum Glück sind die Läufer in dieser Gruppe viel zu fixiert auf sich selbst, als dass sie sich Gedanken über mich machen würden.

Ich entdecke meine Mum in der Menge. Sie sieht aus, als würde sie sich unwohl fühlen. Schnell erkenne ich den Grund dafür: Mein Dad ist aufgetaucht und steht neben ihr. Ich unterdrücke ein Lächeln, während die Uhr die Zeit bis zum Start herunterzählt. Adrenalin schießt durch meinen Körper. Mein Herz hämmert, obwohl ich mich bis jetzt noch keinen Zentimeter bewegt habe. Jess stößt mich an und grinst. Noch drei Sekunden. »Viel Glück, meine Liebe.«

Die Startpistole knallt.

Die erste Minute meines Rennens gleicht einem Film von David Attenborough, in dem Wildpferde majestätisch über eine Ebene galoppieren und die kleineren, schwächeren Kreaturen unter ihren Hufen vernichten.

Gut, es geht ein bisschen zu weit, mich als »kleiner« zu beschreiben, da die meisten Frauen, die an mir vorbeizischen, so aussehen, als könnte ein winziger Windhauch sie umpusten. Doch angesichts der Tatsache, dass ihre Ellbogen offenbar mit industriellen Anspitzern präpariert wurden, scheint der äußere Eindruck zu trügen.

Auf dem ersten Kilometer gebe ich alles, aber die bloße Anzahl der Läufer, die mich überholt, ist so demoralisierend, dass ich vermutlich anschließend eine Therapie brauche. Schlimmer noch: Die Reibung des Spitzentangas fünf Zentimeter über meinem Po ist mehr als verwirrend. Bei jedem Schritt rutscht er vor und zurück und reibt auf meiner Haut, bis ich an nichts anderes mehr denken kann.

Bei Kilometer zwei bestätigt sich meine Vermutung, dass ich nicht ganz vorn mit dabei bin. Ich strenge mich so an, dass mir fast ein paar Äderchen im Kopf platzen, und doch bringt es mir nichts ein.

Bei Kilometer drei fühle ich mich, als wäre ich schon 30 Kilometer gelaufen; die Vorstellung, jetzt noch sieben Kilometer zurücklegen zu müssen, ist undenkbar. Zum Glück kann ich darüber nicht nachgrübeln. Ich kann nur an mein Höschen denken und an die Haut über meinem Po. Das Gefühl ist mittlerweile nicht mehr nur ärgerlich und verstörend, sondern schmerzhaft. Es tut wirklich *weh*.

Bei Kilometer vier kommt mir ein boshafter Gedanke, der mich nicht mehr loslässt: Jess hat die *M&M's* vergessen. Meine Selbstsicherheit schwindet dahin. Es klingt nach einer Kleinigkeit, aber während ich keuchend weiterlaufe und meine Lunge sich anhört, als würde sie mit vorgehaltener Waffe bedroht werden, bin ich allmählich überzeugt davon, dass ich ohne meine Zuckerinjektion geliefert bin.

Bei Kilometer fünf ermahne ich mich, dass ich schon die Hälfte geschafft habe. Dass ich auf der Zielgeraden bin. Doch alles, woran ich denken kann, ist, dass ich beim letzten Rennen an dieser Stelle fertig war und aufhören konnte. Der Gedanke, dass ich noch mal dieselbe Strecke laufen muss, während mein Tanga mich weiterhin quält, ist unerträglich.

Bei Kilometer fünfeinhalb versuche ich, mich zusammenzureißen. Ich weiß, dass ich kurz vor dem Zusammenbruch stehe und dass ich eigentlich anhalten muss. Meine Beine brennen, meine Brust brennt, und meine Füße brennen. Nichts davon ist aber so schlimm wie der Tanga: Er brennt nicht nur, er ist thermonuklear.

In just dem Moment, als ich denke, es kann nicht mehr schlimmer werden, ertönt ein Donnern, und der Himmel öffnet seine Schleusen. Es regnet in Strömen, und der Wind peitscht gegen meine Haut. Ich rechne damit, dass einige Läufer aufgeben, doch das Gegenteil ist der Fall: Alle scheinen noch ein bisschen schneller zu laufen. Ich *will* auch schneller laufen – lieber Gott, *ich möchte so gern schneller laufen!*

Es kostet mich all meine Kraft, die Sechs-Kilometer-Marke zu passieren, ohne mich auf den Boden zu werfen und in Tränen auszubrechen. Ich werfe einen Blick auf die Uhr und stelle fest, dass ich schon 48 Minuten laufe. Falls mir nicht in nächster Zeit Flügel wachsen sollten oder auf wundersame Weise ein Raketenrucksack auftaucht, ist mein Ziel, unter einer Stunde zu bleiben, wohl nicht mehr zu verwirklichen.

Regen weht mir ins Gesicht, und mir kommt in den Sinn, dass alles gut wäre, wenn meine Füße nur so schnell laufen könnten wie meine Nase. Ich höre mich schnauben und über die fürchterliche Situation lachen. Und darüber, wie schrecklich unlustig sie ist.

Ich denke an Heidi und den Halbmarathon, und mir wird die Bedeutung dieser Sache bewusst. Wenn ich nicht einmal zehn Kilometer am Stück laufen kann, wie soll ich dann doppelt so viel laufen? Was soll ich mit all dem Geld machen, das die Leute zugesagt haben? Soll ich es zurückgeben?

Dann denke ich an Oliver: an den Anblick, der sich ihm bieten wird, wenn ich über die Ziellinie humple und nur noch meinen Tanga ausziehen und mir die Nase putzen will. Natürlich nicht mit dem Tanga.

Tränen kämpfen mit dem Regen um einen Platz auf meinen Wangen, und ich versinke in Selbstverachtung. Ein verzweifeltes Stöhnen entringt sich mir, als ich kläglich zum Stehen komme.

Ein Helfer kommt zu mir. »Geht es Ihnen gut?«

»Ja«, wimmere ich. »Nein.«

»Kommen Sie, meine Liebe.« Er legt den Arm um meine Taille und führt mich an den Seitenrand. »Manchmal muss man einfach Schluss machen.«

Schluchzend lasse ich mich von ihm auf einen abgesägten Baumstamm setzen. Er öffnet eine Thermoskanne mit heißem Kaffee, schenkt ein bisschen davon in einen Plastikbecher und reicht ihn mir. Die Geste, die so nett gemeint ist, treibt mir noch mal die Tränen in die Augen. Ich sollte keinen Kaffee trinken. Ich sollte triumphierend über die Ziellinie laufen und in »Doktor Charmings« Arme fallen. *Und zwar in 12 Minuten.*

Ich schniefe, als ich Verkehrslärm höre, und blicke auf. Dann wird mir etwas klar.

Wir sind an der Stelle der Strecke, wo es an einer befahrenen Straße entlanggeht. Obwohl die Laufstrecke abgesperrt ist, fließt der Verkehr an uns vorbei. Mit angehaltenem Atem denke ich über meinen Plan nach. Ich denke an den Start, das Ziel und wie die Straße sich zwischen diesen beiden Punkten entlangwindet. Ich erhebe mich und reiche dem Helfer entschlossen meinen Kaffee.

»Wissen Sie, Sie haben recht«, sage ich. »Manchmal ist es besser, Schluss zu machen.«

Er nickt.

»Aber heute ist *keiner* dieser Tage.«

Er sieht aus, als würde er die Männer in den weißen Jacken rufen wollen.

Ich straffe die Schultern und jogge den anderen Läufern hinterher. Meine armen schmerzenden Beine flehen um Gnade.

»Viel Glück, meine Liebe«, ruft er, als ich um die Ecke biege. Außer Sichtweite einiger anderer Läufer trete ich auf die Straße.

Als das erste orange Licht auftaucht, hebe ich die Hand und rufe das Wort, das für meinen triumphalen Zieleinlauf nötig ist.

»TAXI!«

50.

Ich weise den Fahrer an, mich an einer Ecke aussteigen zu lassen, die von der Laufstrecke aus nicht einsehbar ist und die sich einen halben Kilometer vor der Ziellinie befindet.

»Sie haben nicht vor, das zu tun, was ich glaube … oder?«, fragt er grinsend, als ich einen Fünfer aus meiner Gürteltasche ziehe und ihm in die Hand drücke.

»Sagen Sie nicht, dass das nicht alle machen«, murmle ich.

»Das ist das erste Mal«, erwidert er. Das habe ich nicht hören wollen.

»Fahren Sie noch nicht so lange Taxi?«, erkundige ich mich hoffnungsvoll.

»Als ich anfing, meine Liebe, war Krabbencocktail noch der Inbegriff weltmännischer Raffinesse. Aber das hier werde ich nie vergessen, das verspreche ich Ihnen.«

Kurz darauf prüfe ich, ob die Luft rein ist, steige aus dem Taxi und schleiche auf Zehenspitzen hinter ein paar Bäume. Ich werfe einen Blick auf die Uhr. 56 Minuten und drei Sekunden. Weniger als vier Minuten, um zum Ziel zu kommen. Ich ziehe einen Zweig vor mein Gesicht und spähe durch eine Lücke in den Blättern. Eine Gruppe von Läufern kommt in meine Richtung. Hinter der Gruppe ist weit und breit niemand zu sehen. Wenn ich den richtigen Zeitpunkt abpasse, kann ich hinter ihnen herlaufen, als wäre ich schon die ganze Zeit über da gewesen. Ich bin bereit, aus dem Gebüsch zu springen, als ich eine Stimme höre.

»Mussten Sie mal Pipi?«

Ich drehe mich um und erblicke ein ungefähr neun Jahre altes

Mädchen mit Sommersprossen, das einen pinkfarbenen Anorak mit Pelzbesatz trägt und an einem Lolli lutscht.
»Was?«
»Sie mussten mal Pipi, oder?« Sie grinst. Sie hat eine Zahnlücke im Oberkiefer, und ihre Zunge ist quietschblau.
»Nein!«, zische ich.
Sie hält inne, lutscht und denkt nach. »Mussten Sie groß?«
»Nein!«, kreische ich und gehe um den Baum herum, damit die näher kommenden Läufer mich nicht sehen.
»Warum verstecken Sie sich sonst hinter einem Baum?«
»Ich …« Ich halte inne, als mir eine fürchterliche Möglichkeit durch den Kopf schießt. Was passiert, wenn sie herausfindet, dass ich betrügen will, und es jemandem erzählt? Die Demütigung wäre kaum auszudenken. Mein erster Zehn-Kilometer-Lauf, und ich werde disqualifiziert, weil ich auf der Hälfte der Strecke ein illegales Transportmittel verwendet habe.
»Gut, ja«, erkläre ich. »Du hast vollkommen recht. Ich musste *groß*. Zufrieden?«
Sie zuckt die Achseln. »Das stört mich nicht.«
»Wo ist überhaupt deine Mum?«
»Sie läuft mit. Mein Dad ist dahinten.« Als sie auf einen Mann in einer blauen Regenjacke deutet, der nicht weit von dem Baum entfernt steht, kommt die Gruppe der Läufer vorbei, und ich sehe meine Chance.
Ich tauche hinter dem Baum auf, lasse das Mädchen zurück und schließe mich der Gruppe an. Ich habe erst vier Schritte gemacht, und mein Herz hämmert wie wahnsinnig, auch wenn es eher der Angst geschuldet ist, erwischt zu werden, als der Erschöpfung. Ich senke den Kopf und bewege Arme und Beine, als eine der Läuferinnen vor mir – eine große Frau mit muskulösen Beinen und einem ergrauenden Pferdeschwanz – sich umdreht und mich anblickt.

»Fast geschafft!«, sage ich grinsend und keuche noch ein bisschen mehr, um jeden Verdacht, dass etwas nicht stimmen könnte, abzuwenden.

Sie dreht sich wieder um und rennt weiter.

So einfach ist das.

Niemandem fällt etwas auf. Keiner Menschenseele.

Sie sind viel zu beschäftigt damit, unter dem Jubel der Zuschauer die Anhöhe zum Ziel hochzurennen. Ich laufe so schnell, wie meine schmerzenden Beine mich tragen. Ich ignoriere die Tatsache, dass die Haut über meinem Po sich anfühlt, als würde ein Neandertaler versuchen, dort ein Feuer zu machen. Ich ignoriere die Blasen an meinen Füßen. Und ich ignoriere auch sonst alles andere außer meinem absoluten und unmissverständlichen Willen, die Ziellinie in unter einer Stunde zu überqueren. Bis dahin sind es nicht einmal mehr drei Minuten.

Als ich um die letzte Kurve der Strecke biege, sehe ich das Ziel in der Ferne und werde von Jubel empfangen. Die meisten Menschen in der Menge kenne ich nicht. Sie sind gekommen, um ihre Freunde und Familie rennen zu sehen, unterstützen aber gern jeden, der eine Laufnummer trägt. Zwischen ihren Jubelschreien kann ich meinen Namen hören.

»KOMM SCHON, ABBY! DU SCHAFFST ES!«

Ich sehe einen Haufen bekannter Gesichter. Mum und Dad feuern mich an, als ich vorbeilaufe. Jess steht neben Tom und seinem Grandad – Letzterer hat die Arme in die Luft gerissen.

Ich drehe den Kopf nach vorn und stürme hochkonzentriert auf das Ziel zu. Eigentlich hatte ich mir vorgenommen, auf die Uhr zu schauen, wenn ich über die Ziellinie laufe, doch als ich das Ziel erreiche, fällt mein Blick auf Oliver. Er unterhält sich mit einer hübschen Rothaarigen, die ich wiedererkenne;

sie stand vor mir im Feld der Läufer, die die 40 Minuten erreichen wollten. Er sieht zu mir und winkt.
Ich will gerade auf das Feld laufen, als Jess zu mir kommt.
»Da!« Sie grinst und umarmt mich stürmisch. »Jetzt musst du glücklich sein! Keine *M&M's* oder andere unerlaubte Substanzen – und du hast es trotzdem in weniger als einer Stunde geschafft. Abby, du bist ein absoluter Star. Es tut mir leid, dass ich dich unterschätzt habe.«
»Ist schon okay«, nuschle ich ausweichend.
»Neunundfünfzig Minuten und fünfzehn Sekunden! Das ist echt klasse.« Sie hält inne und sieht mich prüfend an. »Weißt du eigentlich, wie toll das ist?«
»Na ja, ich meine, deine persönliche Bestzeit liegt bei sechsundvierzig Minuten, oder?«
»Seit heute bei fünfundvierzig Minuten und neunzehn Sekunden«, sagt sie strahlend.
»Oh, du hast deine Bestzeit unterboten. Sehr gut.«
»Danke. Jetzt sollten wir gehen und uns unsere T-Shirts und Medaillen holen. Die haben wir uns verdient.«
»Ach, ich bin mir nicht sicher … Brauche ich das denn?«
»Was?«, erwidert Jess lachend. »Du musst die erste Person in der Geschichte sein, die ihren ersten Zehn-Kilometer-Lauf bestreitet und kein T-Shirt haben will. Ich weiß, dass sie nicht gerade schick sind, aber es ist eine Möglichkeit, ein bisschen anzugeben – und, Junge, du hast es verdient.«
Sie schleppt mich an die Seite, nimmt eine Medaille und hängt sie mir um den Hals. Ich sehe, wie Mum und Dad zu uns kommen. Noch nie in meinem ganzen Leben habe ich mich so sehr wie ein Betrüger gefühlt. Ich entschuldige mich und gehe zur Wasserausgabe. Im Moment ertrage ich kein Lob mehr. Oliver winkt mir zu. Als er zu mir kommt, erwacht mein Puls zu neuem Leben.

»Sehr gut gemacht, Abby. Du hast es in weniger als einer Stunde geschafft.« Er gibt mir einen Kuss auf die Wange.
»Ach. Äh … woher weißt du das?«
»Ich habe dich beobachtet. Natürlich.«
Sein Blick gleitet über meinen Körper, und ich bekomme eine Gänsehaut auf den Armen. Ich kann nicht glauben, wie offen er in letzter Zeit mit mir flirtet. »Oh. Tja. Danke.«
»Du musst überglücklich sein.«
»Das … das bin ich.« Ich blicke ihm in die Augen und werde vor Verlangen schwach. »Was hast du jetzt vor?«, bringe ich hervor. »Kommst du mit, etwas essen?«
»Heute nicht«, entgegnet er lächelnd. »Ich habe eine Verabredung.«
Mein Herz zieht sich enttäuscht zusammen. Selbstverständlich mit einer Frau.
»Mein Boiler ist kaputt, und ein Zentralheizungstechniker kommt zu mir, um ihn zu reparieren«, fügt er hinzu.
»Oh.« Ich bemühe mich, nicht zu breit zu grinsen. »Tja, sehe ich dich dann am Montag im Laufklub?«
»Auf jeden Fall«, erwidert er und berührt meinen Arm. »Und noch mal: Echt gut gemacht. Ich bin wirklich stolz auf dich.«
Der Sekundenbruchteil, in dem sich unsere Blicke treffen, ist der erotischste Moment meines Lebens. Mein Innerstes verzehrt sich nach ihm. Und in diesem winzigen Moment bin ich mir sicher, dass in seinem Blick dasselbe Verlangen steht.
»Mum!« Unser Trancezustand wird von einer Stimme beendet, die ich sofort wiedererkenne. Ich wirble herum und sehe das neunjährige Mädchen mit der Zahnlücke, der blauen Zunge und dem flauschigen Anorak.
»Das ist sie«, sagt sie und zeigt auf mich. Oliver wirft mir einen verwirrten Blick zu. »Das ist die Frau, die im Gebüsch groß gemacht hat.«

51.

Ich muss mich zusammenreißen. Ich muss es. Denn ich erlebe gerade, wie einer meiner größten und langgehegtesten Träume wahr wird: Ich esse ganz gesittet mit meinen Eltern zu Mittag. Mit beiden. Zusammen.

Trotz meiner Freude darüber – selbst wenn es Mum körperliches Unbehagen zu bereiten schien, als sie vorhin zustimmte, eine Stunde in Dads Gegenwart zu verbringen – kann ich es nicht lassen, ab und zu meinen Salat auf meinem Teller hin- und herzuschieben wie ein launischer Teenager.

»Stimmt etwas nicht, Abby?«, fragt Dad, während Mum auf der Toilette ist.

Ich nehme einen Schluck von meiner Diätcola. »Nein. Es ist alles gut.«

»Ist das hier kompliziert für dich? Ich meine, deine Mutter und ich zusammen …«

»Was? Nein! Überhaupt nicht!«

Das meine ich auch so. Denn nachdem Dad Mum erfolgreich überzeugt hatte, ein bisschen Verbundenheit zu zeigen und mit zu einem Glückwunsch-Lunch zu kommen, hat sie sich zusammengerissen – und sogar ein bisschen entspannt.

Was mehr ist, als ich von mir behaupten kann. Aus zwei Gründen kann ich mich nicht entspannen. Erstens: Nachdem ich mich geduscht und umgezogen hatte, blieb mir nichts anderes übrig, als ohne Unterwäsche in meine Klamotten zu schlüpfen. Das bin ich nicht gewohnt, um ehrlich zu sein. Und zweitens: Ich bin so voller Selbstverachtung, dass es kaum zu ertragen ist. Nicht nur, weil Oliver – obwohl er die lautstarken Enthüllungen meiner kleinen neunjährigen »Freundin« ganz galant überhört hat – nun denkt, dass ich auf der Hälfte der Strecke meine Hose runtergelassen und die Büsche gedüngt habe.

Mein Kummer rührt vor allen Dingen daher, dass ich betrogen habe. Dieses Mal wird niemand zu mir kommen und mir sagen, dass das alles nur ein Irrtum war wie bei der Sache mit den *M&M's*. Dieses Mal habe ich eindeutig betrogen … Und wofür?

Oliver ist nicht einmal länger als eine halbe Minute bei mir geblieben, und den anderen Läufern war es vollkommen egal, welche Zeit die Konkurrenz gelaufen ist.

Die Leute, denen die Zeit nicht egal war, waren meine Freunde und meine Familie. Und die glauben jetzt, dass ich besser auf den Halbmarathon vorbereitet bin, als es tatsächlich der Fall ist, und außerdem scheinen sie echt beeindruckt zu sein. Ich fühle mich furchtbar deswegen. Es war keine Leistung. Ich bin ein übler Betrüger. Ein übler Betrüger mit wunden Füßen, wunden Beinen und einem besonders wunden Po.

»Sie haben das Lokal richtig hübsch gemacht, seit ich zuletzt hier war«, sagt Mum, als sie zurückkommt. Sie trägt eine dunkle, enge Jeans, eine Weste und hat eine braune Handtasche dabei, die perfekt zu ihren hochhackigen Stiefeln passt.

»Als wir damals öfter hier waren, Gill, hast du dich immer beklagt, dass deine Schuhe am Boden festkleben würden. Erinnerst du dich noch?« Dad grinst. Das Bistro hatte wechselnde Erscheinungsbilder – bei ihrem letzten Besuch war es das Stammlokal der hiesigen Punkszene.

Sie erschaudert. »Grässlich.«

»Ach, so schlimm war es auch wieder nicht«, entgegnet er lachend. »Dir hat es damals gefallen.«

»Na ja, in den vergangenen dreißig Jahren hat sich einiges verändert, stimmt's?«

Er blickt auf. »Einige Dinge ändern sich nie.«

»Du meinst, einige Männer ändern sich nie.« Sie spricht die Worte leise und ruhig aus, und sie sind gesagt, bevor es einem von uns wirklich auffällt. Unsicher sehen meine Eltern zu mir, erinnern sich an meine Gegenwart und essen dann weiter. Ich spieße mit meiner Gabel ein Stück Hühnchen auf und stecke es mir schweigend in den Mund, während in mir Wut hochkocht. Alles lief gut, bis sie das gesagt hat. Doch Mum kann eben nicht aus ihrer Haut. Obwohl sie ihn verlassen hat, kann sie sich solche Bemerkungen nicht verkneifen. Es scheint so, als würde es ihr Handeln rechtfertigen, wenn sie Dads Unvollkommenheit ausspricht.

Tatsache ist, dass sie in mancher Hinsicht recht hat: Er wird sich wohl nie an Geburtstage erinnern oder am Montagmorgen leicht aus den Federn kommen. Er wird wohl nie Rechnungen pünktlich bezahlen und auch in Zukunft nicht die Zahnpastatube zuschrauben.

Aber es sagt eine Menge über meine Mutter aus, dass sie diese Kleinigkeiten nicht als das sehen kann, was sie sind: unbedeutend. Jahrelang hatte sie wegen diesen und anderen Dingen einen Groll auf ihn – und er hatte es damals nicht verdient und tut es heute auch nicht.

»Stimmt etwas nicht?«, fragt Mum mich.

»Nein«, antworte ich knapp. »Es ist alles gut.«

Sie wendet sich Dad zu und überlegt, was sie sagen könnte, um die Stimmung wieder aufzuheitern. »Erinnerst du dich noch an den Barkeeper? Den, der sich selbst als den nächsten Sid Vicious gesehen hat?«

»Ja, und dich als die nächste Nancy.«

»Nein!«, erwidert sie.

»Ich meine es ernst. Er war scharf auf dich.«

»O Gott, sag das nicht«, johlt sie. »Er war furchtbar.«

Er grinst. »Er hat mir gesagt, dass er mir einen ausgibt, wenn ich ihm Bescheid sage, falls wir uns trennen.«

Sie brüllen vor Lachen.

»Vielleicht solltest du ihn anrufen«, kichert Mum, und ihr Lachen erstirbt.

Betreten sitzen sie am Tisch und überlegen, was sie als Nächstes sagen sollen. Mir fällt auf, dass es mindestens zwei Jahre her sein muss, seit sie gezwungen waren, im selben Raum zu essen. Damals hat meine Cousine geheiratet. Ich nehme an, dass es kein Wunder ist, dass ihre Unterhaltung nicht gerade locker und leicht läuft.

»Deine Mum hatte eine erstaunliche Frisur, als wir zum ersten Mal hier waren«, erzählt Dad.

»Sie war grauenvoll«, erwidert sie. »Es war 1981, Herrgott noch mal. Ich hatte die Haare so stark auftoupiert, dass sie erst sechsmal gewaschen werden mussten, bevor ich wieder mit der Bürste hindurchkam.«

»Na ja, mir hat's gefallen«, sagt er.

»Du hast gemeint, ich würde aussehen wie Siouxsie Sioux.«

»Das war ein Kompliment«, entgegnet er.

Dad muss früher aufbrechen, um Karen vom Flughafen abzuholen, also bin ich mit Mum allein. Wir trinken unseren Wein aus und bezahlen die Rechnung.

»War es nicht schön, wieder mal zusammen am Tisch zu sitzen?«, frage ich provozierend.

»Es war nett, Abby«, erwidert sie mit undurchdringlicher Miene. »Es wird vermutlich weitere zwei Jahre dauern, bis es wieder so weit ist, aber ja, es war nett.«

Ich verenge die Augen zu schmalen Schlitzen. »Warum machst du es Dad so schwer, Mum?«

Sie durchwühlt gerade ihre Handtasche auf der Suche nach ihrem Portemonnaie, als sie abrupt innehält. »Weil wir geschieden sind, Abby. So einfach ist das.«
»Das heißt nicht, dass du unhöflich sein musst«, entgegne ich.
Sie runzelt die Stirn. »Es gibt nicht viele geschiedene Paare, die sich bereit erklären, gemeinsam zu Mittag zu essen. Falls es nicht offensichtlich war: Wir haben das *deinetwegen* getan. Glaub mir, freiwillig würden wir es nicht machen.«
Ich starre aus dem Fenster. »Er schon.«
»Was meinst du damit?«
»Du weißt, was ich meine. Dad liebt dich noch immer. Er wird dich immer lieben.«
Sie verdreht die Augen. »Nicht schon wieder die Geschichte. Ich dachte, diese Sache hätten wir ein für alle Mal abgehakt.«
»Wie können wir etwas abhaken, wenn es die Wahrheit ist?«
»Es ist nicht die Wahrheit«, erwidert Mum scharf.
»Doch.«
»Nein.«
»Doch.«
»Herrgott noch mal!« Sie knallt ihre Tasche auf den Boden. »Hör mal, Abby. Ich weiß, dass es nicht leicht für dich war, als dein Dad und ich uns getrennt haben. Und es tut mir leid. Aber komm darüber hinweg, Liebling. Alle anderen haben das auch getan.«
»Dad nicht.«
Sie beugt sich vor. »Kann ich dich über eine Sache aufklären?«
»Bitte.«
»Was eine Ehe auch ausmacht, ist, dass nur diejenigen, die daran beteiligt sind, wirklich wissen, was vorgeht.«
»Ich weiß, was vorgegangen ist, Mum«, antworte ich ruhig. »Ich weiß, dass Dad dich geliebt hat und noch immer liebt. Ich weiß, dass du ihn auch mal geliebt hast – und dass ihr,

wenn ihr euch nur ein bisschen mehr Mühe gegeben hättet, immer noch zusammen wärt.«

Sie schüttelt den Kopf.

»Ich habe recht, oder?«

Sie nimmt ihre Tasche und sieht aus dem Fenster. Dann wendet sie den Kopf und blickt mir tief in die Augen. »Nein, Abby. Du hast nicht recht.«

52.

Auf dem Heimweg halte ich beim Supermarkt an, um etwas fürs Abendessen und ein Notfall-Unterwäsche-Set zu besorgen. Die einzigen Slips, die in dem Geschäft zu haben sind, sind Höschen aus der Hölle: Bauchwärmer mit Herzmuster in einem grauenhaft künstlichen Pink – das heißt, die Teile sind schlimmer als die, die ich vor kurzem weggeworfen habe. Nur eines ist gut an den Schlüpfern: Sie wirken gemütlich. Und obwohl ich mich selbst für einige Jahrzehnte zu jung halte, um bei der Auswahl meiner Dessous nach Gemütlichkeit zu gehen – ein Dammbruchargument für Nachthemden mit Knopfleiste –, werde ich angesichts der wunden Stelle über meinem Po eine Ausnahme machen.

Während ich durch den Laden streife, wandern meine Gedanken von der Unterhaltung mit meiner Mutter zu meiner betrügerischen Laufleistung. Ich weiß nicht, was deprimierender ist. Ich bin auf dem Weg zur Kasse, als mir die Erkenntnis kommt: Ich werde den Halbmarathon unter gar keinen Umständen schaffen. Wenn ein Zehn-Kilometer-Lauf mich schon fast umgebracht hätte, wie soll ich dann die doppelte Strecke bewältigen?

Beim Gedanken an die Auswirkungen wird mir schwindelig: das Geld, das wir gesammelt haben, Heidis Erwartungen, die Schande, eingestehen zu müssen, dass ich es nicht packe. Ich senke den Kopf, als mir Tränen in die Augen steigen. Geknickt schlurfe ich den Gang zur Kasse entlang, als mir jemand auf die Schulter tippt.

»Schön, dich hier zu sehen.« Ich drehe mich um und erblicke

Tom, der frisch geduscht, unglaublich attraktiv und im Gegensatz zu mir glücklich aussieht. »Hey, was ist los?«, fragt er, als er meine Miene sieht.

Ich erstarre. »Nichts. Ich glaube, ich bekomme eine Erkältung«, erwidere ich und lege meine Einkäufe auf das Band.

»Oh. Na ja, Glückwunsch zu deinem Rennen. Du musst echt froh sein.«

Hitze schießt mir in die Wangen. »Ja. Froh.«

Ich lege eine Aubergine auf das Band, als Toms Blick auf den einzigen Artikel fällt, der noch in meinem Korb liegt. Meine Unterwäsche – auch bekannt als die scheußlichste Unterwäsche in der Geschichte scheußlicher Unterwäsche.

Ich weiß, dass er sie gesehen hat. Er weiß, dass ich weiß, dass er sie gesehen hat. Und ein Teil von mir kann nicht nachvollziehen, warum mir das so peinlich ist. Doch das ist es. Ich fühle mich wie in dem Moment, als Graham Davey mich beim Kauf von Tampons erwischt hat, als ich 14 war. Nur schlimmer. Wenn Tom mich unbedingt beim Kauf von Unterwäsche erwischen muss, soll es bitte hübsche, sexy Unterwäsche sein. Ich wette, Geraldine schwebt den ganzen Tag in Dessous von *La Perla* durch die Gegend. Und ich stehe hier mit den Schlüpfern aus dem Supermarkt, die sie nur verwenden würde, um damit ihre Fenster zu putzen.

»Die sind für meine …« Als ich die Worte ausspreche, bereue ich schon, dass ich überhaupt versuche, eine Ausrede zu erfinden. In meinem Kopf überschlagen sich die Möglichkeiten. Meine Mum? Meine Großmutter? Meine imaginäre Schwester? »Meinen Dad«, platze ich heraus.

O toll. Jetzt habe ich gerade verkündet, dass mein Dad gern Frauenklamotten trägt.

Tom runzelt die Stirn.

»Er benutzt sie, um … das Öl bei seinem Wagen zu wechseln«, fahre ich fort.

Er beginnt, seinen Einkauf hinter mir aufs Band zu legen. »Na ja, sie sind bestimmt schicker als alles, was man im Autoshop bekommt.«

Schweigend bezahle ich meine Sachen und spüre seinen Blick in meinem Rücken. »Wir sehen uns dann«, sage ich im fröhlichsten Tonfall, den ich zu bieten habe, bevor ich davonstürme.

»Warte, Abby. Einen Moment nur, ja?«, ruft er, als die Kassiererin anfängt, die Rolle zu wechseln.

»Tut mir leid, ich muss mich beeilen, Tom«, schwindle ich.

Ich fliehe aus dem Laden, springe in meinen Wagen und habe gerade den Schlüssel in die Zündung gesteckt, als es an meiner Scheibe klopft. Bevor ich reagieren kann, öffnet Tom die Tür und setzt sich auf den Beifahrersitz. Ohne seinen Einkauf.

»Was ist denn los?« Seine Stimme klingt sanfter, als ich sie je gehört habe. Ich schließe die Augen und reibe mir über die Stirn.

»Tom, ich fühle mich so dumm.«

»Warum?«, fragt er.

Ich weiß nicht, wie ich darauf antworten soll. Ich kann wohl kaum zugeben, was ich während des Rennens getan habe.

»Hör mal, sag nichts«, erklärt er freundlich. »Ich wohne hier um die Ecke. Komm mit auf eine Tasse Tee.«

Ich betrachte sein Gesicht, seine unglaublich hübschen Züge und die Freundlichkeit in seinen dunklen Augen … und mir fällt nichts ein, was ich im Moment lieber täte.

Ich sehne mich so sehr danach, an diesem Nachmittag mit Tom zusammen zu sein, dass es mich erschreckt. Darüber hinaus kann ich nicht genau sagen, was ich von ihm will. Will

ich einen mitfühlenden Zuhörer? Jemanden, der mich aufmuntert? Oder etwas mehr?
Als mir der Gedanke kommt, will ich ihn sofort wieder verscheuchen. Er macht mir Angst und entsetzt mich. Aber nachdem ich ihn gedacht habe, gibt es kein Zurück mehr. Mir kommt eine Erkenntnis. Und mir wird übel. Ich empfinde etwas für Tom, das ich nicht empfinden sollte. Es geht über bloße Freundschaft hinaus. Wenn ich so darüber nachdenke, habe ich es vielleicht schon seit dem Tag empfunden, an dem wir uns kennengelernt haben.
Doch ich kann mir nicht erlauben, so für ihn zu empfinden. Das kann ich nicht.
Er ist in einer festen Beziehung. In einer glücklichen Beziehung. Also kann ich ihn nicht haben. So einfach ist das.
»Komm schon, Abby.« Er streckt den Arm aus, um mich zu berühren, und ich zucke zurück, als würden seine Finger brennen. Er wirkt verletzt.
Eine weitere Welle der Klarheit überrollt mich. Es geht um eine Tatsache, die offensichtlich ist, die ich mich aber nie getraut habe mir einzugestehen: Ein Teil von Tom hat auch Gefühle für mich. Wie groß oder klein dieser Teil ist, weiß ich nicht. Vielleicht ist er sich dessen nicht einmal bewusst. Ich weiß nur, dass die Art, wie er mich in diesem Moment ansieht – und möglicherweise hat er mich schon immer so angesehen –, eindeutig ist.
Hoffnung und Wut kommen in mir hoch und versuchen, sich gegenseitig zu überbieten. Tom kann sich nicht zu mir hingezogen fühlen. Er darf es nicht. Er gehört zu Geraldine, Herrgott noch mal!
Ich verspüre den Drang, die letzten vier Monate zurückzuspulen, von vorn anzufangen – und Tom dazu zu bringen, mich nicht zu mögen.

»Weißt du, was ich heute getan habe?«, sage ich fast trotzig.
»Was?«, entgegnet er vorsichtig.
»Ich habe *betrogen.* Beim Rennen.«
Er verengt die Augen. »Wie?«
Ich schlucke, fühle Scham und Entschlossenheit zur selben Zeit. »Ich habe mir ein Taxi genommen. Ich hätte es niemals in unter einer Stunde geschafft.«
Das Blut rauscht in meinen Ohren, als ich bemerke, wie sich seine Miene verändert.
»Was denkst du darüber?«, frage ich irgendwann und spüre, wie mir wieder Tränen in die Augen steigen.
Er starrt mich an, und mein Herz zieht sich zusammen. Dann lächelt er. »Ich denke, Abigail Rogers, dass du wirklich lustig bist«, erwidert er gelassen. »Und ich denke, dass du meine Einladung zu einer Tasse Tee annehmen solltest.«

53.

Ich habe nein gesagt. Natürlich habe ich nein gesagt. Es war das Letzte, was ich sagen wollte, doch ich habe es getan. Und ich bin entschlossen, diesen seltsamen Vorfall auf dem Supermarktparkplatz genauso zu behandeln wie das Fiasko beim Zehn-Kilometer-Lauf: Ich werde so tun, als wäre es nie passiert.

Ich muss das tun. Um Geraldines willen, um Toms willen und vor allem um meinetwillen. Zumindest bis ich das große Rennen selbst hinter mich gebracht habe (falls ich mich vorher nicht umbringe), den Klub verlassen kann und keinen von diesen Menschen je wiedersehen muss.

Aber vorher gibt es noch einen Meilenstein, einen kleinen Ausflug Mitte November.

Als das Datum näher rückt, wird mir bewusst, dass ich schon so viele Monate laufe, dass ich mich daran gewöhnt habe. Ich werde niemals sagen können, dass ich es liebe. Jedenfalls nicht so, wie ich »Sex and the City« liebe oder Florence and the Machine oder meine neuen wadenhohen Stiefel oder Walnusspralinen – vor allem zu einem großen Cappuccino mit so viel Schaum, dass man sich damit die Beine rasieren könnte. Doch das Laufen und ich entwickeln allmählich eine gegenseitige Toleranz.

Aber auch wenn ich die Kurve gekriegt habe, gibt es einige Dinge, die sich mir wohl nie erschließen werden. Eine solche Sache ist eine Lauffreizeit. Das bedeutet Laufen. Und Freizeit. Gleichzeitig. Ich kann mir kein besseres Beispiel für einen Widerspruch in sich denken.

Aber die Chance, dass ich nicht am jährlichen Ausflug des Laufklubs teilnehmen werde, geht gegen null. Denn »Doktor Charming« kommt mit.

Trotz meiner seltsamen Gefühle für Tom weiß ich, dass Oliver und ich füreinander bestimmt sind. Und nachdem ich mich monatelang nach ihm gesehnt habe, fange ich endlich an zu glauben, dass zwischen uns etwas passieren wird.

Zumindest hoffe ich das. Denn obwohl es schön ist, dass Oliver sich sicher genug fühlt, um unverhohlen mit mir zu flirten, reicht mir das offen gesagt nicht. Die Sache zwischen uns muss entschieden werden, und das nicht nur, weil ich glaube, dass diese Unsicherheit die Gedanken über Tom in meinem Kopf auslöst.

Also bereite ich mich darauf vor, dieselben Qualen zu erleiden wie drei- oder viermal in der Woche im Laufklub – mit dem einzigen Unterschied, dass ich es an einem wärmeren Ort tue (Teneriffa) und für dieses Privileg einige hundert Pfund bezahle.

Tatsächlich waren die Kosten für die Reise erst der Anfang. Ich musste mir außerdem noch schicke Klamotten besorgen. Von tiefdekolletierten Badeanzügen bis zu Sarongs, die die Beine optisch verlängern, habe ich mir alles gekauft, was den realen Zustand meines Körpers so gut wie nur irgend möglich verbirgt.

Endlich geht es los, und Jess und ich treffen den Rest der Gruppe am Flughafen von Manchester. Als wir an Bord des Flugzeuges gehen, verliere ich sie im Gedränge und werde im nächsten Moment gegen einen Mann gedrückt, der nach Schweiß und Hustenbonbons riecht. Keine schöne Erfahrung. Als mir jemand gegen den Rücken stupst, drehe ich mich abrupt um und bin in wenig nachsichtiger Laune. Ich erblicke einen Bizeps.

»Erinnert ein bisschen an eine Klassenfahrt, stimmt's?«, sagt Tom. Ich bin nicht nur nahe genug, um seine Haut riechen zu können, sondern kann sie fast schmecken. Ich weiche zurück.
»Ich hoffe nicht. Der ausgefallenste Ausflug, den wir gemacht haben, war in den Alton-Towers-Freizeitpark, und das hat mir überhaupt nicht gefallen«, sage ich.
»Echt?«, fragt er ungläubig. »Warum nicht?«
»Ich hasse Achterbahnen.«
Er unterdrückt ein Lächeln. »Du bist nicht gerade auf der Suche nach Nervenkitzel, oder?«
»Wie kommst du darauf?«, erwidere ich beleidigt.
»Na ja, du magst keine Achterbahnen, du magst keine Motorräder … ich wette, du hast noch Stützräder an deinem Fahrrad.«
»Sei nicht albern. Die habe ich nicht mehr, seit ich fünfundzwanzig bin. Wie dem auch sei … Falls die Tatsache, dass ich keine Achterbahnen und Motorräder oder Sonstiges mag, das Nahtoderfahrungen nach sich zieht, für dich bedeutet, dass ich langweilig bin, weißt du nicht, wovon du sprichst. Mein Leben ist superaufregend.«
»Wenn du meinst«, entgegnet er, während ich mich neben Jess setze. Sie hat sich sehr gute Plätze ausgesucht. Ich habe eine spektakuläre Aussicht auf Oliver, der in der benachbarten Sitzreihe vor uns sitzt. Doch als ich Platz nehme, bemerke ich, dass Jess sehr nachdenklich wirkt.
Seit sie mir von ihrem Seitensprung erzählt hat, ist sie oft so in sich gekehrt. Nicht, dass sie darüber spricht – aber ich kenne Jess lange genug, um zu spüren, dass es das ist, was sie beschäftigt. *Ständig.* Deshalb erinnere ich sie sanft daran, dass ich immer da bin, falls sie darüber sprechen möchte.
»Wie läuft es zwischen dir und Adam?«, frage ich.
Sie sieht von ihrer Handtasche auf. »Gut. Denke ich.« Der

niedergeschlagene Ausdruck in ihren Augen sagt allerdings etwas anderes.

»Ich habe sehr viel darüber nachgedacht, was du gesagt hast«, erkläre ich. »Darüber, dass du denkst, dass ich nicht mit Adam auskomme.«

»Hm?«

»Jess, ich habe mich so in ihm getäuscht. Er ist ein toller Mann. *Echt* toll. Je länger ich über dich und ihn nachdenke, desto überzeugter bin ich, dass du die Probleme mit ihm lösen musst.«

»Das versuche ich ja«, erwidert sie ohne Begeisterung. »Der Kinder wegen und …«

»Nicht nur der Kinder wegen. Um *euretwillen.* Er ist ein guter Mensch, und er liebt dich. Und du liebst ihn auch. Ob du ihm das nun sagst oder nicht.«

Überrascht mustert sie mein Gesicht. »Woher kommt dein Sinneswandel?«

»Ach, einfach so. Ich habe dir schon nach dem Ball erzählt, dass ich ihn in einem neuen Licht sehe – einfach weil wir uns ein bisschen unterhalten haben.« Selbstverständlich kann ich nicht erwähnen, dass das Collier diese Ansicht bestätigt hat. »Wenn ich vorher nicht so nett über ihn gesprochen habe, ist das mein Problem.«

»Tja, es ist toll, dass du ihn jetzt magst«, erwidert sie. »Und ich bin froh, denn Adam ist ein sehr netter Mensch. Ein wundervoller Mensch sogar. Aber ich weiß nicht, ob … Ich weiß nicht, ob es reicht, dass ich ihn respektiere und mag.« Sie seufzt und sieht aus dem Fenster. »Ich blicke auf unsere gemeinsamen Jahre zurück und frage mich: Wo ist die Romantik? Adam ist reizend, aber er steht eben für Pantoffeln und Pfeife und nicht für Diamanten und Champagner. Bin ich furchtbar oberflächlich, weil ich mir ein bisschen von Letzterem wünsche?«

Ihre Miene spiegelt ihre verworrenen Gefühle wider. Ich möchte sagen: »Warte, Jess. Sei geduldig und du bekommst deinen Champagner und deine Diamanten.« Doch ich würde niemals die Überraschung verderben. Im Übrigen habe ich es Adam versprochen.

»Du kannst es nicht wissen, vielleicht überrascht Adam dich. Habt ihr nicht bald Hochzeitstag?« Selbst das fühlt sich so an, als würde ich das Geheimnis fast verraten.

»Ja.« Sie lächelt schwach. »Und ich weiß schon, was ich bekomme, weil ich jedes Jahr dasselbe kriege: eine Verlängerung meiner Mitgliedschaft beim *World Wildlife Fund.*«

»Na ja, so etwas ist ja auch nicht so wichtig, oder?«, erinnere ich sie.

»Natürlich nicht.« Sie zuckt die Achseln. »Ich denke, es ist nur ... das, wofür es steht.«

»Wirf nicht weg, was du hast, Jess«, warne ich sie.

Sie sieht mir in die Augen. »Und was ist, wenn ich ihn nicht mehr liebe?«

Ich halte inne. »Ist es denn so?«

»Ich weiß es nicht«, erwidert sie mit stiller Verzweiflung. »Dieser furchtbare, abgedroschene Satz geht mir nicht aus dem Kopf: Ich liebe ihn, aber bin ich auch verliebt in ihn? Und ...«

»Was?«

»Ich kann nicht aufhören ...«

»An John zu denken?«

Sie nickt.

»Du hast nicht noch einmal mit ihm geschlafen, oder?«

»Nein«, versichert sie. »Doch mich quält der Gedanke, was wäre, wenn ich ...« Ihre Stimme erstirbt.

»Was? Wenn du Adam für ihn verlassen würdest?«

Mit leerem Blick starrt sie geradeaus. »Es ist sowieso ein

dummer Gedanke, weil ich weiß, dass ich ihm nichts bedeute. Ich bin nur eine von vielen Frauen.«

»Echt? Du hast nie gesagt, dass er ein Womanizer wäre.«

»Er ist ein Wolf im Schafspelz«, sagt sie bitter. »Und alles ist noch viel schlimmer, weil ich ihn ständig sehen muss. Was zum Teil natürlich meine eigene Schuld ist. Ich meine, ich könnte ja aufhören, wenn ich es wollte.«

»Was, deinen Job aufgeben?«

Sie zögert. »Aber weißt du was? Ein Teil von mir will das nicht. Wenn ich vollkommen ehrlich bin, liebt ein Teil von mir die Versuchung.«

Ich sehe offenbar verwirrt aus.

»Ich weiß. Verrückt, oder? An Tagen, wenn ich zwischen Arbeit und Windelwechseln kreise und auch zwischendurch nicht viel Spaß habe, erinnert mich die Versuchung daran, wie mein Leben einmal war. Die Versuchung erinnert mich, wie es war, sexy zu sein.«

»Ach, Jess. Du *bist* sexy – du bist eine scharfe Braut!« Ich grinse und bemühe mich, sie aufzuheitern. »Du brauchst dieses Chaos nicht, das du gerade heraufbeschwörst, um dir das zu beweisen.«

Sie zuckt mit den Schultern, sieht jedoch nicht fröhlicher aus. »Du weißt nicht, wie das ist, Abs. Und ich stehe zu dem, was ich gesagt habe: Allein schon die Versuchung hat vieles für sich.«

54.

Die durchschnittliche Pauschalreise ist eine bittersüße Erfahrung für mich und meinesgleichen. Da sind einerseits Sonne, Meer, Sand, Alkohol und jede Menge Möglichkeiten für einen Urlaubsflirt. Aber andererseits ist da auch der erste Ausflug an den Strand.

In dem Moment sind die Dicklichen und Blassen unter uns gezwungen, zu einem Liegestuhl zu schleichen, aus einem wohlproportionierten Kaftan zu schlüpfen und ihrem erbärmlich weißen, aufgequollenen Körper den ersten Vorgeschmack auf Sonnenstrahlen seit mehr als elf Monaten zu geben. Das allein ist schon traumatisch genug, auch ohne dass jede Menge ranker, schlanker und sonnengebräunter Schönheiten mit Bäuchen wie Teetabletts und Bikinihöschen in der Größe eines Mäusetaschentüchleins um einen herumhüpfen.

Man stelle sich diesen durchschnittlichen Strand und diese durchschnittlich prächtigen, jungen, sonnengebräunten Schönheiten vor. Und dann stelle man sich die gleiche Szene vor, wenn einige dieser Schönheiten auch noch *Laufenthusiasten* sind – denn in unserem Hotel ist ein spanischer Laufklub untergebracht.

»Wie konnte ich annehmen, dass das hier eine gute Idee wäre?«, murmle ich, als Jess und ich am Strand entlang zum geplanten Treffen mit dem Animateur spazieren. »Ich kann nicht glauben, dass ich ernsthaft in Erwägung gezogen habe, mich vor Oliver auszuziehen, wenn er diesen Haufen hübscher Frauen hat, mit denen er mich vergleichen kann.«

Jess verdreht die Augen. »Bist du noch immer besessen von Oliver?«
»Du weißt doch, dass ich es bin. Warum?«
Sie zuckt unbehaglich die Schultern. »Ich bin mir nicht sicher, was dich und ihn betrifft. Es geht schon so lange, und es ist nichts passiert.« Sie hält inne. »Entschuldige. Vergiss einfach, dass ich was gesagt habe.«
»Wie kann ich das?«, erwidere ich, als mich eine Welle von Paranoia überspült. »Meinst du, ich überschätze mich damit, weil er in einer anderen Liga spielt?«
»Nein! Gott, nein!«, versetzt sie. »Ehrlich, ich weiß nicht, warum ich das gesagt habe. Vergiss es. Und natürlich überschätzt du dich nicht. Du siehst umwerfend aus.«
»Jess, ich habe nur ungefähr sechs Kilo abgenommen, nicht zehn. Meine Beine sind noch immer zu kurz, mein Hintern ist noch immer zu dick, und meine Haut ist milchweiß – es sei denn, ich trage etwas Bräune aus der Tube auf, denn dann nimmt sie die Farbe einer Mandarine an.«
»Unsinn. Du siehst reizend aus. Du hast immer reizend ausgesehen, und jetzt siehst du sogar noch besser aus. Wie ist dein Zimmer?«
»Fabelhaft«, entgegne ich wahrheitsgetreu, denn das Hotel ist atemberaubend. Mit modernem Interieur und einem Privatstrand, weißgetünchten Wänden, sonnendurchfluteten Terrassen und Tennisplätzen. Als wir für unsere Begrüßungsdrinks in die Lobby kommen, sehe ich mich um und erblicke Oliver, der an der Rezeption lehnt und sich mit einer hübschen, dunkelhaarigen Bediensteten unterhält. Sobald er Jess und mich bemerkt, wendet er sich von ihr ab und kommt auf uns zu.
»Hallo, ihr beiden«, sagt er und gibt uns einen Kuss auf die Wange. Seine Lippen verweilen auf meiner Haut, jagen

Schmetterlinge durch mein Innerstes, und mir wird wieder einmal bewusst, wie viel mutiger er jetzt im Vergleich zu unseren ersten Begegnungen ist.
Als er sich von mir löst, betrachte ich seine Klamotten: eine Leinenhose, Flipflops aus Leder und ein schlichtes weißes T-Shirt, das sich an seinen durchtrainierten Oberkörper schmiegt, so dass er einfach umwerfend toll aussieht. »Das Treffen findet hier statt«, fährt er fort. »Ich will gerade hin. Ein wundervoller Ort, oder?« Er dreht sich zu mir um und lächelt ein bedächtiges, sexy Lächeln, bei dem mein Herz einen Hüpfer macht.
Der Rest der Gruppe ist bereits in der Bar und wartet auf die Begrüßungsansprache. Ungefähr zehn Mitglieder des Laufklubs nehmen an der Reise teil und haben sich zu derselben Anzahl anderer Urlauber gesellt. Wir setzen uns hinter Geraldine, Tom und Mau, die sich gerade angeregt über den lokalen Wein unterhalten. Mau scheint eine Expertin zu sein.
»Ist das Hotel nicht einmalig?«, flüstert Geraldine und dreht sich um. »Von unserem Zimmer hat man einen wundervollen Ausblick auf den Strand.«
»Schön, oder?«, stimmt Jess zu.
»Vielleicht fühlt sich irgendjemand ja dadurch inspiriert«, sagt sie und deutet mit einem Kopfnicken in Richtung Tom. »Obwohl vermutlich eher einer der Kellner um meine Hand anhalten wird.«
Ein abruptes lautes Klatschen lässt die Gespräche verstummen.
»Hallo, Leute!« Die spritzige Begrüßung kommt von einer zierlichen Frau Mitte 40 mit trockenen, welligen Haaren, Männershorts und Beinen, die so braun sind, dass sie offenbar genug Sonne abbekommen haben, um damit einen zehn Pfund schweren Truthahn zu grillen. Was die Frau an Stil ver-

missen lässt, macht sie allerdings mit ihrer Begeisterung allemal wieder wett.

»Ich bin Janice Gonzales, und ich bin für die kommenden vier Tage euer *Sunny Runners*-Animateur. Herzlich willkommen!«

Sie hält inne, als erwarte sie eine Runde Applaus.

»Na ja«, fährt sie unbeirrt von der Stille fort. »Ich hoffe, ihr habt euch alle unser wunderschönes Hotel angeschaut und konntet euch nach der Anreise ein bisschen ausruhen. Heute Abend habt ihr die Möglichkeit, zu entspannen, Freunde zu finden und die kulinarischen Köstlichkeiten der Gegend zu probieren. Aber feiert nicht zu viel«, sagt sie grinsend, »denn morgen früh um acht starten wir zu unserer ersten Session!«

»Juhu«, flüstere ich.

Während Janice' schrilles Geschwafel weitergeht und weitergeht – über die Toleranzschwelle der meisten Menschen hinaus –, ertappe ich mich dabei, wie ich auf »Doktor Charmings« Füße starre. Ich bin fasziniert von ihnen. Das mag seltsam klingen, doch es ist ein bahnbrechender Moment. Normalerweise hasse ich Männerfüße nämlich. Ich meine, ich *hasse* sie.

Selbst Männer, die für gewöhnlich viel Wert auf ihr Äußeres legen, scheinen sich überhaupt nicht um ihre Füße zu scheren. Es kommt einem fast so vor, als würden sie vergessen, dass es ihre Füße gibt. Ich weiß nicht, wann es gesellschaftlich akzeptiert wurde, mit dicken Nägeln, Hornhaut und bleichen, behaarten Zehen durch die Gegend zu laufen, aber ich wünschte mir, es wäre nicht so.

»Doktor Charmings« Füße hingegen sind perfekt. Es sind Füße, die von einem Katalogmodel stammen könnten: sonnengebräunt, gepflegt und ohne einen Hauch von horniger

Haut. Es kostet mich enorme Willenskraft, nicht zu ihm zu rennen und diese Füße zu küssen.

»Also, Leute«, schließt Janice, »am Ende dieser Lauffreizeit hoffen wir von *Sunny Runners,* dass ihr entspannt seid, aufgeladen und motiviert, zu Hause das Training auf das nächste Level anzuheben. Und wenn ihr das nicht seid, ist das Pech … Denn es gibt keine Rückerstattung für Faulpelze! Ha, ha, ha!«

Ich sehe zu Jess und versuche, Blickkontakt zu ihr aufzunehmen. Doch nicht zum ersten Mal, seit wir von zu Hause aufgebrochen sind, scheint sie mit ihren Gedanken ganz woanders zu sein.

55.

Die meisten Leute aus der Gruppe gehen früh ins Bett. Zu meiner grenzenlosen Enttäuschung ist auch »Doktor Charming« unter ihnen. Ich bitte darum, am nächsten Morgen um 7:15 Uhr geweckt zu werden. Trotzdem gelingt es mir, zu spät zu sein, als ich mich mit den anderen auf der Promenade treffe.

Mau ist von Kopf bis Fuß in Eiscremefarben gekleidet und sieht wie eine wandelnde Neapolitaner-Waffel aus. »Ich dachte schon, du schaffst es überhaupt nicht mehr«, sagt sie grinsend und joggt auf der Stelle.

»Tut mir leid, aber der einzige Weckanruf, den ich in den Ferien je bekommen habe, war, als ich ein Flugzeug erreichen musste. Es verstößt gegen meine Prinzipien.« Ich blicke mich um und stelle fest, dass jemand fehlt. »Wo ist Jess?«

»Ich dachte, sie wäre bei dir, meine Liebe«, entgegnet Mau schulterzuckend.

»Nein. Na ja, jetzt fühle ich mich ein bisschen besser. Wenn selbst ›Miss Sporthose‹ an Tag eins zu spät kommt, gibt es für uns alle noch Hoffnung.«

Während Janice die langsame Gruppe auffordert, ihr zu folgen, entdecke ich Jess, die zur mittleren Gruppe rennt.

»Ist alles in Ordnung?«, forme ich lautlos mit den Lippen.

»Ja.« Sie nickt und läuft dann in die andere Richtung davon.

Der Lauf führt uns an der Küste entlang, vorbei an goldenen Stränden, dramatischen Felsformationen und schäumenden Wellen. Es ist noch nicht einmal neun Uhr, und die Sonne wärmt schon meine Schultern – und es ist unmöglich, dieses

Gefühl nicht zu genießen. Die Landschaft ist atemberaubend, und die Gruppe ist entspannt und glücklich.

Als wir zum Hotel zurückkommen, habe ich den Eindruck, wirklich etwas geleistet zu haben. Das hier ist ein Urlaub, es ist noch nicht einmal zehn Uhr, und statt am Buffet herumzuhängen und darüber nachzudenken, ob ich noch ein zweites Croissant essen soll oder dieses zweifelhafte kalte Fleisch, das die Holländer so gern mögen, habe ich *Sport* gemacht.

Nach einer Dusche treffe ich Jess am Pool, ziehe einen Liegestuhl heran und breite mein Handtuch darauf aus. Als ich meinen Sarong ablege, fällt mir auf, dass diese große körperliche Enthüllung nicht halb so traumatisch ist wie sonst immer. Gut, die ranken und schlanken, braungebrannten Leute auf der anderen Seite des Pools müssen noch immer keine Konkurrenz fürchten, doch ich fühle mich … annehmbar. Vielleicht sogar mehr als annehmbar. Verdammt, ich fühle mich verflucht gut, und ich habe keine Angst, es zu sagen.

Eine Spur von Orangenhaut bleibt, allerdings ist es deutlich weniger als früher. Mein Bauch ist zwar nicht flach, aber so nahe dran, wie er je sein wird. Und einige meiner Muskeln – vor allem meine Unterschenkel – sind hart wie Stein. Wenn man mich vor sechs Monaten gefragt hätte, welchen Körperteil ich gern verbessern würde, wären mir nicht sofort meine Unterschenkel eingefallen. Ich hätte sie auf Platz 22 einer Liste gesetzt, kurz vor den Ohrläppchen. Doch in der Not frisst der Teufel Fliegen.

Der Punkt ist, dass ich mich stärker, schlanker und, was das Erstaunlichste ist, sportlich fühle. Was lächerlich ist, denn immerhin sprechen wir hier von *mir!*

Jess und ich lesen die Bücher, die wir am Flughafen gekauft haben, tauschen Meinungen aus und genießen zwischendurch die Sonne. Nach einer Stunde nicke ich ein. Ich weiß nicht, wie lange ich gedöst habe, aber ich wache vom Geräusch von Schritten auf. Ich öffne ein Auge und erblicke die Füße meiner Träume.

»Habt ihr was dagegen, wenn ich mich zu euch setze?«, fragt Oliver.

»Überhaupt nicht«, erwidere ich und drehe mich auf den Rücken. Auf halbem Wege fällt mir ein, dass das vielleicht doch keine gute Idee sein könnte. Meine gesamte rechte Körperhälfte ist ein Fresko aus winzigen Ananassen, die der Abdruck meines Handtuchs dort hinterlassen hat.

»Oje.« Ich grinse unsicher und verdecke meine Beine.

Er lächelt, als Jess ebenfalls aufwacht. »Oh«, sagt sie, als sie feststellt, dass wir Gesellschaft bekommen haben. »Hi, Oliver. Ich gehe mal kurz schwimmen.« Beizeiten muss ich mich bei ihr bedanken, dass sie uns allein lässt.

»Wie war dein Lauf heute Morgen?« Oliver zieht einen Liegestuhl heran.

Trotz meiner gesteigerten Sicherheit, was meinen Körper angeht, bemühe ich mich, unauffällig den Bauch einzuziehen, ohne dabei die Fähigkeit einzubüßen zu sprechen. »Wundervoll. Ich fühle mich bereit für den Tag. Ich hätte nie gedacht, dass ich das einmal sage.«

»Ach, unsere zaudernde Halbmarathonläuferin«, fügt er neckisch hinzu.

»Inzwischen nicht mehr so zaudernd«, korrigiere ich ihn. »Ich beginne zu denken, dass mir diese Laufsache vielleicht doch Spaß machen könnte.«

»Es macht einen süchtig, oder?«

»Irgendwie schon. Wenn ich nur nicht gleichzeitig süchtig nach Wein und Schokolade wäre, könnte ich vermutlich richtig gut sein.«

»Na ja, es ist nicht verboten, es sich im Urlaub gutgehen zu

lassen. Ich jedenfalls hoffe, dass der heutige Abend länger dauert als der gestrige.« Er grinst.
»Tatsächlich?«
»Absolut.« Dann macht er etwas Erstaunliches: Er zwinkert mir zu. »Doktor Charming« zwinkert mir *wirklich* zu. Ich weiß nicht, wie ich darauf reagieren soll, außer spontan zu kichern, womit ich meine Bemühungen, meinen Bauch einzuziehen, endgültig zunichtemache.
Der Rest des Tages ist eine faule, verschwommene, großartige Mischung aus Unterhaltung, Sonnenbad – und Flirten.
Es scheint fast so, als hätte Oliver endlich herausgefunden, wie es geht, und jetzt gibt es kein Halten mehr. Er schiebt mir eine Strähne aus dem Gesicht. Er blickt mir tief in die Augen. Er bietet mir sogar an, mir den Rücken mit Sonnenmilch einzucremen, und ich empfinde die Erfahrung als so sinnlich, dass ich fast ohnmächtig werde.
Als die Sonne untergeht, wird seine Anmache so eindeutig, dass ich, als ich in mein Zimmer gehe, um mich fürs Dinner umzuziehen, sicher bin: *Heute Nacht ist die Nacht der Nächte.*
Ich ziehe eine Stoffhose und ein folkloristisches Top an und bin gerade dabei, mein Haar hochzustecken, als es an meiner Tür klopft. Es ist Jess.
»Danke, dass du dich heute zurückgezogen hast«, sage ich. »Ernsthaft, es war der perfekte Zeitpunkt. Oliver hat den ganzen Nachmittag über mit mir geflirtet. Das ist es, Jess. Er und ich werden heute Nacht miteinander schlafen. Ich weiß es.«
Erst jetzt fällt mir auf, dass sie eine Jeans und einen Kapuzenpullover trägt. Nicht gerade ihr übliches Outfit, um zu einem Dinner zu gehen.
»Ich habe beschlossen, nach Hause zu fahren«, sagt sie ruhig.
Mit großen Augen sehe ich sie ungläubig an. »Was?«, frage ich. »Warum? Woher kommt diese Entscheidung?«

Mit trauriger Miene setzt sie sich auf mein Bett. »Ich kann nicht aufhören, darüber nachzudenken, was du im Flugzeug über Adam gesagt hast.«
»Ich wollte damit nicht sagen, dass du nach Hause fahren sollst«, entgegne ich.
»Ich weiß. Aber du hattest recht mit dem, was du über ihn gesagt hast. Vollkommen recht.« Sie vergräbt ihr Gesicht in ihren Händen. »Gott, sieh mich an: Ich amüsiere mich in der Sonne, während mein hingebungsvoller Ehemann sich um unsere beiden Kinder kümmert.«
»Das habe ich nie gesagt! Ich habe nur gesagt, dass du ihn nicht verlassen solltest. Nicht, dass du dir keinen Urlaub gönnen darfst. Adam hätte nichts dagegen, dass du hier bist.«
»*Ich* habe etwas dagegen, hier zu sein.« Sie dreht ihre Schlüsselkarte in der Hand und sieht auf. »Heute Abend geht noch ein Flug.«
Ich setze mich auf die Bettkante und lege meinen Arm um sie. »Verdammter Mist. In einem Moment erzählst du mir, dass du Versuchung und Diamanten willst, und im nächsten willst du ins Flugzeug springen und zu deinem Ehemann zurückkehren. Das sieht dir überhaupt nicht ähnlich, Jess. Warum bleibst du nicht hier und denkst erst mal in Ruhe nach? Es ist eine Möglichkeit, mal durchzuatmen. Für dich, um fern von allem zu sein und dir über alles klarzuwerden.«
»Hier bin ich nicht fern von allem.«
»Was meinst du damit?«
Sie seufzt. »Ich bin überall verwirrt und in Aufruhr – ob nun hier oder zu Hause. Im Übrigen habe ich seit unserer Ankunft nichts anderes getan, als nachzudenken.«
»Und zu welchem Schluss bist du gekommen?«
»Dass ich ein Idiot war. Und dass ich nach Hause und zurück zu meinem Ehemann will.«

56.

Sie ist abgereist? Einfach so?«, fragt Geraldine, als ich sie und Mau vor dem Dinner auf der Damentoilette treffe.

»Irgendetwas ist mit Jamie, ihrem kleinen Jungen«, schwindle ich. »Er ist seit September in der Schule und hat sich noch nicht eingewöhnt. Sie fühlt sich schlecht, weil sie nicht für ihn da ist.«

»Jess kam mir nie wie eine übereifrige Mutter vor«, bemerkt Mau. »Sie war immer bewundernswert ausgeglichen. Es muss etwas Ernstes sein.«

»Ich hoffe, es geht ihm bald wieder gut«, sagt Geraldine.

»Es wird bestimmt alles wieder gut«, versichere ich und hoffe, sie lassen das Thema fallen. »Es war kein Notfall oder so.«

Ich lasse die beiden auf der Toilette zurück und mache mich auf den Weg zu den anderen. Als ich schon fast im Speisesaal bin, fällt mir auf, dass ich meinen Lippenstift neben dem Waschbecken vergessen habe.

Ich stoße die Tür auf und will gerade zurück in den Waschraum, als ich Maus Stimme höre, die drängend und besorgt klingt. Irgendetwas an dem Klang bringt mich dazu, im Vorraum stehen zu bleiben und zu lauschen.

»Geraldine, das kannst du doch nicht tun«, schimpft sie. »Das geht nicht. Ich weiß, wie verzweifelt du bist, aber es ist nicht fair. Und im Übrigen funktioniert das heutzutage nicht mehr. Männer willigen nicht ein, eine Frau zu heiraten, nur weil sie schwanger ist.«

»Tom würde es tun«, erwidert Geraldine beleidigt.

Ich will mich leise zurückziehen. Doch mir ist klar, dass die

Tür, wenn ich sie wieder öffne, quietschen und mich verraten wird.

»Hör auf mich«, sagt Mau. »So etwas haben die Frauen zu meiner Zeit gemacht, und alles, was sie davon hatten, waren eine unglückliche Ehe und traurige Kinder. Wenn du und Tom füreinander bestimmt seid, dann wird es eines Tages passieren. Du kannst ihn *nicht* mit deinen blinkenden Eierstöcken erpressen.«

»Jetzt will ich *dir* mal was sagen, Mau. Ich bin dreiunddreißig Jahre alt, und ich *brauche* ein Baby. Tom und ich wären wundervolle Eltern – das ist ihm nur noch nicht bewusst. Aber wenn ein Baby unterwegs ist, weiß ich, was er empfinden würde. Er wäre ergriffen. Es wäre perfekt. Es wäre genau das Happyend, das wir beide uns gewünscht haben. Du musst das verstehen.« Geraldines Stimme erstirbt am Ende des Satzes, und mir wird klar, dass sie weint.

»Ach, meine Liebe«, sagt Mau leise, während Geraldine schnieft. »Versprich mir, dass du nichts Dummes tust. Du kannst ein Baby nicht dazu benutzen, um den Mann, den du liebst, zu erpressen.« Sie hält inne. »Liebst du ihn denn?«

»Natürlich!«, piepst Geraldine entsetzt. »Wie kannst du daran zweifeln?«

Mau antwortet nicht. Stattdessen dreht sie den Wasserhahn auf, um sich die Hände zu waschen, und ich nutze die Gelegenheit, um ohne meinen Lippenstift aus dem Vorraum zu schlüpfen. Und zum ersten Mal, seit ich sie kennengelernt habe, frage ich mich, ob Geraldine und Tom tatsächlich füreinander bestimmt sind.

Wir sitzen auf der mondbeschienenen Terrasse. Meine Haut prickelt in der kühlen Brise. Die meisten Gruppenmitglieder sehen so aus, als hätten sie heute viel Sonne abbekommen:

auch ich, obwohl meine Hautfarbe einer wahnsinnig teuren falschen Bräunungslotion namens »Miami Tan« zu verdanken ist. Offensichtlich benutzen alle Stars diesen Selbstbräuner – allerdings wahrscheinlich in Verbindung mit einigen Ausflügen pro Monat nach Barbados, denn die Lotion ist nicht so wirkungsvoll, wie ich es mir erhofft habe. Jedenfalls nicht verglichen mit Mau, selbst nachdem ich vor dem Dinner noch mal ordentlich nachgelegt habe.

Heute Abend sollte ich nicht trinken. Nicht, weil ich ein Mitglied der Anonymen Alkoholiker oder schwanger wäre oder mich von einer Pilzinfektion erholen und starke Antibiotika nehmen müsste, sondern wegen unseres längeren Laufes, der morgen stattfindet – eine Sache, die meinem Vorurteil gegen den Begriff »Lauffreizeit« neuen Zündstoff gibt. Es ist nicht so, dass man uns verboten hat zu trinken. Doch niemand – bis auf Tom, der trotzig zwei Bier getrunken hat – bestellt Alkohol.

Aber ich befasse mich nicht näher mit dem Thema, weil ich andere Dinge habe, über die ich mir Gedanken machen muss. »Doktor Charming« zum Beispiel. Wenn er, nachdem er den ganzen Nachmittag und Abend mit mir geflirtet hat, nicht endlich sein Versprechen einlöst und einen Annäherungsversuch startet, schließe ich mich vielleicht Jess auf dem nächsten Flug nach Hause an. Einer nach dem anderen verabschiedet sich, um früh ins Bett zu gehen. Am Ende sind nur noch ich, Oliver und Tom übrig, der sich entschlossen hat, sein drittes Bier zu trinken.

Wenn ich mir Tom heute Abend so anschaue, ist leicht zu verstehen, wie ich mich selbst vorübergehend täuschen und denken konnte, ich würde etwas für ihn empfinden. Seine unbestreitbare Schönheit ist heute Abend noch deutlicher – mit der gebräunten Haut an seinen Unterarmen und der Spur von Sommersprossen auf seiner Nase.

Doch deshalb bin ich mir so sicher, dass Oliver der Mann für mich ist. Es sagt schließlich alles, dass ich ihn neben diesen makellosen Mann stellen kann und ihn trotzdem mehr will.

Die Stimmung zwischen uns ist gut. Als Oliver auf die Toilette verschwindet, ergreife ich die Gelegenheit und beuge mich zu Tom hinüber.

»Hör mal, ich will ja nicht unhöflich sein, aber …« Ich weise zur Tür.

»Was?«

»Na ja, könntest du vielleicht verschwinden?«, sage ich scherzhaft. Es ist allerdings alles andere als ein Scherz.

»Charmant.« Er sagt es locker, doch ich bemerke, wie er die Kiefer aufeinanderpresst.

»Nimm es nicht persönlich«, entgegne ich. »Außerdem fühlt sich Geraldine in eurem Zimmer bestimmt schon ganz einsam.« Ich spreche die Worte aus, ehe die Erinnerung an die Unterhaltung, die ich belauscht habe, zurückkehrt. Ich erstarre bei der Vorstellung, dass sie im Zimmer ist, bereit, ihren Plan durchzuführen.

Ich hoffe nur, dass Mau sie davon abbringen konnte. Nicht, dass ich irgendetwas sagen könnte, um Tom zu warnen. Ich meine, es geht mich sowieso nichts an. Obwohl mir bei dem Gedanken ein bisschen übel wird, dass er einem der ältesten und grausamsten Tricks der Welt zum Opfer fallen könnte – nämlich, dass die Frau schwanger wird, um den Mann zu halten.

Er sieht mich scharf an. »Geraldine bekommt ihren Schönheitsschlaf.« Ich versuche, seinen Blick herausfordernd zu halten, aber es gelingt mir nicht. Zum Glück steht er auf, wenn auch zögerlich. »Gut. Schick mich weg, damit du dich von unserem Freund verführen lassen kannst. Das macht mir nichts aus«, sagt er rundheraus.

»Ach, komm schon, fang jetzt keinen Streit an«, sage ich mit demselben gezwungen heiteren Tonfall, den wir beide anscheinend sehr gut beherrschen.
»Keine Sorge. Ich gehe. Tu nichts, was ich nicht auch tun würde.« Der bittere Unterton in seinen Worten macht mich wütend. Trotzdem kann ich nicht ändern, dass ich ganz anders empfinde, als ich ihm hinterherblicke, wie er zur Tür geht. Und das ist etwas, über das ich nicht näher nachgrübeln möchte.
Als Oliver zurückkommt, fällt mir auf, wie reizend er heute Abend aussieht: Er trägt ein schwarzes, offenes Hemd und eine Jeans, die ihm tief auf den Hüften sitzt. Er lässt sich auf dem Stuhl neben mir nieder und lächelt dieses süße, sexy Lächeln. »Jetzt sind wir endlich allein.«
Während ich den Anblick seiner Augen, seiner schlanken Hände, der zarten Haut an seinem Hals in mich aufnehme, erinnere ich mich daran, wie lange ich diesen Mann schon will. Der Gedanke, dass dies hier der entscheidende Moment sein könnte, ist verlockend und sinnlich. Er ergreift meine Hand, dreht sie um und fährt mit den Fingerspitzen die Linien in meiner Handfläche nach.
»So mag ich es am liebsten … und du?« Die Lust, mit der er mich ansieht, lässt mein Innerstes dahinschmelzen wie einen Marshmallow.
»Ja«, stoße ich hervor. »Absolut.«
»Hat dir schon mal jemand gesagt, dass deine Augen wie ein zauberhafter Märchenmond aussehen, Abby?« Bei jedem anderen hätte das abgedroschen geklungen. Doch so, wie Oliver es sagt, ist es Poesie – weit entfernt von dem schüchternen Mann, als den ich ihn kennengelernt habe und der nicht wusste, wie man flirtet.
»In letzter Zeit nicht«, erwidere ich, als er mit den Fingern meinen Arm hinaufstreicht.

»Ich weiß nicht viel über dich, aber ich habe ein gewisses … Knistern zwischen uns gespürt.« Seine Augen funkeln verschmitzt. »Eigentlich«, fährt er fort, während seine Berührung leichte elektrische Impulse durch meinen Körper jagt, »ist es vielleicht sogar mehr als ein Knistern. Vielleicht sind es zwei Menschen, zwei glückliche, erwachsene Menschen, die dazu bestimmt sind, erwachsene Dinge miteinander zu machen.«

Ich höre nicht mehr länger auf das, was er sagt. Ich kann mich nur noch darauf konzentrieren, wie nah seine Hand meiner Brust ist, als er meinen Arm streichelt. Ich kämpfe darum, weiterzuatmen, als ich ihm ins Gesicht sehe.

»Die Frage ist, Abby«, murmelt er, »ist heute Nacht die Nacht, in der wir uns endlich lieben?«

57.

Der Sex mit Oliver ist perfekt.

Er ist ein technisches Genie, die lebendige Verkörperung jedes erotischen Ratgebers. Er kennt Tricks und Stellungen, gegen die das »Kamasutra« so harmlos wirkt wie die gesammelten Werke von Enid Blyton. Er ist eine Zehn – und nicht weniger.

Anschließend legt er sich mit hinter dem Kopf verschränkten Armen zurück, während ich noch ganz benommen meinen Arm über seine Brust lege und kaum glauben kann, was gerade passiert ist.

Denn offen gesagt bin ich überwältigt.

Ich habe mir vorgestellt, dass Olivers Leistung im Bett seine Verführungskünste widerspiegeln würde: ein langsamer Start, ein bisschen unbeholfen, und dann ein fulminantes Ende. Nichts davon stimmt. Er ist offenbar ein Naturtalent. Selbstsicher und geschickt vom Anfang bis zum Ende. Ich weiß nicht, was ich davon halten soll.

»Das war phantastisch, Oliver.« Ich will es nicht, doch mein Kompliment hört sich an, als würde ich einen dreifachen Orgasmus bewerten.

»Danke«, sagt er lächelnd. Ihm macht meine ungeschickte Bemerkung anscheinend nichts aus. Er beugt sich zu mir und küsst mich. »Wie oft bist du gekommen?«

»Oh … oft genug«, entgegne ich bewusst geheimnisvoll. Er ist zufrieden mit der Antwort, obwohl es genau genommen nicht der Wahrheit entspricht.

Denn auch wenn der Sex spektakulär war, hatte ich keinen

Orgasmus. Ich habe natürlich einen Höhepunkt vorgetäuscht. Das ist nur höflich. Aber ich war viel zu nervös, um mich zu entspannen und den Moment zu genießen. Was eine Schande ist, denn nachdem ich mich so lange nach Oliver gesehnt habe, hätte ich eigentlich schon in der Bar, als er meine Hand genommen hat, einen »Meg-Ryan-Moment« haben müssen.

Ruhelos versuche ich, in seinem Zimmer zu schlafen, beobachte, wie sich seine Brust hebt und senkt, und lausche dem leisen Knirschen seiner Zähne. Um Punkt sieben Uhr wacht er ohne Wecker auf und springt aus dem Bett.

Sein Po ist makellos. Sein Oberkörper ist makellos. Er ist makellos. Doch als er die Vorhänge öffnet und das Sonnenlicht auf seinen Körper fällt, bemerke ich etwas, das alles andere als makellos ist: marmeladenfarbene Streifen von »Miami Tan«. Die Farbe ist großzügig auf seinen Gliedmaßen, seinem Bauch und seinem Rücken verteilt. Er sieht aus wie die menschliche Version des Turiner Grabtuches.

»Ich sollte mich lieber anziehen und mich zurück in mein Zimmer schleichen«, sage ich hastig. »Wir wollen doch nicht, dass jemand über uns Bescheid weiß, oder?«

»Mir ist es egal, wenn es dir nichts ausmacht«, erwidert er und zwinkert mir zu, während mein Blick auf den schwachen orangefarbenen Handabdruck fällt, der nur Zentimeter von seiner Leiste entfernt ist.

Im Laufe des Tages erinnere ich mich immer wieder lebhaft an den Sex mit »Doktor Charming«. Wie wunderbar schmutziger Feenstaub durchziehen die Flashbacks meinen Tag. Endlich ist es passiert!

Aber zu wissen, dass er mich genug mag, um mit mir zu schlafen, öffnet jeder Menge Unsicherheiten Tür und Tor. Nicht zuletzt frage ich mich, ob er es noch mal tun würde.

Diese Frage beschäftigt mich so sehr, dass alles andere beiseitegedrängt wird. Als ich allerdings beim Start zu meinem morgendlichen Lauf Tom erblicke, schwenken meine Gedanken abrupt zu ihm um. Bewusst vermeide ich den Blickkontakt mit ihm, und das ist auch nicht schwer. Er sieht mich nicht an, konzentriert sich stattdessen auf die Aufwärmübungen und unterhält sich mit der spanischen Trainerin.
Nach dem Laufen dusche ich und beschließe, ein bisschen umherzustreifen. Oliver sitzt am Pool. Sein Oberkörper ist mit einem T-Shirt bedeckt, und er starrt ratlos auf seine Sonnenmilch. Ich verstehe nicht, warum er so verwirrt aussieht, bis ich sehe, wie er mit einem Zipfel seines Handtuchs seine Beine abreibt.
Er sieht auf, und Panik durchströmt mich. Ich winke und verfluche mich selbst, weil ich dabei so uncool wirke. Doch er hebt die Hand und winkt zurück, wobei es ihm gelingt, weit weniger albern zu wirken als ich. Ich mache mich auf den Weg an die Bar, um mir eine Flasche Wasser zu holen, und hoffe, dass er – auch wenn ihm klar ist, dass ich für die orangen Striemen auf seinem Oberkörper verantwortlich bin – zu mir kommt.
Er kommt nicht.
Und nachdem ich fünf Minuten gehofft und gewartet habe, schlendere ich schließlich zum Hotel und komme dabei an seinem Liegestuhl vorbei. Aber Oliver schläft. Ich versuche, da nicht zu viel hineinzuinterpretieren – auch nicht in die Tatsache, dass wir uns den ganzen Morgen über kaum gesehen haben. Doch als es Zeit für das Abendessen ist, beginne ich, mich ausgesprochen beunruhigt zu fühlen.
Dieses Gefühl nimmt auch nicht ab, als wir – zufällig oder absichtlich kann ich nicht genau sagen – an unterschiedlichen Tischen sitzen. Nachdem wir gegessen haben, gehe ich auf die

Terrasse, setze mich auf denselben Stuhl wie gestern und hoffe, dass diese Symmetrie Anlass für eine Wiederholung des vergangenen Abends ist.

Stattdessen kommt Mau, setzt sich neben mich und plappert darüber, wie sehr sie sich wünschte, dass es wieder *Tupperware*-Partys gäbe, denn sie seien immer eine gute Ausrede gewesen, um sich zu treffen, zu plaudern und ein Gläschen zu trinken, und man habe nur ein paar Pfund für ein paar lausige Plastikboxen ausgeben müssen, um so viel Spaß zu haben.

Die Leute gehen nicht wie gestern Abend einer nach dem anderen früh zu Bett, sondern haben sich offenbar entschlossen, aufzubleiben und zu plaudern. Tom ist heute in Bestform und unterhält die Gruppe mit einer Reihe von trockenen Bemerkungen, bei denen Janice sich mehr als einmal an ihrem alkoholfreien Cocktail verschluckt. Mit mir spricht er nicht so viel. Und da ist er nicht der Einzige. Um Mitternacht sitzt Oliver noch immer zwei Tische von mir entfernt und hat mir heute weniger Aufmerksamkeit geschenkt als in der gesamten Zeit, die ich ihn nun kenne.

Ich ertappe mich dabei, wie ich ihn ansehe, wie ich diese wunderschönen Augen betrachte, während er sich angeregt mit Geraldine unterhält. Ich frage mich unwillkürlich, ob die vergangene Nacht vielleicht nur ein Traum war oder tatsächlich passiert ist. Ob mir vielleicht jemand etwas in mein Weinglas geschüttet hat und ich mir das alles nur eingebildet habe. Als meine Unsicherheit ihren Höhepunkt erreicht, dreht er sich plötzlich um und sieht mir direkt in die Augen. Dann zwinkert er. Und lächelt. Und hebt eine Augenbraue, während er mit einem Kopfnicken zur Tür deutet. Es ist ein eindeutiges Zeichen – und ich fühle mich, als würde ich jeden Moment vor Erleichterung ohnmächtig werden.

»Gut, ihr Lieben, ich bin müde«, sage ich, erhebe mich und

gähne übertrieben, während ich zu Oliver schaue. »Ich gehe ins Bett.«

Er wirft mir einen Blick zu, einen sehr intimen Blick, einen Blick voller Verschmitztheit, ehe er wieder zur Tür sieht.

»Ich gehe auch schlafen«, sagt er nicht sehr subtil. Die Einladung hätte klarer und offensichtlicher nicht sein können.

Ich gehe zum Lift und frage mich, ob ich mein Zimmer erreichen werde, ehe er mich einholt.

58.

Ich erreiche nicht nur unbehelligt von einem mir eifrig folgenden Oliver mein Zimmer, sondern habe Zeit, um hineinzugehen, in meinen sexy Morgenrock aus Seide zu schlüpfen und mich in einer durchdachten, aber dennoch lässig wirkenden Pose auf mein Bett zu legen.

Erwartungsvoll liege ich da, schüttle mir das Haar auf, zappe durch die spanischen Fernsehprogramme und beschließe, die kleine Flasche Champagner in meiner Minibar zu öffnen, wenn er kommt. Doch um ein Uhr morgens nicke ich ein. Das Einzige, was im Fernsehen angeboten wird, ist eine Auswahl an schlechten Softpornos. Ich bin gezwungen zu akzeptieren, dass Oliver nicht mehr mit einer Schachtel Pralinen und dem unstillbaren Verlangen, die »Geilen Fensterputzer VII« nachzustellen, hier auftauchen wird.

Ich spiele mit dem Gedanken, ihm eine Nachricht zu schreiben oder mit der Ausrede, etwas vergessen zu haben, in die Bar zurückzukehren. Aber ich verwerfe beide Ideen. Du magst vieles sein, Abby Rogers, aber du bist nicht verzweifelt. Streichen wir das. Du bist nicht *offenkundig* verzweifelt.

Also schlafe ich allein und unruhig und bin nervös, als ich am nächsten Morgen aufwache. Es ist ein Gefühl, das anhält, als ich aus dem Lift steige, um zum Frühstück zu gehen. Werde ich ihm begegnen? Was wird er sagen? Und wo zur Hölle *war* er letzte Nacht?

Genau wie gestern erhasche ich im Laufe des Tages nur hier und da mal einen flüchtigen Blick auf ihn – am Strand beim Laufen; am Nachmittag am Pool; später in der Lobby. Und bei jeder Gelegenheit fällt mir auf, dass er sich mit einer Frau unterhält. Nicht jedes Mal mit derselben Frau. Mit *vielen.* Meist aus der Gruppe der sonnengebräunten, ranken und schlanken Frauen am Pool. Die Frauen, mit denen ich dachte, inzwischen leben zu können.

Ich erzähle Jess davon, als wir vor dem Abendessen telefonieren.

»Ich habe dir ja gesagt, dass ich mir bei euch beiden nicht sicher bin.«

»*Du* warst diejenige, die uns einander vorgestellt hat«, sage ich. »Ich bin übrigens überzeugt davon, dass er sonst nie so viele Frauen angesprochen hat. Das scheint erst so zu sein, seit ich mit ihm geschlafen habe.«

»Abby«, fährt sie zögerlich fort. »Ist dir nicht aufgefallen, wie viel er flirtet?«

Ich ziehe die Nase kraus. »Aber zuerst hat er das nicht getan«, sage ich. »Zuerst war er schüchtern. Erst in letzter Zeit habe ich bemerkt, dass er flirtet. Und ich dachte, er würde nur mit mir flirten.« Plötzlich versetzt mir meine eigene Naivität einen Stich, und ich will das Thema wechseln. »Wie läuft es an der häuslichen Front?«

»Es läuft gut. Besser. Es ist nichts passiert oder so – ich freue mich bloß, zu Hause bei Adam zu sein. Hör zu, wir reden, wenn du wieder hier bist, ja?«

Trotz meines Telefonates mit Jess nehme ich am Tisch Platz und stelle meine Handtasche unauffällig auf den Stuhl neben mir. Als Oliver den Raum betritt, nehme ich die Tasche herunter, doch er setzt sich auf der gegenüberliegenden Seite des Tisches neben Mau.

Ich werde rot und stelle die Tasche zurück auf den Stuhl. Im nächsten Moment bemerke ich, wie jemand sie wegnimmt.

»Ist alles in Ordnung?« Tom lässt die Tasche auf meinen Schoß fallen und nimmt Platz.
Ich zucke die Schultern. »Alles gut.«
Die Wahrheit ist, dass ich mich schäme und mich fürchterlich fühle. Tom weiß, was zwischen Oliver und mir passiert ist. Und er sieht, was jetzt los ist. Bei dem Gedanken zucke ich zusammen.
»Du siehst nicht so aus, als wäre alles gut.«
»Doch, mir geht es gut. Ehrlich.« Ich blicke in seine dunklen Augen und spüre, wie ich mich entspanne. »Aber danke der Nachfrage.«
Dank meiner Unterhaltung mit Tom ist das Dinner erträglich. Mehr allerdings nicht. Als am Ende alle in die Bar gehen, um unseren vorletzten Abend zu begehen, bin ich wegen Oliver so niedergeschlagen, dass ich mit dem Gedanken spiele, eine mysteriöse Krankheit vorzutäuschen und direkt ins Bett zu gehen.
Dann sieht er mich an. Er blickt mich so lange an, dass eine Welle von Verwirrung, Enttäuschung und Hoffnung mich durchläuft. Es ist ein Gefühl, das mich veranlasst, den Rest des Abends zu bleiben, auch wenn mein Instinkt mir etwas anderes sagt. Und Spannung baut sich in mir auf, während ich jedes Wort, das Oliver an mich richtet, analysiere. Einer nach dem anderen gehen die anderen Gruppenmitglieder ins Bett, bis wieder nur noch Oliver und Tom übrig sind.
»Diese Runde geht auf mich. Noch mal dasselbe, Tom?«, fragt Oliver, ehe er mir sein süßestes Lächeln schenkt. »Und, Abby, mir gefällt die Vorstellung nicht, du könntest meinen, ich will dich betrunken machen, aber was hättest du gern?«
»Ach, überredet«, sage ich lachend und werde bei seinen Worten rot. »Weißwein, bitte.«

Er geht zur Bar, und Tom leert sein Glas. »Ich nehme an, du willst, dass ich wieder verschwinde, oder?«

Ich beobachte, wie Oliver bei einer Barfrau die Drinks bestellt. Sie hat langes, schwarzes Haar und trägt eine hochgeschlossene Bluse mit Fliege. Das Oberteil kann ihren üppigen Busen jedoch nur schwer im Zaum halten.

»Äh, ich bin mir nicht sicher«, erwidere ich und kann mich auf nichts anderes konzentrieren als auf die Art, wie Oliver die Kellnerin anblickt.

»Tja, dann entscheide dich«, schnaubt Tom.

Oliver starrt begierig auf die Brüste der Kellnerin. Und was noch bemerkenswerter ist: Jedes Mal, wenn sie ihn dabei erwischt, heuchelt er Verlegenheit. Genau wie bei mir, als ich ihn auf Jess' Dinnerparty kennengelernt habe.

»Was? Tut mir leid«, sage ich, als ich in die Wirklichkeit zurückkehre.

»Möchtest du, dass ich gehe?«, wiederholt Tom.

Wieder blicke ich zu Oliver und sehe, wie er der Barfrau sein unerhört süßes, sexy Lächeln schenkt. Dann folgt ein unschuldiger Blick, der den Eindruck vermittelt, als wäre ihm überhaupt nicht bewusst, wie anziehend das ist. Es ist ein Programm, das ich inzwischen nur zu gut kenne.

»Nein«, sage ich entschlossen und wende mich Tom zu. Er sieht überrascht aus. »Geh nicht.«

Während das Kichern der Kellnerin durch den Raum weht, nimmt Oliver seine Drinks und kommt zurück an unseren Tisch, wobei er mir tief in die Augen schaut.

»Ich meine, ja.«

»Ach, Herrgott noch mal.«

Ich hole tief Luft. »Nein. Oder vielleicht doch.«

Oliver ist nur noch ein paar Schritte entfernt.

»Ich meine, nein«, stoße ich hervor. »Bleib. Bleib, bitte.«

Tom runzelt die Stirn, als Oliver Platz nimmt.
»Tut mir leid, Oliver. Du musst das Bier allein trinken. Ich muss allmählich ins Bett«, sagt er und erhebt sich.
»Ach, bleib doch noch auf einen Drink«, beharre ich und bemühe mich, meine Panik zu verbergen. »Bitte, Tom. Bitte. *Bitte.*«
Plötzlich verfluche ich die Situation. Als ich in Toms Augen blicke, kommt mir ein Gedanke – und der nicht zum ersten Mal. Nur dieses Mal kommt mir der Gedanke nicht nur, sondern er bleibt vor mir stehen und hüpft auf und nieder.
Als ich Tom und sein beängstigend schönes, männliches Gesicht betrachte, weiß ich, dass ich nicht mit Oliver allein sein will. Und das nicht nur, weil er mit einer anderen geflirtet und mich 48 Stunden lang so gut wie ignoriert hat.
Der Grund ist, dass der Mann, mit dem ich wirklich allein sein möchte, gerade aufsteht und gehen will. Aber das darf ich nicht denken. Wie kann ich so etwas denken, wenn seine Freundin oben im Zimmer ist und auf ihn wartet?
O Gott, Abby!
Tom zögert und presst die Kiefer aufeinander. »Nein, es ist an der Zeit zu gehen. Gute Nacht, ihr beiden.«
Er sieht mir kurz in die Augen, ehe er den Blick abwendet. Der kalte Schmerz, den dieser Blick in meinem Herzen verursacht, sagt mir, dass ich etwas dagegen unternehmen muss – dass ich mich von diesen Gefühlen für einen Mann, den ich nicht haben kann, befreien muss.
Als Tom geht, beugt Oliver sich zu mir, ergreift meine Hand und blickt mir in die Augen. Seine Absichten sind eindeutig. Doch mit einem Mal frage ich mich, ob meine Gefühle für Oliver nur eine bewusste Ablenkung von Tom waren.
Und falls es so war – wem hat es geschadet? Anders als Tom bin ich Single, und Oliver ist es ebenfalls. Wir fühlen uns ein

bisschen mehr als nur zueinander hingezogen. Die Gleichung ist ganz einfach.

»Also, Abby«, sagt er lächelnd, »ich freue mich, dass ich dich wieder für mich allein habe. Seit unserer gemeinsamen Nacht hatten wir kaum Gelegenheit, uns richtig zu unterhalten. Das ist eine Situation, die ich augenblicklich korrigieren möchte.«

Zum zweiten Mal in dieser Woche bin ich allein mit »Doktor Charming«. Aber dieses Mal habe ich absolut keine Ahnung, was passieren wird.

59.

Die Antwort ist klar, noch ehe Oliver über meine Schulter blickt und sein süßes Lächeln aufsetzt. Er tut es, ohne nachzudenken, und ich weiß nicht, wie er darauf kommt, dass ich es nicht bemerken würde oder dass es mir egal sein könnte. Ich drehe mich um, um nachzusehen, was seine Aufmerksamkeit gefesselt hat. Als wäre das nötig gewesen. Es ist die Kellnerin. Zumindest hat er den Anstand, mich verlegen anzusehen, als ich mich wieder umwende.

»Also, unsere Nacht«, sagt er und tut so, als wäre gar nichts passiert. »Unsere Nacht war wundervoll, Abby. Ich würde das gern irgendwann mal wiederholen.«

»Würdest du?«, erwidere ich rundheraus.

»Natürlich. Es hat Spaß gemacht, oder?«

Ich zucke mit den Schultern. »Kann sein.«

»Ich meine, ich bin nicht bereit für eine feste Beziehung oder so etwas.«

Ich lächle bitter und fühle mich wie betäubt.

»Dann können wir ja vielleicht mal wieder etwas Spaß haben, wenn wir zu Hause sind.«

»Warum nicht?«, entgegne ich ausdruckslos.

Doch in meinem Kopf überschlagen sich die Gedanken an Tom, an Geraldine und daran, wie ich je annehmen konnte, dass Oliver die Antwort wäre. Und genau dieser Gedanke schießt mir auch in dem Moment durch den Kopf, als ich bemerke, dass sein Blick wieder auf die Kellnerin fällt.

»Ich denke, es ist an der Zeit, ins Bett zu gehen«, sage ich entschlossen.

Er tätschelt freundlich meine Hand. Es macht ihm offensichtlich nichts aus, mich gehen zu lassen, solange die Möglichkeit besteht, mit der Kellnerin anzubändeln. »Gute Nacht.«

Ich will gerade gehen, als er mir einen liebevollen Blick zuwirft. Er sieht aus, als wäre ihm soeben etwas eingefallen.

»Was ist?«, frage ich.

»Weißt du«, sagt er nachdenklich. »Ich habe unsere Nacht *wirklich* genossen.«

»Gut.« Ich zucke die Achseln.

»Und das ist seltsam, denn … na ja, eigentlich stehe ich nicht auf Mädchen wie dich.«

»Mädchen wie mich?«

Er schweigt, als würde er über die passenden Worte nachdenken. »Du weißt schon … kurvig.« Er lehnt sich zurück und ist anscheinend zufrieden mit seiner beschönigenden Umschreibung.

»Was?«

»Ernsthaft«, fährt er unbekümmert fort. »Es war eine neue Erfahrung.«

Ich habe über sechs Kilo abgenommen, und er denkt immer noch, dass ich verflucht noch mal »kurvig« bin?

»Hey, jetzt guck nicht so verstört«, sagt er und lacht freundlich. »Ich mache dir ein Kompliment. Nicht jeder kann von Natur aus athletisch und schlank sein. Im Übrigen fand ich es irgendwie … verrückt.« Seine Augen funkeln, als sollte ich mich darüber freuen.

»Verrückt?« Mein Ton ist so frostig, dass ich beinahe Eiszapfen an meinen Mandeln fühlen kann.

Er bemerkt meine Miene und rutscht auf seinem Stuhl herum, als würde ihm allmählich dämmern, dass mir die Wendung, die die Unterhaltung genommen hat, nicht gefallen könnte.

»Verrückt ist gut«, sagt er schwach, beugt sich dann vor, gibt mir einen Kuss auf die Wange und streichelt dabei mein Knie. Vor einiger Zeit wäre ich in dieser Situation vor Verlangen wahnsinnig geworden. Jetzt fühle ich mich nur noch mies.

60.

Ich habe keinen Beweis, dass Oliver noch mit der Kellnerin aufs Zimmer gegangen ist. Man muss jedoch kein Genie sein, um zu wissen, dass die »Exkursion«, für die er sich heute Morgen eingetragen hat, zu ihren Oberschenkeln führt. Ich versuche, mir einzureden, dass es mir nichts ausmacht, aber natürlich macht es mir doch etwas aus.

Ob meine Gefühle für ihn nun abgekühlt sind oder nicht – es ist noch immer demütigend, mit jemandem zu schlafen, der keine 48 Stunden später die nächste Frau verführt.

Mehr als alles andere beschäftigen mich aber die Gedanken an Tom. Je mehr ich versuche, meine Gefühle für ihn zu unterdrücken, desto mehr überfluten sie mich. Als ich zum letzten Training unserer Lauffreizeit gehe, fühle ich mich von alldem benommen.

»Ist alles in Ordnung?«, fragt Tom, als ich mich aufwärme. Ich habe meine Sonnenbrille den ganzen Morgen über nicht abgenommen und bin gerade sehr froh darüber. Tom steht so nahe bei mir, dass ich Angst habe, er könnte mit einem Blick in meine Augen sofort lesen, was ich lieber für mich behalten würde.

»Ja. Natürlich.« Ich lächle halbherzig.

Den ganzen Tag über reden wir nicht miteinander. Am frühen Abend habe ich so viel Zeit damit verbracht, nicht an Tom zu denken, dass ich Kopfschmerzen habe. Als Oliver sich beim Abendessen zu mir setzt und anfängt zu flirten – mir übers Haar zu streicheln, zu zwinkern und zu lächeln –, bin ich fast dankbar.

Die Gruppe ist ausgelassener als an den vorherigen Abenden. Morgen gibt es keinen Lauf mehr, was jeder als Carte blanche auffasst, sich mit dem Wein aus der Gegend zu betrinken. Jeder bis auf Oliver, der um zehn Uhr Gott weiß wohin verschwindet. Es lässt mich kalt.

Als Geraldine sich an Tom kuschelt und ihren Kopf in seine Halsbeuge schmiegt, fahre ich fort, mich beinahe bis zur Bewusstlosigkeit zu betrinken. Das lindert den Schmerz, sie zusammen zu sehen, und hilft dabei, die Erinnerung an die vergangenen Nächte angenehm undeutlich zu machen.

Der Rest der Gruppe braucht heute länger als sonst, um sich auf die Zimmer zurückzuziehen, doch wie an den anderen Abenden auch haben sich irgendwann alle verabschiedet, so dass außer Mau, die ebenfalls gehen will, nur noch Tom und ich übrig sind. Was, wie ich mir bewusst bin, nicht gut für mein geistiges oder emotionales Wohlbefinden ist, aber ich kann nicht verhindern, dass ich mich darüber freue.

»Ihr beide seid der harte Kern, stimmt's?«, sagt Mau und hängt sich ihre Tasche über die Schulter.

»Manchmal muss ich einfach ausspannen, Mau«, entgegne ich und erhebe mein Weinglas. »Übrigens fange ich sofort wieder mit dem Training an, sobald ich zu Hause bin.«

»Genieß die Zeit, meine Liebe«, sagt sie grinsend. »Und unterhalte dich schön mit Tom. Das wird dich daran erinnern, dass es da draußen auch noch nette Kerle gibt.«

»Was meinst du damit?«, nuschle ich. Mir wird klar, dass sie über Oliver und mich Bescheid weiß. Dass vielleicht sogar alle über Oliver und mich Bescheid wissen.

»Keine Sorge, Abby«, sagt sie zwinkernd. »Wenigstens wollte er etwas von dir. Ich bin so ziemlich die Einzige, die er nie angemacht hat.«

Tom und ich unterhalten uns, bis die Bar sich leert und nur noch ein Kellner übrig ist, der schweigend Gläser poliert. Ich bin hundemüde, doch es erfordert zu viel Kraft, mich zu erheben, in den Aufzug zu steigen und in mein Bett zu gehen. Als wäre das der einzige Grund. Aber irgendwann zwischen unserer Diskussion über das Laufen und der Unterhaltung über die Arbeit ist aus dem Smalltalk ein ernsthaftes Gespräch geworden.

»Was ist der Grund dafür, dass du deinem Grandad so nahestehst?«, frage ich und bemerke, dass ich ein bisschen undeutlich spreche.

»Abgesehen davon, dass er großartig ist?« Tom lächelt, und ich werde von einer Welle des Verlangens überspült.

»Ja, abgesehen davon.«

Er starrt auf seine Hände. »Na ja, vor zwei Jahren sind meine Eltern bei einem Autounfall ums Leben gekommen.« Die Worte brechen so schnell aus ihm hervor, dass ich einen Augenblick brauche, um zu begreifen, was er gerade gesagt hat. »Grandad ist der einzige Mensch, den ich noch habe.«

»Das ist ja furchtbar«, erwidere ich ungläubig.

»Ja«, seufzt er und senkt den Blick auf seine Bierflasche.

Er sieht auf, als ich nichts sage, und ich habe den Eindruck, dass das vielleicht der Grund ist, warum Tom, der manchmal so unglaublich extrovertiert ist, hin und wieder so wirkt, als hätte er auch eine dunklere Seite. Er steckt voller Widersprüche – lustig und warmherzig, jedoch mit einer traurigen Geschichte hinter diesen schönen Augen.

»Es tut mir leid, Tom«, flüstere ich. »Und es tut mir leid, dass ich das Thema angesprochen habe.«

»Du hast es nicht angesprochen. Ich war das«, erwidert er, und seine Stimme bricht. Er verstummt und nimmt einen

Schluck Bier. »Ich war neunundzwanzig. Ich zähle nicht mehr als Waisenkind oder so.«

»Ich bin mir sicher, dass es das nicht weniger schmerzvoll macht.«

Er presst die Kiefer aufeinander. »Ich vermisse sie schrecklich. Sogar ihre Streitereien«, sagt er lachend.

Der Klang seines Lachens, wenn er auch noch so bittersüß ist, jagt mir einen Schauer über den Rücken.

»Was ist mit *deinen* Eltern?«, fragt er, um das Thema zu wechseln.

»Geschieden. Meine Mum hat meinen Dad verlassen. Ich habe nie verstanden, warum. Und er liebt sie noch immer.«

»O Gott.« Tom sieht mich mit großen Augen an.

»Es ist nicht leicht, ihr zu vergeben. Aber, wie sie mir immer wieder sagt, sind die einzigen Menschen, die wissen, was in einer Beziehung los ist, die beiden Menschen, die diese Beziehung führen.«

»Sie hat recht«, stimmt er ernst zu.

»Meinst du? Ich bin mir nicht so sicher.«

»Warum?«, fragt er.

»Na ja, nehmen wir meine Freundin … Jane.« Wenn er durchschaut, dass es nur ein schwaches Pseudonym für Jess ist, ist er höflich genug, mich nicht damit aufzuziehen. »In letzter Zeit hatte sie eine vorzeitige Midlifecrisis.«

»Ach?« Er hebt eine Augenbraue.

»Es gipfelte in einer Affäre mit einem Kerl, mit dem sie zusammenarbeitet.«

»Okay«, sagt er nachdenklich.

»Sie war sich nicht sicher, ob sie ihren Mann noch liebt. Doch dann haben sie und ich darüber geredet, und ich habe sie daran erinnert, was für ein reizender Mensch er ist. Und wie sehr er sie liebt. Und wie großartig sie als Familie sind und … Na ja, sie weiß allmählich wieder zu schätzen, was sie hat.«

»Hm.«

»Du siehst skeptisch aus«, stelle ich fest.

»Nein, bin ich nicht«, erwidert er. »Ich bin mir sicher, dass du recht hast – zumindest, was deine Freundin betrifft. Es ist nur … tja, alle Menschen sind unterschiedlich, oder?« Er beginnt, das Etikett an seiner Bierflasche abzufummeln. »Nimm zum Beispiel Geraldine und mich.« Als ihr Name fällt, zieht sich mein Magen zusammen, als ob die Erinnerung, dass Tom vergeben ist, für meinen Körper zu viel ist.

»Ja?«, sage ich zögerlich.

»Nun ja, sie ist reizend«, erklärt er und sieht mir wieder in die Augen. »Das ist sie wirklich, Abby. Ich meine, als ich meine Eltern verloren habe … ich weiß ehrlich nicht, was ich getan hätte, wenn sie nicht gewesen wäre.«

»Sie hat dir in dieser Zeit geholfen?«

»Absolut.« Er runzelt die Stirn und denkt über seine nächsten Worte nach. »Und sie hat Unzähliges, was für sie spricht. Sie ist hübsch. Intelligent. Ein bisschen verrückt, was Hochzeit und Kinder angeht, aber das wollen wir nicht gegen sie verwenden.« Sein zärtliches Lächeln jagt eine Welle der Eifersucht durch mich, und ich hasse mich dafür.

»Wir sind seit drei Jahren zusammen.« Er spricht die Worte bedächtig und präzise aus, als würde er über jedes davon nachdenken, ehe er es ausspricht. »Also muss ich sie lieben. Ich meine, ich liebe sie. Der Gedanke, dass irgendetwas ihr weh tun könnte … Na ja, ich könnte es nicht ertragen.«

Ich frage mich, ob er mir das erzählt oder sich selbst.

»Also, was ist das Problem?«, frage ich mit zittriger Stimme.

»Es gibt kein Problem«, erwidert er rundheraus.

Ich warte auf eine Erklärung.

Seine Miene spiegelt seine Verwirrung, als er versucht, sich darüber klarzuwerden, was er denkt, bevor er spricht. Es gelingt ihm offenbar nicht. »Warum habe ich sie nicht gefragt, ob sie mich heiraten will, Abby? Warum gebe ich ihr nicht das, was sie will – die Kinder, das ›Und sie lebten glücklich bis an ihr Ende‹? Warum?«

Ich zögere. Seine Worte gehen mir durch den Kopf. Geraldine hat möglicherweise zugelassen, dass ihre Besessenheit von Ehe und Kindern außer Kontrolle gerät, doch das ändert nichts an dem, was Tom gerade gesagt hat. Ich glaube immer noch, dass sie im Grunde genommen ein guter Mensch ist. Eine Überzeugung, die noch dadurch untermauert wird, dass sie Tom durch seine Trauer geholfen hat. Und im Übrigen würde sie ihren Plan ganz sicher nicht durchziehen.

»Vielleicht …« Meine Stimme erstirbt.

»Was?«, fleht er. Sein Blick fällt auf mein Gesicht, und er wartet auf die Enthüllung, auf die Antwort auf seine große Frage. Obwohl meine innere Stimme mich warnt, kann ich nicht anders, als ihm ehrlich zu antworten. »Ich weiß nicht, warum du es nicht tust, Tom«, sage ich, und Trauer erfüllt mich. »Aber vielleicht solltest du es machen.«

61.

In der Ferienanlage ist es still, als Tom und ich uns zu einem spontanen Spaziergang aufmachen. Die ganze Nacht lang haben wir über Gott und die Welt geredet und vollkommen die Zeit vergessen. Jetzt ist es halb fünf Uhr morgens, und mir ist nach ein bisschen frischer Luft zumute. Tom hat sich lachend bereit erklärt, mich zu begleiten. Unsicher wanken wir die Stufen der Terrasse hinunter. Die Lichter sind an, doch niemand ist da. Die anderen sind schon vor Stunden zu Bett gegangen. Die Luft ist wundervoll warm und samtig.

»Was macht Swimmingpools in der Nacht eigentlich so anziehend?«, fragt Tom, als wir hoffnungslos betrunken über die Wege der Hotelanlage torkeln. Die Wasseroberfläche in dem riesigen Pool ist spiegelglatt, und Strahler beleuchten von innen das Becken.

»Es ist wie frisch gefallener Schnee«, erwidere ich. »In der Natur des Menschen gibt es etwas, das in ihm das Verlangen weckt, sich hineinzuwerfen und darin herumzuwühlen.«

»Vielleicht ist es auch nur der Gedanke, dass es nicht gestattet ist, nachts in Hotelpools zu schwimmen«, sagt er.

»Ist es denn verboten?« Ich ziehe die Nase kraus.

»Natürlich.«

»Bist du dir sicher?«

»Ja«, entgegnet er grinsend.

»Was für Spielverderber. Ich dachte, der Pool wäre nachts nur leer, weil die Leute nicht mutig genug sind, um hineinzuspringen, wenn die Sonne nicht scheint.«

»Wie du?«, zieht er mich auf.

»Ich bin kein Feigling«, verkünde ich. »Ich habe dir gesagt …«
»Ja, ja … Dein Leben ist superaufregend, ich weiß. Dann los.«
Ich halte inne und sehe ihn an. »Los was?«
»Spring rein«, sagt er cool.
»Sei nicht albern.«
Er lacht. »Ich wusste, dass du es nicht tun würdest.«
»Wenn das eine Herausforderung sein soll, kannst du es vergessen. Du kannst mich so langweilig nennen, wie du willst, aber unter gar keinen Umständen werde ich um halb fünf Uhr morgens in den Pool hüpfen. Niemals. Nie.«
»Gut«, entgegnet er und zieht sein T-Shirt aus. »Du weißt nicht, was dir entgeht.«

Wenn man mir vor 24 Stunden gesagt hätte, dass ich mit Tom Bronte morgens um fünf atemlos vor unterdrücktem Lachen und mit nichts als meiner Unterwäsche bekleidet im Hotelpool planschen würde, hätte ich demjenigen gesagt, dass er dringend Hilfe braucht.
Trotz der traumatischen Erfahrungen der letzten vier Tage, der Achterbahn der Gefühle und der Demütigung, amüsiere ich mich köstlich. Obwohl ich tief in meinem Innern befürchte, dass ich das hier am nächsten Morgen bereuen könnte, überzeuge ich mich selbst davon, dass es im Urlaub genau darum geht. Und dass wir niemandem damit weh tun. Und falls wir es doch tun sollten, kann ich mir morgen Gedanken darüber machen. Das Ergebnis ist, dass ich mich wie eine dieser Frauen aus der Tamponwerbung fühle – als würde die Welt mir gehören.
»Ich habe erst mit vierzehn schwimmen gelernt«, erklärt Tom, als wir an den entgegengesetzten Enden des Pools Wasser treten. Es ist überraschend warm, solange ich mich bewege.

»Echt?«, sage ich und spucke etwas Chlorwasser aus.
Er schwimmt auf mich zu. Es ist ein schneller, anmutiger Kraulstil, der nicht darauf hindeutet, dass Tom in Sachen Schwimmen ein Spätzünder ist. Ein paar Meter von mir entfernt hält er an. Seine muskulösen Schultern sind nass und glänzen im Mondschein. »Ich hatte Angst vor Wasser. Keine Ahnung, warum. Meine Mum war mit mir beim Kinderschwimmen und all diesem Unsinn; ich war allerdings vor Angst wie gelähmt.«
»Wie kam es zu dem Sinneswandel?«
»Schwimmunterricht«, entgegnet er schulterzuckend.
»Ja, aber was hat dich dazu bewogen, zum Unterricht zu gehen?«
»Ach, ich weiß nicht.« Er verschränkt die Arme im Nacken und lehnt sich an den Beckenrand. Er sieht unglaublich sportlich aus, als das Wasser gegen die glänzenden Konturen seiner Brust schwappt. »Vermutlich glaube ich daran, dass man seine Angst beim Schopf packen muss. Vielleicht bewundere ich dich deswegen.«
Ich spüre, dass ich rot werde. »Mich?«
»Du hast dich ja nicht gerade darum gerissen, mit dem Laufen zu beginnen. Trotzdem hast du durchgehalten. Niemand kann dir das nehmen – du hast wirklich durchgehalten.«
Ich lächle. Dann kommt mir eine Frage, und ich platze damit heraus, ehe ich darüber nachdenken kann. »Hältst du mich für kurvig?«
»O nein«, sagt er grinsend. »Du wirst mich nicht dazu bringen, eine dieser *Frauenfragen* zu beantworten. Die Fragen, bei denen es unmöglich ist, zu wissen, wie die richtige Antwort lautet.«
»Was meinst du damit?« Ich lache unschuldig. »Ich möchte nur, dass du ehrlich bist.« Ich schwimme in die Ecke des Pools

neben Tom und lege meine Arme auf den Beckenrand. Als ich dort liege, wird mir klar, dass ich ihm viel zu nahe bin, so nahe, dass ich spüre, wie meine Beine näher zu ihm gesogen werden, wenn er sich bewegt. »Ernsthaft«, dränge ich.
»Na ja«, beginnt er umständlich. »*Willst* du denn kurvig sein?«
»Das werde ich dir bestimmt nicht sagen.«
»Warum nicht?«
»Weil das Betrug wäre. Ich will deine ehrliche Meinung.«
»O nein, das willst du nicht«, sagt er lachend und spritzt mir Wasser ins Gesicht. »Du willst mich nur in Sicherheit wiegen.«
Ich spritze zurück. »Gut. Du findest also, dass ich fett bin.«
»Ich finde *nicht,* dass du fett bist«, widerspricht er. »Ich finde, du bist genau richtig.«
»Echt?«, entgegne ich und klinge dabei viel dankbarer, als es mir lieb ist.
»Ja«, sagt er achselzuckend. »So gut wie perfekt. Ist das die richtige Antwort?«
Ich kneife ganz leicht die Augen zusammen. »Das kommt darauf an, ob du es nur gesagt hast, weil du dachtest, es wäre die richtige Antwort … oder weil du es tatsächlich so meinst.«
Plötzlich wird unsere Unterhaltung von Schritten unterbrochen, die aus Richtung des Restaurants kommen. Ärgerliche Stimmen ertönen, die auf Spanisch schimpfen. Mein Herz schlägt wie wild, doch ich bin starr vor Angst, kann nicht klar denken, geschweige denn mich bewegen.
Als die Schritte lauter werden und die Stimmen aufgeregter, bin ich davon überzeugt, dass wir entdeckt werden. Dann spüre ich, wie ein Arm um meine Taille geschlungen und mein Körper durch das Wasser gezogen wird. Als ich anhalte, liegt mein Kopf an Toms Schulter, sein starker Arm hält mich

fest – und wir sind aus dem Blickfeld von denjenigen, die auf der Terrasse streiten, verschwunden.

Die unverständlichen Stimmen scheinen eine Ewigkeit zu zanken. Aber nach einer Weile rücken sie in den Hintergrund, werden übertönt vom Hämmern meines Herzens, vom Rauschen des Blutes in meinem Körper.

Mit halbem Ohr lausche ich den Stimmen und hoffe, dass sie gleich verschwinden. Doch der Großteil meiner Aufmerksamkeit gilt mit einem Mal etwas anderem – meiner Position. Toms Position. Unserer Zweisamkeit, der ich mir plötzlich so überaus bewusst bin.

Wir sind beide fast nackt, und unsere Körper sind aneinandergeschmiegt. Unsere Arme und Beine sind miteinander verschlungen. Wir sind erstarrt, stehen so eng zusammen, wie es zwei Menschen nur möglich ist.

Ich sehe auf, und in dem Moment, als unsere Blicke sich treffen, ist klar, dass wir gerade dasselbe gedacht haben. Adrenalin schießt durch meinen Körper. Und die Tatsache, dass ich nicht genau sagen kann, ob es an der Angst liegt, erwischt zu werden, oder daran, dass wir hier engumschlungen im Wasser stehen, verstärkt es noch mal.

Einen Moment lang ist es still, und ich denke, dass wer auch immer auf der Terrasse war, wieder hineingegangen ist. Ich öffne den Mund, um etwas zu sagen, aber Tom legt seinen Finger auf meine Lippen. Ich kann seine Fingerkuppe schmecken und muss mich zusammenreißen, um sie nicht zu küssen. Dann erklingen wieder die Stimmen. Und als ich denke, dass wir einander nicht mehr näher kommen können, schlingt er den anderen Arm um meinen Rücken und zieht mich noch näher an sich heran.

Die Bewegung löst eine Welle aus, die sich über die Wasseroberfläche des Pools ausbreitet. Ich erstarre und rechne damit, dass wir geschnappt werden. Ich schmiege meinen Kopf in seine Halsbeuge, presse meine Wange gegen seine feuchte Haut und schließe die Augen. Die Wärme seines Körpers scheint in meinen auszustrahlen, und ich empfinde eine Sehnsucht, die tausendmal stärker ist als alles, was ich für Oliver gefühlt habe.

Wir stehen in einer unbeholfenen, nicht sehr eleganten Umarmung im Pool, und doch versengen die Gefühle, die durch meinen Körper jagen, meine Adern. Die Schritte entfernen sich, und das Geräusch der Terrassentür, die zugezogen und abgeschlossen wird, hallt über den Hof. Die Luft ist rein.

Trotzdem rührt sich keiner von uns. Keiner von uns beiden sagt etwas. Er löst seinen Griff nicht, und er schwimmt nicht weg. Er hat denselben Ausdruck auf dem Gesicht, den ich auch bei mir spüre. Einen Ausdruck unkontrollierbarer, unbändiger Begierde.

»Ich habe es ernst gemeint«, flüstert er.

Sein Gesicht nähert sich dem meinen – langsam, Millimeter für Millimeter. Sein Atem streicht über meine Haut, als der Abstand zwischen uns immer geringer wird.

Unsere Körper verschmelzen unter Wasser, bis wir kaum noch als zwei Personen durchgehen. Als klarwird, dass er mich küssen will, kann ich nicht an die Konsequenzen denken. Ich kann nicht an das Richtig und das Falsch denken, so weitreichend das alles auch sein mag. Ich kann nur daran denken, dass sich noch nie etwas so schön angefühlt hat.

Aber so schnell, wie mir dieser Gedanke in den Sinn kommt, schiebt ein anderer ihn auch schon beiseite. Ein Anfall von gesundem Menschenverstand, der mich dazu bringt, mein Gesicht so ruckartig wegzudrehen, dass es uns beide überrascht.

»Geraldine ist oben«, flüstere ich und möchte weinen. »Und ich … ich bin nicht deine Freundin.«

»Ich weiß.« Er schluckt und denkt nach, während unsere Blicke einander immer noch festhalten. »Ich weiß.«

Ich wünsche mir nichts sehnlicher, als ihn zu küssen. Ich wünsche mir nichts sehnlicher, als weiterzumachen und so zu tun, als wäre alles, was ich gesagt habe, nicht von Belang. Ich wünsche mir nichts sehnlicher, als dass er mich in die Arme schließt und dass er seine Lippen auf meinen Hals presst. Doch es geht nicht.

»Tom«, hauche ich und senke den Blick. Es bringt mich fast um. »Wir können das nicht tun.«

Er schlägt die Hand vor den Mund und wirkt bestürzt. »Ich weiß.« Er nickt. »Ich weiß.«

Und als wir kurz darauf nass und halbnackt um das Hotel schleichen, frage ich mich, was zur Hölle wir beim Frühstück zueinander sagen sollen.

62.

Letzten Endes finde ich es nicht heraus – ich entscheide mich, lieber im Bett liegen zu bleiben und das *Sunny Runners*-Abschiedsfrühstück ausfallen zu lassen.

Ich mache das nicht nur, weil ich einen Kater habe, fürchterlich aussehe und mich kaum rühren kann. Es ist vor allem eine Übung im Vermeiden. Also … wer steht auf der Liste der Leute, bei denen ich das Gefühl habe, mir lieber die Pulsadern öffnen zu wollen, statt ihnen heute Morgen begegnen zu müssen?

1. Tom (aus offensichtlichen Gründen)
2. Geraldine (aus noch offensichtlicheren Gründen)
3. Oliver (ebenfalls offensichtlich – obwohl ein Tête-à-Tête mit ihm im Augenblick wünschenswerter wäre als mit entweder a. oder b.)
4. Mau (deren Antenne bestimmt irgendetwas auffangen würde)
5. Janice (die mir sicherlich ein Frühbucherangebot für nächstes Jahr verscherbeln will)

Stattdessen beschließe ich also, so lange wie möglich im Bett liegen zu bleiben, ehe ich meinen jämmerlichen Hintern erheben werde, um für den Rückflug am Nachmittag zu packen.

Ich ziehe mir die Decke über den Kopf, als es an der Tür klopft.

O Gott … Ich will heute Morgen niemanden sehen. Ich kann mich nicht einmal selbst ertragen. Als ich vor einer Stunde ins Bad schlurfte, hat mein Anblick im Spiegel mir körperliche

Schmerzen bereitet – und das nicht nur, weil mein Haar durch das Chlorwasser des Pools und Tonnen von Haarspray so verfilzt ist, dass man damit das Dach einer kleinen Lehmhütte decken könnte.

Es lässt sich nicht leugnen: Ich habe Geraldine hintergangen. Es ist egal, dass ich Tom nicht geküsst habe. Tatsache ist, dass ich es wollte. Und zwar sehr. Und das schon, bevor wir in dieser endlosen Umarmung aneinandergeschmiegt standen.

Was alles noch schlimmer macht, ist, dass ich mich, wenn ich nicht gerade damit beschäftigt bin, mich zu hassen, in süßen, langen Erinnerungen an letzte Nacht verliere. Wenn ich einatme und die Augen schließe, kann ich ihn noch immer riechen, ihn schmecken, und das ist das herrlichste Gefühl der Welt.

Ich reiße die Augen auf und schüttle den Kopf – eine Bewegung, die ich im nächsten Moment bereue, denn wegen des Katers fühlt sich mein Gehirn an, als schwämme es losgelöst in meinem Kopf herum. *Abby: Du darfst dich diesem Traum nicht hingeben. Er ist hundertprozentig vergeben. Er ist mit einer Frau zusammen, die er seit drei Jahren kennt. Einer Frau, von der er selbst sagt, dass er sie liebt.* Mir das noch einmal so deutlich vor Augen zu führen versetzt mir einen schmerzhaften Stich.

Wieder klopft es. Ich quäle mich aus dem Bett, ziehe meinen Morgenmantel über und bereite mich innerlich darauf vor, Janice zu sehen, die mit einer Handvoll Broschüren vorbeikommt. Aber als ich die Tür öffne, ist es nicht Janice, die vor mir steht. Es ist Tom.

»Hi«, sagt er.

»Hi«, erwidere ich. Ich verspüre den unwiderstehlichen Drang, ihn an mich zu ziehen und dort weiterzumachen, wo wir gestern Nacht aufgehört haben. Ich hasse mich selbst dafür.

»Kann ich reinkommen?«, fragt er ernst.

»Ich bin mir nicht sicher, ob das eine gute Idee ist«, bringe ich hervor.

»Hier draußen können wir nicht reden.«

»Wir sollten überhaupt nicht reden«, flüstere ich.

Er runzelt die Stirn. »Warum nicht? Seit wir uns kennengelernt haben, haben wir nichts anderes getan, als zu reden. Wenn etwas verdächtig aussieht, dann …«

»Ach, na gut«, seufze ich. Er ist heute Morgen vermutlich zu logischerem Denken fähig als ich.

Ich setze mich auf die Bettkante, als er ins Zimmer kommt und die Tür hinter sich schließt. Ich bin mir meiner äußeren Erscheinung überaus bewusst – das ist bestimmt die Bestätigung, die Tom gebraucht hat, um sicher sein zu können, dass gestern nur das Bier schuld war.

Wenn die Schlussfolgerung, zu der er kommt, die ist, dass er mich im Licht des Tages nicht attraktiv findet, macht das alles leichter. Und doch spüre ich tief in meinem Innern, dass ich nicht will, dass es so ist. Ich will, dass er mich genauso sehr will wie ich ihn.

Er setzt sich neben mich, und ich rücke nervös von ihm ab. Sein Blick verfinstert sich. »Äh … wegen gestern Nacht«, beginnt er und verstummt dann wieder.

»Es tut mir leid, Tom«, sage ich.

»Was tut dir leid?« Er sieht verwirrt aus.

»Alles. Ich fühle mich furchtbar. Ich fühle mich furchtbar wegen Geraldine.«

Er schließt die Augen und reibt sich über das Gesicht. »Du musst dich nicht furchtbar fühlen. Wir haben uns nicht mal geküsst.«

»Aber beinahe.«

»Ich bin derjenige, der sich furchtbar fühlen sollte. Ich bin derjenige, der nicht … du weißt schon.« Er macht eine Pause und sieht mir in die Augen. »Ich bin nicht so ein Mann.«

»Was für ein Mann?«

»Na, einer, der … du weißt schon. In Swimmingpools. Mitten in der Nacht.«

Ich beiße mir auf die Unterlippe. »Ich weiß. Und dein Geheimnis ist bei mir sicher.«

Er blickt auf. »Deshalb bin ich nicht hier.«

»Warum bist du dann gekommen?«, frage ich.

Er mustert mein Gesicht. »Ich weiß es nicht.«

Ein Glücksgefühl erfüllt mein Herz, gefolgt von verzweifelter Hoffnung. Ich zwinge mich, mich zusammenzureißen.

»Tom, kann ich einen Vorschlag machen?«, sage ich. »Geh zurück in euer Zimmer, geh zu Geraldine und tu so, als wäre die letzte Nacht nie geschehen.«

»Aber …«

»Ernsthaft.«

Seine Miene wird härter, die Anspannung ist ihm anzusehen. »Also hast du keine … Gefühle für mich? Jedenfalls nicht wirklich?«

Ich male mir aus, wie Geraldine unten sitzt und nichts von dieser Unterhaltung ahnt. Wie würde ich mich an ihrer Stelle fühlen? Wenn meine Treue, Unterstützung und Liebe mit so etwas erwidert werden würden?

Das Richtige zu tun ist oft nicht leicht. In diesem Fall ist das Richtige so schlimm, dass mir übel wird, wenn ich nur darüber nachdenke. Doch als ich Toms gequälten Blick auffange, weiß ich, dass ich mich nicht mehr im Spiegel ansehen könnte, wenn ich etwas anderes tun würde.

»Wir sind Freunde, Tom«, sage ich, und meine Worte klingen

erstickt und schwach. »Letzte Nacht war ich betrunken. Mehr war da nicht. Nein, ich empfinde nichts für dich. Nichts außer freundschaftlichen Gefühlen. Und als meinen Freund schätze ich dich sehr. Also sollten wir es dabei belassen. Um unser aller willen.«

63.

Mir bleibt nur eines zu tun, als ich nach Hause komme. Ich muss mich meiner besten Freundin anvertrauen.

»Nur, damit ich es richtig verstehe«, sagt Jess am Telefon, während ich zum Abendessen zu Dad fahre. Mein Vorratsschrank war leer, und statt den Abend damit zu verbringen, vor einem Fertiggericht zu hocken, habe ich beschlossen zu fliehen. »Du hast mit Oliver geschlafen und mit Tom geknutscht? In ein und demselben Urlaub?«

»Neeeein!«, widerspreche ich. »Nein, nein, nein! Ich habe nicht mit Tom geknutscht. Ich habe ihn nicht einmal *geküsst.* Ich habe ihn nur … beinahe geküsst.«

»Aber es endete damit, dass ihr beide halbnackt in einem Swimmingpool standet und du die Arme um ihn geschlungen hattest.«

»Es klingt furchtbar, wenn du es so sagst«, seufze ich.

»Wie soll ich es denn sonst sagen?«

Sie klingt seltsam. Fast missbilligend. Obwohl ich alles in allem damit hätte rechnen müssen, denn immerhin kennt sie Geraldine seit einer Ewigkeit.

»Du hast doch mit Oliver geschlafen, stimmt's?«

»Ja«, murmle ich schuldbewusst, als würde sie mich nachsitzen lassen.

»Also, in welchen von beiden bist du jetzt verliebt?«

Ich schweige einen Moment lang und schäme mich, Toms Namen auszusprechen.

»Es ist Oliver, oder?«

»Eigentlich nicht«, erwidere ich. »Du hattest recht, was ihn betrifft.«

»Oh.« Sie klingt überrascht. »Woher kommt die plötzliche Einsicht?«

»Nenn mich altmodisch, aber ich hätte mir gewünscht, dass es der Beginn von etwas mehr als nur ein paar gelegentlichen Nummern ist.«

»Hm.«

»Und …« Ich denke darüber nach, ihr zu erzählen, wie stark meine Gefühle für Tom sind, doch ich schäme mich zu sehr, die Worte auszusprechen. »Oliver war am Abend danach eindeutig hinter der dunkelhaarigen Kellnerin her.«

»Adriana? Große Titten und schöne Augen, aber ein dicker Hintern?«

»Das ist sie«, entgegne ich, doch sie antwortet nicht. »Bist du noch da, Jess?«

Im Hintergrund kann ich Jamie hören und weiß, was sie abgelenkt hat. »Hör mal, ich muss Schluss machen«, erklärt sie. »Bist du morgen beim Training? Wir können uns anschließend in Ruhe unterhalten.«

Ich stimme zu und lege auf, als ich auf den Parkplatz unterhalb von Dads Apartmentgebäude abbiege. Plötzlich blinkt an meinem Telefon die Erinnerung auf, dass morgen meine neue Angestellte Hazel anfängt.

Eigentlich freue ich mich darauf, wieder ins Büro zu gehen, auch wenn das nicht die typische Reaktion auf das Ende eines Urlaubs ist. Aber ich wünsche mir wieder etwas Normalität in meinem Leben. Im Übrigen hat mein großes Geldeintreiben bei den Firmen, die zu spät zahlen, endlich Früchte getragen. Und nachdem wir nun Hazel an Bord haben, können wir mit der neuen Imagekampagne für *Diggles* beginnen. Ich kann es kaum erwarten, mich in die Arbeit zu stürzen.

Ich springe aus dem Wagen und laufe ins Treppenhaus, als mir jemand mit einem grellbunten Makrameekleid und gewollt unkonventionellen Schaffellstiefeln entgegengestampft kommt. Karen, Dads Freundin, zieht ein Gesicht, als hätte sie in eine Zitrone gebissen.

»Hi, Karen«, grüße ich freundlich. »Wie war deine Tagung letzte Woche?«

»Abby«, erwidert sie knapp und wirft ihr Haar zurück. »Es tut mir leid für dich.«

»Oh. Äh … ja?«

»Ja. Ja, das tut es.« Sie verschränkt die Arme vor der Brust, und ich bemerke, dass ihre Augen rot gerändert sind. »Dein Vater hat Probleme.«

»Oh«, entgegne ich.

»Und ich verlasse ihn.«

»Oh«, wiederhole ich.

»Es gibt keinen Grund, so zufrieden auszusehen«, erwidert sie.

»Das … Das tue ich doch gar nicht«, schwindle ich. »Ehrlich, ich dachte, du wärst irgendwie … gut für ihn.« *Ja, genau.*

»Na ja«, sagt sie und stapft an mir vorbei, wobei sie mich mit den Perlen an ihrer Strickjacke beinahe bewusstlos schlägt. »Leider hat *er* das nicht geglaubt. Jedenfalls hat er es nie gezeigt.« Sie wirbelt herum. »Abby, ich denke, ich muss es dir sagen.«

»Du musst mir was sagen?«

»Etwas über deinen Vater. Es tut mir leid, aber diese Dinge können kein Geheimnis bleiben. Es wird dich fertigmachen, doch du musst es wissen.«

»Muss ich?« Ich zucke zusammen.

»Ja, das musst du. Ich glaube, dein Vater hat noch immer Gefühle für deine Mutter.«

Wenn Karen ahnen würde, wie wenig spektakulär ihre Bemerkung ist, wäre ihr Tag vermutlich vollends ruiniert. Also beschließe ich, ihr nicht zu verraten, dass ich das schon seit 16 Jahren weiß, und täusche Überraschung und Empörung vor. Nur sie ist dumm genug zu denken, dass es ernst gemeint ist.

Als Dad die Tür öffnet, sieht er ein bisschen erschüttert aus, versucht aber, es nicht zu zeigen.

»Hi, Liebes«, sagt er und lächelt schwach. »Komm rein. Ich habe leider noch nicht mit dem Kochen angefangen. Mir ist was dazwischengekommen.«

»Ich habe Karen auf der Treppe getroffen«, sage ich zögerlich.

»Aha.« Ein Ausdruck des Verstehens huscht über sein Gesicht. »Also weißt du es?«

Ich nicke.

»Ich glaube sowieso nicht, dass wir füreinander bestimmt waren«, murmelt er.

Wir bestellen etwas zu essen. Eigentlich sollte das tabu sein, doch wir hatten die Wahl zwischen dem Lieferservice und dem Bodensatz seines Tiefkühlfaches, in dem sich nicht einmal genügend Zutaten für eine Runde »Kochduell« befinden: nämlich ein gefrorener Truthahn vom letzten Weihnachtsfest und ein halber Beutel Tiefkühlerbsen.

Nach dem Essen machen wir es uns auf der Couch gemütlich und unterhalten uns bei einer Tasse Tee über meine Lauffreizeit. Natürlich bekommt er nur die gekürzte Version zu hören.

»Klingt nach einem tollen Urlaub«, sagt er. »Beim nächsten Mal komme ich vielleicht mit.« Dann bemerkt er meine Miene. »Keine Sorge, das war nur ein Scherz.«

Er nimmt meine leere Teetasse und stellt sie auf den Frühstückstresen.

»Dad?«, höre ich mich selbst fragen und klinge so, als wollte ich ihn um den Schlüssel für seinen Wagen bitten.
»Ja?«
»Wirst du Karen vermissen?«
Die Frage scheint ihn zu schockieren. Dad und ich waren nie gut darin, über Herzensangelegenheiten zu sprechen. Aber er hatte vorher noch nie eine Freundin und wurde auch noch nie verlassen. Er kommt zum Sofa zurück und sagt: »Ich werde sie vermissen, ja. Sie war nicht die Liebe meines Lebens, aber ich wollte nie allein alt werden.«
»Du klingst, als wärst du hundert«, sage ich. »Im Übrigen wirst du nicht allein alt. Ich bin ja da.«
»Du weißt, was ich meine«, erwidert er sanft.
Ich starre zum Fernseher und werde plötzlich von einer Welle der Sehnsucht nach Tom durchströmt. Dieses Mal hat es nichts mit körperlicher Anziehung zu tun. Ich will nur mit ihm reden. Und ich möchte, dass er mich in seinen Armen hält. Ich habe einen Tagtraum, der mich schon seit den letzten 24 Stunden verfolgt: Ich liege auf dem Sofa, und er hat seine Arme um mich geschlungen.
»Dad?«
»Ja?«
»Hast du je daran gedacht, dass du und Mum wieder zusammenkommen könntet?«
Diese Frage überrascht ihn offensichtlich. Ich weiß nicht genau, woher der Drang kommt, ihn danach zu fragen. Immerhin habe ich es vorher nie getan. Vermutlich hat der emotionale Wirbelsturm der letzten paar Tage etwas damit zu tun.
»Ich denke, ich habe es gehofft«, erwidert er zögerlich.
»Aber Mum wollte nicht.« Ich bemühe mich, meinen Missmut über ihr Handeln zu verbergen, und das nicht erst, seit meine Eltern sich getrennt haben, sondern auch anschließend.

Er sieht mich stirnrunzelnd an. »So war es nicht.«
Ich lächle säuerlich. »Ach, Dad. Warum verteidigst du sie nach all den Jahren noch immer?«
Er sieht verwirrt aus. »Warum sollte ich sie verteidigen?« Es kommt mir vor, als wäre ihm der Gedanke, dass sie etwas falsch gemacht haben könnte, noch nie in den Sinn gekommen.
»Ich weiß, dass du sie noch immer liebst, Dad«, fahre ich fort. »*Sie* weiß, dass du sie noch immer liebst. Gott, selbst Karen wusste, dass du sie noch immer liebst.«
»*Das* hat Karen dir gesagt?« Er wirkt noch schockierter, doch ich bereue nicht, die Sache angesprochen zu haben.
»Alle haben recht, oder? Wenn es nach dir gegangen wäre, hätten du und Mum euch niemals getrennt. Du musst dir keine Gedanken machen, Dad. Ich weiß, dass es Mums Schuld war und nicht deine.«
Abrupt hebt er den Kopf, als hätten meine Worte einen Stromstoß durch sein Herz gejagt. »Die Schuld … deiner Mum?«, wiederholt er langsam.
»Ja, dass eure Ehe vorbei ist.«
Die Farbe weicht aus seinem Gesicht. Plötzlich wirkt er, als wäre ihm schlecht. »Es war nicht *ihre* Schuld, Abby. Überhaupt nicht.«
»Ach, Dad, erzähl mir nicht denselben Unsinn, den sie mir immer weismachen will – dass ihr euch ›auseinandergelebt‹ hättet.« Ich male Anführungszeichen in die Luft und verdrehe die Augen. »Die Platte kenne ich schon. Ich weiß, dass Mum auch hätte bleiben können. Ich weiß …«
»Du weißt *gar nichts.*« Er unterbricht mich so wütend, dass ich abrupt verstumme, als hätte jemand den Deckel einer Musikbox zugeschlagen.
»Dad«, flüstere ich. »Was ist los?«

Er reibt sich über die Stirn, als er darüber nachdenkt, was er als Nächstes sagt. »Hast du das all die Jahre geglaubt?« Seine Miene spiegelt den Aufruhr der Gefühle in seinem Innern wider. »Dass unsere Trennung die Schuld deiner Mutter war?«

»Dad. Du vergisst … Ich war *dabei*«, erkläre ich. »Ich erinnere mich an den Tag, als wir gingen. Beziehungsweise als Mum uns zwang zu gehen. Ich erinnere mich daran.«

Tränen steigen ihm in die Augen. Meinen Dad so aufgelöst zu sehen schockiert mich zutiefst. »Gut, Abby. Sie hat mich verlassen. Ist das das Ende der Geschichte?«, fordert er mich heraus.

»Was meinst du damit?«

»Was du außen vor lässt, ist der Grund, *warum* sie mich verlassen hat. Das ist die entscheidende Frage.«

»Also … warum?«

Er sieht aus dem Fenster und beißt sich auf den Daumen, bis fast Blut kommt.

»Komm schon!«, dränge ich. »Du kannst nicht so etwas sagen und es mir dann nicht erzählen. Das kannst du nicht.«

»Deine Mum hat immer gemeint, es gäbe Dinge, die eine Tochter nicht über ihre Eltern wissen sollte. Sie war es, die nicht wollte, dass du es erfährst.«

»Dass ich was erfahre? Ich bin kein Kind mehr.«

»Aber ich kann nicht hier sitzen und dich in dem Glauben lassen, dass es alles ihre Schuld war, wenn …« Er spricht eher mit sich selbst als mit mir.

»Dad«, sage ich streng. »Sprich mit mir, okay?«

Er sieht mich mit brennendem Blick an. »Ich hatte da … eine Geschichte«, erklärt er.

Die Erkenntnis versetzt mir einen Schlag in die Magengrube.

»Eine Affäre?«, frage ich.

»Keine Affäre – es war nur eine Nacht. Es war … dumm.

Gott, ›dumm‹ beschreibt es nicht mal annähernd! Wir haben es beide bereut. Jeden Tag unseres Lebens. Darum ging es allerdings nicht …«

»Also hattest du einen One-Night-Stand«, unterbreche ich ihn wütend. Diese Neuigkeit macht mich fassungslos. Doch ich gebe nicht nach. »Paare kommen über solche Dinge hinweg. Ihr hättet es trotzdem hinbekommen können. Sie hätte nicht gehen müssen. Sie hätte …«

»Abby, hör auf!« Er blickt auf. Tränen rinnen über seine Wangen. Seine Augen sind rot vor Scham. »Es war mit deiner Tante Steph. Es war mit der Schwester deiner Mum.«

64.

Alle Familien haben Geheimnisse. Aber das ist mehr als nur eine Bombe, die Dad da hat platzen lassen – auf einen Schlag hat sie eine der grundlegendsten Annahmen, die ich über meine Eltern hatte, in unzählige winzige Stücke zerrissen.

»Es war deine Mum, die nicht wollte, dass du es erfährst«, seufzt Dad. »Du warst erst zwölf, als wir uns trennten, und es war an sich schon schwer genug für dich, damit zurechtzukommen. Am Anfang haben wir uns gedacht, dass wir dir, wenn du eines Tages fragst, den Grund nennen würden. Du hast allerdings nie gefragt.«

»Ich habe nie gefragt, weil ich dachte, ich wüsste, was passiert ist«, stammle ich. »Mum hat immer gesagt, ihr hättet euch auseinandergelebt. Sie hat angedeutet, dass all deine kleinen Eigenheiten und deine Zeit in der Armee dahintergesteckt hätten.«

»Das war die einfachste Erklärung. Und ich glaube, dass ich damals versucht habe, jeden Gedanken an diese Sache zu vermeiden. Was war ich nur für ein Feigling«, sagt er und ballt seine Hände zu Fäusten. »Ich war derjenige, der all den Schmerz verursacht hat, und doch habe ich auch an der Version der Geschichte festgehalten, dass die Scheidung irgendwie von allein geschehen wäre.«

Ich beiße mir auf den Fingernagel. »Ein Teil von mir wünscht sich, ich wüsste es nicht.«

»Ja. Aber ich konnte nicht hier sitzen und zuhören, wie du deiner Mutter die Schuld gibst. Ich konnte es nicht.«

Ich starre auf meine Hände und bemerke, dass sie zittern.
»Wie ist es passiert?« Meine Worte klingen heiser.
»Ich schäme mich so«, flüstert er mit bleichem Gesicht. Dann sieht er mich an und versucht, die Sprache wiederzufinden. »Es war im Sommer 1995, als ich frei hatte. Ich war zwei Wochen zu Hause, als mein Freund Thommo an seinem Geburtstag anrief, um mich zu fragen, ob ich mit ihm etwas trinken gehe. Ich war zwar nicht begeistert, doch deine Mum drängte mich, mitzugehen.«
»Und?«
»Wir haben uns fürchterlich betrunken, wie dumme junge Männer es nun mal so machen, wenn sie sich eine Zeitlang nicht gesehen haben.«
»Aber du trinkst doch nicht«, sage ich.
»Jetzt nicht mehr. Seit das alles geschehen ist, habe ich keinen Tropfen Alkohol mehr angerührt.« Er macht eine Pause. »Wir trafen unterwegs Tante Steph und eine ihrer Freundinnen; ich glaube, sie hieß Cheryl. Thommo stand auf sie und beharrte darauf, dass wir den Rest des Abends mit ihnen verbrachten. Er konnte bei Stephs Freundin landen, und wir haben sie bei ihrem Zug um die Häuser begleitet. An den Rest der Nacht erinnere ich mich nur noch verschwommen.«
Ich weiß nicht, ob es die Wahrheit ist oder ob er es sagt, um mir die Details zu ersparen. Er sieht mich an und spürt, wie misstrauisch ich bin. »Ich weiß noch, dass wir bei Steph zu Hause endeten, total besoffen und nicht mehr in der Lage, einen klaren Gedanken zu fassen. Und dann … na ja … Zwing mich nicht, weiterzusprechen, Abby.«
Ich schlucke, und mir ist übel. »War es nur ein Kuss oder … mehr?«
Beschämt starrt er auf seine Hände. »Mehr.«

Tränen laufen mir über das Gesicht. »Aber *warum?* Wie konntet ihr beide nur so etwas tun?«

»Ich habe im Laufe der Jahre viel darüber nachgedacht«, sagt Dad traurig. »Was Steph angeht, war es kein Geheimnis, dass sie jahrelang im Schatten deiner Mutter gestanden hat. Sie war weniger klug, weniger hübsch, weniger charismatisch. Sie und Gill waren nie Rivalinnen, doch rückblickend betrachtet müssen Stephs feindselige Gefühle immer da gewesen sein und unter der Oberfläche gebrodelt haben.«

»Und was ist mit dir?«

Dad seufzt und sieht unglücklich aus. »Das ist eine sehr gute Frage, Liebes. Eine, auf die es keine Antwort gibt, außer der plumpsten: Alkohol, Nervenkitzel und Sex. Solche flüchtigen und schwachen Gründe. Gründe, für die ich ein Leben in Stabilität und Glück aufgegeben habe.« Wieder runzelt er die Stirn. »Ich habe einen furchtbaren, furchtbaren Fehler gemacht. Ich war vorher nie untreu, ich habe nicht einmal mit dem Gedanken gespielt. Aber das ist jetzt unwichtig. Und ich bezahle seit dieser Nacht jeden Tag meines Lebens den Preis dafür.«

»Wie hat Mum es herausgefunden?«

»Steph hat es ihr gesagt. Zwei Wochen danach. Sie meinte, die Schuldgefühle hätten sie geplagt und sie hätte nicht mit dem Geheimnis leben können. Ich weiß nicht, was sie von Gill erwartet hat … Dass sie mit den Schultern zuckt und sagt: ›Kein Problem, Schwesterchen!‹? Ich meine, einige Frauen können damit leben, dass ihre Männer sie hintergehen. Aber mit der eigenen Schwester? Ich kann verstehen, dass Gill das nicht ertragen konnte. Das verstehst du doch auch?«

Ich nicke. »Absolut. Es muss … unentschuldbar sein.«

In mir herrscht ein solches Durcheinander an Gefühlen, dass ich nicht weiß, wo ich anfangen soll, es zu entwirren. Ich betrachte meinen Dad, dem die Qualen ins Gesicht geschrieben stehen, und verspüre Wut auf ihn und gleichzeitig Mitleid. Dann denke ich an meine Mum. Meine brillante, verrückte Mum, die mir schon vor Jahren hätte sagen können, dass es nicht ihre Schuld war, doch die stattdessen beschlossen hat, mir die Einzelheiten zu ersparen und mit meinen Schuldzuweisungen zurechtzukommen.

»Steph hat darüber gesprochen auszuwandern, ehe das alles passiert ist. Aber sie war eigentlich nie der abenteuerlustige Typ, also hat sie diesen Plan nie in die Tat umgesetzt. Danach hätte sie jedoch vermutlich alles getan, um zu fliehen. Deine Mum und ich trennten uns, sobald sie davon erfuhr. Die offizielle Scheidung kam dann aber erst Jahre später.«

»Warum?«, frage ich.

»Ach, ich weiß es nicht. Vielleicht hat ein winziger Teil von uns immer noch Hoffnung gehegt. Ich weiß, dass es bei mir so war. Und ich glaube, deine Mutter hätte auch gern so getan, als wäre es nie geschehen. Doch wer kann das schon?«

Ich fahre mir durchs Haar und fühle mich wie betäubt. »Ich habe es total falsch verstanden, oder?«

»Ich erwarte nicht von dir, dass du mir vergibst, Abby.« Dicke Tränen kullern ihm über die Wangen, und mein Magen zieht sich zusammen. »Ich habe mir selbst auch nicht vergeben. Aber es tut mir leid. Es tut mir unendlich leid.«

Ich empfinde Wut, Abscheu und Hass – Gefühle, die stärker und bitterer sind als alles, was ich geglaubt habe, empfinden zu können. Vor allem meinem Dad gegenüber. Dann betrachte ich ihn, wie er auf dem Sofa hockt und die Tränen eines Mannes weint, der den Preis für seinen Fehler bezahlt hat und der sich niemals davon erholen wird.

Ich rutsche auf dem Sofa zu ihm heran, umarme ihn und drücke ihn, während heiße Tränen auf meiner Haut brennen.

»Mit einer Sache hatte ich recht, oder?«, flüstere ich, löse mich von ihm und sehe ihm in die verweinten Augen. »Du liebst Mum noch immer, stimmt's?«

Er holt tief und bedächtig Luft. »Mehr, als sie je ahnen wird.«

65.

Es sind nur noch zwei Monate bis zum Halbmarathon, doch der letzte Ort, an dem ich im Augenblick sein möchte, ist der Laufklub. Angesichts der Ereignisse während der Lauffreizeit ist das alles zu traumatisch.

Ich spiele mit dem Gedanken, den Klub aufzugeben und allein zu trainieren, aber Jess ist überzeugt, dass das gemeinsame Laufen meine Fähigkeit, in einem Wettkampf mit anderen zu konkurrieren, positiv beeinflusst – und alle Laufwebsites pflichten ihr bei. Also erscheine ich weiterhin zum Training, achte jedoch darauf, weder Tom noch Geraldine zu begegnen; das gelingt mir, indem ich zu spät komme und sofort danach wieder verschwinde.

Das einzig Gute daran ist, dass der Klatsch über Oliver und mich sich im Klub wie ein Lauffeuer verbreitet hat und dass die Leute glauben, mein seltsames Verhalten hinge nur damit zusammen, dass er mich bei lebendigem Leib vernascht und dann wie die Pizza vom Vortag abserviert hat.

Unter normalen Umständen wäre das unglaublich demütigend. Doch das hier sind keine normalen Umstände, also bin ich froh, die Pizza zu sein. Das Lächerliche ist, dass ich mittlerweile kaum noch an Oliver denken muss, obwohl ich es monatelang auf ihn abgesehen hatte.

Jetzt bin ich gezwungen, etwas zu akzeptieren, das ich seit Tag eins geleugnet habe: Es ist Tom, dem ich verfallen bin. Mit Haut und Haar.

Obwohl ich seit dem Urlaub weder viel mit Tom noch mit Geraldine gesprochen habe, habe ich Angst. Ich weiß nicht,

ob ich vielleicht etwas in ihre Körpersprache hineinlese, das nicht da ist, aber ich habe das Gefühl, dass Geraldine etwas ahnt. Selbst aus der Ferne bemerke ich, wie sich ihre Laune ändert, wenn Tom und ich uns auf zehn Meter annähern.
Trotzdem oder vielleicht gerade deswegen verbringe ich viel zu viel Zeit damit, über ihn nachzudenken. Ich vermisse ihn als Freund und sehne mich nach ihm als Geliebtem. Ich wünschte mir, die Umstände wären anders, doch das sind sie nicht. Und wenn es etwas gibt, was die Enthüllung meines Dads mir klargemacht hat, dann ist es, dass ich nicht verantwortlich für das Ende einer Beziehung von zwei Menschen sein will.
Als ich gerade denke, dass ich es bis zum Halbmarathon schaffen kann, ohne mich mit Tom unterhalten zu müssen, bekomme ich bei der Arbeit eine kleine E-Mail von ihm. Mit pochendem Herzen öffne ich sie.

Abby,
ich möchte wirklich gern mit dir reden. Es gefällt mir nicht, dass wir keine Freunde mehr sind. Es gibt so vieles, was ich gern sagen würde, und ich habe keine Gelegenheit dazu. Gib mir eine Chance und lass mich sagen, was ich sagen möchte. Morgen nach dem Training bin ich in Keith's Wine Bar *und warte, falls du reden möchtest.*
Bitte.
Tom
:-xx

Auf keinen Fall nehme ich an einem heimlichen Treffen teil. Es würde nur die Gefühle anheizen, die ich zu unterdrücken versuche. Und dann stelle man sich vor, Geraldine würde es herausfinden. Aber ich möchte nicht mit ihm streiten. Das ist das Letzte, was ich will. Ich formuliere meine Antwort sehr sorgfältig.

Tom,
ich kann mich morgen nicht mit dir treffen – ich habe Jess versprochen, mit ihr ins Kino zu gehen. Und ich habe nicht gesagt, dass ich nicht mehr mit dir befreundet bin. Ich meinte nur, es wäre besser für alle, wenn wir ein bisschen Abstand halten würden. Ich hoffe, du kannst das verstehen.
Abby

Ich verbringe zehn Minuten damit, darüber nachzugrübeln, ob ich seinem Beispiel folgen und Küsse unter meinen Namen setzen soll. Zuerst denke ich, ein Kuss wäre in Ordnung, doch dann lösche ich ihn wieder. Kurz darauf finde ich, weniger als zwei Küsse würden unnahbar wirken, ehe ich auch die wieder lösche. Irgendwann bin ich bei drei Küssen angelangt – und frage mich kopfschüttelnd, ob es jetzt so weit ist, dass eine Gehirntransplantation angeraten wäre. Kurzerhand nehme ich alles raus, was einem Kuss, einer Anmache oder einer versteckten Andeutung nahekommen könnte.
Seine Antwort kommt weniger als eine Minute später.

Abby,
morgen ist Jess' Hochzeitstag, und sie geht mit Adam essen – das hat sie mir gestern erzählt. Also werde ich im Keith's *sein. Wenn du Lust hast zu kommen, würde ich mich freuen. Wenn nicht, dann werde ich enttäuscht sein, aber es verstehen.*
Tom
:-xxx

Ich schreibe eine Antwort.

Geh nicht in Keith's Wine Bar. *Ich werde nicht dort sein.*

Seine Antwort kommt nach fünf Sekunden.

Ich werde da sein, falls du deine Meinung ändern solltest. Was ich hoffe. Bitte.

Wieder schicke ich eine Antwortmail.

Ich werde meine Meinung nicht ändern. Und ich werde auch keine E-Mails mehr öffnen – nur, dass du Bescheid weißt.

Danach checke ich alle paar Minuten meine Mails, doch von Tom kommt keine mehr. Den gesamten Abend und den folgenden Tag verbringe ich damit, darüber nachzugrübeln, was passieren würde, wenn ich mich mit ihm träfe. Selbst als das Training vorbei ist und ich bewusst ignoriere, dass Toms Blick die ganze Zeit auf mich gerichtet ist, bedarf es all meiner Kraft, ins Auto zu steigen und direkt nach Hause zu fahren. Die ganze Nacht denke ich an ihn – als ich das Abendessen mache, als ich mir ein Bad einlasse, als ich in meinen Pyjama schlüpfe und schließlich ins Bett gehe. Als um halb elf eine SMS kommt, hüpft mein Herz, weil es ja Tom sein könnte, und ich schimpfe mich innerlich selbst aus.
Jess' Name leuchtet im Display auf.

Oh, mein Gott! Adam hat mir gerade ein Collier geschenkt – wundervoll! Und noch jede Menge anderer Geschenke. Danke, Abby, für deine Ratschläge in den letzten Wochen. Ich war ein Idiot. Ich werde nie mehr einen anderen anschauen oder tun, was ich getan hab. Wir telefonieren morgen! :-x

Ich schalte das Handy auf Vibrationsalarm und mache die Nachttischlampe aus. Wenigstens ist eine von uns glücklich.

66.

Ich treffe Jess bei Jamies Fußballspiel am Samstagmorgen. Zu behaupten, dass sie noch immer vor Freude über das Collier durchdreht, trifft es nicht annähernd.

»Abby, es ist umwerfend«, haucht sie.

»Ich weiß«, entgegne ich grinsend. »Ich werde dir nicht verraten, wie viel Adam dafür hingeblättert hat.«

»Ich kann es mir vorstellen. Aber das ist nicht der Grund, warum ich es liebe. So etwas hat er noch nie für mich getan. Er sagte, er wollte mich daran erinnern, wie sehr er mich liebt.« Sie lächelt, doch ihre Augen schimmern feucht. »Tja, es hat funktioniert.«

»Gut«, flüstere ich.

»Ich schäme mich trotzdem – weil ich so ein Geschenk brauchte, um mich daran zu erinnern. Ich meine, es ist immerhin nur ein *Gegenstand,* oder?«

»Allerdings ein verdammt fabelhafter Gegenstand.«

»Ja, aber darum geht es nicht. Der Punkt ist, dass mein Ehemann erstaunlich ist. Ich will niemals wieder ohne ihn sein. Ich wünschte nur, ich hätte das verstanden, bevor … Was ich getan habe, macht mich fertig, Abby. Ich kann nicht mehr schlafen. Wie habe ich auch nur daran denken können, mit einem anderen Mann ins Bett zu gehen?«

»Hör mal, Jess. Eine dumme Affäre hat die Ehe meiner Eltern zerstört. Eure Ehe wird es *nicht* zerstören. Sei einfach dankbar, dass du zur Vernunft gekommen bist, ehe du etwas wirklich Dummes tun konntest. Vergiss es und schau nach vorn.«

»Tut mir leid, Abby«, sagt sie. »Ich habe mich gar nicht danach erkundigt, wie es dir wegen deiner Eltern geht. Ist alles in Ordnung?«

Ich zucke mit den Achseln. »Ich stehe immer noch neben mir, um ehrlich zu sein. Und ich fühle mich schlecht wegen Mum. Ich habe mein halbes Leben lang diesen Groll gegen sie gehegt. Wenn ich nur gewusst hätte, was tatsächlich geschehen ist. Ich hätte ihre Entscheidung zu gehen verstanden. Es hätte mir wahrscheinlich nicht gefallen, trotzdem hätte ich es verstanden.«

»Hast du mit ihr geredet?«

»Gott, nein. Sie würde es ganz und gar nicht gutheißen, dass Dad mir die Wahrheit gesagt hat.«

»Warum nicht, wenn es doch seine Schuld war?«, fragt Jess.

»Sie wollte mir immer die unschönen Einzelheiten der Trennung ersparen, sagt Dad. Sie dachte, es sei besser, die Geschichte so vage wie möglich zu halten. Sie würde ihn umbringen, wenn sie herausfände, dass er es mir gesagt hat.«

»Ich kann verstehen, warum sie nicht wollte, dass du die wahren Gründe kennst«, pflichtet Jess mir bei. »Alle Eltern wollen ihre Kinder vor solchen Sachen bewahren. Wenn Jamie je herausfinden sollte, was ich getan habe …« Sie erschaudert.

»Niemand wird es herausfinden«, flüstere ich. »Das ist ein Geheimnis zwischen dir, mir und John. Siehst du ihn noch immer bei der Arbeit?«

Sie schluckt. »Ja.«

»Empfindest du noch etwas für ihn?«

»Nicht mehr. Abgesehen davon, dass ich weiß, was ich für Adam fühle, habe ich begriffen, was für ein Mensch er wirklich ist. Ich fühle mich so dumm. Und zu denken, dass ich mich mit ein paar hübschen Worten habe rumkriegen lassen. Dass mich vor drei Monaten ein Kerl ins Bett gelockt hat, indem er mir erzählt hat, dass meine Augen ›wie ein zauberhafter Märchenmond‹ aussehen würden. Was war ich nur für ein Idiot!« Sie lacht.

Mir gefriert das Blut in den Adern. Plötzlich möchte ich die Stopptaste drücken, unser Gespräch zurückspulen und mir den letzten Teil noch einmal anhören.

»Was hast du gesagt, Jess?«, frage ich leise.

»Hm? Was?«, entgegnet sie und klatscht abwesend, weil Jamie ein Tor geschossen hat.

»Was hast du gesagt?«, wiederhole ich ruhig. »Der Satz, mit dem er dich rumgekriegt hat?«

Sie sieht mich an und bemerkt meinen Gesichtsausdruck. Und mehr braucht es nicht, damit sie ihren Fehler erkennt – die Tatsache, dass sie mit diesem einen Satz ihre Geschichte hat auffliegen lassen.

Ich bemühe mich, gefasst zu bleiben, während ich die Bedeutung ihrer Worte begreife. »Es gibt keinen John, oder?«

»W… Was meinst du?« Sie klingt ängstlich.

»Du weißt genau, was ich meine, Jess.«

»Nein, weiß ich nicht«, erwidert sie, doch ihr Nacken ist rot.

»Sag mir, wie wahrscheinlich es ist, dass zwei unterschiedliche Männer einen Satz verwenden, der so kitschig, so scheiße, aber auch so verdammt originell ist wie ›Deine Augen sehen aus wie ein zauberhafter Märchenmond!‹?«

»Hat das … noch jemand anders gesagt?«, fragt sie halbherzig. Ehe ich die Möglichkeit habe, darauf zu antworten, kommt Jamie zu uns gerannt, weil sein Training vorbei ist.

»Hi, Süßer. Du warst phantastisch«, stammelt sie. Als sie ihm seine Jacke anzieht, sieht sie zu mir. Panik flackert über ihr Gesicht. Falls ich noch Zweifel gehabt haben sollte, reicht ihre Miene aus, um meine Vermutung endgültig zu bestätigen. Der Mann, mit dem meine beste Freundin geschlafen hat, ist Oliver.

67.

Ist das nicht ein wirres Privatleben? Es ist fast lächerlich. Zuerst schlafe ich mit Oliver – dem Mann, dem ich vier Monate lang nachgejagt habe.

Dann küsse ich beinahe Tom – den Mann, den ich zuerst gehasst habe, dann mochte und den zu lieben ich gerade versuche, mir abzugewöhnen, weil er nämlich mit einer anderen zusammen ist.

Schließlich finde ich heraus, dass mein Dad mit einer anderen geschlafen hat, obwohl ich jahrelang geglaubt habe, dass Mum einfach nur genug von ihm hatte und ihn verlassen hat, um etwas Neues zu erleben. Und ich erfahre, dass diese andere Frau zufällig meine Tante ist.

Jetzt höre ich auch noch, dass ich nicht die Einzige bin, die dem trügerischen Charme von »Doktor Charming« erlegen ist: Meiner besten Freundin ist es nicht anders ergangen.

Mein Leben ist keine Soap, mein Leben ist ein gewaltiges verdammtes Melodram.

Ich wünsche mir nichts mehr als meine Ruhe. Ich sehne mich nach dem Nichts. In den 24 Stunden nach der Enthüllung über Jess und Oliver tue ich nichts, außer mir auf *Sky Plus* zweimal »Strictly« anzuschauen (selbst wenn es beim ersten Mal schon nicht so fesselnd war) und meine Sockenschublade zu sortieren. Inzwischen liege ich auf dem Sofa, nachdem ich beides – die Socken und »Strictly« – aufgegeben habe. Plötzlich klingelt es. Ich schleppe mich zur Tür und erblicke Jess, die mit gequälter Miene vor mir steht.

»Abby, können wir reden?«

Ich lasse sie herein. »Wie läuft es?«
Meine Freundin hat dunkle Schatten unter den Augen, die sie auf eine Art zerbrechlich wirken lassen, die nicht zu ihr passt.
»Es tut mir wirklich leid, Abby«, sagt sie und setzt sich auf das Sofa.
»Das hast du schon gesagt. Was tut dir leid? Oliver war nie mein Freund.«
»Ich weiß. Aber ich weiß, was du für ihn empfunden hast«, seufzt sie. »Das Einzige, was ich sagen kann, ist, dass ich dasselbe empfunden habe. Ich habe verdammt noch mal versucht, es nicht zu tun, doch ich habe es vermasselt. So, wie ich in allen anderen Bereichen auch versagt habe. Als Ehefrau. Als Freundin.«
»Nein, das hast du nicht«, widerspreche ich. »Das hast du wirklich nicht.«
»Na ja, nachdem ich mit Oliver geschlafen hatte, hatte ich das Gefühl, dich und Adam hintergangen zu haben – und ich hasse mich selbst dafür. Echt. Ich wollte nur, dass meine Gefühle für ihn verschwinden, aber das hat nicht geklappt. Wie schwach bin ich? Ich bin furchtbar.«
»Jess, bitte. Du hast mich nicht hintergangen.«
»Ich wollte dich warnen, dass er ein Frauenheld ist, doch ich wusste nicht, wie ich das anstellen sollte, ohne alles zu verraten«, fährt sie fort. »Ich habe mich so hilflos gefühlt. Ich habe dich genauso betrogen wie …«
»Jess, hör auf!«, unterbreche ich sie. »Ich muss dir sowieso etwas sagen. Wenn du das hörst, fühlst du dich vielleicht besser.«
»Das bezweifle ich«, sagt sie. »Aber schieß los.«
»Ich empfinde nichts mehr für Oliver«, sage ich.
Sie holt tief Luft. »Tja, das ist ja ein Zufall. Ich empfinde auch nichts mehr für ihn. Wenn wir doch nur früher zur Einsicht gekommen wären, oder?«

»Ja. Es wird noch schlimmer. Ich glaube, ich bin in Tom verliebt.«

Ihre Augen werden groß. »Scheiße. Ehrlich? Nach dem, was auf Teneriffa passiert ist?«

Ich zucke die Achseln. »Wenn ich ehrlich bin, ist es schon lange vorher passiert.«

Den Rest des Abends über reden Jess und ich, und es ist eine Erleichterung für uns beide. Als sie schließlich die Tür aufmacht, um zu gehen, und wir uns zum Abschied umarmen, werden mir einige Dinge bewusst.

Tatsache 1: Niemand ist perfekt – wie ich mir selbst jeden Tag beweise.

Tatsache 2: Die Leidenschaft kann mit einer Frau komische Dinge anstellen – wie ich mir stündlich selbst beweise.

Und Tatsache 3: Meine beste Freundin und ich brauchen einander – und das wird immer so sein.

68.

Als der Winter sich über Liverpool legt, ist meine Entschlossenheit, den Halbmarathon zu schaffen, stärker als je zuvor.

Und das nicht nur mental. Trotz der Aufs und Abs, von denen es zugegebenermaßen viele gab, habe ich den Trainingsplan eingehalten, den ich mir zurechtgelegt hatte, als ich im Sommer dem Laufklub beigetreten bin. Das Ergebnis ist, dass ich in einer körperlichen Verfassung bin, die ich nie für möglich gehalten hätte – jedenfalls nicht für jemanden wie mich. Zum ersten Mal seit Monaten glaube ich, nein, *weiß* ich, dass ich den Halbmarathon durchziehen werde. Ich habe keine Zweifel mehr. Und wenn ich ihn auf Knien zu Ende bringe – ich werde es schaffen.

Es ist ein schneidend kalter Donnerstagabend, und der Himmel sieht wie schwarzer Rübensirup aus. Der Schweiß auf meinem Körper gefriert in der Sekunde, in der ich meinen Lauf beende. Ich nehme mir einen Moment, um mich zu erholen, und will gerade zum Auto gehen, als Mau mich anspricht.

»Dieser Halbmarathon wird ein Kinderspiel, wenn du so läufst wie heute Abend«, sagt sie grinsend. Trotz Temperaturen unter null Grad zeigt Mau Dekolleté und ist mit so viel wertvollem Metall behängt, dass ich überrascht bin, dass es nicht an ihr festgefroren ist.

»Das bezweifle ich«, entgegne ich lachend.

»Es ist mein Ernst. Du kannst bald in der mittleren Gruppe mithalten und hängst uns alte Ladys dann locker ab.«

»Höchst unwahrscheinlich. Aber danke für die Aufmunterung.«

»Tja, ich bin mir sicher, dass sie Platz für dich haben. Geraldine hat im Augenblick Wichtigeres im Kopf als das Laufen.«

Diese Bemerkung soll mich eindeutig einladen nachzufragen. Ich widerstehe dem Drang ungefähr drei Sekunden lang.

»Ach, und was?«

»Na ja«, sie sieht sich um, als wäre sie der rosarote Panther. »Ich soll eigentlich nichts verraten … Sie und Tom werden *endlich* heiraten!«

Da haben wir es.

Als die Worte ausgesprochen sind und zwischen uns in der kalten, dunklen Luft hängen, wird mir klar, dass das die Worte sind, vor denen ich mich seit unserer Rückkehr von Teneriffa am meisten gefürchtet habe.

Mein Magen zieht sich zusammen, und ich versuche, mir nichts anmerken zu lassen und meine Miene möglichst undurchdringlich zu machen. Ich kann spüren, wie meine Lippen zittern, doch zum Glück ist Mau zu sehr damit beschäftigt, sich ziemlich auffällig umzublicken, ob die Luft rein ist.

»Sie haben es noch nicht verkündet«, flüstert sie. »Und du darfst nichts sagen, weil es nicht offiziell ist – noch nicht. Aber sie hatten eine lange Unterhaltung, und Tom hat anscheinend beschlossen, dass er den Schritt wagen will. Ich liebe Hochzeiten! Ich hoffe, sie heiraten im Sommer. Mein Haar ist zu dieser Jahreszeit total kraus, und auf Fotos ist das deutlich zu erkennen.«

Ich starre sie an, ohne etwas zu sehen, ohne etwas zu hören außer dem Pochen meines Herzens.

»Ist Geraldine schwanger?«, platze ich heraus. Ich weiß nicht, welche Antwort ich hören will: dass Tom mit einem Trick in die Ehe gelockt wurde – oder dass er selbst entschieden hat, dass er sie genug liebt, um sie zu heiraten.

Mau verdreht die Augen.

»Meine Güte, sie hat dir doch nicht etwa auch von ihrem verrückten Plan erzählt, oder?«, fragt sie. Ich antworte nicht und lasse sie stattdessen weiterreden. »Nein, ist sie nicht. Auch wenn es nicht daran liegt, dass sie es nicht versuchen würde. Sie ist furchtbar, oder?« Ich bemerke die Zuneigung in ihrer Stimme, die Geraldine in den Augen von unbeteiligten Beobachtern angesichts der Umstände vermutlich nicht verdient hat. »Zumindest hat er eine Entscheidung getroffen, ohne dass es so weit kommen musste. Das ist alles, was ich dazu sagen kann.« Als ich noch immer nicht antworte, dreht sie sich zu mir um. »Geht es dir gut, meine Liebe? Ach, du wirst doch nichts verraten, oder? Ich bekomme große Schwierigkeiten, wenn die Sache öffentlich wird, ehe sie es wollen.«

»Nein, Mau. Ich werde niemandem etwas verraten.«

Letzten Endes muss ich das auch nicht, denn Jess hat dasselbe Gerücht gehört – nicht von Geraldine selbst, sondern von einer der Frauen aus der mittleren Gruppe. Zuerst weiß ich nicht, wie ich reagieren soll. Dann wird mir klar, dass ich nicht reagieren *muss.* Ich mache weiter wie bisher: Ich tauche beim Training auf, laufe und fahre wieder nach Hause.

Tom jedoch versteht den Hinweis nicht.

Anscheinend denkt er, dass es vernünftig wäre, wenn wir unsere Freundschaft wiederaufleben lassen und uns so verhalten wie vor den Geschehnissen auf Teneriffa. Ich wünschte, ich könnte das, aber es ist unmöglich; tatsächlich ist es undenkbar.

In seinem Bemühen, dass alles wieder so wird wie vorher, unternimmt er vergebliche Versuche, mir vor oder nach dem Training ein Lächeln zu entlocken und nimmt sogar unseren

ehemals so regen E-Mail-Verkehr wieder auf. Ich ignoriere die Mails natürlich und behaupte bei seinen Nachfragen, es hätte technische Schwierigkeiten gegeben.
Als an einem gewöhnlichen Dienstagmorgen bei der Arbeit eine seiner Mails ankommt, öffne ich sie mit schwitzigen Händen und leicht errötet. Ich stelle schnell fest, dass diese E-Mail nur ein erneuter schwacher Versuch ist, um mit mir in Kontakt zu treten … *bla, bla, bla eine weitere Möglichkeit* … Es ist das PS, das meine Aufmerksamkeit erregt.

PS: Ist dein Leben noch immer so superaufregend? Ich vermisse es, Teil davon zu sein.

Ich gehe zu Hazel, um mit ihr über die letzten Arbeiten zu sprechen, die sie an der neuen Imagekampagne für *Diggles* gemacht hat. Unser neues Teammitglied ist stiller und weniger erfahren als die anderen. Doch die Arbeit, die sie bisher abgeliefert hat, ist vielversprechend – und die Verantwortlichen bei *Diggles* sind begeistert. Anschließend habe ich ein kurzes Meeting mit Heidi und Priya wegen unseres letzten Vorstoßes zur Sammlung von Spendengeldern. Eine willkommene Ablenkung von meinem nicht-existenten, aber trotzdem seltsam komplizierten Liebesleben.
Wir sind inzwischen bei 9000 Pfund angelangt. Das ist eine Zahl, die ich mir zu Beginn unserer Spendenaktivitäten nie hätte erträumen lassen. Ich bin besonders froh, weil es für Heidi während dieser schweren Zeit eine Aufgabe war, auf die sie sich konzentrieren konnte, so dass sie nicht über anderes nachgrübeln musste. Seit Monaten zeigt sie keine Symptome. Das ist phantastisch – doch das hält sie natürlich nicht davon ab, beunruhigt zu sein und Angst zu haben. Man sieht es ihr an.

Versonnen blicke ich auf meine Unterlagen. Oben auf dem Stapel liegt ein Kontoauszug, den ich mir flüchtig ansehe. Ich habe das Konto mehr als im letzten Monat überzogen, aber das bereitet mir keine Sorgen. Sobald die höheren Zahlungen von *Diggles* erst fließen, von denen die erste morgen fällig ist, werde ich den Überziehungskredit überhaupt nicht mehr in Anspruch nehmen müssen. Erst kurz vor Weihnachten findet mein nächstes Treffen mit Egor statt, doch ich weiß, dass er mit der Entwicklung der Geschäfte zufrieden sein wird.

Abgesehen davon werde ich mich noch wohler und entspannter fühlen, wenn der Halbmarathon im Januar erst geschafft ist. Dann kann ich mein Lauftraining auf ein Normalmaß reduzieren – vielleicht zweimal die Woche – und mich hundertprozentig auf das Geschäft konzentrieren, statt in mein tägliches Leben noch Termine wegen Spendenaktionen oder wegen des Lauftrainings einstreuen zu müssen.

Bis dahin muss ich tun, was getan werden muss. Heute Nachmittag trinke ich Kaffee mit einem der wohlhabendsten, begehrtesten Junggesellen des Nordwestens. Wie alle anderen Singlefrauen, mit denen er ausgeht, will auch ich nur sein Geld. Der einzige Unterschied ist, dass ich es nicht für mich will.

69.

Die Lobby des *Hard Days Night Hotel* ist noch schicker als normalerweise. Die sonst so zurückhaltende Beleuchtung ist ersetzt worden, und der gesamte Raum erstrahlt in weihnachtlichem Lichterglanz. Ich gehe in die gut besuchte Bar, setze mich in einen Sessel und bestelle einen Kaffee, während ich warte.

Daniel Whale ist der 35-jährige Besitzer und Geschäftsführer von *Whale Insurance.* Er möchte mich treffen, um mit mir über eine Spende zu reden. Anscheinend war er auf unserem Spendenball, hat unsere Ansprachen gehört und wollte mich seither kontaktieren, ist aber erst in der letzten Woche dazu gekommen.

Ich habe schon viel über Daniel gehört, doch ich hatte nie die Möglichkeit, ihn persönlich kennenzulernen, denn seine Firma hat ihren Sitz in Leeds und unterhält lediglich ein kleines Büro in Liverpool. Ich weiß nur, dass er ein reicher Mann ist und das Unternehmen von seinem Dad übernommen hat. Innerhalb von fünf Jahren hat er den Gewinn verdreifacht.

Seit ich die Firma gegründet habe, habe ich viele Menschen von Daniels Schlag getroffen, und ich weiß, was mich erwartet: ein feiner Zwirn, eine tolle Uhr und unglaubliche Arroganz. Meine Meinung über ihn ändert sich allerdings schlagartig, als ich ihn zum ersten Mal sehe.

»Sie sind Abby, nicht wahr? Ich bin Daniel.« Sein Gesicht wirkt fröhlich, er hat angenehme, attraktive Züge und weiches blondes Haar. Er trägt teure, aber schlichte Kleidung, und seine Stimme ist nett und voll.

»Daniel, schön, Sie kennenzulernen.« Ich schüttle seine Hand, als er zu mir an den Tisch kommt. »Danke, dass Sie sich mit mir in Verbindung gesetzt haben.«

»Es tut mir nur leid, dass es so lange gedauert hat«, entgegnet er lächelnd. »Ich wollte Sie schon vor einer Ewigkeit kontaktieren, aber … Na ja, Sie haben ja selbst eine Firma. Sie wissen, wie schwierig das manchmal sein kann.«

»Meine winzige Firma ist wohl kaum mit *Whale Insurance* zu vergleichen«, sage ich.

»Wir müssen alle irgendwo anfangen. Und in meinem Fall hatte ich dank meines Vaters einen ziemlichen Vorsprung.«

Daniel hatte nicht viel mit dem Unternehmen seines Vaters zu tun, bis er vor fünf Jahren dazu überredet wurde, die Zügel in die Hand zu nehmen. Er war zu dem Zeitpunkt gerade in Florida als Unternehmensberater für eine große IT-Firma sesshaft geworden. Mr. Whale senior wollte sich zur Ruhe setzen und sich dem Golfspielen widmen, also wurde Daniel sein Nachfolger.

Ich habe den Eindruck, dass bei seiner Entscheidung eher das Pflichtgefühl ausschlaggebend war als die Begeisterung für die Firma an sich. Das Unternehmen klingt, zumindest auf dem Papier, nicht besonders aufregend – sie verkaufen Versicherungen –, auch wenn Daniel ganz klar die Gelegenheit, die sich ihm bot, ergriffen hat. Und es hat sich offenbar ausgezahlt.

»Ich dachte«, beginnt er, »da ich sowieso gern Geld spenden würde, könnte ich vielleicht gleich zwei Fliegen mit einer Klappe schlagen.«

»Ach?« Ich nippe an meinem Kaffee.

»Wir wollen Geschäftspartner in Liverpool gewinnen, also dachte ich, *River Web Design* könnte möglicherweise bereit sein, etwas zurückzugeben: einige Empfehlungen. Sie kennen so ziemlich jeden, den man in dieser Stadt kennen muss, und Sie könnten uns mit Ihren Kontakten sehr helfen.«

»Kein Problem«, erwidere ich. »Ich würde mich freuen, für Sie einige Kontakte herzustellen. Wer ist eigentlich für Ihre Website zuständig?«

Er lacht. »Tut mir leid, aber wir sind mit unserem Internetauftritt sehr zufrieden.«

»Ich werde versuchen, Ihnen das nicht übelzunehmen«, entgegne ich lächelnd.

Er macht eine Pause und nimmt einen Schluck Kaffee. »Nun ja, Abby … ich war nicht ganz ehrlich zu Ihnen. Ich sollte sämtliche Karten auf den Tisch legen.«

Ich ziehe eine Augenbraue hoch. »Bitte, tun Sie das.«

»Ich hatte gehofft, *drei* Fliegen mit einer Klappe zu schlagen.«

»Wenn Sie so weitermachen, bringen Sie den Tierschutzbund gegen sich auf.«

Er lacht leise. »Ich hatte nicht die Gelegenheit, mich auf dem Ball mit Ihnen zu unterhalten. Wenn ich sie bekommen hätte, dann hätte ich Sie schon damals gefragt.« Er stellt seine Tasse ab und sagt: »Ich habe mich gefragt, ob Sie mal mit mir essen gehen würden.«

70.

Mein ganzes Leben leide ich schon unter einem psychischen Gebrechen, das einmal im Jahr auftritt: Es nennt sich die obsessive Weihnachtsstörung. Ich werde so aufgeregt wie eine Fünfjährige, gebe viel zu viel Geld aus und dekoriere aufwendig das Haus. Jemand meinte mal, wenn ich noch ein paar Elfen aufstellen würde, dann würden Eltern ihre Kinder vorbeibringen und ich könnte Eintrittsgeld verlangen. Doch zum ersten Mal, seit ich denken kann, fühlt sich die Woche vor Weihnachten trüb und weniger strahlend an. Auch die Aussicht auf ein Date mit Daniel nach Weihnachten kann mich nicht aufmuntern. Teilweise liegt es daran, dass es noch eine Reihe von kleinen Schwierigkeiten gibt, die ich aus der Welt schaffen muss, ehe ich die Firma über die Feiertage schließe. Und eines dieser Probleme ist, dass *Diggles* zum ersten Mal mit der Zahlung im Verzug ist. Zwar ist das noch kein Grund zur Sorge, denn es ist nur eine Panne bei der Umstellung ihres Rechnungssystems nach der Übernahme der neuen Firma. Aber ärgerlich ist es trotzdem.

Mein Treffen mit Egor ist auch nicht gerade von festlicher Leichtigkeit geprägt. »Ich habe die Buchhaltung bis Ende November gemacht«, sagt er, »und wir müssen uns mit einigen der neuen Kunden beschäftigen, die du aufgetan hast.«

Bis zu dem Moment, als er die Brille die Nase hochschiebt und die Lippen schürzt, glaube ich noch, dass er mir zu den neuen Geschäftskontakten gratulieren wird.

»Die Sache ist, dass ein paar der neuen Aufträge nicht so gewinnbringend sind, wie du gehofft hast.«

»Was meinst du damit?«, frage ich vorsichtig und spiele mit dem Gedanken, noch ein Stück von dem Minzkuchen zu essen, den Priya für uns dagelassen hat.
»Na ja, die Arbeit hat eine Menge Folgekosten nach sich gezogen – für die begleitenden Werbematerialien, für die zusätzliche Arbeitskraft und so weiter. Die Einnahmen decken das gerade so ab. Deshalb musstest du auch deinen Überziehungskredit erhöhen.«
»Das ist nur vorübergehend«, sage ich. Egor ist manchmal ein solcher Jammerlappen. »Es stehen noch Zahlungen aus, mit denen ich das Problem löse.«
»Gut. Trotzdem … Hast du nicht eingewilligt, deine Angestellten zwei Tage vor Weihnachten zu bezahlen statt zu dem normalen Termin? Damit reizt du dann deinen Dispo voll aus.«
»Ja, ich weiß. Wir erwarten allerdings noch eine Zahlung von *Diggles,* mit der *alles* beglichen werden kann. Es gibt also gar keinen Grund zur Sorge.«
»Und wann kommt die Zahlung?«
»Jeden Augenblick. Sie sind nur ein bisschen spät dran, das ist alles«, versichere ich. »Gott, jetzt schau nicht so beunruhigt! Sie sind das zuverlässigste Unternehmen der Welt, sie haben nur ein paar Startschwierigkeiten, seit sie die andere Firma übernommen haben.«
»Okay«, erwidert er. »Tja, das klingt gut. Zumindest kurzfristig. Aber langfristig hast du ein Problem, wenn du nicht vorher so etwas wie eine Kosten-Nutzen-Aufstellung machst, ehe du Aufträge annimmst.«
Er merkt, dass ich ihn aufgebracht anfunkle.
»Nur ein Tipp«, sagt er und grinst nervös.
Ich seufze. »Nein, du hast ja recht. Es ist ein wichtiger Punkt. Ich habe es begriffen und werde es beherzigen. Versprochen.«

»Sehr gut«, sagt er und blättert durch seine Papiere. »Also müssen wir nur noch über die Umsatzsteuer und das Quellenabzugsverfahren sprechen. Am einunddreißigsten Dezember sind achttausend Pfund für die Umsatzsteuer fällig. Das ist das dringendste Thema. Wenn du dir sicher bist, dass das Geld von *Diggles* kommt, kann ich mit dem Finanzamt sprechen und sagen, dass der Scheck unterwegs ist. Wir können eine Verlängerung von ein paar Tagen bekommen. Und die Zahlung von *Diggles* deckt auch die Lohnsteuerzahlungen ans Amt im Zuge des Quellenabzugsverfahrens ab?«

»Absolut«, erwidere ich.

»Gut. So, sonst noch etwas?«, überlegt er laut.

»Minzkuchen?«, sage ich und halte den Teller mit dem Kuchen hoch.

»Oh«, entgegnet er grinsend. »Von mir aus gern.«

71.

Noch nie habe ich so ruhige Feiertage erlebt. Den Weihnachtstag verbringe ich bei Mum. Sie hat einen Tannenbaum aufgestellt, der aussieht, als wäre er direkt aus dem Yosemite-Nationalpark zu ihr nach Hause transportiert worden. Am Abend besteht sie darauf, dass wir zu ihren Nachbarn Francine und Jon gehen, wo wir die verbissenste Runde *Trivial Pursuit* spielen, die ich je erlebt habe. Gegen Francine und Mum waren Caesar und Brutus die reinsten Unschuldslämmer. »Tja, das ist mal wieder typisch«, schnaubt Mum, als wir nach unserer knappen Niederlage nach Hause gehen. »Wir werden mit Fragen über Teilchenphysik bombardiert, und die mussten nur den Namen von dem Köter aus ›EastEnders‹ wissen.«

Selbst Silvester feiere ich in kleiner Runde bei Jess zu Hause, wo ich zumindest beruhigt feststelle, dass mit Adam wieder alles in Ordnung zu sein scheint. Das Funkeln in ihren Augen, als sie sich um Mitternacht küssen, ist so lebensbejahend. Im neuen Jahr kehre ich mit dem Gefühl ins Büro zurück, dass etwas Neues bevorsteht. Ich bin eine Million Prozent fitter als letztes Jahr um diese Zeit, und meine Firma ist gewachsen – wenn auch nicht in dem Maße, wie ich es mir erhofft habe. Und obwohl ich meinem bevorstehenden Date mit Daniel keine übersteigerte Bedeutung beimessen möchte, kann ich nicht anders, als zu hoffen, dass auch das ein neues Kapitel in meinem Leben sein könnte.

Mit jemandem auszugehen, der nicht Tom ist, der nicht Oliver ist und der *überhaupt nichts* mit dem Laufklub zu tun hat, ist genau das, was ich jetzt brauche. Daniel hätte zu keinem besseren Zeitpunkt in mein Leben treten können. Ich weiß zwar wenig über ihn, doch er ist ganz offensichtlich ein zuverlässiger, einnehmender und trotz seines Reichtums absolut bescheidener Mensch.

Das Date findet in der ersten Januarwoche im *Chilli Banana* statt, einem netten und keineswegs teuren thailändischen Restaurant an der Lark Lane. Ich habe wirklich Spaß. Es gefällt mir, dass es keine schüchterne Anmache gibt – anders als bei Oliver. Es gefällt mir, dass er Single ist – anders als Tom. Unsere Unterhaltung ist locker, flüssig, *unkompliziert.* Wie ich dieses Wort liebe.

»Ich glaube, ich habe zu viel Reis bestellt«, sagt Daniel, als eine Kellnerin eine riesige Schüssel mit Reis auf den Tisch quetscht.

»Sollen wir in der Schüssel etwa nach dem Essen unsere Teller spülen?«, pruste ich.

Er lacht. »Vielleicht können sie uns den Rest einpacken.«

»Sie haben nicht ernsthaft vor, mit einer Tüte voller Reis unter dem Arm nach Hause zu gehen, oder?« Ich kichere.

Der Abend entwickelt sich gut. Angenehme Gespräche, viel Gelächter. Ich habe das Gefühl, dass Daniel mich mag. Er lacht, auch wenn meine Witze nicht besonders lustig sind, und er hört begeistert zu, auch wenn meine Geschichten nicht besonders spannend sind. Am Ende des Abends verlasse ich nach eineinhalb Gläsern Wein mit einem leichten Schwips das Restaurant, um mir ein Taxi heranzuwinken. Er kommt mir zuvor.

Als er mir die Tür aufhält, sieht er mich voller Verlangen an.

»Mir hat der heutige Abend sehr gut gefallen, Abby.«

»Mir auch.« Mir wird klar, dass er mit dem Gedanken spielt, mich zu küssen, und ich bekomme ein bisschen Angst. Mein

Herz hämmert wie wahnsinnig, als er sich vorbeugt. Aber im letzten Moment ändert er seine Meinung und gibt mir einen Kuss auf die Wange.

Seine Lippen sind dünn und doch weich, und ich fühle das angenehme Kribbeln seiner Bartstoppeln auf meiner Haut, als er sich von mir löst. »Darf ich Sie anrufen?«, fragt er.

»Ja«, erwidere ich und freue mich, dass er gefragt hat. »Gute Nacht. Wir … sehen uns?«

»Sehr gern«, entgegnet er grinsend.

Als ich im Taxi sitze, lehne ich mich zurück und denke nach. Ich fahre mit den Fingerspitzen über die Stelle, wo er mich auf die Wange geküsst hat, und frage mich, ob das der Beginn von etwas sein kann. Daniel ist zuverlässig, liebenswürdig und solide – die Art von Mann, mit dem man unbedingt eine Beziehung führen möchte.

Bei dem Gedanken werde ich unwillkürlich an Geraldine und Tom erinnert, und mir wird klar, dass es nicht das erste Mal ist, dass die beiden mir heute Abend in den Sinn kommen. Ich verfluche mich dafür, immer noch an ihn zu denken und es nicht zu schaffen, ihn aus meinem Kopf zu verbannen.

Abwesend greife ich in meine Tasche, um auf meinem Handy nach der Zeit zu sehen, und bemerke, dass mir jemand eine Nachricht hinterlassen hat.

»Abby!« Der drängende, ernste Unterton in der Stimme des Anrufers trifft mich tief. »Ich bin es. Matt. Es tut mir leid, dass ich dich außerhalb der Bürozeiten stören muss, aber ich frage mich, ob du gehört hast, dass … Ach, ruf mich einfach an, ja?«

Ich rufe ihn sofort zurück, denn ich mache mir Sorgen, dass etwas mit Heidi nicht stimmen könnte.

»Matt«, sage ich, während ich den Taxifahrer bezahle. »Was ist los?«

»Abby, du weißt ja, dass ich mich mit geschäftlichen Dingen nicht so gut auskenne …«

»Ja. Und?«

»Es ist nur … Na ja, ich habe heute Abend in den Lokalnachrichten etwas gehört, das … Ich glaube, es ist nicht gut. Ich bin kein Experte oder so, aber …«

»Matt, wovon sprichst du?«

»Es geht um *Diggles*«, sagt er niedergeschlagen.

»Was ist damit?«

»In den Lokalnachrichten wurde gesagt, dass das Unternehmen Insolvenz angemeldet hat.«

72.

Um meinetwillen, um Egors willen und um der vier Angestellten willen, denen ich nach diesem eilig einberufenen Notfallmeeting gegenübertreten muss, versuche ich, nicht in Tränen auszubrechen. Ich bemühe mich, professionell zu sein und ruhig und kontrolliert. Doch Egor lässt sich nichts vormachen. Er kann sehen, dass meine Unterlippe zittert. Dass meine Hände schwitzen. Dass mein rechtes Auge zuckt. Er kann das alles sehen – und es gibt nichts, was er tun könnte, um mich zu beruhigen. Meine Firma sitzt in der Scheiße. Offiziell.

Ich wusste es in der Sekunde, als ich mit Matt telefonierte, obwohl mir erst jetzt klarwird, wie tief diese Scheiße tatsächlich ist.

Meine Umsatzsteuerzahlung über 8000 Pfund ist überfällig. Eine weitere dicke Rechnung – über die Lohnsteuer für das Quellenabzugsverfahren – muss in drei Tagen gezahlt werden. Das Geld, das ich verwenden wollte, um diese Posten zu begleichen, hätte von meinem größten und zuverlässigsten Kunden kommen sollen: von *Diggles.* Von dem Unternehmen, das gerade Insolvenz angemeldet hat. Nachdem ich jemanden eingestellt habe, damit wir die Arbeit für *Diggles* schaffen, nachdem wir Hunderte von Pfund für Material ausgegeben haben und Stunden um Stunden an Arbeit in das neue Image, die neue Website und neue Werbematerialien investiert haben, erhalten wir dafür … nichts.

Das Ergebnis ist eindeutig: Ich werde pleitegehen.

»Ich durfte nicht einmal mit Jane Bellamy, der Marketingleiterin, sprechen«, schimpfe ich. »Ich habe über ein Jahr lang mit ihr zusammengearbeitet. Ein *Jahr!*«

Egor reicht mir ein Taschentuch. Ich putze mir lautstark die Nase.

»Der Anruf«, schniefe ich, »wurde zu einer Firma namens *Lawrence Hugh and Company* umgeleitet.«

»Der Insolvenzverwalter«, erklärt Egor.

»Ich wurde zu einem Mr. Pugh durchgestellt …«

»Hugh«, berichtigt Egor.

»Weißt du, was er mir gesagt hat?«

»Ich kann es mir vorstellen.«

»Er hat mir gesagt, dass ich – und ich zitiere – ein ›nicht abgesicherter Gläubiger‹ bin.« Ich spucke die Worte nur so aus. »Und weißt du, was noch?«

Egor zieht die Augenbrauen hoch.

»Er sagte, wenn ich für meine Arbeit bezahlt werden wolle, bestünde die einzige Möglichkeit darin …«

»… zu klagen«, schließt Egor.

»Genau. Und weißt du, was noch?«

Egor macht den Mund auf, aber ich komme ihm zuvor. »Er sagte, es gäbe eine Liste von Leuten, die vor mir bezahlt werden würden. Du errätst nie, wer als Erster auf der Liste steht.«

»Er selbst?«, vermutet Egor.

»Ja! Dann kommen die ›abgesicherten Gläubiger‹«, sage ich. »Dann die Belegschaft. Ganz am Ende dieses entsetzlichen finanziellen Kastensystems komme – du ahnst es schon – ich. *Ein nicht abgesicherter Gläubiger.*«

Ich wusste, dass ich Egor damit nichts Neues erzählen würde. Um ehrlich zu sein, war das meiste mir auch schon bekannt. Ich weiß, wie das System funktioniert, doch irgendwie macht die Tatsache, an vorderster Front zu stehen, das alles so beängstigend, dass ich kaum ein Wort herausbringe.

»Ich habe ihn gefragt, wann er meint, dass ich das Geld bekomme, das sie uns schulden. Weißt du, was er gesagt hat?« Ehe Egor etwas antworten kann, rede ich schon weiter. »Er sagte, ich könne klagen, und jeder Fall würde sorgfältig geprüft. Aber im Vertrauen meinte er, ich hätte keine Chance, je mein Geld zu bekommen. Niemals. Kannst du das glauben?«
Egor sieht so aus, als könnte er es sehr wohl glauben.
»Das ist Geld für Arbeit, die wir schon erledigt haben!«, weine ich. »Für Material, das wir schon gekauft haben! Ich habe extra noch jemanden eingestellt. Ein zusätzliches Teammitglied! Ich habe Lawrence Pugh gesagt …«
»Hugh.«
»Hugh«, zische ich. »Ich habe ihm klipp und klar gesagt, dass sie uns bezahlen müssen. Sie MÜSSEN es.« Ich schlage mit der Faust auf den Tisch.
Egor sieht mich voller Mitgefühl an. Ich starre aus dem Fenster und spüre, wie sich wieder Tränen in meinen Augen sammeln.
»Sie werden nicht zahlen, oder?«, seufze ich.
Egor schüttelt den Kopf. »Es tut mir leid, Abby.«
»Sag mir, dass ich etwas übersehen habe«, flehe ich. »Sag mir, dass ich mich bei einer Zahl geirrt habe, dass ich eine Tatsache falsch verstanden habe. Sag mir, dass die Zahlungen für die Umsatzsteuer und das Quellenabzugsverfahren, die mit der Insolvenz meines größten Kunden zusammenfallen, der mich nicht bezahlen kann, so dass ich ohne ein Pfund auf der Bank dastehe …« Ich mache eine Pause und hole tief Luft. »Sag mir, dass das nicht bedeutet, was ich glaube, dass es bedeutet.«
Er windet sich. »Was meinst du denn, bedeutet das?«
»Das Ende von *River Web Design.*«
Mitgefühl steht ihm ins Gesicht geschrieben. »Ich wünschte, ich könnte dich beruhigen, Abby.«

Frustriert werfe ich die Arme in die Luft. »Was passiert denn jetzt?«
»Wenn du pleitegehst? Na ja«, beginnt er ernst. »Du hast es ja bei *Diggles* gesehen. Bei deiner Firma wird es genauso ablaufen.«
»Was ist mit meinem Team?«, bringe ich hervor.
»Deine Leute werden sofort von der Arbeit freigestellt und wenden sich an deinen Insolvenzverwalter, um ihren Lohn zu bekommen. Die Arbeit für die Kunden wird beendet. Dein Vermieter wird die ausstehende Miete einfordern und dir vermutlich den Zugang zum Büro verwehren. Dann sind da noch die Bank und dein Überziehungskredit. Die Bank wird versuchen, das Geld einzufordern. Etwaige Bürgen werden also Besuch bekommen.«
Nichts von alledem überrascht mich. Doch als Egor die Dinge aufzählt, schnürt sich mir die Kehle zu, bis ich das Gefühl habe, nicht mehr atmen zu können.
Ich erhebe mich und gehe zum Fenster.
»Was passiert, wenn wir die beiden Rechnungen einfach nicht bezahlen?«, frage ich mutig. »Was, wenn ich weitermache wie bisher und darauf hoffe, dass sich etwas ergibt und …« Aber meine Stimme erstirbt, weil ich weiß, dass das keine Möglichkeit ist.
»Diese Firma ist insolvent«, sagt Egor nachdrücklich. »Du hast nicht genügend eingehende Geldmittel, um deine Schulden zu begleichen. Wenn du eine Zeitlang so weitermachst, dann ist das weder legal noch moralisch vertretbar. Das weißt du auch. Du schuldest es dir selbst und deinen Kunden, dass du die Konsequenzen ziehst, ehe das Loch noch tiefer wird.«
Mein Herz fühlt sich an, als würde es zerdrückt.
»Du musst die Firma abwickeln, Abby«, fährt er fort. »Das ist

die einzige Möglichkeit. Ich kann Kontakt zu einem Insolvenzverwalter aufnehmen, der …«

»Es muss noch einen anderen Weg geben, Egor«, sage ich bitter. »Ich kann das nicht zulassen. Ich werde es nicht zulassen.«

Ich halte diese Rede mit der Leidenschaft von Elizabeth I., bevor die Spanische Armada lossegelte. Die Wahrheit ist, dass ich gern nach Hause gehen und mich selbst hinrichten würde.

Er schüttelt den Kopf. »Der einzige Weg aus dieser Situation wäre eine Finanzspritze. Ich nehme an, dass du es erwähnt hättest, wenn du an so viel Geld kommen könntest.«

»Vermutlich«, krächze ich.

»Solange also kein unglaublich reicher Verwandter aus der Versenkung auftaucht …«

Ich wirble herum und starre ihn an.

»Was ist los?« Er sieht mich erschrocken an. »*Hast* du jemanden, der so viel Geld locker machen könnte?«

»Ich … ich kann nicht«, murmle ich.

»Du kannst was nicht?«, fragt Egor.

»Ich kann meine Mum nicht bitten, mir zu helfen. Das würde bedeuten, dass ich versagt habe. Auf ganzer Linie.«

Er begreift, was ich sage, und seine Miene ändert sich, als ihm klarwird, dass meine Antwort auf seine Frage ja ist.

»Das ist deine Firma, Abby«, sagt er eindringlich. »Es liegt an dir, wie sehr du sie retten willst. Allerdings steht hier die Existenz einiger Menschen auf dem Spiel. Ganz zu schweigen von deinem Ruf – alles, wofür du in den vergangenen zwei Jahren gekämpft hast. Du musst alles tun, was in deiner Macht steht, um liquide zu bleiben. Alles.«

»Du schlägst nicht ernsthaft vor, dass ich zu meiner Mutter renne?«

Doch ich habe noch nicht zu Ende gesprochen, als mir bewusst wird, dass ich tun muss, was ich mir seit Firmengründung geschworen haben, niemals zu tun: Ich muss mauscheln. Noch nie in meinem ganzen Leben habe ich mich so jämmerlich gefühlt.

73.

Meine Mutter ist unbestritten eine erfolgreiche Geschäftsfrau. Sie macht in allen Teilen der Welt Geschäfte – von Mailand bis nach Tokio. Also ist es schwierig zu beschreiben, wie es sich anfühlt, so kurz nach der Firmengründung an ihre Tür klopfen und sie um Geld bitten zu müssen, damit ich nicht untergehe.

Eigentlich weiß ich, dass ich nicht bitten muss. Ich werde kaum fragen müssen, ehe sie mir einen Scheck ausstellen und ihn mir in die Hand drücken wird. Aber darum geht es nicht. Meine Mutter hat es geschafft, ihr Unternehmen ohne Hilfe auf die Beine zu stellen – und unzählige andere haben das auch bewerkstelligt. Die Demütigung und der Druck der Situation scheinen meinen Kopf in einer Art Schraubstock zu haben.

»Du hast am Telefon so komisch geklungen, Liebes.« Sie gibt mir einen Kuss auf die Wange. »Du hast doch nicht etwa dieses seltsame kribbelnde Gefühl in deiner Hand, oder?«

»Nein, ich …«

»Gut, denn solche Symptome solltest du niemals ignorieren.«

»Ich weiß.«

»Es könnte ein eingeklemmter Nerv sein. Das hatte ich schon mal. Das hat mir zu schaffen gemacht, als ich in Hongkong war, um mit einem Warenhaus zu verhandeln. Versuch du mal, trotz eines kaputten Karpaltunnels mit Essstäbchen zu hantieren. Echt, die Dim Sums waren überall!«, johlt sie.

»Mum«, beginne ich und nehme ihr gegenüber Platz.

»Kaffee?«, fragt sie.
»Nein, ich …«
»Es macht dir doch nichts aus, wenn ich einen nehme, oder?«
»Natürlich nicht, aber …«
»Isabella«, sagt sie in die Gegensprechanlage. »Machen Sie mir einen Cappuccino, meine Liebe? Wie immer. Nur nicht so viel Schokoladenpulver. Mein Hüftspeck nimmt sonst überhand. – Schokoriegel?«, fragt sie, an mich gewandt, und öffnet ihre Schreibtischschublade.
»Nein. Danke.«
»Also, ich habe kandierte Ananas, Toffeebonbons, Brausepulver und … Oh, ich hätte fast vergessen, dass ich angefangen habe, das hier zu essen.« Sie holt eine Zuckerpfeife aus der Lade und bläst so heftig hinein, dass mir fast das Trommelfell platzt. »Denen kann ich einfach nicht widerstehen. Also, was ist los?«
»Gut«, fange ich an. »Na ja …« Meine Stimme erstirbt, und ich bemerke, wie sie einen Blick auf die Uhr wirft. »Bist du in Eile?«
»Für dich habe ich immer Zeit, Liebling.«
»Also gut. Na ja …«
»Obwohl es hilfreich wäre, wenn du um Viertel vor fertig wärst.«
»Viertel vor?«
»Dann habe ich eine Telefonkonferenz mit Sydney.«
»Mit welchem Sydney?«
»Nein, Sydney in Australien.«
»Oh, ach so. Also, die Sache ist die, Mum … Ich muss etwas mit dir besprechen. Oder vielmehr – ich muss dir etwas sagen.«
Sie lächelt und faltet die Hände. »Schieß los.«
Als ich ihr in die Augen blicke, kommt mir etwas über die

Lippen, das ich nicht habe sagen wollen und das ich auch nie erwartet hätte zu sagen. Ich weiß nicht, warum. Ich weiß nicht, wie. Ich weiß nur, dass ich es sage.
»Ich weiß über Dad und Tante Steph Bescheid«, erkläre ich.

In den 29 Jahren, die ich sie nun kenne, habe ich meine Mum nie weinen sehen. Nicht, dass sie ein kalter Fisch wäre – sie ist alles andere als das. Sie ist einer der empfindsamsten, überschwenglichsten Menschen, die ich je getroffen habe. Ich schätze, sie hat mich vor manchen Dingen, wie zum Beispiel vor Dads Betrug, beschützen und abschirmen wollen. Ob das nun richtig oder falsch war, sei dahingestellt. Das Ergebnis ist, dass ich, als ihr die Tränen über die Wangen rinnen, nicht weiß, was ich tun soll. Also schlinge ich die Arme um sie und höre ihr zu.
Sie erzählt mir die ganze Geschichte aus ihrer Sicht. Sie erzählt von ihrem Schock. Ihrem Zusammenbruch. Ihrem Zorn. Und sie hält noch etwas zurück, das ich nicht genau benennen kann. Bedauern?
»Ich frage mich oft, was passiert wäre, wenn ich ihm damals vergeben hätte«, schnieft sie und nimmt sich eine Handvoll Taschentücher. Sie sieht mir in die Augen. »Aber ich konnte es nicht, Abby. Ehrlich. Meine Schwester. Er hat mit meiner Schwester geschlafen. Wie hätte ich damit weiterleben sollen?«
»Das konntest du nicht«, versichere ich. »Das verstehe ich.«
»Jedes Mal, wenn ich sie oder ihn angesehen hätte, wäre ich daran erinnert worden. Ein paar Wochen lang habe ich es probiert, doch es gibt Dinge, mit denen nicht einmal die stärksten Menschen zurechtkommen können.«
Ich nicke.
»Also bin ich gegangen. *Wir* sind gegangen …«

Sie weint, schluchzt heftig, bis sie sich irgendwann wieder genug gefangen hat, um weiterzusprechen.
»In den Monaten, nachdem wir ausgezogen sind, habe ich daran gedacht zurückzukehren. Aber dann hätte ich mich wieder mit der ganzen Geschichte auseinandersetzen müssen. Es klingt schwach, doch es war leichter, es nicht zu tun. Es wurde leichter, mich selbst davon zu überzeugen, dass das, was ich den Leuten erzählte, die Wahrheit war. Dass wir uns auseinandergelebt hätten.«
»Also hattet ihr euch *nicht* auseinandergelebt? Ich meine, bevor das alles passiert ist.«
Wie betäubt blickt sie vor sich hin. »Wir hatten ein paar schwierige Monate hinter uns. Bei der Arbeit gab es enormen Stress, und deine Großmutter Cilla war gerade gestorben. Aber im Grund genommen glaubte ich, dass dein Vater mich verehren würde. Dass es nur eine vorübergehende Phase wäre. Doch ich lag total falsch. Denn sonst hätte er das nicht getan.« Sie starrt mit glasigem, leerem Blick auf ihre Hände. »Es war ein Riesenschock, Abby. Der größte Schock. Vielleicht habe ich im Nachhinein betrachtet zu übereilt gehandelt. Ich hätte etwas tun sollen, um die Familie zusammenzuhalten. Aber ich konnte es nicht. Stattdessen habe ich im Laufe der Jahre dir und jedem anderen ein Menge vollkommen unwichtiger ›Gründe‹ für die Trennung genannt, von denen keiner wahr war. Ja, dein Dad ist ein hoffnungsloser Fall, was das pünktliche Bezahlen von Rechnungen und solche Dinge angeht. Und es war manchmal nicht leicht, mit jemandem verheiratet zu sein, der beruflich über lange Phasen hinweg nicht zu Hause war. Doch das war alles nicht wichtig für mich. Diese Sache allerdings schon.«
»Mum, ich hätte an deiner Stelle genauso gehandelt«, sage ich.

»Hättest du?«, schnieft sie. »Ich vermute, dass du eher bereit bist zu vergeben als ich. Und du bist ehrlicher.«
Ich erstarre. »Das würde ich so nicht sagen.«
»Doch, das bist du«, sagt sie lächelnd. »Du hast keine Geheimnisse. Du bist ehrlich und fleißig und …«
»O Gott, Mum … hör auf.«
»Was ist los?«
Ich schlucke und stütze den Kopf in die Hände. »Ich bin nicht wegen Dad und Tante Steph hier. Es ist … Ich weiß nicht, wie ich es dir sagen soll.«
Sie holt tief Luft. »Oh, mein Gott. Mein Baby ist schwanger! Dieses Mal stimmt es … Mein Baby ist …«
»Mutter!«, fahre ich sie an und verliere leicht die Nerven. »Ich bin nicht schwanger. Warum denkst du immer, dass ich schwanger bin?«
»Was ist es dann?«
Ich versuche, mich zusammenzureißen, und sage unverblümt: »Ich habe die Firma gegen die Wand gefahren.«
»Ich bin mir sicher, dass du übertreibst.«
»Das tue ich nicht. Ich habe zwei große Zahlungen an das Finanzamt zu leisten und wollte dafür das Geld meines größten Kunden nehmen. Leider hat der gerade Insolvenz angemeldet.« Ich sehe ihr in die Augen. »Ich werde pleitegehen, Mum.«
Sie starrt mich einen Moment lang an. Als sie spricht, klingt es sachlich – als stände diese Alternative nicht zur Diskussion. »Nein, das wirst du nicht. Du wirst *nicht* pleitegehen.«
Ich seufze. »Ich wusste, dass du mir einen Scheck ausstellen und mir sagen würdest, dass alles wieder gut wird …«
»Ich werde dir keinen Scheck ausstellen«, erklärt sie zu meiner Überraschung.
»Was?«

»Ich sagte, ich werde dir keinen Scheck ausstellen. Und ich werde dir auch kein Geld geben.«

»Oh.« So habe ich mir den Verlauf des Gesprächs nicht vorgestellt. Ich kann nicht sagen, dass mich das beruhigt. »Gut. Tja, ich bin froh. Natürlich. Denn ich will auf eigenen Füßen stehen und …« Panik erfasst mich. »Echt? Du wirst mir echt kein Geld geben? Oder mich etwas Geld *leihen* lassen?«

»Echt«, entgegnet sie entschlossen.

»Aber die Jobs meiner Mitarbeiter stehen auf dem Spiel und die Firma und meine Kunden und …« Ich bemerke, dass meine Stimme einige Oktaven höher klingt als zu Beginn unserer Unterhaltung.

»Was ich tun werde, ist, mich mit dir und deinem Steuerberater zusammenzusetzen. Wie heißt er noch?«

»Egor.«

»Egor. Und dann erarbeiten wir eine Lösung. Eine Lösung, bei der *du* die Schwierigkeiten aus der Welt schaffst. Ganz allein.«

74.

Egor und Mum verstehen sich gut. Sie sind sich in fast allem einig – auch darüber, was meine Rolle in der Sache betrifft. Ich hätte damit gerechnet, getadelt zu werden, doch beide sind sehr mitfühlend.

»Hör mir zu, Abby.« Mum sieht mich an und legt mir die Hände auf die Schultern. »Es ist statistisch erwiesen, dass fünfzig Prozent aller Firmen im ersten Jahr scheitern. Neunzig Prozent überstehen die ersten fünf Jahre nicht. Und der Grund dafür ist *nicht,* dass die Mehrheit der Leute, die Firmen gründet, dumm wäre.«

Ich ziehe die Augenbrauen hoch.

»Der Grund ist, dass es verdammt schwer ist.« Sie lässt mich los und geht im Zimmer auf und ab, während wir die volle Kraft ihrer rednerischen Fähigkeiten zu spüren bekommen. »Das musst du im Laufe der Zeit lernen. Die Chancen stehen *schlecht* – gerade in Zeiten der Rezession, wenn überall Unternehmen wie dein Gartencenter den Bach hinuntergehen … und andere Firmen mit in den Abgrund reißen.«

»Du willst nicht ernsthaft behaupten, dass ich nichts hätte tun können, oder?«, entgegne ich.

»Nein, das behaupte ich nicht«, gibt Mum zu. »Und wenn wir diese Krise überstanden haben, werden wir einige Strategien für die Zukunft erarbeiten, damit so etwas nicht noch einmal passiert. Aber du bist nicht die Erste, die eine grundsätzlich solide, nein, eine grundsätzlich *großartige* Firma führt und Opfer einer Situation wie dieser wird.«

»Deine Mutter hat recht«, fügt Egor hinzu. »Es passiert häufig. Der Musik- und Filmproduzent Simon Cowell ist pleitegegangen und lebt inzwischen wohl kaum am Existenzminimum. Und der Typ von ›Dragons' Den‹ – Peter Jones – hat das auch erlebt.«

»Echt?«

»Echt«, erwidert Mum fest. »Doch diese Firma wird nicht pleitegehen, oder, Egor?«

Er lächelt unsicher. »Hm, nein«, entgegnet er, als würde er eine Frage in einem Verhör beantworten.

Ich bin mir nicht sicher, wer zuerst auf die Idee kam, aber sie sind sich beide einig, dass es das beste Vorgehen ist. Es ist ganz leicht: Ich muss nur auf jedes Eisen zurückkommen, das ich in den vergangenen zwölf Monaten im Feuer hatte, und es wieder anheizen.

Ob es nun ein potenzieller Kunde ist, der sich nie mehr zu einem Angebot geäußert hat, oder einer, den ich nicht weiter verfolgt habe – ich muss neue Kunden gewinnen. Und zwar gewinnbringende Kunden. Schnell. Dann werden wir mit der Aussicht auf zukünftige Einnahmen zur Bank gehen und um Hilfe bitten. Wir werden sie bitten, den Überziehungskredit vorübergehend zu erhöhen, damit ich weiterarbeiten und meine Verpflichtungen erfüllen kann, während ich versuche, meiner Firma wieder auf die Beine zu helfen.

Ich erkläre, dass ich schon mit der Bank gesprochen und sie genau darum gebeten habe, dass meine Bitte jedoch abgelehnt wurde. Aber Mum und Egor sind überzeugt, dass es etwas anderes ist, wenn ich garantierte zukünftige Einkünfte vorweisen kann.

»Das klingt alles sehr gut«, sage ich. »Bis auf eine Sache.«

»Und die wäre?« Mum lächelt.

»Ich habe keine Eisen mehr im Feuer!«, platze ich wütend heraus. »Keine jedenfalls, die so viel abwerfen würden. Selbst wenn es mir gelingen sollte, auf die Schnelle einen solchen Kunden aufzutun, stehen die Chancen, dass dieser Kunde gewinnbringend genug ist, um die Firma zu retten, gleich null.«

Mum schnalzt missbilligend mit der Zunge. Man könnte meinen, ich wäre eine Vierjährige, die sich weigert, ohne Schwimmflügel zu schwimmen. »Komm schon, Abby«, sagt sie munter. »Es ist an der Zeit, kreativ zu werden. *Denk nach!*«

Ich sinke auf meinem Stuhl zusammen und schließe die Augen. Denk nach, hat sie gesagt.

Also beschließe ich, etwas zu tun, das sich in den vergangenen neun Monaten als förderlich erwiesen hat, wenn ich nachdenken wollte. Ich weiß nicht, wie es so weit kommen konnte, trotzdem ist es so.

Ich gehe laufen.

75.

Bei meinem heutigen Lauf habe ich meinen iPod nicht dabei. Ich möchte einen klaren Kopf haben und an nichts anderes denken als an Ideen, Antworten, Lösungen.
Ich habe das in Filmen gesehen: Die Hauptfigur zieht sich in der größten Krise die Laufschuhe an, dreht ein paar Runden über eine besonders malerische Straße und befreit von den Fesseln der Angst fällt ihr die Lösung ein.
Ich persönlich habe das nie geglaubt. Doch als meine Füße nun über den Asphalt fliegen, während der Himmel wie Blei aussieht und Wolkenfetzen vorbeijagen, durchströmt mich ein sehr positives Gefühl. Ich renne auf einen Hügel, und meine Beine brennen, als sie mich hinauftragen. Als ich auf der anderen Seite Richtung Sefton Park hinunterlaufe und an Leuten in nassen Regenmänteln vorbeikomme, bin ich atemlos und vollkommen durchnässt. Und doch fühle ich mich seltsam beschwingt. In meinem Kopf überschlagen sich die Namen von Firmen, die die Antwort sein könnten.
Ich denke an eine Anti-Raucher-Kampagne, für die ich im September ein Angebot abgegeben habe, um dann zu erfahren, dass die Entscheidung auf Anfang des nächsten Jahres verschoben wurde. Ich denke an die Dessous-Firma, die mich beim Pitch großartig fand, jedoch warten wollte, bis Näheres über einen Vertrag mit China bekannt wäre. Ich denke an den Innenausstatter, der mir ein positives Feedback gegeben hat, allerdings erst einen neuen Marketingleiter einstellen wollte, ehe er weitermachen würde. All diese Kontakte sollte ich noch einmal anrufen.

Ich komme am See vorbei, als der Regen stärker wird und die Tropfen auf die Wasseroberfläche prasseln.
Aber auf dem Heimweg beschleichen mich Zweifel. Trotz der Möglichkeiten und trotz des Wissens, dass sie alle es wert sind, sie noch einmal zu kontaktieren, ist es sehr unwahrscheinlich, dass sie so schnell eine Entscheidung treffen, wie sie für mich nötig wäre.
Außerdem ist keiner der potenziellen Aufträge allein gewinnbringend genug. Ich bräuchte mindestens drei Kunden in dieser Größenordnung, die bis zum Ende der Woche einen Vertrag mit mir abschließen.
Nachdem ich fast eine Stunde gelaufen bin, wird der Regen schwächer, und die helle Wintersonne scheint durch die Wolken. Meine Zuversicht beginnt jedoch, sich in Rauch aufzulösen.
Ich laufe die Allerton Road hinunter. Meine Beine sind schwach und müde. Ich werde langsamer und lehne mich schießlich schlapp wie eine Stoffpuppe gegen die Wand eines Restaurants.
Die Allerton Road ist eine der belebtesten Straßen im Süden von Liverpool, und ich wirke vollkommen fehl am Platz – verschwitzt, rot im Gesicht und so nass, dass man mich mit dem Inhalt einer Waschmaschine verwechseln könnte, wenn ich etwas weniger schmutzig wäre. Mein Brustkorb hebt und senkt sich, als ich in den grauen Himmel starre und versuche, zu Atem zu kommen, während mir heiße Tränen über die Wangen rinnen.
Als neben mir die Tür zu einem Café aufgeht, drehe ich mich um und laufe los. Es wäre mir zu peinlich, wenn mich jemand so sehen würde – auch ein Fremder.
»Abby.«
Mein Magen zieht sich zusammen. Der Wind weht mir durchs

Haar, übertönt den Straßenlärm, doch Tom Brontes Stimme würde ich überall erkennen.

Das ist das erste Mal seit Teneriffa, dass wir allein miteinander reden – ohne die Ablenkungen beim Training, den Lärm und den Klatsch und Tratsch. Das könnte der Grund sein, warum meine gesamte Aufmerksamkeit auf ihn gerichtet ist. Oder es liegt an dem milchigen Licht, das auf sein Gesicht fällt. Er hat nie schöner ausgesehen. Seine Augen schimmern, seine Lippen sind voll und makellos. Und dennoch ist seine Miene besorgt.

Mir bleibt nichts anderes übrig, als auf ihn zuzugehen, während er sich mir nähert. Es dauert eine gefühlte Ewigkeit, bis wir endlich nur noch ein paar Schritte voneinander entfernt sind. Jeder scheint die Gedanken des anderen lesen zu wollen.

»Ich habe gesehen, wie du vorbeigelaufen bist. Wie geht es dir?«, fragt er.

»Gut.« Ich lächle schmallippig.

Er wirkt beunruhigt. »Ist alles in Ordnung?«

Ich zögere und frage mich, ob ich es ihm sagen soll. Ich will es ihm sagen, aber ich habe Angst davor, was er über mich denken wird. Die Scham, die ich wegen der Schieflage der Firma empfinde, wäre noch zehnmal schlimmer, wenn Tom Bescheid wüsste.

»Ja«, murmle ich also.

Er berührt meinen Arm, und ein wohliger Schauer überläuft meinen Rücken. »Trinkst du einen Kaffee mit uns?«

Ich mache den Mund auf, obwohl ich nicht weiß, ob ich ja oder nein sagen soll. Am Ende muss ich nichts sagen.

»Kommen Sie«, erklingt eine heisere Stimme. »Heitern Sie den Jungen auf.«

Ich erblicke Toms Grandad und weiß, dass ich keine andere Wahl habe, als ja zu sagen.

Bedächtig nimmt Toms Grandad seine Baseballkappe ab. Wir sind bereits seit einer halben Stunde hier, doch erst jetzt legt er sie auf den Tisch.
Wir sitzen am Fenster und reden über Grandads Computer, »Glee« und das stürmische Wetter. Letzteres ist ein laues Lüftchen verglichen mit dem Tornado in meinem Bauch, der sich entfesselt, wann immer ich Toms Blick erhasche.
Als Tom sich irgendwann entschuldigt und auf die Toilette verschwindet, rührt Grandad versonnen in seinem Kaffee.
»Kennen Sie Geraldine gut?«, fragt er mich unvermittelt.
Hitze steigt mir ins Gesicht, und ich nehme nervös einen Schluck von meinem Wasser. »Ja, durch den Laufklub. Sie ist … reizend.«
»Ja, das ist sie«, sagt der alte Mann, ehe er nachdenklich innehält. »Wissen Sie, Sie glauben es vielleicht nicht, aber mein Dad war ein romantischer Mann. Zu seiner Zeit konnte man das nicht von vielen Kerlen behaupten.«
Ich bin verwirrt über die Wendung, die diese Unterhaltung genommen hat.
»Er hat immer gesagt: ›Sohn, du kannst einem Mann ansehen, dass er eine Frau liebt, wenn er *glüht,* sobald sie in seiner Nähe ist.‹«
»Wenn er glüht?«, wiederhole ich.
Er nickt und lächelt, als wüsste er etwas, das ich nicht weiß.
»Tja, Abby«, fährt er fröhlich fort und wechselt abrupt das Thema. »Können wir Sie noch zu einem Wasser überreden? Oder möchten Sie lieber eine Tasse Tee?«
»Nein danke, ehrlich nicht«, entgegne ich und sehe auf meine Uhr.

»Etwas Stärkeres? Nebenan gibt es Tequila.«
»Nein, wirklich nicht«, sage ich lächelnd, als Tom an den Tisch zurückkehrt. »Ich muss los. Es war schön, Sie wiederzusehen.«
»Die Freude war ganz unsererseits«, erwidert Grandad.
Tom bringt mich zur Tür und hält sie auf. Schneidend kalter Wind trifft mein Gesicht. Er folgt mir hinaus, und wir drängen uns in den Eingang. Es fühlt sich wunderbar innig und gleichzeitig unglaublich unbehaglich an.
»Ich kann dich nach Hause bringen«, sagt er.
»Nein, das ist nicht nötig. Ich will weiterlaufen«, erwidere ich.
Er hält inne. »Du hast nicht auf meine Mails reagiert.«
»Tut mir leid«, entgegne ich. »Technische Probleme.«
Seine Miene macht deutlich, dass er diese Ausrede beim ersten Mal schon nicht geglaubt hat.
Ich seufze. »Außerdem dachte ich, unter den Umständen … Du verstehst schon.« Doch ich kann mich nicht überwinden, ihm zu sagen, dass ich über die Verlobung mit Geraldine Bescheid weiß.
»Ja, das verstehe ich«, gibt er zu und erspart mir weitere Erklärungen. »Natürlich. Können wir trotzdem Freunde sein?«
Ich starre auf die Straße, als Autos vorbeirasen und Wasser auf die Gehsteige spritzt. Wieder werde ich rot.
»Komm schon, Abby.« Ehe ich weiß, wie mir geschieht, hat er schon meine Hand ergriffen und drückt sie. Seine Berührung schickt einen elektrischen Impuls durch meinen Arm. »Ich weiß, dass es auf Teneriffa zwischen uns komisch war. Aber es wäre eine Schande, eine gute Freundschaft wegzuwerfen.«
Beim Wort »Freundschaft«, das wiederholt fällt, zucke ich zusammen.

In Wahrheit wünsche ich mir, dass er viel mehr ist als ein Freund. Doch das ist eine Sehnsucht, der ich nicht nachgeben darf. Wie immer gibt es unzählige Dinge, die ich sagen möchte, aber nichts davon wäre angemessen. Stattdessen nehme ich den Weg des geringsten Widerstandes.

»Selbstverständlich«, murmle ich. »Gut. Ich muss jetzt wirklich los.«

Er lässt meine Hand los. »O ja. Deine Arbeit. Kann ich irgendwie helfen?«

»Das glaube ich kaum.«

Ich wende mich ab, um loszulaufen, als er meine Schulter berührt.

»Ich wollte sagen: Einige der Mails, die den ›technischen Schwierigkeiten‹ zum Opfer gefallen sind, waren wichtig.«

»Ach ja?«

»Ich wollte etwas Geschäftliches mit dir besprechen. Es könnte eine Chance für dich sein.«

Der Ausdruck »Chance« regt meine Erinnerung an – und ich rufe mir die E-Mail ins Gedächtnis, die er meint: Die Mail mit dem PS, in dem er fragte, ob mein Leben immer noch superaufregend wäre. Das war der einzige Teil, auf den ich mich konzentrieren konnte.

»Es geht um die Webdesign-Agentur, für die wir uns entschieden haben«, fährt er fort.

»Vermont Hamilton?«

Er nickt. »Die Zusammenarbeit war eine Katastrophe.«

Das überrascht mich nicht. Ich widerstehe jedoch dem Drang, ihm das zu sagen. »Tatsächlich?«

»Du hattest recht, was die mangelnde Erfahrung angeht. Ich persönlich habe nichts mit den Leuten zu tun – das ist Jim Broadhursts Job. Doch er ist inzwischen mit drei Kundenbetreuern zerstritten. Sie wirken wie Amateure.«

»Tut mir leid, das zu hören«, sage ich.
»Na ja, sag nicht, du hättest uns nicht gewarnt.«
Ich zucke die Schultern. »Vielleicht kann ich mich ja noch mal um den Auftrag bewerben, wenn der Vertrag in zwei Jahren ausläuft.«
»Darum geht es«, fährt er fort. »Hör mal, das ist jetzt streng vertraulich: Jim hat die Agentur gefeuert. Wir stecken also in der Klemme. Im Augenblick kümmert sich niemand um unseren Online-Auftritt. Trotzdem – es ging nicht anders.«
In meinem Kopf überschlagen sich die Gedanken. »Schreibt ihr den Auftrag noch einmal aus?«
»Deshalb wollte ich mit dir sprechen. Unsere Marketingabteilung hängt in der Luft und schiebt die Dinge vor sich her, bis sie sich entschieden hat, was sie tun soll. Wenn du den Marketingleuten ein anderes, besseres Angebot unterbreiten würdest, könntest du die Chance bekommen, in die Bresche zu springen.«
»Aber wie? Ich meine, sie würden wissen, dass du mit mir über die internen Schwierigkeiten von *Caro & Co.* gesprochen hast und …«
»Überlass das ruhig mir«, winkt er ab. »Wenn ich dir diese Woche noch einen Termin bei David und Jim besorgen kann, wärst du interessiert?«
Mein Herz hämmert wie wahnsinnig, als mir die Möglichkeiten klarwerden. »Ja«, platze ich heraus. »Verdammt noch mal: JA! Tom, du bist vielleicht meine gute Fee!«
Er lacht, als die Tür zum Café sich quietschend öffnet.
»Ihr redet ja noch immer. Ich habe meinen Kaffee schon vor einer Ewigkeit ausgetrunken«, beklagt Grandad sich und setzt seine Mütze auf.
»Wir sind fertig. Komm, ich bringe dich nach Hause, Gran-

dad«, sagt Tom. Dann wendet er sich mir zu. »Also ist das ein Ja?«

»Absolut!«, bringe ich hervor, auch wenn mein Hals seltsam zugeschnürt ist.

»Gut. Ich werde sie heute Nachmittag anrufen und dir gleich anschließend Bescheid sagen.«

»Komm schon, beeil dich, Junge.« Grandad packt Toms Arm. »Ich glaube, du musst dringend aus der Kälte.«

Tom sieht ihn verwirrt an. »Ich? Wieso?«

»Ach, ich weiß nicht. Deine Wangen *glühen* so komisch«, sagt er und wirft mir einen schelmischen Blick zu.

76.

Eine Stunde später schreibt Tom mir eine SMS, um mir Bescheid zu geben, dass Jim Broadhurst mich am nächsten Morgen um zehn Uhr sehen möchte. Diesen Termin darf ich auf keinen Fall vermasseln: um meiner Firma willen, meiner Mitarbeiter willen, um meinetwillen … Und nicht zuletzt um Toms willen. Nachdem er sich für mich so weit aus dem Fenster gelehnt hat, darf ich nicht wieder so rüberkommen, als wäre ich nicht ganz zurechnungsfähig.

Ich gehe nach Hause, dusche und starte meinen Laptop. Meine ursprüngliche Präsentation zu lesen ist eine Erfahrung, bei der ich unwillkürlich zusammenzucke. Nicht, weil sie hoffnungslos schrecklich wäre – genau genommen ist sie grundsätzlich ziemlich gut. Doch fünf oder sechs Bereiche stechen heraus und enttarnen die Präsentation als alles andere als individuell auf *Caro & Co.* zugeschnitten. Das haben sie sofort durchschaut.

Den Abend verbringe ich damit, alles über die Firma in Erfahrung zu bringen: Ich studiere ihre Website, lese Presseartikel und recherchiere über ihre Konkurrenz, ihre Erfolge und den angestrebten Markt.

Es ist nach zwei Uhr morgens, als ich ins Bett gehe. Ich bin davon überzeugt, nicht schlafen zu können, so wie die Statistiken in meinem Kopf Purzelbäume schlagen. Tatsächlich schlafe ich jedoch sofort ein. Aber es ist ein leichter, unruhiger Schlaf. Meine Gedanken wandern wild umher: von meinen Eltern über meine Firma zu der Präsentation und … Tom. Wieder einmal Tom. Trotz des enormen Drucks, unter dem

ich stehe, wandern meine Gedanken immer wieder zum süßen Duft seines Atems, als wir uns im Swimmingpool beinahe geküsst hätten.
Ich weiß, dass es sinnlos ist, und ich weiß, dass es falsch ist. Doch die Erinnerung an diese Nacht ist wie eine Droge; sie gibt mir sofort ein gutes Gefühl, ein garantiertes Hochgefühl – auch wenn es aussichtslos ist.
Ich weiß nicht, ob es *daran* liegt, dass ich am nächsten Morgen um zehn vor zehn, als ich das Büro von *Caro & Co.* betrete, seltsamerweise vollkommen ruhig bin.
Zuversicht ist es auf jeden Fall nicht, was diese Ruhe nährt – ich darf nicht über den Ausgang dieses Meetings nachdenken, nur über das Hier und Jetzt. Denn über die Auswirkungen nachzudenken, die ein Scheitern heute bedeuten würde, würde mich zusammenbrechen lassen. Also schiebe ich das alles beiseite und lenke meine Gedanken auf ein einziges Ziel: Ich möchte so überzeugend sein, dass ich einem Vampir Knoblauch verkaufen könnte.
Jim Broadhurst kommt erst um zehn nach zehn. Zu dem Zeitpunkt spüre ich bereits, dass ich zittere. Das einzig Gute ist, dass Dusty sich ziemlich unbeeindruckt von mir zeigt; schließlich trage ich heute auch keinen Rock, der mit altem Frittierfett durchtränkt ist.
»Jim.« Ich lächle und strecke ihm meine bebende Hand entgegen. »Wie geht es Ihnen?«
»Sehr gut, Abby«, erwidert er. »Noch besser würde es mir allerdings gehen, wenn ich diesen Streit mit der vorherigen Agentur nicht gehabt hätte. Ich nehme an, Tom hat Sie ins Bild gesetzt?«
Ich zögere, unsicher, was die angemessene Antwort auf diese Frage ist, da es sich um vertrauliche Interna gehandelt hat. »Na ja, nicht so richtig«, entgegne ich. »Er hat nur gemeint,

dass Sie noch einmal auf die ursprünglichen Bewerbungen zurückkommen wollen.«

»Sehr diplomatisch geantwortet«, sagt er lachend. »Ich will Ihnen erzählen, was vorgefallen ist.«

20 Minuten lang wiederholt Jim die Geschichte, die Tom mir bereits gestern erzählt hat, und ich reagiere mit vielen Achs und Ohs und schnalze in den richtigen Momenten mit der Zunge, als wäre das alles neu für mich. Am Ende der Unterhaltung finde ich, dass ich einen Golden Globe verdient hätte.

»Das bedeutet, dass ich eine neue Agentur brauche. Deshalb habe ich Sie heute hergebeten. Eigentlich wollten wir eine ganz neue Anzeige schalten«, erklärt er. »Denn keiner der letzten drei Kandidaten hat uns umgehauen – inklusive Ihnen. Nichts für ungut.«

»Schon in Ordnung«, erwidere ich. »Ich weiß, dass meine Präsentation hinter den Erwartungen zurückgeblieben ist.«

»Das haben David und ich auch so gesehen«, räumt er ein. »Tom hat versucht, uns davon zu überzeugen, dass es sich nur um einen schlechten Tag gehandelt habe. Aber alle anderen hatten auch nur einen Versuch, also war es nur gerecht, Sie genauso zu behandeln.«

Mit großen Augen sehe ich ihn an. »Tom hat versucht, Sie davon zu überzeugen, es mit mir zu probieren? Ich dachte, Sie hätten gesagt, die Entscheidung sei einstimmig gewesen ...«

»Habe ich das?« Er zuckt die Achseln. Es behagt ihm offenbar nicht, dass ein neues Licht auf die Sache fällt. »Das war nur so eine Redensart. Sie können Tom wirklich dankbar sein. Er hat es vielleicht nicht geschafft, uns zu überreden, Sie gleich zu nehmen, doch er hat David und mich gedrängt, die Entscheidung noch mal zu überdenken, seit die Probleme mit der anderen Agentur aufgetreten sind.«

»Hat er das?«, krächze ich.

Jim nickt. »Also, ich möchte gern, dass Sie eine neue Präsentation halten. Ich weiß, wie viel Arbeit dahintersteckt, aber wenn Sie sich bereit erklären würden, etwas zusammenzustellen …«

»Sehr gern«, unterbreche ich ihn.

Er hebt den Kopf. »Sie wollen eine neue Präsentation halten?«

»Ja«, entgegne ich nervös. »Eigentlich habe ich schon eine fertig. Wenn Sie Zeit haben, erkläre ich Ihnen alles.«

»Wie bitte? Jetzt? Ich habe nicht so viel Zeit. Können wir uns auf einen Termin in der übernächsten Woche einigen?«

Panik erfasst mich. Ich kann ihm wohl kaum erzählen, dass *River Web Design* übernächste Woche vielleicht nicht mehr existiert!

Ich beuge mich vor. »Es wird höchstens zehn Minuten dauern«, sage ich eindringlich und frage mich, wie ich meine zwanzigminütige Präsentation an Ort und Stelle abkürzen soll.

Er windet sich. In meiner Aufregung bemerke ich, dass ich allmählich wie eine Frau wirke, die auch Handschellen benutzen würde, wenn sie welche hätte.

Mit nachdenklicher Miene lehnt er sich zurück.

»Als ich gehört habe, dass Sie keine Betreuung für Ihre Website haben, dachte ich, es müsste schnell gehen«, bringe ich hervor. »Was du heute kannst besorgen … Warum um den heißen Brei herumreden? Der Spatz in der Hand ist besser als die Taube auf dem Dach …« Oh, mein Gott.

»Also, schießen Sie los«, sagt er. »Allerdings nicht länger als zehn Minuten.«

Als ich eine halbe Stunde später das Büro verlasse, habe ich ausgesprochen gemischte Gefühle. Es lief gut – denke ich. Doch ich muss es besser als gut gemacht haben. Ich muss Jim

Broadhurst nicht nur davon überzeugt haben, mich zu engagieren, sondern ich muss ihn davon überzeugt haben, mich JETZT zu engagieren.

Auch wenn ich betont habe, dass sie die Website nicht länger als eine Woche unbetreut lassen sollten, kann es bei Firmen wie dieser Monate dauern, bis eine Entscheidung getroffen ist.

Ich stapfe durch die Stadt, zurück zum Büro, und habe Angst davor, meinem Team gegenüberzutreten. Meine Leute wissen, dass es nicht gut läuft, seit *Diggles* pleitegemacht hat, aber sie verstehen nicht, *wie* schlecht es um uns steht. Ich habe die Hand auf den Türknauf gelegt, als mein Handy klingelt. Hektisch durchwühle ich die Tasche, um den Anruf anzunehmen.

»Abby Rogers«, melde ich mich.

»Abby. Jim Broadhurst.«

Mein Herz macht einen Riesensatz. Das ging schneller, als ich zu hoffen gewagt habe.

»Ja?«, sage ich, und meine Stimme zittert hysterisch.

»Sie haben Ihren Schal in meinem Büro vergessen.«

»Oh.« Niedergeschlagen schließe ich die Augen.

»Doch deshalb rufe ich nicht an.«

»Ach?«

»Ich habe wegen Ihres Angebots eine Entscheidung getroffen.«

77.

Als ich mich nach der Arbeit mit Daniel treffe, ist es nach neun. Eigentlich wollte ich nach Hause gehen und ein heißes Bad nehmen, aber wenn ich mir nicht ein bisschen mehr Mühe gebe und mich zusammenreiße, denkt er vielleicht, ich wäre nicht interessiert. Und ich *bin* interessiert.

»Warum, um alles in der Welt, haben Sie bis jetzt gearbeitet?«, fragt er lächelnd und gibt mir einen Kuss auf die Wange, als ich ihn in einer Bar treffe. »Ich dachte, *ich* wäre ein Workaholic.«

»Sie wissen, dass man für das Wohl der Firma manchmal alle Hebel in Bewegung setzen muss? Gerade ist so eine Phase.«

»Aha. Dann hätten Sie sicher gern das hier.« Er drückt mir ein Weinglas in die Hand. »Bereiten Sie sich gerade auf einen wichtigen Pitch vor?«

»Nein, der war heute schon«, erwidere ich. »Morgen habe ich einen Termin bei der Bank.«

»Ich verstehe. Wann erfahren Sie die Entscheidung wegen des Pitches?«

»Man hat mir die Entscheidung schon mitgeteilt.« Ich nippe an meinem Wein.

Er sieht mich überrascht an. »Und?«

»Und … ich habe den Auftrag.«

Lachend schüttelt er den Kopf. »Sie nehmen das *sehr* cool, muss ich sagen. Als ich anfing, bin ich jedes Mal, wenn ich einen neuen Auftrag bekommen habe, wie ein Irrer durchs Büro gehüpft. Allerdings war ich nach ein paar Sekunden immer vollkommen außer Atem. Ein solcher Bauch kommt nicht von ungefähr.« Er streicht über seinen ganz normalen – und sehr schönen – Bauch, während ich mir das Lachen verbeiße.

»Na ja, ich bin auch durchs Büro gehüpft«, gebe ich zu. »Doch ich habe in dieser Woche noch einige Hürden zu nehmen, ehe ich mich entspannen kann.«

Ohne Frage spiele ich die Situation herunter. Die Tatsache, dass ich jetzt in Besitz eines Briefes von Jim Broadhurst bin, in dem steht, dass ich ab dem nächsten Monat einen Vertrag über mehrere tausend Pfund habe, ist wie ein Wunder. Aber noch sind wir nicht über den Berg.

Nach den wirtschaftlich schwierigen letzten Jahren sind die Banken noch immer nicht besonders erpicht darauf, Firmen zusätzliches Geld zu leihen – inklusive meiner Firma. Obwohl ich weiß, dass es nicht leicht wird, ist es unsere letzte Chance. Und ich bin fest entschlossen, es zu schaffen.

Ich habe Daniel vorgewarnt, dass ich nur kurz Zeit für einen Drink haben werde, und da das morgige Meeting mich beschäftigt, halte ich mein Wort. Als er mich zum Wagen bringt, empfinde ich ein warmes Gefühl, weil er da ist. Es ist nicht vergleichbar mit dem hämmernden Pulsschlag, den ich beim Gedanken an Tom habe, doch ich will jetzt *nicht* an Tom denken.

Stattdessen denke ich an diesen netten, lustigen, bezaubernden Mann. Der Single ist. Der – wie ich vielleicht überheblich, aber doch voller Überzeugung glaube – meiner wäre, wenn ich ihn wollte.

Wir kommen zu meinem Auto. Ich öffne die Tür und drehe mich um, damit ich mich von ihm verabschieden kann. Eine Spur von Unsicherheit erscheint auf seinem Gesicht, als er in meine Augen blickt. Mir fällt auf, was für ein angenehmes Gesicht er hat: mit zarter Haut und sanften Zügen. Plötzlich

strahlt dieser selbstsichere, unglaublich erfolgreiche Mann etwas viel Jüngeres aus.
Eigentlich habe ich den Drang, ihm einen Kuss aufs Haar zu drücken und ihn fest in die Arme zu schließen, aber stattdessen tue ich, was er sich offensichtlich wünscht. Ich beuge mich langsam zu ihm vor und küsse seine Lippen.
Ermutigt durch meinen Vorstoß zieht er mich an sich, und ich kann seine Unsicherheit spüren. Ich bin dagegen überhaupt nicht nervös, nicht im Geringsten. Ein Teil von mir wünscht sich, es wäre anders: dass ich das intensive, verzweifelte, magische Gefühl heraufbeschwören könnte, das mich durchströmt, sobald Tom mich auch nur ansieht. Das heißt nicht, dass der Kuss nicht schön wäre, denn das ist er. Es ist ein warmes, angenehmes, süßes Gefühl. Es ist so, wie ein Kuss sein sollte.
Und Daniel wächst mir ans Herz. Von Minute zu Minute mehr.

Da mein Bankmanager Gary sich sehr bedeckt hält, ist es beinahe unmöglich, den Verlauf unseres Meetings mit ihm zu deuten.
Schlimmer noch – es scheint, dass die guten alten Tage, als ein Bankberater an Ort und Stelle eine Entscheidung treffen konnte, vorbei sind; also wissen Egor und ich, dass unsere Bemühungen, die Bank zu überzeugen, uns mehr Geld zu leihen, nicht direkt mit einem Ja oder Nein belohnt werden.
Mit so viel Überzeugungskraft wie möglich präsentieren wir gemeinsam unseren Fall – was bedeutet, dass Egor die grundlegende Solidität meiner Firma hervorhebt, während ich bei jeder Gelegenheit mit Gary flirte.
Als Egor und ich anschließend über die Water Street gehen, wende ich mich wie betäubt zu ihm um. »Ich hänge total in der Luft.«

»Ich weiß, Abby.« Er nickt mitfühlend. »Wenn ich im Büro bin, rufe ich beim Finanzamt an und sage Bescheid, dass die Bank deinen Überziehungskredit wahrscheinlich erweitern wird. Ich hoffe, man gewährt dir dann ein paar Tage Aufschub.«

Überrascht sehe ich ihn an. »Interpretierst du das Meeting so? Dass sie wahrscheinlich ja sagen?«

»Na ja … nein«, gibt er zu. »Aber das muss doch sonst niemand wissen, oder?«

Auf dem Weg zurück ins Büro ergreift mich Panik. Ich kann mich auf nichts konzentrieren. Und obwohl ich noch zahllose Dinge zu erledigen habe, beschließe ich, dass ich den Nachmittag damit verbringen werde, meine Büroklammern zu sortieren.

»Abby!«, sagt Priya, als ich durch die Tür komme. »Gerade kam eine Spende über zweihundert Pfund. Das Geld strömt nur so.«

»Das ist toll.« Ich zwinge mich zu einem Lächeln, als ich mich setze.

»Ach, und ich habe für nächste Woche meinen ersten Termin mit Jim Broadhurst bei *Caro & Co.* vereinbart«, sagt Heidi. »Was für eine aufregende Firma.«

»Matt hat schon viele Ideen für ihre Website«, fügt Priya hinzu und senkt den Blick auf eine Art, die ich beinahe als schüchtern bezeichnen würde – wenn wir es hier nicht mit Priya zu tun hätten.

Die Ideen sind geradezu inspirierend. Mein Team platzt vor Begeisterung und Aufregung, und ich weiß schon jetzt, dass die Arbeit meiner Leute Jim Broadhurst umhauen wird.

Was die Frage, die mir durch den Kopf schießt, noch schmerzhafter macht: Werden sie nächste Woche überhaupt noch einen Job haben?

78.

Auf eine seltsame Art und Weise ist diese andauernde Krise eine hilfreiche Ablenkung von meinem verworrenen Liebesleben. Ich stecke meine komplette Kraft in die Arbeit, so dass die unwillkommene Besessenheit von Tom und die wachsende Zuneigung für Daniel in den Hintergrund gedrängt werden – zusammen mit der immer noch ausstehenden Entscheidung der Bank.

Nachdem die Büroklammern sortiert sind, arbeiten das Team und ich mit aller Kraft an dem Auftrag für *Caro & Co.* und entwickeln auch neue Energie und Begeisterung für die anderen Projekte. Es zahlt sich aus: Was wir kreieren, ist dynamischer, aufregender und origineller als alles, was wir in den letzten Monaten geschaffen haben. Das macht allerdings die Aussicht, dass das alles durch die falsche Entscheidung der Bank zerstört werden könnte, noch furchtbarer.

Trotzdem – in den drei Tagen nach meinem Meeting mit Gary bekomme ich einen Eindruck davon, wie das Leben sein könnte, wenn es etwas beständiger wäre. Mein Team hat die Arbeit im Griff, und meine Beziehung mit einem Mann, der gut für mich ist, ist … na ja, schön. Daniel ruft an, wenn er es versprochen hat, sieht sich nie nach anderen Frauen um und beschwert sich auch nicht, wenn ich nach einem fürchterlichen Arbeitstag bei ihm auf dem Sofa einschlafe und wie eine Ziege mit verstopften Nebenhöhlen schnarche (auch wenn ich mir wünschte, dass mir das nicht passiert wäre).

Am Donnerstagabend fahre ich zum Klub, um ein bisschen am Hang zu laufen. Ich befinde mich in der Endphase vor

dem großen Rennen und weiß mit Sicherheit, dass ich 20 Kilometer laufen kann. Ich bin gerade auf dem Weg in die Umkleidekabine, als mein Handy klingelt.
»Miss Rogers?« Es ist Gary, mein Bankmanager.
»Ja?«, erwidere ich, während mein Herz wie wild hämmert.
»Hier ist Gary Majors.« Ich halte die Luft an, als ich auf sein Urteil warte. »Von Ihrer Bank?«, fährt er fort.
»Gary! Wie geht es Ihnen?«
»Ach, gut, danke der Nachfrage«, entgegnet er. »Ich glaube, ich bekomme eine leichte Halsentzündung, aber ich bin mir sicher, das vergeht schnell wieder.«
Ich sage nichts, nicht zuletzt, weil ich mir nicht vorstellen kann, über was ich im Augenblick weniger reden möchte als Garys Hals – oder sonstige Körperteile.
»Und man sollte mir heute eine Waschmaschine liefern, doch der Lieferservice ist nicht aufgetaucht. Hassen Sie das auch so? *Und* meine Schwiegermutter hat angerufen und über ihr …« Er hält inne. »Miss Rogers?«
»Ich bin noch da«, sage ich unruhig.
»Oh, gut. Manchmal spinnt das Telefon«, redet er weiter. »Wir müssen das der Störungsstelle melden und …«
»Haben Sie eine Entscheidung getroffen?«, platze ich heraus. »Wegen des Überziehungskredits? Tut mir leid, Sie zu unterbrechen, aber … Na ja, es beschäftigt mich.«
»Das ist nicht gut«, erwidert er. »Solche Dinge können für Stress sorgen, wenn man sich nicht darum kümmert. Wir haben eine Ergotherapeutin in der Bank, und sie sagt immer …«
»Gary!«, rufe ich ungehalten dazwischen, ehe ich mich wieder zusammenreiße. »Bitte, spannen Sie mich nicht länger auf die Folter. Haben Sie eine Entscheidung getroffen?«
»Ach, die Entscheidung! Natürlich«, sagt er, als wäre die Zukunft meiner Firma nebensächlich und würde bei den wichti-

gen Erzählungen über seine Probleme zu Hause und bei der Arbeit eher stören. »Nun ja, Miss Rogers, wir bei der *Barwest Bank* streben an, mit kleineren Firmen wie der Ihren zusammenzuarbeiten.« Im Hintergrund höre ich das Rascheln von Papier – als wäre es nicht so schon offensichtlich genug, dass er seinen Text abliest. »Doch angesichts der wirtschaftlich schwierigen Zeiten ist es nicht leicht, das hohe Level von Kreditzusagen zu halten, das wir uns wünschen.«

»Klar.« Mein Mut sinkt.

»Abgesehen davon«, fährt er fort und genießt es anscheinend, dramatische Spannung aufzubauen, »waren Sie und Ihr Steuerberater Mr. Brown bei der Präsentation Ihres Falles sehr überzeugend.«

»Danke.«

»Und auch wenn das bei vielen anderen Banken keine Rolle gespielt hätte …«

»Gary.«

»Ja?«

»Kann ich einfach hören, wie Sie sich entschieden haben? Werden Sie mir das Geld leihen oder nicht?«

Mein Herz rast, als mir bewusst wird, dass das hier der entscheidende Moment ist: ob *River Web Design* gerettet wird oder untergeht.

»Ja, Miss Rogers«, sagt er lachend. »Ja, wir werden Ihnen das Geld leihen. Sie haben eine tolle Firma, und wir freuen uns, Ihnen helfen zu können. Glückwunsch!«

79.

Selbstverständlich kann ich es kaum erwarten, Mum davon zu erzählen. Und Egor. Und Jess. Aber nachdem ich erfahren habe, dass meine Firma in eine gesicherte Zukunft blickt, gibt es eine Person, die ich sehen muss. Sofort.

Wenn Tom nicht gewesen wäre, würde ich pleite zu Hause sitzen, meinen Kummer in einer Flasche *Listerine* ertränken und hätte die Jobs von vier Menschen auf dem Gewissen.

Ich schulde ihm so viel. Alles. Und dennoch hat er keine Ahnung davon.

Es ist ein nebliger Abend. Als ich zu den anderen renne, die sich gerade unter dem Flutlicht des Sportcenters aufwärmen, sehe ich ihn, und Hochstimmung durchströmt mich.

Er unterhält sich mit Mau, während kalter Wind um seine muskulösen Beine weht.

Als ich den Anblick seines Gesichtes in mich aufnehme, seine schönen Züge, seine blitzenden Augen, habe ich das Gefühl, dass ich noch nie in meinem Leben jemanden so gern anfassen wollte. Dass ich noch nie so gern in jemandes Arme sinken und die Kraft seiner Umarmung spüren wollte. Es gelingt mir, diese Gedanken zu unterdrücken, doch ich kann mein Herz nicht daran hindern, wie wahnsinnig zu schlagen, als ich mich ihm nähere.

»Tom«, sage ich leise. Er dreht sich sofort um, sieht mich an und unterbricht seine Unterhaltung mit Mau. Als unsere Blicke sich treffen, scheint er einen winzigen Moment lang zu erstarren. Dann entspannt er sich und lächelt. »Abby.«

»Hast du mal einen Augenblick?« Ich klinge atemlos, obwohl ich nur ein paar Meter gerannt bin.
»Klar«, entgegnet er und nickt Mau zu.
Während die anderen sich weiter aufwärmen, gehen wir von der Bahn. Er steht jetzt nicht mehr im hellen Flutlicht. Der Mond wirft Schatten auf sein Gesicht, und ich muss mein Verlangen unterdrücken.
»Stimmt irgendetwas nicht?«, sagt er.
»Nein. Ja. Ich meine …« Ich wende den Blick ab, versuche, mich zu sammeln, aber als ich mich wieder zu ihm drehe, kann ich nicht verhindern, dass ein breites Lächeln auf meinem Gesicht erstrahlt. »Tom, ich muss mich bei dir bedanken. Ehrlich«, platze ich heraus. »Ich weiß, dass du dich für mich eingesetzt hast, damit ich mich noch einmal um den Auftrag von *Caro & Co.* bewerben konnte, und, na ja … Den Auftrag zu bekommen war *so* wichtig.«
»Das freut mich«, erwidert er und blickt über seine Schulter.
»Ernsthaft, du ahnst nicht, *wie* wichtig das war, Tom.«
Er lächelt unsicher. »Schön, dass sich alles für dich gefügt hat, Abby.«
Ich kann Tom nicht erzählen, dass wir in Schwierigkeiten gesteckt haben, weil ich nicht will, dass irgendjemand bei *Caro & Co.* davon erfährt. Doch ich muss ihm deutlich machen, wie viel mir das bedeutet hat.
»Das hat es. Sehr gut sogar«, fahre ich fort. »Ich … Gott, ich weiß nicht, was ich sagen soll, außer: Danke! Aus tiefstem Herzen.«
Jede Faser meines Körpers will, dass ich mich auf ihn stürze, ihn küsse und die ungestillte Leidenschaft befriedige, die wir im Swimmingpool erlebt haben. Stattdessen ermahne ich mich, ihm nur freundlich die Hand zu schütteln, um meine Wertschätzung zu unterstreichen. Und das habe ich ehrlich vor.

Aber dann macht mein Körper etwas, das mein Geist ihm nicht befohlen hat. Ich stelle mich auf die Zehenspitzen und gebe ihm einen Kuss auf die Wange. Als meine Lippen seine Haut berühren, ist es, als würde ein Blitz zwischen uns fahren, und ich erwische mich dabei, dass ich die Augen schließe, seinen Geruch einatme und seinen Geschmack genieße. Er verharrt in dem Moment, und es fühlt sich an, als würde sein Körper schmelzen. Ich muss mich zwingen, mich von ihm zu lösen.
Ich sehe ihm in die Augen, und er wirkt verstört, als er mit der Hand seine Wange berührt. Verlegen blicke ich ihn an, schweigend und mich fragend, was er wohl denkt. Ich habe keine Ahnung, was als Nächstes passieren wird, und für eine Sekunde stehe ich vor ihm und will etwas sagen, doch mir fällt nichts ein. Dann verändert sich plötzlich etwas.
Ich kann spüren, dass Geraldine neben uns steht, noch ehe ich sie sehe.
Als ich mich umdrehe, sehe ich, dass sie uns mit kaltem, unversöhnlichem Blick mustert, und für einen Moment fühlt es sich so an, als hätte sie uns im Swimmingpool erwischt. Wenn sie eine Ahnung hätte, welches Verlangen und wie viele Schuldgefühle gerade durch meinen Körper jagen, dann wäre es fast so, als hätte sie es getan.
Ich starre auf meine Schuhe und denke fieberhaft darüber nach, was ich sagen soll, aber als ich wieder aufblicke, hat sie sich schon umgedreht und geht davon.
»Ich muss ihr hinterher«, sagt Tom.
»Es tut mir leid«, erwidere ich verzweifelt. »Ich wollte nicht alles noch schwieriger machen.«
»Ist schon okay«, seufzt er. »Es ist nur … Geraldine und ich wollten keine große Ankündigung machen. Jedenfalls noch nicht. Allerdings würde ich es dir gern sagen – wenn du schweigen kannst.«

»Oh. Und was wäre das?« Natürlich weiß ich, dass er über ihre Verlobung spricht, doch angesichts meines Versprechens Mau gegenüber tue ich so, als wüsste ich von nichts.
»Geraldine und ich haben eine Entscheidung getroffen.« Er sieht aus, als würde er ahnen, dass diese Neuigkeiten nicht leicht für mich sind, also will er es mir schonend beibringen. »Ich habe endlich erkannt, was ich mir vom Leben wünsche, Abby.« Er schluckt und sieht mich an. »So vieles von dem, was du auf Teneriffa gesagt hast, stimmt.«
Ich schließe die Augen. Die Erinnerung an meine Worte trifft mich mit voller Wucht: Ich habe ihn gedrängt, Geraldine zu heiraten.
»Gut«, murmle ich. Mein Innerstes zieht sich zusammen.
»Du weißt, wie sehr sich Geraldine wünscht, zu heiraten und Kinder zu haben«, fährt er fort.
»Ja«, entgegne ich.
»Na ja, ich vermute, dass ich endlich gemerkt habe, dass die Frau, die ich liebe, direkt vor mir steht, und ich habe … versäumt, den Stier bei den Hörnern zu packen. Bis jetzt.« Er fährt sich durchs Haar. »Ich schwafle, oder?«
»Nein«, sage ich und kämpfe gegen die Tränen in meinen Augen an. »Alles, was du sagst, klingt vernünftig.«
Er nickt. »Gut. Denn … hör mal, es ist schwierig, hier zu reden. Vielleicht können wir uns nach dem Training treffen?«
Ich habe immer gewusst, dass ich Tom liebe, aber zu hören, dass er seine Verlobung mit Geraldine bestätigt, ist mehr, als ich ertragen kann.
»Ich glaube kaum, dass das eine gute Idee ist«, bringe ich hervor und fasse einen Entschluss. »Mein Freund kommt hierher.«
Er sagt nichts.
»Er heißt Daniel«, sage ich.

»Oh.«

Der Beifall der Gruppe bricht den Bann, und ich schüttle die Arme aus, als würde ich mich aufwärmen. »Ich laufe mal lieber zu den anderen«, sage ich und renne los. »Bis dann.«

»Ja«, erwidert er. »Bis dann.«

Meine Brust schmerzt, als ich die eisige Luft einatme. So viele Gedanken wirbeln durch meinen Kopf, während ich laufe, dass ich kaum in der Lage bin, klar zu sehen. Ich kann meine Schritte auf dem Boden hören, doch ich kann sie nicht spüren. Ich erinnere mich daran, wie Geraldine mich vorhin angesehen hat, und mir wird übel.

Das Gift in ihren Augen kann nur eines bedeuten: Sie weiß über den Fehltritt im Pool Bescheid. Kein Wunder, dass sie mich hasst. Ich war halbnackt im Pool, zusammen mit dem Mann, den sie heiraten wird.

Mir kommt ein Gedanke. Ich hätte gratulieren sollen. Jetzt wirke ich kleinlich und eifersüchtig, obwohl meine vorrangige Empfindung genau genommen Traurigkeit ist. Wie kann ich Tom und Geraldine je wieder ansehen?

Ich habe noch nicht einmal ein Viertel der Strecke hinter mich gebracht, als ich mich entscheide zurückzulaufen. Ich sage niemandem Bescheid, scheide einfach aus der Gruppe aus, renne in die Umkleidekabine und dann so schnell es geht zu meinem Wagen. Der eisige Wind weht mir ins Gesicht. Mit zittrigen Händen öffne ich die Tür. Der Schweiß auf meinem Körper scheint zu Eis zu gefrieren, sobald ich mich nicht mehr bewege. Ich mache den Motor an, setze zurück – und krache mit dem Auto gegen einen Laternenpfahl.

»Na toll«, murmle ich und steige aus, um den Schaden zu begutachten. Zum Glück ist es nur eine Schramme, und ich steige wieder ein und schließe die Tür.

Mein Kopf ist in Aufruhr, aber während meine Windschutz-

scheibe langsam beschlägt und heiße Tränen über meine Wangen rinnen, gibt es einige Dinge, derer ich mir ganz sicher bin.
Heute ist der 19. Januar.
Es sind nur noch eineinhalb Wochen bis zum großen Rennen.
Und heute Abend war mein letztes Training im Laufklub.

80.

Als es zwischen Tom und mir zum ersten Mal so seltsam war, hat er mich mit E-Mails und Telefonanrufen bombardiert. Doch in den Tagen, nachdem wir uns zum letzten Mal begegnet sind, ist das Schweigen eisig.

Ich werde von verstörenden Träumen geplagt, in denen ich an Toms und Geraldines Hochzeitstag in der Kirche stehe. Der Pfarrer fragt, ob jemand Gründe wisse, die gegen diese Ehe sprechen. Ich springe auf, um wie bei »Vier Hochzeiten und ein Todesfall« Einspruch zu erheben. Im nächsten Moment stolpere ich über meine Handtasche, schieße wie eine Bowlingkugel durch den Mittelgang und reiße die Brautjungfern um.

Dann wache ich schweißgebadet auf und tadle mich selbst: *Freu dich für sie, Abby! Tom ist dein Freund. Geraldine ist deine Freundin. Wie er gesagt hat: Sie ist die Frau, die er liebt. Also, finde dich damit ab.*

»Abby? Abby!« Priya sieht mich über ihren Computer hinweg an. »Hast du gehört, was ich über das Spendenziel gesagt habe?«

»Hm? Was? Nein, tut mir leid, Priya«, murmle ich.

»Wir haben das Ziel überschritten!«, sagt Matt triumphierend.

»Echt?«

»Dank fünfzig Pfund, die der Haustechniker gespendet hat.« Priya grinst.

»Wow«, sage ich kopfschüttelnd. »Was haben wir insgesamt eingenommen?«

»Trommelwirbel, bitte«, ruft Matt lachend.
Priya liest das Ergebnis von der Website vor. »Zehntausendvierhundertzwanzig Pfund.«
Ungläubig reiße ich die Augen auf. »Was?«
»Und siebenundvierzig Pence.«
»Unglaublich, oder?«, sagt Matt.
»Ich … ich … ja.« Überraschenderweise brennen meine Augen, und ich habe einen Kloß im Hals.
»Ist alles in Ordnung?«, fragt Matt.
»Ja«, entgegne ich mit erstickter Stimme.
»Also, hast du dich entschieden, ob du nach Paris fährst oder nicht?«, erkundigt Priya sich.
Ach ja, Paris.
Das habe ich noch nicht erwähnt, oder? Daniel hat gefragt, ob ich ihn auf eine Geschäftsreise begleiten möchte.
Der Plan ist, am Samstag zu fliegen und zwei Nächte die Stadt zu genießen, ehe er am Montagmorgen ein kurzes Meeting hat. Der einzige Nachteil ist, dass wir am Nachmittag des Halbmarathons fliegen müssen, für den ich mir eigentlich schon eine Sache fest vorgenommen habe: erschöpft zusammenzubrechen. Aber ich weiß, dass dieser Trip genau das Richtige ist, um mich von Tom abzulenken.
»Äh, ja, ich werde fliegen«, krächze ich. Doch als eine Träne über meine Wange rinnt, stehe ich auf und verlasse das Zimmer.
Kurz darauf stehe ich heulend auf der Damentoilette. Priya ist mir gefolgt.
»Was ist los, Abby?«, fragt sie und legt den Arm um mich.
»Nichts. Ehrlich«, schluchze ich. »Ich freue mich über das Spendenergebnis. Das ist alles. Und …«
»Und was?«
Ich nehme ein Stück Klopapier und putze mir die Nase. »Ich

will nicht darüber reden. Mir geht es gut.« Dann sehe ich in den Spiegel und erblicke die Flecke auf meinem Gesicht. »O Gott, in einer Stunde muss ich zu einem Pitch.«

Sie reicht mir ein Taschentuch. »Das ist nichts, was ein guter Concealer nicht abdecken könnte.«

»Ich werde einen Eimer voll davon brauchen«, schniefe ich. »Heidi wird sich freuen, wenn sie hört, wie viel wir gesammelt haben, oder?«

»Das sollte sie auch besser«, entgegnet Priya grinsend. »Sonst kriegt sie es mit mir zu tun.«

Ich halte inne. »Sie hat angerufen, weil sie die Grippe hat, stimmt's?«

»Das hat sie jedenfalls gesagt.«

»Und du glaubst ihr?«, will ich wissen. »Sie verheimlicht doch nichts, oder?«

Priya wirkt nachdenklich. »Ich glaube nicht. Sie hat offen über MS gesprochen, also bin ich mir sicher, dass sie es gesagt hätte, wenn es ein Schub wäre.«

»Du hast heute Abend nicht zufällig Zeit und Lust, bei ihr vorbeizuschauen? Ich würde ja selbst gehen, aber ich muss heute Abend laufen und noch eine Präsentation vorbereiten, die wirklich wichtig ist.«

Priya sieht etwas verlegen aus, dann erwidert sie: »Okay. Ja. Ja, ich sollte nach ihr sehen.«

»Wenn du etwas anderes vorhast …«

Sie schüttelt nicht sehr überzeugend den Kopf.

»Priya! Hast du etwas anderes vor?«

Ihre Mundwinkel zucken, als sie ein Lächeln unterdrückt. Sie nickt.

»Ein Date?«

Wieder nickt sie. Etwas an der zögerlichen Art, wie sie das tut, lässt mich hellhörig werden.

»Und mit wem? Komm schon, spuck es aus.«
»Ich … ich kann nicht. Ach, ich werde bei Heidi vorbeischauen.«
»Nein. Ich meinte nur, falls du nichts anderes vorhast. Im Übrigen hast du recht: Heidi hat die Grippe. Sie würde es uns sagen, wenn es anders wäre.«
»Na gut«, murmelt sie.
»Priya, mit wem triffst du dich?«
»Ach ja. Mein Date.« Sie strafft die Schultern. »Mit Matt.«
Mir klappt die Kinnlade herunter. »Das ist ein Scherz, oder?« Doch als ich es ausspreche, fällt mir ein, dass ich in der letzten Zeit etwas zwischen den beiden bemerkt habe, das ich nicht benennen konnte – ihre freundlichen Neckereien sind etwas zaghafter geworden. Verdammt.
Sie beißt sich auf die Unterlippe. »Du bist nicht böse, oder?«
»Warum sollte ich böse sein?«
Sie zuckt die Achseln. »Matt meinte, du könntest es seltsam finden, dass wir beide eine Büroaffäre haben, weil wir doch insgesamt nur zu fünft in der Firma sind.«
»Überhaupt nicht!«, widerspreche ich, ehe ich innehalte und darüber nachdenke. »Aber wie wirst du dich fühlen, wenn er …« Ich bringe es nicht übers Herz, es auszusprechen.
»Wenn er mich verlässt?«, beendet sie den Satz für mich.
Zögerlich nicke ich.
»Das ist ein Risiko, das ich eingehen muss, Abs. Ich bin … na ja, ich bin verrückt nach ihm.«
Ein breites Lächeln erstrahlt auf meinem Gesicht. »Wenn das so ist, dann solltet ihr euch von nichts und niemandem aufhalten lassen.«
Ich weiß, dass es ein guter Ratschlag ist. Ich wünschte nur, in meinem Fall könnte er auch Anwendung finden.

Der Pitch läuft wie geschmiert – genau wie alle anderen Präsentationen im vergangenen Monat. Es ist fast so, als hätte ich durch die Rettungsleine, die meine Bank und *Caro & Co.* mir zugeworfen haben, ein Feuer in mir, gegen das der Ätna wie der reinste Hinterhofgrill wirkt.

Wenn alle Pitches, an denen ich teilgenommen habe, Früchte tragen würden, könnte ich meinen Überziehungskredit innerhalb von zwei Monaten zurückzahlen und die Firma wieder auf Kurs bringen.

Das ist nicht der einzige Bereich, in dem es gut läuft.

Ich war mir bewusst, welche Auswirkungen es haben könnte, wenn ich den Laufklub verlasse, und habe mich deshalb peinlich genau an den Trainingsplan gehalten, um auf dem richtigen Weg zu bleiben. Als der große Tag näher rückt, bin ich zwar nicht der Meinung, dass es ein Kinderspiel wird, doch ich weiß, dass ich mich sorgfältig, unerschütterlich und entschlossen vorbereitet und alles getan habe, was in meiner Macht stand.

Ich mache mich auf den Weg ins Büro, um meine Präsentationsunterlagen dort abzulegen, weil ich gleich laufen gehen will. Der Rest der Stadt ist in Freitagslaune und freut sich auf das Wochenende.

In der Haltung, die ich seit meinem letzten Training im Laufklub immer einnehme, haste ich durch die Straßen – den Kopf gesenkt, die Arme am Körper, die Blicke anderer Leute meidend. Erst in diesem Monat ist mir klargeworden, dass das Geschäftsviertel von Liverpool für meinen Geschmack deutlich zu klein ist. Hinter jeder Ecke, um die ich laufe, muss ich fürchten, mit Tom zusammenzustoßen – und offen gesagt wüsste ich nicht, was ich täte, wenn das passieren würde.

Ich weiß, dass es unvermeidlich ist. Irgendwann wird es geschehen. Es ist ein Wunder, dass es bisher nicht vorgekommen ist, wenn ich bedenke, wie oft ich mich in letzter Zeit mit dem Team von *Caro & Co.* treffen musste. Das allein hat eine Reihe von Wahnvorstellungen ausgelöst und nicht zuletzt den Verdacht aufkommen lassen, dass er mich absichtlich meidet.

Ich bin jedes Mal wütend auf mich, sobald meine Gedanken zu Tom wandern. Wütend, weil er den Mann in den Hintergrund drängt, an den ich denken sollte. Im letzten Monat hatte ich so viel zu tun, dass ich Daniel nur ein- oder zweimal pro Woche sehen konnte. Aber wenn wir uns getroffen haben, war er immer nett, süß und ungeheuer lustig.

Wir haben nicht miteinander geschlafen oder so, doch als er mir anbot, mich mit nach Paris zu nehmen, musste ich nicht lange darüber nachdenken. Auch wenn es logistisch gesehen der reinste Alptraum ist. Nach dem Rennen werde ich keine Zeit haben, um mich zu feiern – ich werde nach Hause rasen, duschen und mich umziehen, ehe ich ein Taxi zum Flughafen nehme.

Als ich die Castle Street entlanglaufe, rauscht jemand an mir vorbei und entschuldigt sich knapp für seine Eile, als er mich fast umrennt. Ich kann mich gerade noch halten, drehe mich wankend um und stehe direkt vor dem Fenster eines Restaurants. Es dauert einen Moment, ehe ich meinen Blick von der gastlichen Atmosphäre des Lokals löse und ihn auf das Paar richte, das direkt am Fenster vor mir sitzt.

Die beiden passen in dieses Restaurant. Wie die anderen genießen sie anscheinend ihr erstes oder zweites Date. Die Frau wirft den Kopf zurück und lacht, während der Mann ein breites Lächeln auf dem Gesicht hat. Er kann nicht verhehlen, wie sehr er sich über ihr Lachen freut.

Als sie ihn wieder ansieht, erstirbt ihr Lachen, und die beiden sehen sich in die Augen. Er will ihre Hand ergreifen, und ihre

Miene wird ernst, als der Abstand zwischen ihren Fingerspitzen immer kleiner wird.
Ihre Hände sind nur noch Millimeter voneinander entfernt, atemberaubend nahe, als der Mann mich hinter der Scheibe bemerkt. Er wendet sich mir zu und sieht mich an. Dann tut sie es ihm gleich. Der Schreck ist den beiden anzusehen.
Aber ich kann mich nicht rühren, kann nichts machen. Alles, was ich spüre, ist der Aufruhr in meinem Innern, als ich das Paar anblicke.
Es sind meine Mum und mein Dad.

81.

Dein Vater und ich wollten über die Lage deiner Firma sprechen«, erklärt Mum ein bisschen zu eindringlich, während ich den Bläschen in meinem Mineralwasser dabei zusehe, wie sie an der Oberfläche zerplatzen.

»Ich verstehe«, sage ich, fische die Zitrone aus meinem Glas und werfe sie in eine leere Schüssel. »Tja, ihr müsst euch keine Sorgen machen. Ihr könnt meine Konten prüfen, wenn ihr wollt. Ich habe sechs Angebote rausgeschickt, und selbst wenn nur zwei davon etwas werden, bin ich in der Lage, den Überziehungskredit zurückzuzahlen.«

»Schön, das zu hören«, hustet Dad, um seinen Beitrag zur Unterhaltung zu leisten.

Ich verenge die Augen. »Ihr habt nicht viel Vertrauen in mich.«

»Das ist es nicht«, antwortet Mum. »Du hast gesehen, wie leicht man in Schwierigkeiten geraten kann. Dein Dad und ich haben uns einfach gedacht, wir schieben unsere Probleme beiseite und treffen uns, um darüber zu reden, wie wir dir helfen können – falls es je wieder nötig werden sollte. Obwohl ich davon ausgehe, dass es nicht nötig werden wird.«

»Genau.« Ich versuche, unvoreingenommen zu sein, doch ich kann nicht verhindern, dass mein Mut sinkt. Mums Erklärung ist nicht nur möglich, sondern sogar wahrscheinlich – auch wenn ich es nicht gern zugebe. Es ist genau das, was meine Eltern in einer Situation wie dieser eben tun würden. Aber haben sie durch die Scheibe denn wirklich wie zwei Menschen ausgesehen, die sich nur über etwas Geschäftliches unterhalten? Ist es möglich, so viel Spaß zu haben, wenn man über eine Gewinn-und-Verlust-Rechnung spricht?

»Also, wie lautet euer Urteil?«, will ich wissen. Irgendwie klinge ich wie bei einem FBI-Verhör. »Was würdet ihr tun, wenn ich es wieder vermasseln sollte?«

Unbehaglich rutschen sie auf ihren Stühlen herum, als hätte ich sie aufgefordert, mir die Lösung für eine mathematische Gleichung zu nennen. »Na ja, wir sind noch zu keinem Schluss gekommen«, sagt Mum. »Ich meine, es muss einiges besprochen werden. Und wir haben gerade erst angefangen.«

Ich trinke mein Wasser aus und stelle das Glas zurück auf den Tisch, bevor ich meinen Mantel nehme. »Gut. Wenn ihr so viel zu besprechen habt, will ich nicht länger stören.«

»Du musst nicht gehen!«, widerspricht Mum.

»Ich wollte sowieso gerade nach Hause«, sagt Dad.

Ich blicke von einem zum anderen. »Habt ihr nicht gerade gesagt, dass ihr erst angefangen habt?«

Dad zögert. »Was wir meinen, ist, dass du gern bleiben kannst.«

Ich lege meine Hand auf seinen Arm und stehe auf. »Nein. Das ist meine letzte Trainingswoche vor dem Halbmarathon. Ich muss laufen gehen.«

Bevor sie etwas erwidern können, ziehe ich meinen Mantel an. Ich kann ein Lächeln nicht unterdrücken. Es ist egal, wenn hinter dem Treffen nicht mehr steckt, als Mum behauptet. Denn das hier ist schon ein Riesenschritt – immerhin hatten sie vorher kaum Kontakt.

Ich will mich gerade umdrehen und gehen, als mir etwas einfällt. »Nur aus Interesse: Wessen Idee war es, zusammenzukommen und das hier zu machen?«

Beide schlagen die Augen nieder, als wären sie soeben beim Ladendiebstahl erwischt worden. Dann wechseln sie einen

Blick und fragen sich offenbar, was sie antworten sollen. Als sie schließlich reden, kommt die Antwort wie aus einem Munde.

»Meine!«

Ich lächle und verlasse das Restaurant glücklicher, als ich es in den ganzen letzten Wochen war.

82.

Die Nacht vor dem Halbmarathon fühlt sich an wie der Tag vor meiner Hochzeit. Nicht dass ich wüsste, wie sich das anfühlt, doch ich kann es mir vorstellen. Ich versuche so verbissen, mich zu entspannen, dass mir dabei fast ein Äderchen im Kopf platzt. Und das große Rennen morgen ist nicht das Einzige, was mich beschäftigt.

Zuerst einmal sind da Mum und Dad. Vielleicht ist meine Interpretation ihres Zusammentreffens auch nur Wunschdenken. Wer weiß? Aber ich schwelge in dieser Vorstellung, weil ich mich schlecht fühle, wenn ich mich mit der anderen Phantasie beschäftige, die mir nicht aus dem Kopf gehen will – nämlich die Hochzeit von Geraldine und Tom zu sabotieren. Sie haben ihre Verlobung noch immer nicht vor dem Rest der Gruppe bekanntgegeben. Jess weiß, dass es ihre Aufgabe ist, mir sofort Bescheid zu geben, wenn sie es tun. Doch sie hat mir erzählt, dass Tom in der letzten Zeit kaum noch beim Training war. Aber es ist immer noch der erste Gedanke, der mir durch den Kopf schießt, wenn das Telefon klingelt und ich ihre Nummer im Display sehe.

Ich nehme ein Bad, um meine Nerven zu beruhigen, doch ich bin so in Gedanken, dass ich versehentlich eine halbe Flasche Badeöl ins Wasser schütte und anschließend mit einer Haut wie ein Seelöwe wieder aus der Wanne steige. Nach einer kurzen Dusche gehe ich im Bademantel ins Wohnzimmer, um im Fernsehen nach einer möglichst anspruchslosen Sendung zu suchen. Ich finde eine Gameshow, die dieses Kriterium ohne Frage erfüllt.

Schließlich gehe ich unglaublich früh ins Bett und hoffe, dass ein heißes Getränk und ein gutes Buch mich genug beruhigen, um Schlaf finden zu können. Ich will gerade nach oben gehen, als das Telefon klingelt.
»Abby?« Mein Name ist eher ein Schluchzen als ein Wort, aber ich weiß sofort, wer dran ist.
»Jess? Was ist passiert?«
»Es geht um Adam. Er weiß, dass ich mit Oliver geschlafen habe.«
Ich mache den Mund auf, doch ich habe keine Ahnung, was ich erwidern soll.
Jess kommt mir sowieso zuvor. »Er hat mich verlassen, Abby. Er ist weg und hat mich verlassen.«

83.

Es gibt in dieser Situation nicht vieles, wofür man dankbar sein könnte, aber die Tatsache, dass Jamie und Lola vor Stunden ins Bett gegangen sind, friedlich schlafen und nichts von dem Sturm mitbekommen haben, der ihre Eltern auseinandergerissen hat, gehört sicherlich dazu.

Jess ist außer sich. Als ich mich aufs Sofa setze und beobachte, wie sie im Zimmer auf und ab geht – das Haar zerzaust, die Wimperntusche verschmiert –, möchte ich die Arme ausstrecken und sie drücken. Doch ich kann nicht. Sie ist zu aufgewühlt, um sich zu setzen, läuft im Wohnzimmer hin und her und murmelt vor sich hin.

Ab und zu bleibt sie stehen, nimmt das Telefon in die Hand und versucht, Adam auf dem Handy anzurufen. Seit ich angekommen bin, hat sie es ungefähr 20-mal probiert. Immer wieder springt sofort die Mailbox an. Jess heult auf und wirft das Telefon wütend aufs Sofa.

»Jess, bitte setz dich hin«, flehe ich sie an. »Komm schon. Lass uns versuchen, eine Lösung zu finden.«

Im ersten Moment glaube ich, dass sie es tut. Dann nimmt sie allerdings ihr Weinglas – das dritte, seit ich hier bin – und leert es in einem Zug.

»Eine Lösung?«, schluchzt sie. »Was denn für eine Lösung? Mein Ehemann hat mich verlassen. Er weiß, dass ich mit einem anderen geschlafen habe. Er wird nie mehr zurückkommen. Was soll es da für eine Lösung geben?«

Sie stößt die Worte unter bitteren Tränen hervor, aber ich weiß, dass sie ihre Wut nicht an mir auslassen will. Sie ist auf sich selbst wütend, obwohl der Begriff »wütend« es nicht annähernd trifft. Sie lässt sich auf das Sofa fallen und schlägt die Hände vors Gesicht.

»Er hat die SMS entdeckt, die ich dir wegen des Colliers geschickt habe. Da stand zwar nicht wörtlich drin, dass ich mit Oliver geschlafen habe, doch es war Grund genug für ihn, einen Blick in meine alten Nachrichten zu werfen.« Sie schnieft. »Dann hat er die SMS gefunden, die Oliver mir an dem Tag geschickt hat, nachdem wir miteinander im Bett waren.«

»Was stand drin?«

»Rate mal«, erwidert sie bitter. »Dass meine Augen wie …«

»… ein zauberhafter Märchenmond aussehen«, beende ich den Satz für sie.

»Leider stand noch mehr drin. O Gott. Es ist mir so peinlich, das zu erzählen. Es ging um …«, windet sie sich. »Hör mal, jeder, der das gelesen hätte, hätte keinen Zweifel daran gehabt, was passiert ist.«

Ich schlucke. »Wieso hast du sie nicht gelöscht?«

»Gute Frage! Wie konnte ich nur so dumm sein? Tatsache ist, dass es – bevor ich zur Vernunft gekommen bin – irgendwie ein Kick für mich war, sie noch einmal zu lesen. Was inzwischen mehr als ironisch ist, weil mir jetzt nur noch schlecht wird, wenn ich daran denke.«

Ich beiße mir auf die Lippen.

»Nachdem es mit Adam wieder besser lief, zwang ich mich, Oliver zu vergessen«, fährt sie fort. »Ich dachte zuerst, es würde schwer werden, weil er im Laufklub war, aber weißt du was? Es war *leicht.* Vor allem, nachdem ich erfahren habe, dass er auch mit dir geschlafen hat. Nichts für ungut.«

»Schon in Ordnung. *Glaube ich.*«

»Fakt ist, dass es leicht war, ihn zu vergessen, nachdem ich ihn so gesehen habe, wie er wirklich ist. Nicht der bescheidene Mr. Nice Guy, für den wir ihn gehalten haben, sondern ein Frauenheld – einer, der gut darin ist, es zu verbergen. Ich hatte einen Ehemann. Einen unglaublichen, reizenden, unvergleichlichen Ehemann. Nachdem ich das erkannt habe, habe ich nicht mehr an Oliver oder seine Nachrichten gedacht. Auch nicht an diese SMS.«

»Also hast du sie einfach vergessen.«

Ihr Kummer steht ihr ins Gesicht geschrieben, als sie sich neben mich auf das Sofa setzt. »Unglaublich, oder? Ja, ich habe sie vergessen. Als wären sie etwas, das ich beim Einkaufen vergessen habe.«

»Wieso hat Adam überhaupt in dein Handy geschaut?«

Sie seufzt. »Wir wollten alle mit dem Zug nach Durham zu seiner Schwester fahren. Er wollte nachsehen, wann wir ankommen. Die Kundennummer wurde auf mein Handy geschickt, als ich die Tickets gekauft habe. Ich habe gerade Lola gefüttert und gleichzeitig versucht, Jamies Mittagessen zuzubereiten. Also habe ich, statt selbst nachzusehen, zu ihm gesagt, er solle einen Blick in mein Handy werfen.« Sie schüttelt den Kopf. »Wie dumm. Wie leichtsinnig. Doch so war ich die ganze Zeit über, Abs, oder? *Leichtsinnig.* Ich hatte diesen fabelhaften Mann, dieses fabelhafte Leben – und ich habe es geschafft, das alles zu verlieren.«

Tränen laufen ihr über die Wangen, und ich schlinge meine Arme um sie und drücke sie. »Du weißt nicht, ob er nicht zurückkommt. Vielleicht, wenn er sich beruhigt hat …«

»Er wird nicht zurückkommen«, erwidert sie traurig. »Ich kenne Adam. Er ist durch und durch anständig. Und er glaubt an die Heiligkeit der Ehe. Das ist in seinen Augen unverzeihlich.«

Ich runzle die Stirn. »Aber Adam liebt dich.«

Resigniert seufzt sie. »Adam hat die Frau geliebt, für die er mich gehalten hat. Was er bekommen hat, war etwas anderes.«

»Du hast einen Fehler gemacht, Jess. Das heißt nicht …«

»Lass mich dir einen Rat geben, Abby«, unterbricht sie mich, und ihre Augen funkeln. »Wenn du jemals jemanden wie Adam findest, wenn du einen anständigen Menschen findest, der dich liebt und lustig ist, jemanden, der dich unterstützt und der an dich glaubt, wenn andere es nicht tun, dann …«

Ich sehe auf, und Tränen sammeln sich in meinen Augen.

»Lass ihn niemals gehen.«

Ich beschließe, bei Jess zu bleiben, und tröste sie, so gut ich kann, bis ich sie schließlich gegen drei Uhr morgens – betrunken, wie sie ist – ins Bett bringe und zudecke.

Ich gehe ins Gästezimmer, ziehe mich bis auf T-Shirt und Unterhose aus, lege mich hin und starre an die Decke. Noch acht Stunden, bis ich an der Startlinie zum körperlich anstrengendsten Ereignis meines Lebens stehe. Ich bin so aufgewühlt, dass ich auf keinen Fall schlafen kann. Und Jess' Worte gehen mir nicht mehr aus dem Kopf: »Wenn du einen anständigen Menschen findest, der dich liebt und lustig ist, jemand, der dich unterstützt und der an dich glaubt, wenn andere es nicht tun …«

Tom.

Ach, Tom.

Manchmal ist man sich sicher, dass jemand der Richtige hätte sein können, wenn man nur die Chance auf eine gemeinsame Zukunft gehabt hätte.

Meine Gefühle für Tom sind eine ganz neue Erfahrung für mich: Die Empfindungen sind so stark, dass ich nicht geglaubt hätte, dass so etwas möglich ist – geschweige denn, dass es mir passieren könnte.

Was beängstigend ist, ist der Gedanke, dass ich ihn vielleicht niemals vergessen kann. Egal, wie sehr ich mich bemühe. Dass er für immer die Liebe meines Lebens bleibt – allerdings auf die traurige, unerwiderte Art, die Art, bei der ich als wunderliche alte Frau ende, die sich mit viel zu vielen Katzen umgibt. Ich weiß, dass die Alternative dazu viel reizvoller ist. Und sie ist in Reichweite, wenn ich sie nur ergreife. Daniel ist aufmerksam, attraktiv und *verfügbar.* Ich kenne ihn erst seit kurzer Zeit, doch er hat den Schmerz darüber, dass Tom *nicht* verfügbar ist, schon sehr gelindert.

Ich schließe die Augen und stelle mir beide Männer am folgenden Morgen vor: Tom, der wie ich am Start steht, und Daniel, der mir treu vom Rand aus zuwinkt. Bei der Vorstellung wird mir schwindelig. Ich fühle mich erschöpft. Und nicht in der Lage dazu, 20 Kilometer am Stück zu laufen.

84.

Jess sagt ihre Teilnahme am Rennen ab. Wenn weniger auf dem Spiel stehen würde, dann würde ich es auch tun, aber nachdem wir über 10 000 Pfund an Spenden gesammelt haben und ich ein Jahr lang trainiert habe, kommt das nicht in Frage. Stattdessen verbringe ich den Morgen bei Jess und versuche, meine Kräfte zu sammeln, während ich mich gleichzeitig bemühe, Adam auf dem Handy zu erreichen. Wenn ich ihm klarmachen kann, wie verzweifelt Jess ist, kann ich ihn bestimmt überreden, seine Meinung noch mal zu ändern.

Ich weiß, dass es eher Wunschdenken ist – ich muss mir nur vorstellen, wie ich mich an seiner Stelle fühlen würde, um das zu wissen. Das hält mich allerdings nicht davon ab, es trotzdem zu versuchen, auch wenn es mir nur gelingt, ihm einige geflüsterte Nachrichten mit Bitte um Rückruf zu hinterlassen. Jedes Mal, wenn ich das Telefon weglege und betont lässig in die Küche zurückgehe, bin ich weniger zuversichtlich, was meine Erfolgsaussichten angeht.

»Warum läufst du das Rennen heute nicht mit, Mum?«, fragt Jamie und tunkt einen Plastiksoldaten in sein gekochtes Ei. »Daddy und ich wollten zuschauen.«

Ihre Unterlippe zittert, doch Jess reißt sich zusammen. »Daddy musste geschäftlich weg, Süßer. Und ich fühle mich nicht gut.«

»Bist du erkältet?«, fragt er.

Sie nickt. »Ja. Ich bin erkältet.« Ihre Augen schimmern feucht, und sie wendet sich ab, ehe Jamie etwas bemerkt.

Ich überrede Jess schließlich, wenigstens mitzukommen und

sich das Rennen anzusehen – in erster Linie, um sie aus dem Haus zu locken, denn als Cheerleaderin wird sie heute so hilfreich sein, als hätte sie eine Kehlkopfentzündung.

Sie, Jamie und Lola folgen mir in ihrem Auto, während ich mich auf den Weg nach Hause mache, wo ich meine Laufklamotten und meinen Koffer für Paris hole, obwohl ich mir noch nicht sicher bin, ob ich die Reise nicht lieber absage.

Einerseits will ich Daniel und vielleicht auch mir selbst beweisen, wie entschlossen ich bin, unserer aufknospenden Beziehung eine Chance zu geben. Aber andererseits habe ich das Gefühl, dass ich dann Jess in ihrer schwersten Stunde alleinlasse, auch wenn sie protestiert und gesagt hat, dass ich auf keinen Fall absagen soll.

Auf dem Weg zum Rennen reißt das Telefonklingeln mich aus meinen Grübeleien. Ich setze mein Headset auf und nehme den Anruf an. »Hallo?«

»Abby.« Die Stimme klingt rauh und verletzt, doch ich erkenne sie sofort. »Hier ist Adam.«

Adrenalin schießt durch meinen Körper, als ich an die Seite fahre und unsanft über den Bordstein rumpele. Jess fährt an mir vorbei. Das hier wird keine Unterhaltung, die ich während der Fahrt führen kann – vor allem nicht, wenn ich an meine Fahrkünste denke.

»Adam. Gott sei Dank, dass du zurückrufst.«

»Was ist los?«, fragt er dumpf. »Du hast eine Nachricht hinterlassen.«

»Hör mir zu, Adam. Jess schämt sich«, sage ich eindringlich. »Sie weiß, dass das, was sie getan hat, unglaublich ist, total falsch, und sie ist außer sich vor Reue. Sie *liebt* dich, Adam. Sie braucht dich. Du musst ihr eine zweite Chance geben.«

»Sie liebt mich nicht, Abby. Nicht dass ich ihr das zum Vorwurf mache. Ich wusste immer, dass sie zu gut für mich ist.«

»Aber sie ist perfekt für dich. Ihr seid perfekt füreinander.«

»Von dem Moment an, in dem sie zugestimmt hat, mit mir auszugehen, wusste ich, dass es eines Tages passieren würde.« Es scheint, als hätte er kein Wort von dem gehört, was ich gesagt habe. »Ich hätte nie gedacht, dass jemand wie Jess mit jemandem wie mir zusammen sein will.«

»*Natürlich* will sie mit dir zusammen sein. Sie hat einen fürchterlichen, dummen Fehler gemacht. Lass sie nicht für den Rest ihres Lebens dafür bezahlen. Und denk auch an Jamie und Lola.«

Es entsteht ein Schweigen. Die Sekunden verstreichen, ehe er wieder spricht. »Es hat Jahre gedauert, bis ich geglaubt habe, dass sie mich liebt. Jahre, bis ich geglaubt habe, dass sie nicht eines Tages aufwachen und sehen würde, was ich wirklich bin.«

»Adam, du bist …«

»Weißt du, was echt ironisch ist?«, fährt er fort, ehe ich meinen Satz beenden kann. »Gerade als ich anfing, es zu glauben, als ich mich endlich selbst davon überzeugt hatte, hat sie einen meiner schlimmsten Alpträume wahr gemacht.«

»Du musst zu ihr zurückkehren«, sage ich. »Ihr seid füreinander bestimmt. Ich … ehrlich, Adam, ich kann mir euch nicht ohne einander vorstellen.«

»Kannst du nicht?«, entgegnet er. »Na ja, du musst es dir auch nicht vorstellen. Denn es ist schon passiert.«

In dem Moment, als ich auf dem Parkplatz ankomme, stelle ich den Motor aus, springe aus dem Auto und stürze zu Jess, bevor sie aus ihrem Van steigen kann.

»Ruf Adam an. Sofort«, zische ich leise, damit die Kinder auf dem Rücksitz mich nicht hören. »Er war gerade am Telefon. Mach schon. Ich passe auf die Kinder auf.«

Sie steigt aus dem Wagen und wählt die Nummer. Ihre Hände zittern furchtbar. Doch nach ein paar Sekunden dreht sie sich zu mir um und schüttelt ernst den Kopf.
»Hinterlass ihm eine Nachricht«, beharre ich eindringlich.
Sie nickt und wendet sich wieder ab. Sie spricht leise, aber sicher – und äußert den kürzesten und süßesten Satz, den ich kenne.
»Adam«, flüstert sie, während ihr die Tränen über die Wangen laufen. »Ich liebe dich.«

Angesichts der Lautstärke und der Begeisterung meiner Anhänger würde man meinen, sie wären gerade aus einem Bus zum Pokalfinalspiel ihres Lieblingsfußballvereins gestiegen. Was in Ordnung wäre, wenn ich mich nicht gerade erst aufwärmen würde.
Der Fanklub wird von Priya, Matt und Heidi angeführt, die mit einem Banner in der Größe eines kleinen Fallschirmes gekommen sind, auf dem steht: ABSolut FABELHAFT! – eigentlich nicht besonders einfallsreich, wenn man bedenkt, dass sie einen kreativen Job haben.
Dann sind da noch Mum und Dad, die zusammen gekommen sind. Das liegt jedoch nur daran, wie Mum mit roten Wangen erklärt, dass Dads Auto nicht angesprungen ist.
Daniel ist auch da. Er hat meinen Koffer in seinen BMW gepackt und gewinnt dank seines bodenständigen Charmes und seiner unaufdringlichen Liebenswürdigkeit jeden für sich, dem er begegnet.
Schließlich sind da noch Jess und die Kinder. Jess ist die Einzige, die nicht jubelt und stattdessen mit leerem Blick ins Nichts starrt. Ich bin trotzdem froh, dass sie mitgekommen ist; sie mit dabeizuhaben lindert meine Angst und Aufregung zumindest ein bisschen.

Eine halbe Stunde vor dem Start stehen alle Teilnehmer auf dem Feld im Sefton Park. Die Atmosphäre ist spannungsgeladen. Ich will nicht undankbar für die lautstarke Unterstützung erscheinen, also ziehe ich mich vorübergehend unauffällig in den hinteren Teil des Aufwärmbereichs zurück. Jetzt bin ich außer Sichtweite der Leute, die ich kenne. Inklusive der Leute, denen ich am allerwenigsten begegnen möchte: den Mitgliedern des Laufklubs.
Nach 15 Minuten glaube ich fast, dass ich damit durchkommen könnte. Doch just in dem Moment spüre ich, dass mich jemand ansieht. Instinktiv drehe ich mich um – und erblicke Geraldine, die mich anstarrt.
Ehe ich nachdenken kann, wende ich den Blick ab und tue so, als hätte ich sie nicht gesehen … Und dann verfluche ich mich selbst, weil ich so ein Feigling bin. Zögerlich schaue ich wieder zu ihr. Jetzt gibt es kein Verstellen mehr. Ich hole tief Luft und gehe zu ihr.
»Geraldine. Hi! Schön, dich zu sehen.« Ich setze den unbekümmertsten Ausdruck auf, den ich zu bieten habe. Die Muskeln in meinen Wangen brennen.
»Hallo, Abby«, erwidert sie, aber ich kann ihre Miene nicht deuten. »Wie geht es dir?«
»Großartig, danke, Geraldine.« Mein Magen dreht sich um und zieht sich zusammen, auch wenn ich mich zu ermahnen versuche, locker zu bleiben.
Diese Frau war meine Freundin. Na ja, fast zumindest. Monatelang bin ich super mit ihr ausgekommen – und sie hat nichts falsch gemacht, außer die Frau zu sein, die Tom heiraten wird. Sie kann genauso wenig dafür wie ich.
»Hör mal«, sage ich. »Tom hat mir von euch erzählt, und ich wollte sagen … na ja, ich freue mich für euch.«
Sie hört auf, sich zu dehnen, und runzelt die Stirn. »Was?«

»Du und Tom. Eure Neuigkeiten. Ich freue mich für euch. Echt.«

Ihre Miene schwankt zwischen Verärgerung und Belustigung. Ich hätte nie gedacht, dass Geraldine beängstigend sein könnte, doch die Art, wie sie mich jetzt ansieht, ist unglaublich beklemmend.

»Gratulierst du den Leuten immer zu ihrer Trennung, Abby?«

Ich glotze sie an, während meine Umgebung zu verschwimmen scheint. Denn mehr braucht es nicht. Einen einzigen Satz. Und mein Herz hört beinahe auf zu schlagen.

85.

Als ich meinen Schreck schließlich überwinde und Geraldine begreift, dass es ein Missverständnis war und ich mich nicht über sie lustig machen wollte, beginnt sie, mir alles zu erklären.

»Es war eine gemeinsame Entscheidung«, sagt sie.

»Was ist mit eurer Hochzeit?«, frage ich. »Seinem Antrag?«

»Darauf hätte ich warten können, bis ich hundert bin, wenn ich mit Tom zusammengeblieben wäre«, entgegnet sie. Sie sieht bei dieser Erkenntnis allerdings nicht halb so verzweifelt und niedergeschlagen aus, wie ich gedacht hätte.

»Aber er hat mir gesagt … Zumindest habe ich gedacht, er hätte gesagt …« Ich denke an unsere Unterhaltung während des Trainings zurück und versuche, mir die genauen Worte ins Gedächtnis zu rufen.

»Was hat er dir gesagt?«, will sie wissen.

Ich schüttle den Kopf, um wieder klar denken zu können. »Ich weiß nicht. Als ich mit ihm gesprochen habe, als ich ihn das letzte Mal im Laufklub getroffen habe, hatte ich das Gefühl …« Ich frage mich, wie ich es am besten ausdrücke. »Ich dachte, zwischen euch wäre alles in Ordnung. Außerdem ging das Gerücht um, dass ihr euch verloben wolltet.«

»Gott, ich fühle mich furchtbar deswegen. Möglicherweise habe ich selbst das Gerücht in Umlauf gebracht. Das zeigt, wie scharfsinnig ich bin, oder?« Sie lacht verlegen. »Tom wollte sich trennen, und ich habe es so verstanden, als würde er sich darauf vorbereiten, mir einen Antrag zu machen.«

»Ich dachte, du hättest gesagt, es wäre eine gemeinsame Entscheidung gewesen?«

»Am Ende war es das auch«, entgegnet sie versonnen. »Obwohl ich schon längst hätte sehen müssen, dass es so kommen wird. Noch bevor wir *das Gespräch* hatten, habe ich mir einige wichtige Fragen gestellt. Die erste Frage war: ›Sind Tom und ich wirklich füreinander bestimmt?‹ Und je mehr ich mich das gefragt habe, desto überzeugter war ich davon, dass wir es nicht waren.«

»Es tut mir so leid, Geraldine«, sage ich ehrlich.

»Das muss es nicht«, erwidert sie. »So lange habe ich mir eingeredet: ›Ich bin über dreißig, ich muss heiraten – und Tom ist mein Mann.‹ Er war die beste Wahl, weil er *da* war. Was ich nie bedacht habe, war, ob er auch die *richtige* Wahl war.«

»Ich … Aha.«

»Versteh mich nicht falsch. Ich habe Tom geliebt«, fährt sie fort. »Ich liebe Tom noch immer. Doch er ist inzwischen wie ein Bruder für mich, nicht wie ein Ehemann. Nicht einmal wie ein Freund. Ich will nicht sagen, dass ich nicht außer mir war, als wir uns getrennt haben. Wenn man drei Jahre lang mit jemandem zusammen ist, dann ist das unvermeidlich. Aber wir haben uns auseinandergelebt. Ich wusste das schon lange. Trotzdem habe ich mir eingeredet, es wäre nicht so, weil meine biologische Uhr mir das befohlen hat. Am Ende war ich aus den ganz falschen Gründen mit ihm zusammen. Wir sind Freunde, Abby. Mehr nicht. Du kannst nicht heiraten, wenn das alles ist, was du empfindest, oder?«

»Ich vermute nicht«, flüstere ich. »Und du hast noch so viel Zeit, um zu heiraten und Kinder zu bekommen und …«

»Cherie Blair hat mit vierundvierzig noch ein Kind bekommen«, sagt sie lächelnd. »Es ist wichtiger, zuerst den richtigen Mann zu finden, meinst du nicht auch?«

»Absolut«, stimme ich ihr wie betäubt zu. »Wann ist das alles passiert?«
»Kurz bevor du den Laufklub verlassen hast. In derselben Woche, wenn ich so darüber nachdenke. Doch ich habe erst jetzt angefangen, darüber zu sprechen. Das Letzte, was wir wollten, war eine große öffentliche Bekanntmachung. Du weißt ja, wie im Klub getratscht wird.«
»Und … wie geht es Tom?«, traue ich mich, sie zu fragen.
»Ich weiß es ehrlich gesagt nicht genau«, antwortet sie verlegen. »Ich dachte, es ginge ihm gut, denn immerhin war er es technisch gesehen selbst, der zuerst Schluss machen wollte. Aber danach habe ich ihn nicht mehr oft gesehen. Nicht mal beim Lauftraining. Wir haben ein- oder zweimal telefoniert, allerdings war er etwas ausweichend.«
»Klar.« Ich starre in die Ferne.
»Ich hoffe, dass es ihm gutgeht. Was auch immer zwischen ihm und mir passiert ist – er wird immer mein Freund bleiben. Und er wird eines Tages ein phantastischer Ehemann. Eben nur nicht meiner«, sagt sie lächelnd. »Hör mal, ich muss los und zum Rest der Gruppe. Du solltest mitkommen. Es ist egal, dass du in letzter Zeit nicht da warst. Du bist eine von uns.«
Ganz durcheinander von den Enthüllungen, will ich gerade alles andere, als mit der Gruppe zusammenzutreffen. Doch Geraldine hat schon meine Hand ergriffen und zieht mich zu den anderen.
Als wir näher kommen, ist die erste Person, die sich umdreht und mich ansieht, Oliver.
»Abby«, sagt er grinsend und gibt mir einen Kuss auf die Wange. »Wie geht es meiner zaudernden Halbmarathonläuferin? Zauderst du noch immer?«
»Ich bin doch hier, oder?«, erwidere ich.
»Und du siehst umwerfend aus«, fügt er hinzu und setzt das

süße Lächeln auf, von dem ich früher so hingerissen war. Inzwischen lässt es mich kalt.
Ich unterdrücke ein Schmunzeln. »Du änderst dich nie, Oliver, oder?«
»Ich versuche, das zu vermeiden«, entgegnet er unschuldig.
»Ja, dann pass auf«, sage ich, »sonst haut dir vielleicht eines Tages mal jemand auf deine Augen, die wie ein zauberhafter Märchenmond aussehen.«
Jemand tippt mir auf die Schulter, und ich drehe mich um. Es ist Mau. Ihr Outfit übertrifft alles bisher Dagewesene – es ist ein knallrotes Neckholdertop, das sie mit Olivia-Newton-John-Leggings kombiniert hat.
»Ich habe gehofft, dass du nicht so kurz vor dem Rennen aufgegeben hast, Abby«, sagt sie.
»Nach all dem Training? Du machst wohl Scherze«, erwidere ich. »Ich brauchte nur eine Pause vom Laufklub, das ist alles.«
Sie nickt und hält inne. Dann sieht sie mich an, als wäre ihr gerade etwas klargeworden. »Genau wie Tom.«
Anscheinend werde ich rot, denn sie legt ihre Hand auf meinen Arm und beugt sich vor, um mir ins Ohr zu flüstern: »Lass ihn nicht entwischen, meine Liebe … Versprichst du mir das?«

Mein Magen ist in Aufruhr, als der Start näher rückt. Und das liegt nicht nur an dem Rennen, das mir bevorsteht.
Mir geht auch immer wieder ein Satz durch den Kopf: Toms Worte, als wir uns zum letzten Mal gesehen haben.
»Ich vermute, dass ich endlich gemerkt habe, dass die Frau, die ich liebe, direkt vor mir steht …«
Ich wage es nicht, über die mögliche Bedeutung dieses Satzes nachzudenken. Ich weiß, was ich mir *erhoffe,* aber die Vorstellung, dass er damit mich gemeint haben könnte, kommt

mir so unglaublich vor, dass ich mich nicht mal traue, es mir zu wünschen.

Per Lautsprecherdurchsage werden die Teilnehmer aufgefordert, zum Start zu gehen. Als ich den anderen folge und mich in Position begebe, ertappe ich mich dabei, dass ich Tränen der Enttäuschung und Verwirrung unterdrücke. Dann höre ich ein Rufen.

»Komm schon, Abby! Ich bin so stolz auf dich!«

Ich blicke zur Seite und sehe Daniel, meinen reizenden, treuen Daniel, der mich anfeuert. Ich winke ihm zu – und seine Miene hellt sich noch weiter auf. Die Vorstellung, ihm den Rücken zuzukehren und um Tom zu kämpfen, obwohl er mich nach Paris entführen will, ist unerträglich. Und doch kann ich nicht verhindern, dass mir der Gedanke kommt. Dumm. Denn ich blicke schon viel zu weit voraus. Dass Tom und Geraldine nicht mehr zusammen sind, bedeutet nicht, dass er mir gehört.

Noch 30 Sekunden bis zum Start. Mein Innerstes ist aufgewühlt. Ich blicke nach vorn durch die verschwommene Menge von Läufern und bin bereit.

Als es noch 20 Sekunden sind, wird die gespannte Atmosphäre noch ein bisschen atemloser. Und als es nur noch zehn Sekunden bis zum Startschuss sind, schießt Adrenalin durch jede Zelle meines Körpers.

Mein Blick richtet sich auf die Läufer vor mir, die alle nach vorn schauen.

Alle, bis auf einen.

Einen, der 20 Meter vor mir steht und in die falsche Richtung sieht. Ein einsames Gesicht in einem Meer aus Hinterköpfen. Sein Blick brennt sich für drei Sekunden, die sich wie eine Ewigkeit anfühlen, in meine Augen.

Die Startpistole knallt.

Und Tom Bronte wendet sich ab und läuft los.

86.

Vielleicht liegt es an der Spannung, die jeden Läufer durchströmt. Vielleicht liegt es an der Wintersonne, die durch die Wolken vor mir bricht. Vielleicht liegt es daran, dass mein Gehirn der Meinung ist, dass ich es mit zu vielen Gedanken, Problemen und Rätseln überlastet habe, so dass es nichts mehr verarbeiten kann.

Was auch immer es ist, ich laufe los, und mein Kopf ist mit einem Mal leer. Ich nehme nur noch das Blut wahr, das durch meine Adern gepumpt wird und meine Beinmuskulatur versorgt. Während ich laufe, staune ich über die Mechanismen in meinem Körper, die mich vorantreiben.

Das hat etwas ganz Ursprüngliches. Ich mache hier eines der einfachsten und schönsten Dinge, für die mein Körper erschaffen wurde. Ich mache etwas, das die Menschheit schon seit Anbeginn tut. Ich renne.

Die ersten acht Kilometer liegen hinter mir, ehe es mir überhaupt bewusst wird. Als ich mir an einer Station eine Flasche Wasser greife, kann ich kaum glauben, dass ich schon so weit gelaufen bin.

Die nächsten drei Kilometer sind eine Herausforderung; meine Lunge brennt ein wenig, als wollte sie mich daran erinnern, dass ich ruhig bleiben, aber nicht selbstgefällig werden sollte.

Auf den folgenden drei Kilometern finde ich dann zu meinem Rhythmus zurück. Ich laufe langsamer als zu Beginn und sammle Kraft, ehe ich das letzte Drittel der Strecke angehe.

Dann zwinge ich mich, das Tempo wieder anzuziehen. Ich wollte das Rennen eigentlich nur beenden, doch ich habe ein so gutes Gefühl, dass ich es mir selbst schuldig bin, mich ein bisschen mehr anzustrengen.

Bei Kilometer 17 wird mir klar, dass ich zu schnell gelaufen bin. Der Wind kratzt im Hals, und zwischen zwei meiner Zehen bildet sich eine Blase.

Bei Kilometer 18 will ich aufgeben. Ich würde alles tun, um einfach stehen bleiben zu können. Bösartige Gedanken schleichen sich in meinen Kopf …

Komm schon, Abby. Du bist für das hier nicht gemacht. Wie bist du auf die Idee gekommen, dass du es schaffen könntest? Genug ist genug. Du hast es den Leuten bewiesen. 18 Kilometer sind großartig – und die Leute werden trotzdem spenden. Du kannst aufgeben. Niemand wird es dir verübeln.

Das stimmt alles. Niemand würde es mir verübeln. Außer ich selbst.

Ich hole tief Luft und finde irgendwo noch Kraftreserven, von denen ich nicht wusste, dass sie existieren. Ich blende meine Umgebung aus und konzentriere mich nur noch darauf, meine Beine zu bewegen, ruhig weiterzuatmen, die Arme mitzunehmen.

Ich vertiefe mich vollkommen in diese Aufgabe. Als ich Daniel von der Seitenlinie aus rufen höre, kann ich kaum glauben, dass ich nur noch einen Kilometer laufen muss, bis ich das Ziel erreicht habe.

»Komm schon, Abby! Komm schon!«

Zu wissen, dass das Ziel so nahe ist, gibt mir noch einmal Kraft. Dann höre ich auch andere Stimmen, die meinen Namen rufen.

»Los, Tante Abby!«, schreit Jamie so laut, wie seine kleine Lunge es zulässt. Es gelingt mir zu winken, ehe ich erkenne, warum nicht auch Jess mir zujubelt: Sie steht hinter Jamie und ist in ein Gespräch vertieft … mit Adam.

Mein ohnehin schon hyperaktives Herz macht einen Salto, aber ich darf mich nicht auf die beiden konzentrieren. Ich muss weiterlaufen. Einfach weiterlaufen. Inzwischen tut jeder Schritt weh – an meinen Füßen, meinen Beinen, in meiner Brust. Mein gesamter Körper bettelt um Gnade.
Dann höre ich die Stimme meiner Mutter, die die meines Dads übertönt: »Los – das ist unser Mädchen! Lauf, Abby!«
Ich bin aufgewühlt, als ich das Schild erreiche, das mir sagt, dass es nur noch 400 Meter bis zum Ziel sind. Es ist so nahe, dass ich es schwach in der Ferne sehen kann.
Ich will gerade zu meinem Endspurt ansetzen, als ich etwas bemerke, das mich langsamer werden lässt, noch ehe ich darüber nachdenken kann. Priya und Matt sind am Seitenrand, doch anders als die anderen Freunde und Familienmitglieder, an denen ich vorbeigelaufen bin, stehen sie nicht, sondern knien zusammengekauert auf dem Boden, während andere Zuschauer sich um sie scharen.
Instinktiv halte ich an. Andere Läufer überholen mich und rempeln mich an.
»Was ist passiert?«, rufe ich. Meine Brust hebt und senkt sich. »Matt, was ist los?«
Er dreht sich um und sieht mich besorgt an. »Heidi«, formt er lautlos mit den Lippen.
Ich dränge mich zwischen den anderen Läufern hindurch, bis ich bei ihnen bin.
»Hat jemand den Krankenwagen gerufen? Bitte? Hat jemand den Krankenwagen gerufen?« Priya ist hysterisch, Tränen rinnen ihr über die Wangen.
»Ein Krankenwagen ist unterwegs«, versichert Matt ihr. Er wendet sich mir zu. »Wir hatten hier kein Netz, aber eine Frau ist losgelaufen, um zu telefonieren. Ich bin mir sicher, dass sie uns nicht im Stich lässt.«

»Und wenn sie es doch tut?«, schreit Priya. »Ich hätte selbst gehen sollen.«
»Dann geh jetzt«, fordert Matt sie auf. »Ich bleibe hier. Ich werde bei ihr bleiben.«
Während Priya davonrennt, um noch einmal einen Krankenwagen zu rufen, sehe ich Heidi an. Sie sitzt auf dem Boden, und ihr geisterhaft blasses Gesicht ist tränenüberströmt.
»Heidi, was ist passiert?«, frage ich.
Als sie aufsieht, entdecke ich Blut an ihrem Kopf, das ihr Haar verklebt. »Mein Bein«, erwidert sie verwirrenderweise.
»Dein *Bein?*«, frage ich.
»Es fühlt sich so seltsam an, Abby«, schluchzt sie. »Ich habe die Kontrolle darüber verloren. Es war, als wäre jemand gekommen und hätte mir in die Kniekehle getreten ... und ich bin einfach ... hingefallen. Ich habe mir den Kopf an dem Pfeiler gestoßen.«
Ich knie mich hin, untersuche ihre Stirn und versuche, ruhig zu bleiben. »Sieht böse aus«, höre ich mich murmeln.
»Wegen meines Kopfes mache ich mir keine Sorgen, Abby«, erwidert sie. »Wenn du nur wüsstest, wie sich mein Bein angefühlt hat ... es ist so komisch.«
»Wie bitte? Noch immer?«
»Es ist schwer zu beschreiben ... Ich habe nicht die Kontrolle über mein Bein. Es fühlt sich hohl an. Es ist furchtbar.«
Die nächsten fünf Minuten kommen mir wie eine Stunde vor. Der Krankenwagen ist nicht in Sicht, und Heidi kann nichts tun, außer Angst zu haben und nach ihrer Mum zu fragen. Irgendwann überrede ich Matt, Priya zu folgen und nachzusehen, ob sie Glück hatte. Er soll auch bei Heidis Mutter anrufen, wenn er schon dabei ist.
»Aber du musst dein Rennen beenden«, sagt Matt, als er zur Straße geht. »Es sind nur noch vierhundert Meter.«

Ich wende mich Heidi zu und lege meinen Arm um ihre Schultern, als er verschwindet. »Der Krankenwagen kommt gleich, das verspreche ich dir.«

Es dauert noch ein paar Minuten, ehe ein Rettungssanitäter kommt und sich durch die Menge drängt. Dann fängt er an, Heidi Fragen zu stellen. Mit großen Augen sieht sie mich an, als sie auf eine Trage gehoben wird.

Ich blicke zur Seite und sehe die Läufer, die vorbeikommen und ins Ziel rennen. Als ich mich wieder zu Heidi umdrehe und die Angst in ihren Augen lese, weiß ich, dass es nur eine Entscheidung geben kann.

87.

Ich halte Heidis Hand, als der Rettungswagen ins Krankenhaus rast.

»Kannst du noch?«, frage ich.

»Nicht mehr gut«, flüstert sie. »Ich wünschte, ich wüsste, was mit mir passiert.«

»Ich kann nicht glauben, dass alles so schnell geht«, sage ich. »Es kam aus dem Nichts.«

»Nicht so ganz aus dem Nichts«, entgegnet sie. »Seit einigen Tagen stoße ich mich häufiger und fühle mich tollpatschig. Ich wollte es nicht wahrhaben – es ist eines der klassischen Symptome bei MS.«

»Bist du deshalb nicht zur Arbeit gekommen?«

Sie nickt und runzelt die Stirn. »O Gott, Abby … Das ist erst der Anfang. Wie zur Hölle wird mein Leben werden?«

Ich drücke ihre Hand. Sie fühlt sich klein und kalt an. »Alles wird gut, Heidi.« Als mir die Worte über die Lippen kommen, bedauere ich, wie oberflächlich sie klingen. Dann halte ich inne, überdenke meine Bemerkung und lasse mir jedes Wort noch einmal durch den Kopf gehen. Und dann wiederhole ich es – langsam, doch voller Überzeugung. »Alles wird gut.«

Ich habe das überwältigende Gefühl, dass meine Aussage stimmt.

Heidi spürt die Veränderung in mir. »Woher weißt du das, Abby? Du bist kein Arzt.«

Sie hat natürlich recht. Trotzdem weiß ich es. Ich verstehe, dass Heidi multiple Sklerose hat, eine unheilbare Krankheit, die den Patienten einschränkt. Sie hat keine Ahnung, was die Zukunft bringt. Nur Unsicherheit. Ich weiß auch, dass sie auf dem Weg ins Krankenhaus ist, weil sie ein körperliches Symptom erlebt hat, das man nur als beängstigend bezeichnen kann. Und obwohl ich nicht weiß, was die Ärzte sagen werden, bin ich mir bei einer Sache hundertprozentig sicher.

»Heidi, du hast recht. Ich habe – medizinisch betrachtet – keine Ahnung, was mit dir passieren wird. Aber eines weiß ich ganz bestimmt: Du wirst dich davon nicht unterkriegen lassen.«

Mit angehaltenem Atem lauscht sie meinen Worten.

»Du hast noch nie etwas tatenlos hingenommen, und das wird sich nicht ändern«, fahre ich fort. »Wieso sollte es? Du wirst weiterhin der brillante, temperamentvolle, umwerfende und entschlossene Mensch sein, der du immer warst. Und dein Leben wird genauso erfüllend sein, wie du es verdient hast.«

Ihre Lippen zittern nicht länger.

»Weißt du, wieso ich mir so sicher bin?«, frage ich. »Ich bin mir so sicher, weil du, Heidi Hughes, gar nichts anderes zulassen würdest.«

Sie schließt die Augen, und Tränen laufen ihr übers Gesicht. Als sie sie einen Moment später wieder aufschlägt, lächelt sie.

»Du hast recht. Ich würde nichts anderes zulassen, oder?«

Ich lächle ebenfalls, obwohl ich merke, dass auch ich weine.

»Tut mir leid«, murmle ich.

Sie lacht leicht überdreht. »Ja, warum weinst *du* eigentlich? Schließlich bist du nicht diejenige, die nicht richtig aufstehen kann.«

Ich schüttle den Kopf. »Ich weiß nicht, was ich darauf sagen soll.«

»Ich wusste, dass ich dich irgendwann zum Schweigen brin-

ge«, scherzt sie traurig. Dann sieht sie mich an, als wäre ihr gerade etwas klargeworden. »Du hast dein Rennen nicht beendet.«
Ich zucke mit den Schultern. »Damit hätte ich sowieso nicht gerechnet.«
»Jetzt mach mal halblang. Vor sechs Monaten hättest du es nicht geglaubt. Heute warst du nur noch eine Minute vom Ziel entfernt.«
»Die Leute werden trotzdem spenden«, versichere ich ihr.
»Das meine ich nicht. Es tut mir nur leid, dass du es nicht zu Ende gebracht hast – für dich.«
»Einige Dinge sind wichtiger als ein albernes Rennen, oder?«
Ehe sie die Chance hat zu antworten, biegt der Rettungswagen ab, und wir sind im Krankenhaus. In der nächsten Stunde geht es nur um Temperaturmessungen, Überwachungsgeräte, Schwestern und Ärzte – die sich, wie sich herausstellt, eher um die Kopfverletzung kümmern als um den MS-Schub, der dazu geführt hat. Irgendwann wird Heidi weggebracht, und ich gehe nach draußen, um ein paar Anrufe zu erledigen.
Zuerst rufe ich Jess an. Ich erkläre ihr, warum ich nicht da bin, und sie erzählt mir, dass Adam heute aufgetaucht ist, nachdem er ihre Nachricht bekommen hat. Er dachte, dass sie beim Halbmarathon mitlaufen würde.
Ihre Unterhaltung war kurz, knappe Sätze, die Jamie nicht hören sollte, doch Adam flüsterte zum Schluss: »Wenn es in Ordnung ist für dich, würde ich heute Abend gern vorbeikommen.«
»Willst du deine Sachen abholen?«, fragte sie ihn.
»Nein«, erwiderte er. »Ich vermisse euch einfach.«
Sie müssen noch sehr viel reden, daran besteht kein Zweifel. Aber zumindest sprechen sie miteinander. Und ich bete, dass sie die richtige Entscheidung treffen.

Als Nächstes rufe ich Priya an, um ihr zu sagen, wie es Heidi geht. Sie ist mit Matt zusammen im Taxi auf dem Weg ins Krankenhaus und steht vollkommen neben sich. Im Hintergrund kann ich hören, wie Matt – vergeblich – versucht, sie zu beruhigen.
»Priya, mach dir bitte keine Sorgen. Ich werde sie nicht aus den Augen lassen«, verspreche ich ihr.
»Abby, du wirst sie allein lassen müssen«, entgegnet sie. »Du fliegst schließlich in weniger als einer Stunde nach Paris.«
O Gott. Paris. Daniel. Ich habe beides vergessen.
»Daniel hat deinen Koffer zum Flughafen gebracht und gemeint, du sollst direkt vom Krankenhaus dorthin kommen. Ruf ihn von unterwegs aus an, wenn es geht. Matt und ich sind in weniger als fünf Minuten da, um zu übernehmen.«
»Gut«, sage ich fest.
Ich will das Gespräch gerade beenden, als Priya mich zurückhält. »Ach, Abby? Der Typ von *Caro & Co.* hat nach dir gesucht.«
»Caro & Co.?«
»Ja, nicht Jim Broadhurst, sondern der andere. Er sagte, er wäre mit dir zusammen im Laufklub.«
Ich höre, wie ich aufkeuche. »Tom.«
»Genau der! Er schien dich dringend sehen zu wollen. Ich habe ihm erklärt, wo du bist, und er wurde ganz komisch. Ich hoffe, ich habe nichts falsch gemacht.«
Ich blicke in dem Moment auf, als ein großer, dunkler Mann auf das Krankenhaus zukommt, sich mir mit langen Schritten nähert und dabei seinen Motorradhelm abnimmt.
»Nein, Priya«, sage ich, und mein Herz pocht wild. »Du hast nichts falsch gemacht.«
Doch ich habe keine Ahnung, ob das die Wahrheit ist oder nicht.

88.

»Was machst du hier?«

Ich würde gern sagen, dass ich die Frage mit kühler, ruhiger Gleichgültigkeit gestellt habe. Stattdessen bin ich so aufgeregt wie jemand, der zum ersten Mal Fallschirm springt – und nicht ganz sicher, ob ich in der Lage bin, auch nur einen einzigen zusammenhängenden Satz zu formulieren.

»Ich wollte nur vorbeikommen und hallo sagen.« Seine Miene ist ernst, als hätte er Angst vor meiner Reaktion.

»Warum?«, frage ich, ehe ich richtig nachdenken kann.

»Ich weiß es nicht genau.« Er runzelt die Stirn, als wäre es für ihn genauso seltsam wie für mich. »Es ist nur so lange her, dass wir gesprochen haben und … als ich dich heute gesehen habe … auch auf die Gefahr hin, dass ich mich wiederhole … ich bin kein Stalker, aber …«

Ich kann ein Lächeln nicht unterdrücken; nicht zuletzt, weil es komisch ist, Tom so unsicher zu erleben.

»Ich will wieder dein Freund sein, Abby«, sagt er schließlich.

Ich bemerke, dass ich den Atem anhalte, als ich ihm in die Augen sehe.

»Das ist doch möglich, oder?«, fragt er. »Selbst wenn du keine Gefühle für mich hast. Selbst wenn du einen Freund hast.«

»Freunde?«, bringe ich mit zitternden Lippen hervor.

»Ich will, dass du weißt«, sagt er, »dass du dir keine Sorgen machen musst.«

»Muss ich nicht?«, erwidere ich, und meine Stimme rutscht spontan eine Oktave höher.

»Ich habe nicht die Absicht zu versuchen, dich rumzukriegen.«
»Hast du nicht?«
»Absolut nicht«, entgegnet er und glaubt offenbar, dass das beruhigend sein soll. »Auch wenn ich es gern getan hätte.«
Bei seinen letzten Worten erstarre ich. »Was?«
»Aber ich würde gern die Freundschaft wiederaufleben lassen. Wenn das für dich okay ist.« Er betrachtet mein Gesicht. »Geht es dir gut?«
Das Chaos der Gefühle in meinem Innern entwirrt sich allmählich, als ich in seine Augen blicke. »Tom«, sage ich. »Ich weiß nicht, wo ich beginnen soll …«
Das Geräusch von Schritten unterbricht uns. Ich sehe auf und erblicke Priya und Matt, die auf uns zulaufen.
»Wo ist sie?«, will Priya wissen.
»Oh, Heidi ist mit einem Arzt im Untersuchungszimmer«, erwidere ich. »Die Schwester hat gemeint, sie würde Bescheid sagen, wenn wir wieder zu ihr reinkönnen.«
»Gut«, sagt Priya besorgt. »Gut.« Dann sieht sie auf ihre Uhr. »ABBY! Du musst los!«
»Was?«
»Daniel wartet auf dich! Am Flughafen. Gott, Abby … ein Taxi schafft es niemals rechtzeitig!«
Matt wirft einen Blick auf seine Uhr. »Priya hat recht, Abby. Du hast wirklich verdammt wenig Zeit.«
Auf meinem Handy entdecke ich, dass Daniel zweimal versucht hat, mich zu erreichen. Während ich mit Jess und Priya telefoniert habe, hat er anscheinend eine Nachricht auf meiner Mailbox hinterlassen.
Ich sehe Tom an, und seine Worte gehen mir noch immer im Kopf herum. »Es ist zu spät«, verkünde ich. Ich wünsche mir nichts mehr, als weiter mit Tom zu reden – zur Hölle mit den

Konsequenzen. »Ich muss Daniel anrufen und ihm sagen, dass ich es nicht schaffen kann. Mit einem Taxi werde ich nicht rechtzeitig da sein.«

»Mit einem Taxi nicht«, sagt Tom und ergreift meine Hand. »Doch mit mir schon.«

»Was meinst du damit?«, frage ich und versuche, mit ihm Schritt zu halten, als er mich über das Krankenhausgelände zerrt.

»Ich meine«, sagt er, dreht sich um und grinst, »dass du jetzt deine erste Fahrt auf einem Motorrad erleben wirst.«

89.

Meine Oberschenkel sind an Toms Po gepresst. Eigentlich eine Position, die man, wenn man es nicht miterlebt, für sehr schön halten könnte.

Schön ist es aber nicht.

Während sein Motorrad zwischen Autos hindurchschießt, um Ecken biegt und über gelbe Ampeln rast, könnte ich mich nicht weniger entspannt fühlen, wenn ich ein Blind Date mit Hannibal Lecter hätte.

Als Tom durch einen Kreisverkehr jagt – ohne Rücksicht auf die Geschwindigkeitsbegrenzungen –, wünschte ich, er hätte eine Schwäche für Golfbuggys statt für Motorräder. Doch während ich mich an seinem starken Oberkörper festklammere und meinen behelmten Kopf an seinen Rücken lehne, wirbeln in meinem Innern unzählige andere Gedanken.

Darüber, dass das hier fürchterlich ist. Und schrecklich. Und falsch. Und trotzdem muss ich zugeben, dass es streckenweise auch elektrisierend ist. Vor allem, wenn ich meine Augen schließe und Toms Körper an meinem spüre, fühlt es sich zweifelsohne wundervoll … *richtig* an.

Mein Adrenalinrausch, ausgelöst von der Fahrt auf dem Motorrad, ist eine Sache – dass ich jeden Muskel in Toms Körper spüren kann, wenn er sich bewegt, ist eine andere. Und von meinen Emotionen, die von einem Extrem ins andere springen, will ich erst gar nicht sprechen.

Zuerst ist da die Angst, dass wir einen Unfall haben könnten oder dass ich herunterfalle oder dass etwas Furchtbares geschieht. Es ist ein Gefühl, das ich nicht abschütteln kann – egal, wie oft Tom mir verspricht, dass nichts passieren wird.

Dann ist da eine verzweifelte, unstillbare Sehnsucht, dass das hier nicht das letzte Mal ist, dass ich ihm so nahe bin. Egal, wie sehr ich es versuche, ich kann die Vorstellung nicht akzeptieren, dass er in Zukunft kein Teil meines Lebens sein wird.

Im nächsten Moment wandern meine Gedanken zu Daniel, diesem reizenden, perfekten Mann, der so unschuldig in diesen Schlamassel hineingezogen worden ist und der am Flughafen auf mich wartet, um mich mit einem Wochenendtrip nach Paris zu verwöhnen. Um mich so zu verwöhnen, wie jede Frau gern verwöhnt werden möchte. So wie *ich* behandelt werden möchte.

Und mittendrin Toms Worte: »Ich habe nicht die Absicht zu versuchen, dich rumzukriegen. Auch wenn ich es gern getan hätte.«

Also … hat er mich mal gemocht und gewollt – und jetzt hat es sich geändert? Bedeutet das, dass es sich wieder ändern könnte?

»Welches Terminal?«, fragt Tom und blickt sich kurz um.

»Terminal eins«, bringe ich hervor und halte mich fest.

Das Motorrad hält auf dem Parkplatz an. Wieder auf festem Boden zu stehen sollte meine Nerven eigentlich augenblicklich beruhigen, aber dem ist nicht so. Als Tom den Helm abnimmt und mir beim Absteigen hilft, sind meine Knie weich.

»Danke«, murmle ich, nehme den Helm ab und reiche ihn ihm.

Er nickt. »Gern geschehen«, erwidert er und schweigt.

Wir stehen einander gegenüber und sehen uns an. Dann blicke ich zum Terminal und beobachte, wie Daniel neben unserem Gepäck auf und ab geht und auf die Uhr blickt.

»Du solltest gehen«, drängt Tom mich.
Ich nicke, doch ich kann nichts sagen. Überhaupt nichts.
Ich wende mich ab, um ins Terminal zu laufen. Mir ist klar, dass das die einzig vernünftige Entscheidung ist. Ich kann keinen Mann am Flughafen stehen lassen, der mich nach Paris entführen will. Damit könnte ich nicht weiterleben.
Ich gehe zur Drehtür und versuche, die Tränen in meinen Augen zurückzuhalten. Nur noch Zentimeter vom Eingang entfernt, spüre ich eine Hand auf meinem Arm.
»Abby«, sagt Tom eindringlich. »Komm noch mal her. Ich muss dir etwas sagen. Ich muss mir etwas von der Seele reden.« Er zieht mich zur Seite, wo wir vom Fenster aus nicht gesehen werden können. »Hör mal, das ist doch scheiße.«
Ich schlucke. »Was ist scheiße?«
Er holt tief Luft. »Monatelang habe ich so getan, als wäre nichts passiert. Ich kann das nicht mehr. Ich stehe dazu, dass ich nichts Unfaires tun will, aber ich kann nicht tatenlos zusehen, wie du mit einem Mann wegfliegst, ohne dass ich dir vorher gesagt habe, was ich empfinde.«
Ich bekomme kaum Luft. »Und was empfindest du?«
Er sieht weg und lacht. »Beim letzten Mal habe ich es total vermasselt, also werde ich es dieses Mal ganz deutlich sagen.«
»J… Ja?«
Er presst die Kiefer aufeinander, als würde ein Teil von ihm gern schweigen. Mit funkelnden Augen ergreift er meine Hände. »Ich liebe dich.«
»W… Was?«, bringe ich hervor.
»Ich liebe dich, Abby.« Er lächelt breit, als wäre ihm eine Last von den Schultern gefallen, indem er es ausgesprochen hat. »Ich kann kaum glauben, wie sehr ich dich liebe.«
»Echt?«
Er nickt. »Hör mal, dein Freund wartet auf dich. Und ich …

Ich weiß nicht, wie die Antwort lautet. Doch eines weiß ich: So, wie ich im Augenblick empfinde, will ich keine Minute meines Lebens mehr ohne dich verbringen.«

Ich sehe ihm in die Augen und denke nach.

Tom oder Daniel.

Die Entscheidung ist absolut klar. Es gibt keine andere Wahl.

»Es tut mir leid, Tom«, sage ich. »Aber ich fürchte, das wirst du müssen.«

90.

Tom starrt mich an.

»Was ich sagen will … Nur eine Minute«, sage ich hastig. »Keinen Moment länger. Ich möchte, dass du hier wartest. Rühr dich nicht von der Stelle, Tom. Das ist mein Ernst.«

»Ich werde nicht weggehen«, erwidert er, während ich losrenne.

Daniel weiß, dass etwas nicht stimmt, als er mich sieht.

»Abby.« Er lächelt unsicher. »Du hast es doch noch rechtzeitig geschafft.«

»Ja«, bringe ich heraus.

»Ich habe nicht in der Schlange vor dem Check-in-Schalter gewartet«, fährt er fort. »Jetzt sind kaum noch Reisende da, also sollte es schnell gehen.«

»Gut«, erwidere ich und senke den Blick. »Es ist so, Daniel …«

»Nicht«, unterbricht er mich leise und sieht mich an.

»Was?«

»Du musst nichts sagen, Abby«, flüstert er. »Du kommst nicht mit, oder?«

Ich schließe die Augen. »Es tut mir so leid.«

Er atmet aus. »Es gibt einen anderen.« Es ist keine Frage, sondern eine Feststellung.

»Ich habe mich mit niemandem getroffen, als wir zusammen waren«, sage ich. »Aber … Ja, es gibt da jemanden.«

»Tom?«, fragt er.

Ich runzle die Stirn. »Woher …«

»Du redest im Schlaf.« Er lächelt leicht. »An dem Tag, als du auf meiner Couch eingeschlafen bist …«

Ich will etwas sagen, als der letzte Aufruf für den Flug durch den Lautsprecher dringt.

»Ich gehe wohl besser – ich habe immer noch ein Meeting in Paris. Hier ist dein Gepäck.« Er reicht mir meinen Koffer.

»Danke, Daniel.« Ich gebe ihm einen Kuss auf die Wange. »Hab eine schöne Reise und ... pass auf dich auf, ja? Das ist mein Ernst.«

Während Daniel zum Check-in-Schalter geht, renne ich nach draußen und zerre meinen Koffer hinter mir her. Ich laufe, so schnell ich mit einem Gepäckstück in der Hand kann. Plötzlich kommt mir ein beängstigender Gedanke: dass Tom nicht mehr da sein könnte.

Doch als ich aus der Tür trete, steht er neben seinem Motorrad. Er blickt auf und kommt auf mich zu. Er sieht genauso umwerfend aus wie vor einem Jahr, als ich ihm zum ersten Mal begegnet bin. Eigentlich sieht er noch umwerfender aus – vor allem, weil er jetzt nicht bewusstlos ist.

Ich lasse meinen Koffer stehen und stelle mich auf die Zehenspitzen, um meine Arme um seinen Hals zu schlingen. Er sieht mir in die Augen, und sein Mund nähert sich meinen Lippen. Noch ehe wir uns berühren, kann ich seinen süßen Atem schmecken.

Als wir uns küssen – zum ersten Mal, seit ich ihm auf dem Parkplatz eine Mund-zu-Mund-Beatmung gegeben habe –, ist es die beglückendste Erfahrung meines Lebens. Es dauert ewig an und ist doch im Handumdrehen vorbei.

Dann flüstere ich ihm ins Ohr: »Ich liebe dich auch. Aber besteht die Möglichkeit, dass wir mit dem Taxi nach Hause fahren?«

Epilog

Ich hätte es Daniel nicht verübelt, wenn er nie mehr mit mir gesprochen hätte. Doch weil er einfach ein lieber Mensch ist, rief er mich einen Monat später im Büro an, um mir zu sagen, dass einer seiner Kunden nach einer neuen Webdesign-Agentur suchen würde.

Ich war nicht da, also nahm Heidi das Gespräch an – woraufhin Matt nun jedes Mal sagt: »Eine Nachricht ist nicht alles, was er bei Heidi hinterlassen hat.«

Die Bemerkung ist so schelmisch wie irreführend, denn die Beziehung von Heidi und Daniel ist keine leichtfertige Liebelei. Sie lieben sich sehr, und das ist schön zu sehen. Was die MS betrifft, so endete der Schub eine Woche später so schnell, wie er gekommen war. Sie hat momentan keine Symptome, nimmt verschiedene Medikamente und fühlt sich vollkommen normal.

Natürlich ist es nicht gut, dass die Schübe schlimmer werden und länger dauern. Das ist ihr bewusst. Aber Heidi ist zuversichtlich und weigert sich, sich von der Krankheit in die Knie zwingen zu lassen. Sie erzählt mir immer, wie die anderen Mitglieder der MS-Selbsthilfegruppe sie unterstützen und welche Inspiration sie für sie sind. Ich glaube nicht, dass ihr klar ist, dass auch sie eine Inspiration ist.

Priya und Matt gehen noch immer miteinander aus. Sie sind seit vier Monaten zusammen, was laut Priya nicht nur ein Rekord, sondern ein Wunder ist. Nachdem sie nun zusammen sind, kann man sich gar nicht mehr vorstellen, wie es vorher war. Matt passt so gut zu Priya wie ihr leuchtendes

Haar – und nach dem erneuten Stromausfall im Büro letzte Woche sollte das bitte auch noch lange so anhalten.
Geraldine erlebt gerade eine Romanze mit einem hübschen Kieferorthopäden, der nicht im Laufklub ist, Sport hasst und sie vergöttert. Die Beziehung steht noch ganz am Anfang, wie sie immer wieder betont, auch wenn ich sie vor ein paar Wochen in einer Broschüre für Eltern habe blättern sehen.
Adam kehrte am Tag des Rennens nach Hause zurück. Jess wird sich den Rest ihres Lebens damit quälen, was sie getan hat. Auf jeden Fall wird sie nie wieder daran erinnert werden müssen, was für ein Glück sie hat. Was wahrscheinlich der Grund dafür ist, dass sie ihrem Ehemann jeden Morgen die drei kleinen Worte sagt; Worte, die nichts kosten und die alles bedeuten – und die Adam daran erinnern, dass er seine Frau tatsächlich zurückhat.
Mum hat Egor einen Job gegeben. Was mich wütend gemacht hat, weil er der beste Steuerberater war, mit dem ich je zusammengearbeitet habe. Gut, er war der einzige Steuerberater, mit dem ich je zusammengearbeitet habe, doch darum geht es nicht. Er gehörte mir. Ich bin allerdings nicht verbittert, denn sie bezahlt ihn eindeutig besser, als ich es gekonnt hätte.
Mum und Dad sind auf dem besten Wege, wieder ein Paar zu werden. Selbstverständlich würden sie das abstreiten, wenn sie es hören würden, aber das tun sie ja nicht.
Das sind die Tatsachen, über die sich jeder selbst ein Urteil bilden möge: Sie gehen zusammen essen und sprechen ständig voneinander – bei anderen, nicht bei mir. Ich vermute, dass sie mir keine falschen Hoffnungen machen wollen. Jess hat sie sogar *knutschen* sehen! Es war an einem späten Samstagabend in einer dunklen Ecke in einer Bar in der Stadt, als sie und Adam nach dem Theaterbesuch noch schnell etwas trinken

wollten. Mum und Dad standen an der Bar – zweifelsfrei *knutschend.*
Die andere große Neuigkeit ist, dass Mum nächsten Monat geschäftlich in Sydney sein wird. Und sie wird mit Tante Steph essen gehen. Natürlich spielt sie die Angelegenheit herunter, doch ich weiß es besser. Es zeigt, wie stark Mums Charakter ist. Auch wenn sie manchmal nervt. Seit sie Vorstandsmitglied bei *River Web Design* ist, habe ich beide Eigenschaften an ihr noch besser kennengelernt.
Ich habe schließlich verstanden, dass ein bisschen Hilfe von den richtigen Leuten nichts ist, wofür man sich schämen müsste. Auch wenn ich sie als Chefin ab und zu zügeln muss. Was in den letzten Wochen zu einer Art Sport geworden ist: Ihre Vorschläge für die Farbe der neuen Jalousien für unser Büro wieder und wieder abzuschmettern ist lustiger, als ich je gedacht hätte.
Das Geschäft boomt zurzeit. Der Überziehungskredit ist zurückgezahlt, und wir sind auf dem Weg, die Welt zu erobern. Oder so ähnlich. Es läuft gut, wir haben einige neue Kunden gewonnen und noch einen Mitarbeiter eingestellt.
Was besonders gut ist, weil ich meinen Trainingsplan nicht so leicht aufgeben konnte, wie ich es vorgehabt hatte. Wie vorhergesagt haben alle Leute ihre versprochenen Beträge gespendet, auch wenn ich den Halbmarathon nicht zu Ende gelaufen bin. Aber für mich selbst fühlte es sich unvollständig an, also war ich außer mir vor Freude, als ich einen Monat nach meinem ersten Versuch den Halbmarathon im Yorkshire-Dales-Nationalpark schaffte.
Es hätte mich fast umgebracht. Und ich habe mir geschworen, es nie wieder zu tun. Nicht zuletzt, weil ich mich nicht in eine dieser grauenhaften Fitnessfanatikerinnen verwandeln will. Im Juni findet ein Zehn-Kilometer-Lauf statt – und im Sep-

tember der *Great North Run.* Jess trainiert für den *New York Marathon* im nächsten Jahr, doch das ist albern. Obwohl ich schon immer mal die Freiheitsstatue sehen wollte …

Meine Reisepläne für die nächste Zukunft stehen allerdings schon fest, da Mum nicht die Einzige ist, die nach Australien fliegt.

Nachdem ich Tom monatelang damit aufgezogen habe, dass er herzlos meinen »Australien-Fonds« geplündert hat, um sein Motorrad zu reparieren – das ich noch immer hasse –, war ich hocherfreut über die Ereignisse des gestrigen Abends. Der Mann, mit dem ich seit vier Monaten zusammen bin, kam an einem ganz gewöhnlichen Mittwochabend nach Hause und drückte mir einen Umschlag mit zwei Tickets in die Hand – nach Sydney.

Was nur einer der Gründe ist, warum ich ihn mehr liebe, als ich je für möglich gehalten hätte. Auch wenn ich entschlossen bin, dass meine Fahrt zum Flughafen sehr viel ruhiger ablaufen wird als beim letzten Mal.

– Ende –